Incorrigible romantique, **Alfreda Enwy** dévore les romances et c'est donc tout naturellement qu'elle s'est mise à en écrire. Tant à l'aise en urban fantasy qu'en romance contemporaine ou New Adult, elle aime se perdre dans ses écrits et s'avoue volontiers victime de ses héros de papier.

Du même auteur, chez Milady :

Infinite Love :
Nos infinis chaos
Nos infinies insolences
Nos infinis silences

Chez Emma :

Infinite Love :
Nos infinies insomnies
Nos infinies confusions
Nos infinis interdits

CE LIVRE EST ÉGALEMENT DISPONIBLE
AU FORMAT NUMÉRIQUE

www.milady.fr

Alfreda Enwy

Nos infinies insolences

Infinite Love

Emma

Milady est un label des éditions Bragelonne

Ce roman a été précédemment publié en numérique
dans la collection Emma.

ISBN : 978-2-8112-2565-0

Bragelonne – Milady
60-62, rue d'Hauteville – 75010 Paris

E-mail : info@milady.fr
Site Internet : www.milady.fr

« Forever young, I want to be forever young.
Do you really want to live forever
Forever and ever? »[1]

Forever Young d'Alphaville

1. Extrait de la chanson *Forever Young* de l'album homonyme du groupe Alphaville, WEA, 1984.

Chapitre premier

— Salut, poupée ! lança Celia quand je lui ouvris la porte de mon appartement.

— Hello !

— Rentre deux minutes, il faut que je m'attache les cheveux et que je trouve la deuxième, dis-je en lui montrant ma chaussette licorne.

Elle gloussa et ferma la porte derrière elle. Celia ne comprenait pas mon amour pour les licornes. Une ignorante. Cette fascination pour ces créatures fantastiques remontait à ma petite enfance. Ma mère me racontait toujours des histoires le soir, elle inventait tout un monde avec une petite licorne qui vivait des aventures, elle aurait dû les écrire et les éditer. J'aurais pu les lire encore et encore…

Refoulant cette pensée, je regardai ma meilleure amie. Elle portait un jean, une paire de baskets noires et un pull gris sous sa veste. Elle avait attaché ses cheveux en une queue-de-cheval. Même comme ça, apprêtée pour les soldes, elle était canon.

— Prête pour une virée en amoureuse ?

— Non, répondis-je d'un ton las.

— Oh, mais allez ! Ça va être drôle. Motive-toi !

— Drôle ? On va se faire traiter de harpies, on va se battre et suer comme des truies et tout ça pour un jean, trois tee-shirts et deux lots de culottes qui seront soit trop petites soit trop grandes.

— T'es de mauvaise foi !

— Non, je suis lucide.

Elle haussa les épaules et agita un sac d'où s'échappait le doux parfum de la drogue du bonheur, se fichant complètement de mes lamentations. Je tendis les bras vers elle en grognant comme un rôdeur de *Walking Dead*.

— Moi qui t'avais apporté un petit plus, et toi tu me plombes ma sortie entre filles.

— À moi, roucoulai-je quand elle me tendit un gobelet chaud de café au chocolat et aux amandes. Drogue, drogue, drogue !

— Mon Dieu, t'es tarée !

— Accro, rectifiai-je. Et j'assume !

— À ton niveau, je ne suis pas certaine que ça fasse une grande différence.

Elle n'avait pas tort. Je bus une gorgée de café et couinai d'amour et de respect pour l'inventeur de ce mélange. Tournant sur moi-même tout en me délectant, je trouvai ma chaussette manquante coincée sous le canapé.

— J'ai trouvé ma chaussette ! m'exclamai-je comme si je venais de résoudre l'un des grands problèmes existentiels de la vie.

— Ouah ! mesdames et mesdames, au brassard numéro douze, Marlow Scarlett a trouvé sa chaussette en un temps record. Encore une belle démonstration pour celle que l'on surnomme parfois Chamarlow. Mademoiselle Scarlett, un petit mot pour tous vos fans ?

Elle me tendit son poing fermé.

— Eh bien, je voulais remercier le pouvoir du café qui m'a montré la voie et sans lequel je n'en serais pas là aujourd'hui…

On éclata de rire.

Je me penchai vers mon miroir, accroché sur le mur de l'entrée pour avoir toujours un dernier aperçu avant de sortir. La lumière faisait ressortir le moindre point noir. Certains matins, je me trouvais sadique de l'avoir foutu là. J'attrapai ma longue masse de cheveux bruns et les tressai rapidement.

— Voilà, on peut y aller ! Allons sur le champ de bataille comme les dignes guerrières que nous sommes en quête de précieuses trouvailles.

Elle pouffa, manquant de peu de recracher sa gorgée de café sur le paillasson.

— Après un tel discours, très chère, je ne vois pas comment nous pourrions être défaites.

Je fermai la porte à clef et nous nous engageâmes dehors pour affronter la vie, la vraie. Les soldes. Mais, surtout, les soldes à moins quatre-vingt-dix pour cent. Autant dire que nous y allions avec la rage des vraies guerrières. Le seul point positif que je voyais là-dedans, c'était que j'avais besoin de me refaire un stock de culottes et de chaussettes, et que c'était l'occasion idéale de m'en occuper tout en faisant une affaire.

Après plus de dix minutes à faire le tour du parking de l'immense centre commercial, Celia trouva une place pour elle, et, quand une femme essaya de la lui prendre, ma douce, calme et tendre amie se transforma en un monstre de vulgarité.

— Non, mais, ça va bien, pétasse ? gueula-t-elle en baissant sa fenêtre.

— Il n'y a pas votre nom sur le sol, répondit l'autre.

Mon Dieu, la pauvre fille lui répondait ! Quelle naïveté de sa part de croire que la propriétaire de ce visage poupin était docile ! Le monstre allait doubler de volume.

— Va te faire voir, dents de cheval. Tu arrives en ninja et tu crois que je vais te laisser la place comme une bonne fifille alors que j'étais là la première ? T'as vu la Sainte Vierge des soldes, ou quoi ?

— Cely, calme-toi…

Elle me lança un regard dont elle seule avait le secret, et je me mordis la lèvre pour ne pas éclater de rire. Je m'abstins de tout commentaire.

Elle força le passage et se gara avec l'élégance d'une grande dame.

— Voilà. T'es prête, poupée ?

— Je suis certaine que Jayce s'y reprend à deux fois avant de te faire des reproches, non ?

— Je suis la douceur même.

— C'est cela, oui…

Elle se mit à rire.

— J'y suis peut-être allée un peu fort.

— Tu crois ? ricanai-je. Tu l'as traité de « dents de cheval » quand même. Si elle te revoit dans le magasin, ça risque d'être chaud.

— Pas grave, ma meilleure amie est boxeuse. Tu la défonceras.

Je levai ma main paume ouverte et elle topa dedans.

— Allez ! En route !

Celia était ma plus intime confidente depuis plus de deux ans maintenant. Elle était d'origine tchèque, alors autant dire que son petit accent ainsi que sa beauté épurée faisaient clairement chavirer les cœurs. Grande blonde à l'allure sportive, elle ne laissait jamais les hommes indifférents. D'autant que son sourire les rendait béats d'admiration. Elle faisait très souvent tourner les têtes, que ça soit au bar où elle travaillait ou quand nous étions de sortie. Les filles non plus n'étaient pas indifférentes à son charme, sauf qu'elles portaient sur Celia un regard brûlant de jalousie. *Ah, les filles…* Il n'y avait pas pire fléau.

C'était Jayce qui avait remporté le cœur de ma meilleure amie. Je le connaissais depuis toujours, il avait trois ans de plus de moi, mais nous avions pour ainsi dire grandi ensemble. Son père était boxeur comme le mien. Ils s'entraînaient ensemble alors, forcément, on se voyait très souvent tous les deux. Il n'avait jamais voulu suivre les traces de son paternel, cela dit. Il tenait un bar à côté du club dans lequel nous nous entraînions, et venait boxer juste pour se défouler et se maintenir en forme. C'est un soir qu'il fermait son bar qu'il avait rencontré Celia.

∞

Les ruines, le chaos, un champ de bataille… Dit comme ça, ça aurait pu être un début de synopsis pour un nouveau blockbuster, mais non, je parlais bel et bien des soldes. *Oh, mon Dieu…* Comment Celia avait-elle réussi à me traîner là-dedans ?

J'observai, ébahie, la folie qui possédait tous ces abrutis en train de se battre tandis que mon amie était en train de peaufiner son plan d'attaque pour acheter méthodiquement. Une stratégie était de rigueur, en effet, mais quand même… Deux mecs étaient en train de se disputer une télé à écran plat tandis que plus loin une mère se servait de son gosse comme bouclier pour atteindre les ordinateurs portables. D'autres hurlaient comme des succubes assoiffés de sexe. On pouvait crier comme ça pour Ryan Gosling, Adam Levine ou encore Bradley Cooper, mais pour des rabais de taies d'oreillers et de couverts, je ne comprenais pas vraiment. Si Spielberg le voulait bien, j'avais la trame et même le titre de son prochain film, « *Le Black Friday*… Tous les ans, il est de retour !! ».

— On va voir la lingerie ? demanda Celia.

J'acquiesçai. J'avais un *credo* très simple qui disait : « Quitte à faire quelque chose, autant le faire bien. » Et je l'appliquais même aux soldes. J'adorais avoir de jolis dessous et garnir mon tiroir de plein de couleurs et de formes, et ça même si je n'avais personne à qui les montrer.

Il y avait un monde de dingue, mais j'étais motivée à me glisser dans de la belle lingerie. Je me faufilai comme une lionne vers les étalages, couinant d'amour devant les plus beaux modèles.

— On dirait que tu vas jouir, se moqua Celia.

— Mentalement, c'est déjà fait, dis-je en sélectionnant directement trois tangas.

— Si jouir mentalement te convient, ma foi !

Je tirai la langue. Je n'avais pas envie d'épiloguer.

Vingt minutes plus tard, j'avais plus d'une vingtaine de culottes différentes, tous types confondus, du tanga au string en passant par les *shorties*, du noir, du gris, du rose, du jaune, j'avais les yeux qui pétillaient. Pareil pour les soutiens-gorges, dont un à balconnet nacré qui se nouait sur le devant.

Celia en avait au moins autant que moi. Elle me montra ensuite les nuisettes et le coin cocooning. J'acquiesçai. Si Celia trouva quelques nuisettes qui allaient ravir son homme, moi je me contentai d'un short en satin.

— J'sais pas toi, mais moi, je me sens heureuse ! soupira Celia alors que nous sortions du magasin de lingerie.

— Ça s'appelle l'art d'avoir la belle vie, chérie. Le pouvoir d'acheter des fringues.

Malgré nos mains déjà prises par les nombreux sacs, je suivis Celia dans le magasin suivant. Autant dans la boutique de lingerie les femmes étaient courtoises et polies, autant dans le magasin de vêtements où nous venions d'entrer c'était de vraies lionnes. Seuls les soldes et les tee-shirts mouillés de transpiration de Justin Bieber pouvaient en un instant montrer la vraie nature d'une femme. *Triste réalité…*

En même temps, si Mario López débarquait avec son sourire tout en fossettes, je n'étais pas certaine de pouvoir me contrôler non plus. *Triste moi…*

En attendant, je servais de portemanteau tandis que Celia me donnait les fringues qu'elle trouvait pour nous deux.

— Mon Dieu ! soupira-t-elle plus tard, alors que nous prenions place dans un café. J'ai mal aux pieds…

Je souris en levant la main pour attirer un serveur.

— Ne te plains pas, tu auras un massage en rentrant.

Elle sourit.

— Oui, je sais. Tu fais ta sarcastique, mais, tu sais, tu pourrais avoir un mec aussi. T'as tout ce qu'il faut là où il faut… à moins que tu caches un micropénis dans ta culotte, bien sûr !

Je secouai la tête. Celia n'avait pas tort, j'avais eu quelques occasions manquées, mais je n'en étais pas encore au point de le regretter. Aucun des garçons qui m'avaient approchée ne m'avait fait tourner la tête au point de… J'avouais sincèrement que c'était la sécheresse et la tristesse dans ma culotte, mais je n'en étais pas au point d'écarter systématiquement les cuisses chaque fois que je voyais un beau mâle.

Hypocrite, me lança la petite voix dans ma tête.

— Hé ! à quoi tu penses comme ça ? lança Celia en me ramenant à la réalité.

— À ce que tu as dit. Ma vie de célibataire me convient.

Difficile de lui faire entendre raison. Celia voulait à tout prix que je me case.

— N'importe quoi… Et Asher ?

J'arquai un sourcil, elle haussa les épaules. Le serveur arriva à ce moment-là. Je soufflai en appréciant mes quelques secondes de répit.

— Que puis-je vous servir ? demanda un jeune homme de notre âge.

— Un chocolat chaud, dis-je.

— Deux, enchérit Celia.

Il acquiesça puis tourna les talons pour lancer notre commande. Voilà que mon répit s'achevait…

— Il est sexy, non ? fit mon amie.

— Qui ça, le serveur ?

— Non, débile ! Asher…

Je tirai la langue. Celia était persuadée qu'il se passait un truc entre nous. Elle disait qu'un jour toute cette tension allait exploser. Elle l'espérait plutôt. J'étais certaine qu'elle adorerait me voir avec n'importe qui. Quoi qu'il en soit, mais bien sûr les taquineries d'Asher, un de nos amis, l'amusaient beaucoup. Pour moi c'était réglé, il ne se passerait rien entre nous. Il ne se passerait rien avec personne.

Je ne laissais aucun homme s'approcher de moi depuis longtemps. J'avais perdu mon Gale sans le perdre totalement et aujourd'hui je me sentais coupable à la moindre attirance que je pouvais ressentir pour un autre homme.

C'était comme si ma vie était en suspens, perdue entre deux dimensions parallèles. Le passé et le présent s'entrechoquaient et me retenaient prisonnière.

— Et on va lui remettre une médaille parce qu'il est beau ? répliquai-je. D'une, ça ne fait pas tout, et de deux je ne veux pas de ça. Tu le sais très bien.

— Asher n'est pas qu'une belle gueule. Tu le sais très bien aussi.

Je soupirai. Elle pinça les lèvres et se laissa aller en arrière. Quand elle faisait ça, c'était qu'elle cherchait quoi dire. Généralement, elle trouvait. Avoir le dernier mot, c'était sa spécialité.

— En plus, il a un tableau de chasse qui ferait rêver Tiger Woods, et il se tape deux meufs différentes par semaine…, ajoutai-je avant que Celia ne reprenne la parole. Je ne suis définitivement pas ce genre de filles. Je suis unique, chérie. Je ne passe pas à la chaîne parmi des dizaines d'autres.

— C'est parce qu'il ne t'a pas qu'il fait ça.

J'arquai un sourcil, elle me lança un sourire des plus éclatants. J'avais peur d'entendre la bêtise qu'elle allait encore me sortir.

— Il essaie de te rendre jalouse.

J'ouvris la bouche, mais je me rétractai en voyant le serveur se pencher à notre table pour y poser deux tasses remplies de chocolat et de crème.

— Ce que tu dis est complètement ridicule, répliquai-je finalement.

— C'est dommage, parce que vous iriez bien ensemble.

— Ah bon ? Et tu sors ça d'où ?

— De ce que je vois.

Je rougis.

— Mais bon, siffla Celia, tu crois tout savoir. Je te connais pourtant mieux que toi-même, mais t'es bornée…

— Tout à fait… Maintenant, concentrons-nous plutôt sur le plus important : le chocolat.

— Et ta libido, qui va la ravir ? Si tu continues comme ça, tu ne seras jamais heureuse. Et ça sans forcément parler d'Asher.

Celia était du genre à aller au-delà de ses peurs, elle les avait affrontées de nombreuses fois par le passé. Elle essayait de me forcer à affronter les miennes. Elle connaissait mon histoire et elle me poussait à aller de l'avant. Je l'aimais pour ça, ça me faisait beaucoup de bien, mais je n'y arrivais pas. J'avais l'impression de le trahir. Je me sentais égoïste.

— Je n'ai pas envie de parler de ça, dis-je en soupirant.

Elle abdiqua avec un sourire, mais je la connaissais assez bien pour savoir qu'elle ne laisserait pas tomber si facilement. Je pris une gorgée de chocolat.

— Tu as raison, dit-elle.

Jusque-là tout va bien…

— Mais je t'adore, tu sais… et tu devrais laisser la vie t'apporter ce qu'elle a de bien, c'est tout. Pour Gale, tu n'y es pour rien. Tu ne peux pas te braquer comme tu le fais à ton âge. Il ne le voudrait pas.

Voilà, voilà…

Elle n'était pas la seule de mon entourage à me répéter sans cesse que je devais aller de l'avant. Mon père et Mason, mon meilleur ami, allaient aussi dans ce sens. Mais rien n'y faisait, je n'y arrivais pas.

Mon blocage remontait à plus de quatre ans en arrière. Pour moi, c'était hier. J'étais maintenue dans le passé. Je n'oubliais pas. Je n'y parvenais pas. C'était impossible. Et les mots prononcés à ce moment-là restaient gravés dans ma mémoire et sonnaient chaque jour comme un tocsin.

« Vis avec ça. »

Je déglutis et ma gorgée suivante eut du mal à passer. J'eus l'impression de boire de l'acide. Je vivais avec le poids de la culpabilité. Malgré tout, j'avais appris à masquer mes émotions et Celia ne se douta pas de ce qui se passait dans ma tête.

— Depuis quand tu n'as pas joui ? demanda-t-elle de but en blanc.

Je gardai le silence.

— Bah, tu vois, ça c'est un problème, fit-elle. Quand tu ignores la date de ton dernier orgasme, c'est que tu te relâches et que tu ne prends pas assez soin de toi. Tu n'as pas le droit de t'imposer ça, tu sais, ma douce. Je te l'ai déjà dit, et je te le répéterai jusqu'à ce que ça rentre dans ta jolie caboche.

Elle but à son tour.

— Ma parole, t'es devenue la gardienne de ce qui se passe dans ma culotte ? demandai-je avec un sourire moqueur.

— Depuis que tu la négliges délibérément, oui ! Et estime-toi heureuse, pour le moment, je ne te donne que des conseils.

— Et quels conseils, très avisés et subtils ! En gros, je dois attirer n'importe quel mâle, écarter les cuisses deux minutes et espérer jouir… Et l'amour dans tout ça ? Non merci, Celia, ça ne m'intéresse pas. Pas maintenant.

Je restai calme néanmoins, ma meilleure amie était perspicace.

— Je sais, mais songes-y avant d'user la surface de ton pauvre pommeau de douche.

J'ouvris la bouche, d'abord offusquée, avant de pouffer de rire.

— Bon sang, mais quelle abrutie tu fais !

— Tu sais surtout que j'ai raison, ricana-t-elle.

Chapitre 2

Notre virée entre filles s'étant éternisée, j'avais accompagné Celia au bar pour qu'elle prenne son service. J'avais envie de voir notre bande d'amis et de me détendre un peu avant de rentrer et de plonger dans mes révisions pour le reste du week-end.

J'adorais aller dans ce bar. Il n'avait rien de particulier, pourtant : quelques tables et chaises noires, des banquettes rouges et noires dans le fond de la salle, une petite estrade pour les groupes ou chanteurs qui venaient parfois et deux télévisions pour les soirs de match. Mais il y avait toujours du monde, et une ambiance conviviale. Jayce faisait les meilleurs cocktails de toute la ville et son bar ne désemplissait jamais. Puis c'était là qu'on se retrouvait toujours avec la bande, un peu comme le groupe de *Friends* avec le *Central Perk*.

Dylan et Celia s'affairaient derrière le bar pour servir les clients tandis que Jayce régnait tel un lion sur la savane. Les bras croisés sur son torse, il veillait calmement et s'assurait qu'il n'y avait aucun grabuge.

Moi, j'étais crevée après cette journée ; en plus d'avoir les jambes en compote, j'avais la tête qui bourdonnait légèrement. Je n'allais pas faire long feu ce soir. D'autant plus que j'étais venue dans la voiture de Celia, j'allais donc devoir rentrer à pied avec mes sacs.

— Bon sang ! j'ai les jambes tellement lourdes ce soir, se plaignit Celia.

— On ne peut pas passer sa journée à faire du shopping et être en forme le soir, bébé, répondit Jayce d'un ton moqueur.

— Mais tu me feras un massage, hein ? fit-elle sur un ton boudeur.

À voir l'expression que Jayce affichait, elle avait gagné. Il lui fit un clin d'œil et servit un client.

Je souris, puis reportai mon regard sur Dylan, qui était en train d'essuyer la vaisselle. Elle était toujours aussi belle. Ses cheveux blonds attachés en queue-de-cheval dansaient dans son dos et, depuis son arrivée à San Francisco, elle avait pris des couleurs. Le soleil de la côte californienne ne faisait que l'embellir davantage.

— Nate ne vient pas ce soir ? lui demandai-je.

Elle fit « non » de la tête. Nate était coach au club de boxe, mais aussi un très bon ami à moi. Lui et Dylan filaient le parfait amour.

— Pas ce soir, dit-elle. Kyle a un peu de fièvre.

Kyle, c'était le fils de Nate. Ce bambin de quatre ans était mignon au possible et faisait déjà chavirer les cœurs avec sa bouille à croquer.

— Oh, mon bonhomme ! Qu'est-ce qui lui arrive ?

— Un vilain rhume, alors papa veille au grain.

— T'as hâte de rentrer pour les retrouver, hein ?

Elle esquissa un sourire qui voulait tout dire. Je ris. Dylan avait débarqué dans le club de boxe quelques mois auparavant, elle allait en cours à l'université la journée et travaillait au bar de Jayce le soir.

— Nate va me manquer en tant que coach, soupirai-je. Ça va faire tout drôle sans lui. J'ai l'impression qu'il est là depuis toujours.

— Tu m'étonnes, approuva Jayce en se joignant à nous.

— Il s'entraînera toujours, lança Dylan. Il ne va pas vous abandonner.

Je souris. Je voyais mal Nate arrêter définitivement la boxe de toute manière.

— Papa rechigne à faire des recherches, en tout cas. Il m'a même demandé de m'occuper des annonces, soupirai-je. Il n'est absolument pas motivé.

Mon père était le propriétaire du club de boxe auquel nous appartenions presque tous.

— Les annonces pour ?

Je me tournai vers la voix masculine et je fus accueillie par le sourire de Mason. Je serrai mon meilleur ami dans mes bras. Il salua tout le monde et s'assit à côté de moi.

— Pour trouver un remplaçant à Nate, expliquai-je.

— Ça va être dur, c'est clair !

En même temps, j'étais heureuse pour Nate. Il commencerait après les vacances de Noël un stage rémunéré à temps plein dans un gros cabinet d'avocats. Il avait une chance d'y être engagé par la suite. Ce serait alors l'accomplissement du rêve dont il nous parlait depuis que nous le connaissions.

— Je te sers quoi ? lança Dylan à Mason.

— Une bière. Tu en prends une avec moi ? me demanda-t-il.

— Non, répondis-je. J'en ai déjà bu une. En revanche, je prendrais bien un Coca.

Dylan acquiesça. Celia était en salle, elle nettoyait quelques tables. Ce soir il ne manquait plus qu'Asher et la bande serait presque au complet.

— Tu vas bien ? me demanda Mason.

Je croisai son regard. Il était toujours protecteur avec moi. Je l'avais rencontré au collège un jour où le déluge s'était abattu sur tout San Francisco. Les cours avaient été annulés et nous étions tous réunis dans le gymnase avec la consigne de ne pas bouger et d'attendre que nos parents arrivent pour nous ramener chez nous. On a commencé à parler et, au final, nous étions les derniers à attendre que l'on vienne nous chercher. Comme il n'avait personne pour le ramener, mon père s'en est chargé. Mason était fan de boxe et ce fut le début de notre amitié. Une amitié qui perdurait et dont j'avais besoin.

— Oui, dis-je en souriant et en pointant les sacs à mes pieds. J'ai fait du shopping.

Il sourit. J'adorais quand il laissait pousser ses cheveux blonds, un peu à la manière d'un surfeur. Ça lui allait bien et les filles en raffolaient. Lui aussi était assez prisé, mais, à la différence d'Asher, ou de Jayce avant l'arrivée de Celia, Mason était très discret sur sa vie intime.

— Et tes révisions ?

Cette fois-ci je soupirai. J'avais des examens trimestriels dans quelques jours.

— Avec Ayana on se fait des cessions de révisions. Ça avance, je ne m'inquiète pas. À moins de perdre complètement mes moyens, je bosse assez pour ne pas me foirer lamentablement. J'ai juste hâte de finir ces deux années et de pouvoir passer à l'internat.

Dylan posa les boissons devant nous.

— Il se passe quoi à la fin des quatre ans ? demanda-t-elle.

— On me donne un titre de docteur en médecine. Je ne pourrai pas encore exercer, j'irai en internat, et je serai sous la tutelle d'un médecin pendant quatre ans. Et à la fin de mon internat je pourrai enfin me spécialiser.

— Encore six ans, je ne sais pas comment tu fais, grimaça Celia, qui s'était arrêtée près de nous entre deux commandes.

— Je n'aurais pas la patience non plus, soupira Dylan. J'ai hâte d'en finir et d'ouvrir mon magasin. Mais tu es tellement courageuse !

— J'adore ça. Je n'y pense pas. J'ai juste tellement hâte de commencer l'internat et d'être réellement au cœur des choses !

— Tu sais déjà ce que tu veux faire ? demanda-t-elle.

— Pas vraiment, je crois que j'aimerais beaucoup être médecin urgentiste. On verra.

Elle me lança un sourire éclatant. Quand je voyais le regard des gens quand je leur parlais de médecine, j'avais l'impression de les impressionner. Je n'avais pourtant pas le sentiment de faire quelque chose d'impressionnant.

— En parlant d'Ayana, je l'ai vue hier. Elle accompagnait sa sœur, dit Mason.

Ayana était une camarade de cours. Son lien avec Mason était purement médical. Il était kinésithérapeute, et la sœur de mon amie était sa patiente.

— Elle m'a dit qu'elle faisait beaucoup de progrès.

— C'est le cas, la gamine est époustouflante de volonté. Elle ne s'avoue jamais vaincue. Elle est parfois plus mature que d'autres de mes patients plus âgés.

Pour la connaître moi-même, je le savais, oui.

— Salut tout le monde !

Le dernier membre de la bande était là.

— Salut, Chamarlow !

Je grimaçai. Je détestais ce surnom. C'était une appellation débile qu'avait trouvée Asher. Un condensé de « Chamallow » et de « Marlow » et il n'était pas peu fier de sa trouvaille. Quand il me surnommait ainsi, je l'affublais toujours du nom de famille d'une Ashley célèbre, genre Olsen ou Tisdale, pour titiller un peu sa virilité. Ça l'énervait autant que sa manie me donnait envie de le frapper.

Il serra la main de Mason et m'enlaça avant de se placer sur ma gauche. Il portait un tee-shirt noir sous sa veste en cuir marron, et son jean et ses boots étaient noirs aussi. Ce qui m'attirait cependant, c'était ses lunettes d'aviateur, qu'il avait coincées dans le col en V de son maillot. Il m'adressa un sourire en coin, faisant apparaître ses fossettes.

Quand il souriait, je pensais toujours à une parenthèse. Un sourire entre parenthèses. Avec ses airs de latino, ses cheveux bruns qui encadraient son visage en de légères ondulations indomptables, ses yeux noirs et ses fossettes, il était plus que séduisant.

— Tu vas bien ?

— Impeccable, Benson ! répondis-je.

— Ah ! s'exclama-t-il, radieux. Je ne la connais pas celle-là.

— Une actrice pour série à midinettes. Une très belle blonde, elle te ressemble trait pour trait. Elle est sublime. Ton portrait craché.

— Alors, tu me trouves sublime ?

Je l'ignorai et bus une gorgée de Coca. Il ricana.

— J'ai dit que tu ressemblais à une fille. Un joli brin de fille.

— J'ai tout d'un garçon, tu sais ! Si tu te donnais la peine de regarder un peu mieux et de jouer les curieuses, je pourrais te montrer. Tout est normal, si ce n'est la taille de mes abdos et de ma bite.

— T'as vraiment dit ça, mec ?! s'esclaffa Mason.

Dylan me lança un regard à la fois amusé et désolé.

— Bah quoi, c'est la vérité ! se défendit Asher. J'y peux rien moi.

— Elle doit être toute petite alors, puisque tout le reste est normal ! répliquai-je.

— Tu sais bien que c'est l'inverse. Enfin, Marlow, tu me déçois.

— Bah alors, Little Marlow, à quoi tu pensais ! rajouta Mason, toujours hilare.

Je croisai le regard du latino à fossettes. Tout sourires, il était encore plus séduisant.

— Pour te répondre une fois pour toutes, sache qu'elle est énorme. Personne ne s'en plaint jamais. Bon, c'est vrai que d'habitude elles ont la bou…

— Ne finis pas ta phrase ! m'exclamai-je. Je t'en prie, personne ne veut savoir ça. Bon sang, s'il y a bien quelque chose d'énorme chez toi, c'est la connerie ! Tout le monde se fout d'Asher Junior. Alors, si tu pouvais clore le débat, on t'en serait tous reconnaissants.

— C'est toi qui as commencé ! répliqua-t-il. Et puis, si tu lui donnes déjà des petits surnoms je vais finir par croire qu'il se cache un soupçon d'intérêt derrière ce visage froid… ?

— T'as raison, elle doit être énorme, il n'y a plus de sang pour irriguer ton pauvre cerveau.

— Tant que je le vis bien, ma foi ! Tu sers une bière à ton client le plus sympa ? demanda-t-il à Dylan.

— Ça marche ! répondit l'intéressée.

Comme toujours les sourires et l'énergie solaire d'Asher déteignirent sur tout le monde. Il n'arrivait cependant jamais à percer mon armure.

Je faisais tout pour.

∞

Il fait chaud. Trop. Le soleil est presque à son zénith. La fin d'année approche et ce cycle qui me semblait jusque-là interminable me paraît, à l'aube de son achèvement, trop court. Beaucoup trop court. Les années lycée… J'ai l'impression de ne pas en avoir assez profité. Elles vont me manquer. Ma première bière, mon premier baiser, nos premières balades en skate et en rollers, les repas du midi dans le parc d'à côté, James le surveillant trop sexy, les séances maquillages et papotages dans les toilettes, les petits mots que nous nous faisions passer en cours, Ella qui fabriquait des colliers de fleurs pendant que Mason jouait de la guitare, et nos moments de fraude quand nous faisions le mur pour ne pas aller en cours d'espagnol…

Assise à côté de la fenêtre, je rêvasse et je regarde les traces de fumée dans le ciel que laisse un avion derrière lui. Un peu à l'image du lycée que nous laissons derrière nous pour avancer vers notre vie d'adulte.

Tout le monde va partir, se séparer et nous entrerons dans le grand bain, l'université, la vie active, nos choix changeront nos vies… Maman ne cesse de me dire que j'ai le droit de me tromper, que je suis jeune et que j'aurai le temps de rebondir.

Ella, ma meilleure amie, part à la rentrée pour Los Angeles. On sera plus loin l'une de l'autre qu'on ne l'a jamais été. Elle a été acceptée à l'USC, l'université de Californie du Sud, l'une des plus prestigieuses du pays, pour y étudier les arts cinématographiques. Elle rêve d'être scénariste. Et je sais qu'elle en est tout à fait capable.

Mason, son petit ami et mon meilleur ami, est à Stanford depuis un an déjà. Il doit valider une année de médecine avant d'intégrer une faculté spécialisée qui forme les kinésithérapeutes.

Quant à moi, j'ai reçu hier la lettre contenant la validation de mon inscription à Stanford, et je suis en train d'osciller entre bonheur et nostalgie.

Ella n'arrête pas de nous dire qu'on se verra toujours autant. Pendant les week-ends et les vacances. Je suis moins optimiste. Je sais le boulot qu'on aura ; la fac de médecine pour moi, l'art pour elle… ce n'est pas rien. Les choses sérieuses commencent.

La cloche sonne, on se lève.

Tout le monde s'affaire dans le couloir, on se dirige vers nos casiers pour prendre nos manuels d'histoire.

— C'est toujours bon pour samedi ? demande Ella.

— Et comment ! je réponds. J'ai trop hâte.

Hâte d'aller chercher ma robe et d'aller danser avec Gale.

On discute de nos robes choisies depuis des jours, mais il faut croire que nous n'avons pas épuisé le sujet puisque chaque fois on trouve le moyen de revenir dessus. Nous nous arrêtons néanmoins de parler quand Sophia, l'oratrice des annonces, fait grincer les haut-parleurs. Le bruit se diffuse partout dans le lycée et tout le monde cesse de parler pour écouter.

Les uniformes seront bientôt disponibles. Les albums aussi. Elle parle aussi du bal de fin d'année. Tout arrive. Malgré moi mes yeux pétillent…

J'ai tellement hâte !

— Marlow ? Marlow ?

Je sursautai et ouvris brusquement les yeux.

J'étais dans la voiture d'Asher. Je tournai vivement la tête, croisai son regard et rougis devant son sourire.

— Tu étais endormie.

Je sentis quelque chose contre ma cuisse. Je baissai les yeux et dégageai ma jambe lorsque je vis sa main sur moi.

— Désolé, tu ne te réveillais pas.

Mason étant venu à moto, il n'avait pas pu me ramener. Asher avait alors insisté pour me raccompagner, refusant que je rentre seule avec mes sacs en pleine nuit. Jayce avait lui aussi lourdement insisté. Comme j'étais fatiguée, je m'étais probablement assoupie durant le trajet et j'avais repensé à Ella.

Bon sang, la honte !

— Tu es arrivée à destination.

Je me rendis compte que la voiture était garée devant mon immeuble.

— Oh, merci !

Je me redressai et grimaçai. Encore cette oreille qui bourdonnait. Ces derniers temps, c'était de plus en plus fréquent. J'avais un peu de mal à entendre correctement. J'avais probablement un bouchon d'oreille, mais j'avais la flemme d'aller voir le médecin, surtout avec la quantité de boulot que j'avais. Entre les entraînements de boxe et ma troisième année de médecine, c'était à peine si je voyais passer mes week-ends parfois. Alors, du coup, quand j'avais un peu de temps pour moi, j'essayais de le garder pour mes loisirs et non pas pour poireauter trois heures dans une salle d'attente.

— Tout va bien ? s'enquit Asher en me voyant grimacer.

Je hochai la tête. Les quelques rides d'inquiétude sur son front le rendaient adorable.

— Certaine ?

— Oui, je suis juste crevée. Merci de m'avoir ramenée.

J'ouvris la portière pour sortir. Je n'avais qu'une hâte : retrouver mon lit. Asher descendit de voiture et fit le tour pour aller récupérer mes sacs dans le coffre.

Je tendis les mains pour les lui prendre, mais il secoua la tête.

— Je t'accompagne jusque chez toi, je meurs d'envie de pisser. Je vais me faire dessus si je n'y vais pas. Je me suis enfilé une bière et deux Coca.

Je soupirai. Je n'aimais pas tellement l'idée qu'il monte chez moi. Pas parce que j'avais peur de lui, j'avais plutôt peur de moi en réalité. Asher était rentre-dedans et je m'évertuai à esquiver ses approches, mais il ne se décourageait jamais et ses allusions étaient de plus en plus nombreuses chaque fois qu'on se voyait. Je savais que ce n'était qu'un jeu pour lui, et je n'avais clairement pas envie d'entrer là-dedans.

— OK, mais j'irai aux W.-C. la première.

Il sourit et me suivit. Je le fis entrer et me débarrassai de mes chaussures. Il n'était venu qu'en de très rares occasions dans mon appartement, et jamais seul. Il y avait toujours eu la bande avec lui.

Cela me mettait mal à l'aise. Je ne pouvais m'empêcher de penser à Gale. En vérité, je pensais absolument toujours à Gale, mais dans certaines situations plus que d'autres.

— Tu n'as qu'à poser les sacs sur la table. Fais comme chez toi. Je reviens.

Je trottinai jusqu'au trône, avec un abattant licorne, s'il vous plaît. C'était un cadeau pour ma pendaison de crémaillère : une licorne coquine qui faisait un pipi arc-en-ciel. Je poussai un râle de bonheur, certes pas très sexy, mais que celui qui n'avait jamais exprimé son soulagement aux toilettes me jette la première pierre. Je me lavai les mains avant de sortir puis je rejoignis Asher.

— Non, mais tu fais quoi là ? grommelai-je.

Il était en train de fouiller dans mes sacs de lingerie. Il releva la tête, l'air tout à fait innocent.

— Tu m'as dit de faire comme chez moi, se défendit-il. Je regarde ce que tu as acheté…

Je bondis sur lui, et il recula gracieusement d'un pas en ricanant.

— Franchement, râlai-je. Est-ce que j'ouvre les boutons de ton jean pour regarder ce que tu portes ?

— Non et c'est bien dommage ! répondit-il en riant, tout en faisant paresseusement danser un de mes nouveaux tangas autour de son doigt.

Oh, mon Dieu… Je savais bien que c'était une mauvaise idée de le faire monter.

Je lui arrachai mon tanga des mains.

— Je suis à ta disposition si tu veux qu'on soit à égalité, ajouta-t-il.

— Espèce de détraqué… Va pisser et casse-toi, j'ai envie de dormir !

— Oh, quoi ! Détends-toi, Chamarlow.

— Je veux bien, mais je ne suis pas certaine que tu apprécies que je le fasse. Un coup de pied dans les bijoux de famille, ça te va comme détente ?

— Non, Asher Junior n'aime pas qu'on lui fasse du mal et on n'est pas non plus obligés d'en arriver à de telles extrémités ! Et puis je ne suis pas détraqué, juste curieux.

— Je t'en foutrais de la curiosité, moi, Simpson !

Il sourit, je fourrai ma culotte dans un des sacs. Il devait voir une sacrée cargaison de petites culottes avec sa libido.

— T'en as acheté une tonne, dis-moi… et certaines sont assez sexy.

Bon sang, mais il avait tout fouillé, ou quoi ?

— C'est drôle parce que, vu comme tu es froide, je t'imaginais plus avec une culotte en fer forgé, comme quoi, on croit connaître les gens…

— Ce n'est pas parce que, toi, t'es tout chaud, prêt à l'emploi, qu'on doit tous t'imiter.

— Tu as raison, aujourd'hui je ne porte rien.

Je rougis bien malgré moi, et répliquai avec autant d'aplomb que possible :

— Bien heureuse de savoir que les joyaux de la famille se baladent librement.

Il me fit un clin d'œil. Je secouai la tête, exaspérée.

— Et c'est pour qui tout ça ? demanda-t-il. Tu nous as caché un nouveau prétendant ?

— Va te faire foutre, Ash. Ça ne te regarde pas.

— Bah si, faut nous le présenter. Qu'on puisse l'intégrer dans la bande comme il se doit.

Il ne savait rien de Gale, rien de mes motivations et de ce qui me poussait à m'éloigner des hommes.

— Mon cul, Asher. C'est pour mon cul, il me menace de grossir si je ne le chouchoute pas avec de jolies choses. Du coup, je l'écoute.

— Tu dois en prendre soin depuis des années, alors ! Parce que…

— T'as tout compris ! le coupai-je. Maintenant, va pisser ! Et je ne veux pas savoir ce que tu penses de mon cul.

— Tu es sans pitié avec moi, soupira-t-il en partant vers les toilettes.

Je soufflai.

Il ne s'attarda pas après son rapide passage aux toilettes.

Malgré l'amitié que j'éprouvais pour lui, me retrouver seule en sa compagnie était rare et me mettait mal à l'aise. Je ne ressentais pas la même chose avec les autres garçons de la bande. C'était différent, et pas seulement parce que Jayce et Nate étaient en couple, ou que Mason était mon meilleur ami. Je les avais tous connus célibataires, pourtant.

Asher me rappelait sans doute ce qui peuplait mon passé et mon présent.

Chapitre 3

Ella est tellement belle.

J'ai toujours envié sa beauté, son exotisme, sa manière de faire de son ethnie une différence. Dans sa robe bustier rouge brodée de perles, elle est divine. Elle est faite sur mesure, rien que pour elle, alors forcément elle l'épouse comme une seconde peau.

—Alors ? demande-t-elle.

— Tu es absolument parfaite. Mason va retomber amoureux de toi.

Elle tourne sur elle-même, sa robe caresse le sol comme si le tissu était magique.

—Je n'arrive pas à croire qu'on va fêter nos un an ce soir-là en plus. C'est tellement magique.

J'ai l'impression qu'elle est désormais prête à conquérir le monde, qu'après notre bal rien ne pourra plus l'arrêter. Ella fait souvent cet effet-là, c'est sans doute pour ça que lors de notre première année, quand nous nous sommes rencontrées, nous avons tout de suite sympathisé. Elle avait une aura de conquérante dans laquelle je me suis blottie pour avancer avant de prendre conscience de la mienne. Après tout, j'étais une Scarlett, la fille d'un vice-champion du monde de boxe.

Elle avait la même tête qu'à l'époque, ces mêmes résolutions dans le regard qui disaient qu'on vaincrait ces années haut la main, et qui disaient maintenant qu'on vaincrait la fac, la vie active, l'avenir.

J'aimerais avoir sa force, mais je reste encore attachée à ce qu'on va laisser après la fin du bal et du lycée. Je me console en me disant que ces souvenirs seront à jamais gravés dans nos mémoires.

Quand c'est à mon tour d'essayer ma robe, les résolutions d'Ella me parviennent comme un vent d'été.

Elle a raison, tout ira bien.

Je me déshabille dans la grande cabine puis j'enfile ma robe bleue. C'est une longue robe turquoise avec des bretelles qui se croisent dans le dos, et échancrée sur le devant ; comme celle d'Ella, elle traîne au sol. J'ai hâte que Gale la voie.

Je sors de la cabine pour me regarder dans la grande glace.

Je me fige. Je ressemble à ma mère.

Elle allait pleurer en me voyant, c'était certain.

— Ouah ! s'exclame Ella. Tu es magnifique !

Je me décale afin de voir mon dos plongeant.

Je me trouble.

C'est la première fois que je me sens vraiment belle.

C'est déroutant.

∞

J'avais dormi tout le week-end, et pourtant j'avais l'impression qu'il me faudrait encore toute une semaine pour récupérer de la fatigue que j'avais accumulée. Cela étant, j'étais quand même en meilleure forme que le samedi soir. Après le départ d'Asher, je m'étais forcée à réviser dans le salon pour m'avancer un peu ; ce n'était pas une corvée, bien au contraire, mais j'avais appris qu'en médecine laisser traîner des cours n'était pas bon, et qu'après, pour les rattraper, il fallait se lever de bonne heure.

J'adorais par-dessus tout apprendre la mécanique des corps, mais c'était difficile parfois, surtout avec mon train de vie. Pour autant, il était hors de question que je laisse tomber. J'avais terminé de recopier mon cours de biologie et j'avais pu réviser.

Sauter la case « salle de bains » avait largement aidé à rentabiliser mon temps. Ne me jetez pas la pierre. Une femme sur dix passe son dimanche en mode loque, la dernière ne sait pas ce qu'elle rate. Rien de tel qu'un dimanche en pyjama et pantoufles, emmitouflée dans sa couette. Le plus dur dans l'histoire, c'était le lundi.

Sept heures du matin. J'étais debout depuis deux heures déjà. Mon récent rêve m'avait tiré très tôt des bras de Morphée. Je n'aimais pas qu'ils soient peuplés de ces souvenirs ; j'y pensais déjà bien assez souvent quand j'étais éveillée et j'aurais apprécié un peu de paix pendant mon sommeil. Ça me faisait tellement mal quand ces souvenirs refaisaient surface.

Ella, Gale… Ils me manquaient atrocement.

J'avais déjà fait mon jogging pendant une quarantaine de minutes, je m'étais lavée, habillée, maquillée, mon sac était prêt. J'attendais que la plus merveilleuse des boissons finisse de passer et qu'elle arrive dans ma tasse afin de m'offrir l'énergie nécessaire pour aller en cours.

Une fois prête, j'enfilai mon manteau, mis mon bonnet et m'emmitouflai dans mon écharpe. Dans l'entrée, j'affrontai mon reflet dans le miroir. J'avais les yeux rouges, le front luisant et des valises de trois kilos sous les yeux.

Ce matin, je ne valais pas plus de cinq sur dix. Et encore, j'étais gentille.

Je n'y prêtai pas vraiment attention ; après tout, je ne cherchais à plaire à personne. Je m'installai derrière le volant et je me mis en route pour ma journée de cours. J'en avais pour un peu plus d'une trentaine de minutes de trajet. J'avais encore mal aux oreilles ce matin, et j'avais pris une aspirine avant de partir, mais ça ne semblait pas faire effet.

J'ignorais pourquoi, mais cette année me semblait plus difficile que les autres. Je me garai sur le campus et je descendis rapidement de voiture. Je n'étais pas en avance ce matin. Les mains calées dans le fond de mes poches, j'accélérai le pas.

Arrivée devant Stanford, je souris. Cette université m'avait toujours fait rêver.

— Hé, toi ! me salua Ayana, qui m'attendait sur notre petit banc habituel. Je t'ai appelé plusieurs fois. Ma parole, tu deviens sourde !

Je m'excusai en l'étreignant.

Ayana était ma copine de cours. Une très bonne amie même. On en avait vécu des choses toutes les deux ! Nous avions commencé notre première année ensemble, et, ça, ça créait un lien indélébile, comme elle disait. Nous avions traversé les mêmes épreuves, on pouvait presque parler de « sœurs d'armes ».

Nous nous étions rencontrées dans l'amphithéâtre, où nous étions quatre cents étudiants à vouloir ce qu'une minorité obtiendrait.

Nous devions passer le MCAT[1] et on nous rabâchait assez les oreilles pour nous faire comprendre que seuls quelques-uns d'entre nous resteraient... Du coup, une seule chose à faire : tout apprendre par cœur. Absolument tout. Jusqu'à ne plus pouvoir encadrer la moindre information sur le corps humain. Avec Ayana, nous ne pensions plus que concours, nous mangions concours, nous faisions même pipi concours... Et ce jusqu'au jour dudit concours, que nous avions réussi.

— Salut !

— T'as passé un bon week-end ? demanda-t-elle.

— Oui, et toi ?

Elle acquiesça et glissa son bras sous le mien pour avancer. Avec ses longs cheveux noirs et son teint métissé, je la trouvais sublime. Elle me faisait penser à Naomi Campbell. Pour autant, elle ne semblait pas s'intéresser aux garçons. Elle me parlait beaucoup de sa petite sœur qu'elle élevait seule, et semblait interdire à tout homme de l'approcher d'un peu trop près.

En tout cas, elle n'avait pas d'horribles valises sous les yeux, elle. Je ne savais pas comment elle faisait, surtout avec sa petite sœur à garder. Elle portait beaucoup de choses sur ses épaules, mais elle avait le même regard qu'Ella. Le regard conquérant qui refusait de laisser tomber.

— J'adore ton jean, lança-t-elle.

Je souris. C'était une de mes trouvailles de la séance shopping.

1. Le MCAT (Medical College Admission Test) est un examen d'admission pour l'entrée en médecine exploité par l'Association des facultés de médecine d'Amérique.

— Merci, j'ai été traînée de force dans les boutiques. Du coup, je me suis fait plaisir.

Elle gloussa.

— T'as eu raison ! Celia a joué les bourreaux ?

— Oui, me plaignis-je en rigolant. C'est un vrai démon quand elle s'y met. Je te jure qu'elle fait peur parfois.

Ayana connaissait Celia, nous avions déjà fait quelques sorties entre filles. Elle savait qu'elle pouvait être dingue parfois. Elle éclata de rire sans la moindre compassion.

Le campus était bondé. Nous nous dirigeâmes vers notre salle de cours en papotant.

— Tu t'entraînes ce soir ? demanda-t-elle.

— Comme toujours, oui.

— Tu n'avais pas une compétition bientôt ?

— Si, si… la semaine juste avant Noël. J'ai hâte !

— Moi aussi, soupira-t-elle. Depuis le temps que j'ai envie de te voir à l'œuvre ! Mais ce n'est pas facile de laisser Pah toute seule.

Je souris.

— Je sais, mais ne t'en fais pas, il y aura tout le monde à la compétition. Mason sera là aussi.

Elle eut un sourire et hocha la tête en détournant le regard. Elle connaissait déjà la bande, mais avait rencontré Mason en parallèle puisqu'il était le kiné de sa sœur. Pah avait quelques problèmes de mobilité à la suite d'un accident qui lui avait presque broyé la jambe.

L'amphithéâtre était déjà à moitié rempli. Nous nous installâmes l'une à côté de l'autre. Certains élèves étaient de la vieille école, comme moi, et prenaient des notes sur un bloc, mais la majorité des étudiants avaient un ordinateur portable. Le professeur arriva pile à l'heure. Il posa sa sacoche sur son grand bureau et écrivit en grand au tableau : « SÉMIOLOGIE ». J'enclenchai mon dictaphone pour enregistrer le cours et ainsi pouvoir le recopier comme il fallait au cas où j'aurais oublié quelque chose. Ayana fit la même chose ainsi que la moitié des étudiants.

Il s'avança vers nous.

— La sémiologie médicale, comme vous le savez, est la partie de la médecine qui étudie les signes qui traduisent une lésion ou le trouble d'une fonction que peut relever le médecin à l'examen clinique ou avec des examens complémentaires comme l'imagerie ou la biologie. Elle étudie également la manière de les relever comme lors d'un interrogatoire, d'un examen physique ou d'un examen complémentaire, et de les présenter afin de poser un diagnostic.

Je griffonnai quelques notes sur mon carnet. À côté de moi, Ayana faisait de même, elle avait déjà une écriture de médecin.

— Au niveau sémiologique, il faut distinguer examen physique et examen clinique. L'examen physique comporte les quatre moyens d'observation : inspection, palpation, percussion et auscultation. L'examen physique, avec l'interrogatoire, est la base de tout examen de santé, il ne requiert que quelques instruments et peut être réalisé en cabinet ou au lit du patient. C'est un contact entre le clinicien et son patient. Il est pourtant de plus en plus délaissé dans la médecine moderne et remplacé par des examens complémentaires, la technologie se substituant aux sens du médecin. Il doit être systématique et aussi complet que possible, orienté par le motif de la consultation, les symptômes signalés par le patient et retrouvés lors de l'anamnèse. Il permet, en retrouvant ou pas certains signes cliniques, d'apporter des preuves pour appuyer une hypothèse diagnostique…

Ayana était comme moi, elle adorait la médecine, pour elle c'était une vocation depuis qu'elle était petite. Si moi j'ignorais encore vers quelle branche je voulais me tourner, Ayana, elle, voulait être pédiatre, elle n'en démordait pas.

Quant à moi, les urgences me tentaient bien, la chirurgie aussi ou la médecine interne… Bref, je n'étais pas encore sûre contrairement à elle.

∞

Je passai rapidement à l'appartement après mes cours pour y déposer mes affaires et prendre mon sac de sport. J'avais fait mon plein de sémiologie pour aujourd'hui.

Bon sang, ce qu'il pouvait cailler dehors ! Le club se situait à trente minutes à pied de mon appartement, quinze en faisant un footing, ce qui m'échauffait avant de m'entraîner. Il était déjà presque 19 heures quand j'arrivais. Asher était sur le ring avec Mason, d'autres s'entraînaient sur les sacs de frappe. Nate n'était pas là et Dylan, la seule autre présence féminine du club, non plus.

— Hello, tous !

Mason et Asher arrêtèrent leur combat pour venir me saluer. Mase m'enlaça et m'embrassa le front en souriant.

— Salut, Little Marlow.

Il s'était mis à la boxe pour libérer sa rage. J'avais commencé un peu pour les mêmes raisons.

— Tu vas bien ? demandai-je.

Il acquiesça. Asher me salua d'un hochement de tête. Je le regardai distraitement. En jogging, tee-shirt moulant et couvert de sueur, il était encore plus sexy que d'habitude, et il le savait. S'il n'était pas aussi fort que Nate sur un ring, il était assurément plus dynamique et impressionnant que Mason.

— Tu es déjà là, toi ? Tu n'as pas un boulot ? le charriai-je.

Asher était un tatoueur plutôt réputé à San Francisco. Sa boutique ne désemplissait pas, d'après ce que j'avais entendu dire.

Il sourit.

— Si, si, mais je travaille pour moi, donc, si l'envie me prend de venir te taquiner, Chamarlow, je viens.

— C'est trop mignon de ta part, Ash.

Il grogna et redressa le buste. Le qualificatif de « mignon » ne semblait pas lui plaire. Je restai de marbre malgré son impressionnante carrure.

— J'ai terminé un client plus tôt que prévu ; du coup, Sasha s'occupe de fermer la boutique.

Sasha était son employée. Je ne la connaissais pas, je ne l'avais jamais vue, car je n'étais jamais allée à son atelier à vrai dire. J'aimais beaucoup les tatouages, et Asher avait même un talent fou, mais plutôt me mordre la langue que de le lui dire.

Ça faisait longtemps que je rêvais de m'en faire faire un… et il prendrait un malin plaisir à le réaliser. *Pas question !*

Il sourit et repartit sur le ring ; je me rendis dans les vestiaires, où je me changeai rapidement. Je me dirigeai vers le lavabo, ouvris le robinet et me penchai pour prendre une gorgée afin d'avaler un cachet. Ma tête bourdonnait toujours. Je me rafraîchis le visage puis me dirigeai vers la salle avec mes bandes.

Trouvant Mason qui s'entraînait seul, je m'approchai de lui.

— Tu m'aides ? demandai-je.

Il acquiesça et commença à bander ma main droite sous l'œil d'Asher, qui revenait des vestiaires avec une bouteille d'eau. Je relevai la tête. Asher s'arrêta à notre hauteur et attrapa ma seconde main qu'il commença à bander avec soin. Ses doigts caressaient doucement ma peau, et mon pouls s'accélérait à son contact. J'évitai de le regarder dans les yeux, me concentrant sur Mason.

Une fois les mains bandées et après quelques minutes d'échauffement, je montai sur le ring. Mon père était absent ce soir-là.

Si depuis toute petite j'étais persuadée que je voulais être médecin, c'était un peu à cause de mon père, qui revenait à la maison couvert de bleus. La boxe, elle, n'avait jamais fait partie de mes priorités. J'aimais ça, énormément. J'avais grandi et baigné dans ce milieu. Je connaissais les règles, l'adrénaline et la peur des matchs, tout comme je connaissais ce club depuis que j'étais en âge de comprendre, pourtant, faire comme mon père n'avait jamais été mon aspiration. J'aimais pousser mon corps à l'extrême, me battre, apprendre à avoir les nerfs solides. Pour autant, je n'avais commencé à m'entraîner comme une pro qu'à l'âge de dix-neuf ans.

Après la mort de ma mère.

Asher était mon coach aujourd'hui, tandis que Mason s'occupait des autres membres du club. L'ambiance était différente sans Nate, un peu trop terne à mon goût.

Je fis comme d'habitude, je savais exactement ce que j'avais à faire, c'était une routine, une chorégraphie. Asher me disait de parer, d'esquiver puis de frapper, je le faisais, mais je sentais bien que mon punch était au point mort ce soir-là.

— On dirait une fillette, me nargua-t-il. Même ma sœur frappe plus fort que ça…

Je lui lançai un regard noir. Il fit apparaître deux adorables fossettes. J'avais chaud, mon corps était tendu, alors que j'avais pourtant déjà subi des entraînements plus douloureux que ça. Je me concentrai et recommençai. Parer, esquiver, frapper, parer, esquiver, frapper… Ma tête était lourde, le sang battait dans mes oreilles, le bourdonnement ne me lâchait pas.

— Frappe ! me lança Asher.

Je tendis le poing, mais je perdis l'équilibre.

— Hé !

Il m'attrapa tandis que je chancelais légèrement. Je fermai les yeux alors que ses mains retenaient mes hanches avec force.

— Marlow, ça va ?

Sa voix était rauque d'un coup. Je souris et hochai la tête pour lui faire comprendre que ça allait.

— Désolée, je suis crevée. J'ai vraiment du mal à m'y mettre ce soir.

Il plissa les yeux.

— Je crois qu'il vaudrait mieux que tu arrêtes pour aujourd'hui, tu es toute pâle. Tu couves peut-être quelque chose.

Je tentai de me dégager de son étreinte, mais il ne semblait pas disposer à me laisser faire. Lorsqu'il posa sa paume contre mon front, je soupirai :

— Non, ça va…

— Tu es bouillante, mais tu es dans mes bras donc ça prête à confusion.

— Ta débilité et ton ego enflent à vue d'œil, c'est désolant, râlai-je. On peut reprendre l'entraînement ?

— Non, tu ne bouges pas. Tu t'arrêtes pour aujourd'hui !

— Non, tu…

— Je suis d'accord avec Ash, approuva Mason, qui s'était approché du ring. Tu as l'air mal en point, repose-toi. Tu dois te préserver.

Je secouai la tête, je voulais reprendre, mais Asher me retenait toujours. Je relevai la tête pour lui faire face. Ses mains étaient solidement vissées à mes hanches.

— Au repos, Chamarlow. Laisse-toi aller pour une fois, tu n'es pas obligée de tout contrôler.

J'ignorais ce qu'il entendait par là, néanmoins j'acceptai de m'arrêter. Mon corps n'était pas capable d'aller plus loin. Asher m'aida à descendre du ring et je me dirigeai en silence vers les vestiaires pour me doucher et me changer, la tête toujours bourdonnante.

Chapitre 4

Major de promotion.

Je suis major de promotion. J'ai dix-huit ans. Je suis amoureuse. Et ce soir je vais au bal.

Je suis un cliché à moi toute seule, mais j'adore ça, et j'en profite.

Papa dit que toutes les victoires doivent se savourer. Je savoure la mienne et leur fierté en même temps. Maman a pleuré en l'apprenant. Moi aussi. J'ai bossé dur pour obtenir d'excellents résultats afin d'avoir une bourse et une place à Stanford, mais je ne pensais pas être major pour autant.

J'ai du mal à me rendre compte. Je dois préparer un discours et le lire devant tout le monde. Le proviseur m'a demandé d'inspirer mes camarades. Je stresse déjà, je n'ai aucune idée de ce que je vais dire.

Je m'en occuperai demain ; j'aurais deux semaines avant la cérémonie des diplômes pour rédiger mon discours. J'ai autre chose à penser pour le moment.

Ce soir, c'est notre dernier bal de promo et ça promet d'être extra. La nuit va être longue !

— Chérie, Gale est là ! lance ma mère depuis le rez-de-chaussée.

Je me regarde une dernière fois dans le miroir. J'inspire, j'expire. J'ai le ventre en coton. Je sors de ma chambre et je me fige.

— Tu as intérêt à prendre soin d'elle ce soir et à la traiter comme une vraie princesse, dit la voix de mon père. C'est clair ?

— Oui, monsieur !

— Arrête de l'embêter, voyons, intervint ma mère. Ne t'occupe pas de lui, Gale.

— Comment ça « ne t'occupe pas de lui » ? Je suis sérieux !

— Michaël, mon amour, tu ne voudrais pas que ta fille se fâche.

Je souris et commence à descendre l'escalier. Tout le monde se tait. Ils m'attendent en bas et tous leurs regards sont braqués sur moi.

— Oh, mon Dieu ! sanglote maman. J'ai créé une perfection.

Papa a les yeux brillants lui aussi. Il me regarde comme s'il me voyait pour la première fois. Peut-être prend-il conscience lui aussi que je grandis, que je deviens une jeune femme. Je leur souris.

Maman a déjà pris cinquante photos avant que mon père tapote l'épaule de Gale pour lui faire comprendre d'avancer vers moi.

Gale est toujours séduisant, mais ce soir il est encore plus beau. Il m'a toujours fait craquer. La peau légèrement mate comme s'il était bronzé toute l'année, les cheveux noirs, les yeux noisette, il porte un costume noir et une chemise blanche. Ça lui va divinement bien.

— Hé !

Il me sourit. J'en fais autant. Il a deux fossettes qui se creusent, une sur chaque joue.

— Tu es magnifique, Marlow.

Mes joues se colorent.

— Je vais vous prendre en photo, lance ma mère. Mettez-vous côte à côte.

Elle en prend une dizaine sous le regard de papa qui finit par soupirer, exaspéré.

— Quoi ? dit-elle en reniflant. Ils sont beaux, il faut immortaliser ça. Cette soirée est la leur. Comme elle a été tienne à l'époque.

Il grimace.

— Je ne suis pas allé au bal, je n'étais pas de ce genre. Et puis je ne t'avais pas encore rencontrée pour t'y emmener.

Elle l'embrasse sur la joue avant de s'avancer vers moi pour m'étreindre, les larmes aux yeux.

— Profite de ta soirée, mon bébé.

Je souris. Je la serre contre moi. Puis j'enlace mon père. Il me dit qu'il m'aime, que je suis belle ; je sens dans sa voix qu'à ses yeux je le suis peut-être un peu trop. J'attrape ensuite ma petite veste et mon sac, et nous sortons.

Gale reste silencieux. Il démarre, roule tranquillement en direction du lycée, mais s'arrête brusquement quelques mètres plus tard. Sa bouche fond alors sur la mienne avec passion. Je ris contre lui, il soupire.

— Désolé pour ton rouge à lèvres. J'en avais trop envie…

— Je ne suis pas désolée. J'ai le tube dans mon sac.

Ses yeux se voilent, il me caresse la joue avant de perdre le contrôle en plongeant les mains dans mes cheveux. Il m'embrasse encore, jusqu'à ce que nous soyons à bout de souffle. J'adore ces sensations. J'adore que ce soit avec lui que je les découvre.

— On ferait mieux d'y aller, dit-il.

Je souris en hochant la tête. Il redémarre la voiture tandis que je fais glisser le tube sur mes lèvres. Elles se colorent de rouge, à l'image de mes joues.

Lorsque nous arrivons, il se gare, puis fait le tour de la voiture pour m'ouvrir la portière. Il me tend sa main et m'attire dans ses bras.

Je suis là. Je suis heureuse.

Le futur nous tend les bras. J'ai hâte.

∞

Ce soir, c'était soirée entre filles.

Nous faisions ça une fois par mois avec Celia et Ayana, et ce soir Dylan y participait pour la première fois depuis son arrivée parmi nous. Nous avions décidé d'organiser ça chez moi.

— Il te faut encore des citrons ? me demanda Ayana.

J'acquiesçai. Nous avions fait les courses ensemble durant l'après-midi et depuis deux bonnes heures j'étais derrière les fourneaux.

Nous discutions et révisions en même temps.

— Pah a prévu quoi ce soir ? demandai-je.

— Elle m'a dit qu'elle allait réviser, et qu'ensuite elle regarderait un film en mangeant des saloperies.

— Une bonne soirée quoi !

— Oui…

Elle hocha la tête, mais le son de sa voix n'était pas en adéquation avec ses gestes. Je me pinçai les lèvres.

— Ne t'en fais pas, elle est grande et intelligente.

— Je sais, je sais… Elle se débrouille très bien toute seule, elle n'arrête pas de m'aboyer dessus pour me le dire. Parfois je suis jalouse de la force qu'elle a.

— C'est remarquable qu'elle sache se prendre en main et qu'elle cherche à être si autonome. Elle est déjà détonante à son âge, alors, quand elle aura le nôtre, elle sera une guerrière.

Ayana rigola en hochant vivement la tête.

— Pour sûr ! Ah, je suis contente, soupira-t-elle, on va passer une bonne soirée. Ça va être cool.

— Et comment !

Ayana était une vraie maman poule avec sa petite sœur et elle n'aimait pas la laisser, car elles n'étaient plus que toutes les deux.

— Ça va faire du bien de penser à autre chose qu'aux révisions.

— Tu m'étonnes !

Avec l'aide d'Ayana, j'avais préparé un apéritif dînatoire. Elle avait fait du punch maison et moi des mojitos. Nous allions nous gaver comme des oies et boire à outrance. Programme parfait pour une soirée extra.

Même si nous ne sortions pas ce soir, j'avais décidé d'enfiler mes nouveaux sous-vêtements pour entretenir le moral des troupes. Entendons par-là que mes troupes étaient constituées de mon cul et de ma santé mentale. Pendant que je me changeais dans la salle de bains, Ayana s'extasiait devant mon tiroir à dessous. J'étais forcée d'admettre que j'étais une véritable maniaque quand il s'agissait de ce tiroir. Culottes et soutifs étaient soigneusement rangés, de même que mes chaussettes, qui avaient leur propre tiroir dans lequel elles étaient proprement enroulées les unes dans les autres et rangées par couleur.

— T'as de si jolies choses, lança Ayana quand elle m'entendit revenir.

Je souris et me glissai dans mon nouveau legging en similicuir, puis je mis un de ces tee-shirts complètement barrés à message. Il était noir, un peu trop grand et avait le dessin d'une licorne avec l'inscription : « Moi, folle ? Attends un peu que je descende de ma licorne. »

C'était typiquement le genre de conneries que j'adorais.

— Je suis en tenue de sport et suffisamment couverte de sueur pour apprécier ce genre de choses.

— Et tu as absolument raison, tu as des trucs ultra-sexy. C'est juste dommage d'avoir ce genre de choses, ricana-t-elle en attrapant mon plus beau string pour l'agiter devant mon nez, et de ne pas avoir de mec à rendre fou avec !

— C'est pour mon cul ! m'exclamai-je. C'est lui qui me menace si je ne porte pas ce genre de choses.

— Et ton vagin, il ne te réclame rien ?

Ayana savait aussi pour Gale et, au même titre que Celia, me taquinait de temps en temps. Je m'accommodais de quelques réflexions, mais parfois, quand l'une ou l'autre était trop insistante, je montrais les dents. Personne ne pouvait vraiment comprendre ce que j'avais vécu, personne ne vivait avec mes pensées, personne ne revoyait ces images encore et encore… J'étais la seule à vivre avec ça. Et la seule à décider de ce qui était juste ou bon pour moi. Et je n'attendais pas qu'on comprenne mes choix.

C'était mon drame.

Bien sûr que mon vagin me réclamait de petites attentions, mais il se satisfaisait très bien des miennes. C'était humain après tout.

Parfois, quand je voyais des couples, je les enviais, et je me rendais compte que l'intimité avec un homme, la tendresse, me manquait affreusement. Je souriais avec mes amis, j'étais fière et forte, mais la plupart du temps je me sentais seule.

Horriblement seule.

Rien ni personne n'arrivait à combler le vide qui sévissait dans mon cœur et je savais que ce vide se remplirait d'une seule façon.

— Si, parfois, avouai-je finalement d'une voix rauque. Mais il me suffit de penser à Gale et je me dis que je n'ai pas le droit d'aller voir ailleurs. Tout le monde me dit d'aller de l'avant, de l'oublier, que ça fait quatre ans, que lui aurait refait sa vie. Mais c'est plus fort que moi. Il est là, il n'est pas complètement parti. Je n'ai pas eu mon deuil. Il ne peut pas avancer, alors que, moi, on m'a pris la main et on m'a tirée vers l'avant. J'ai commencé à reprendre mes cours, à revoir du monde. Je me sens égoïste de profiter de la vie. Et je me sentirais affreusement mal de le trahir de cette façon alors que, si j'en suis là, c'est grâce à lui.

— Je ne sais pas quoi te dire, soupira-t-elle. Je te comprends dans un sens, mais je trouve cela tellement injuste pour toi. Ces événements t'ont détruite, t'ont empêchée de t'épanouir d'une certaine façon, et, du coup, tu te retrouves avec un poids sur les épaules alors que tu entres à peine dans la vie active et que tu devrais au contraire profiter de la vie. Tu vas toujours le voir, Gale ?

Je hochai la tête. J'y allais une fois par semaine.

— Peut-être que tu devrais lui en parler. Après tout, rien ne garantit que votre histoire aurait continué…

Je savais ça, mais nous n'avions pas eu le temps de nous poser la question.

— De quoi veux-tu que je lui parle ?

— De ce que tu ressens. Il y a tellement à dire, Marlow ! Et s'il reste ainsi pendant dix ou même quinze ans, tu vas attendre ?

On m'avait déjà posé cette question, je n'avais jamais trouvé de réponse.

— Et s'il ne se réveille jamais… tu vas rester vieille fille ? Un de ces jours, ça va te tomber dessus, tu ne pourras rien contrôler.

— Quoi donc ?

— Une tempête, un événement incontrôlable, un type qui te fera tourner la tête.

— Je verrai ce jour-là, dis-je. Ça fait quatre ans que c'est arrivé et pas de tempête à l'horizon, ça ne changera pas de sitôt.

— Tu te trompes, soupira-t-elle. C'est lorsqu'on croit tout gérer que tout part en vrille. Après tout, on est humains, on n'est pas infaillibles.

J'enfilai un gilet par-dessus mon tee-shirt ; bien sûr que je savais que nous n'étions pas infaillibles, que je ne l'étais pas et qu'un rien de la taille d'un grain de poussière pouvait tout faire voler en éclats, mais ça irait.

— On verra bien, rien ne presse pour l'instant.

Quelques minutes plus tard, des coups énergiques donnés en morse contre la porte nous indiquèrent l'arrivée des filles. J'ouvris la porte. On cria comme des hystériques, puis on sauta de joie comme des gamines.

— Salut ! s'exclama Celia en se vautrant dans mes bras.

Elle avait son sac à dos, ce qui signifiait qu'elle dormirait là.

— Vous êtes folles ! lança Dylan.

On fit les présentations, car Dylan et Ayana ne s'étaient jamais rencontrées.

— Ce soir, chérie, tu m'auras dans ton lit, ronronna Celia.

— Oh oui ! couinai-je.

Ayana avait émis l'hypothèse de rester aussi, je comptais bien l'y forcer. Plus on était de folles…

— Je ne pourrai pas rester dormir, fit Dylan. Je n'ai pas eu trop le choix en fait…

Je gloussai, et elle s'empourpra. Tous les regards étaient braqués sur elle. Nate ne pouvait-il se séparer de son amoureuse une nuit ?

— Ah oui ? fis-je.

— Nate n'y voyait pas d'inconvénients, mais Kyle pleurait… Il m'a fait le coup du : « Tu reviens ce soir, hein ? Même si c'est beaucoup tard, on t'attendra avec papa pour un câlin », dit-elle en imitant la petite voix de Kyle. J'avoue que je suis faible.

— J'en connais une qui se fait déjà mener par le bout du nez, se moqua Celia.

— Et j'en ai même pas honte, pouffa Dylan pour toute réponse.

Celia dégaina son téléphone portable et s'exclama :

— Bon, allez, je lance le coup d'envoi de la soirée ! Photo !

— Si tu savais comme Facebook se fout de…, commençai-je.

— Tais-toi, chacal. Et viens ici pour la photo, moi je ne m'en fous pas…

Sur le selfie, nous avions toutes un sourire de trois kilomètres de long, ça promettait d'être une bonne soirée.

∞

J'avais horriblement mal à la mâchoire à force de rire. Et je mourais de soif aussi, même si j'avais bu mon quota de punch et de mojito pour tout un semestre. Je n'avais pas spécialement faim, mais je mangeais comme les copines parce que c'était délicieux ! Si je ratais la médecine ou si j'arrêtais la boxe, je pourrais me reconvertir en cuisinière. Je me voyais bien en chef menant à la baguette mes petits commis.

Sur la table, il restait des toasts, des verrines, des petits-fours, des cakes salés, de la charcuterie, des roulés… et de la boisson.

— Moi, je dis qu'on est trop jeunes pour rester ici ! s'écria Celia. On devrait démissionner et faire un *road trip* entre filles. Juste nous et personne d'autre.

Il n'y avait que l'alcool pour nous faire dire ce genre de conneries.

— Tout à fait d'accord, approuva Dylan, qui était plus que pompette pour répondre ça. On devrait même faire ça tout de suite… Allez, on claque tout et on se casse !

Rêveuse, je nous imaginais toutes les quatre, partant nous amuser loin de tout, de la ville et du boulot. Partir pour le soleil, à la plage, peut-être que cet été…

— Et vos mecs ? demandai-je.

— On a juste quelques détails à régler, enchérit Celia. Mais après ça, ça ira.

Ayana éclata de rire.

— Genre ? demanda-t-elle. Les larguer ?

— Oh non, soupira Dylan. Je ne peux pas faire ça. Je l'aime mon Nate, même s'il a des penchants bizarres pour ma culotte dino.

Le B.A.BA des soirées entre filles c'était ça… Ces moments de révélations intimes. Dylan savait qu'elle ne pouvait plus revenir en arrière, nous étions toutes pendues à ses lèvres.

— Une culotte dino ? pouffa Celia.

— Oui, c'est un tanga en coton avec des petites têtes de dinosaures. Dès que Nate la voit, il se transforme en animal, on n'a jamais bien le temps de…

— De ? m'impatientai-je lorsqu'elle s'arrêta pour manger un toast.

— De se déshabiller complètement, il devient fou ! J'ai toujours adoré cette culotte, mais encore plus depuis que je suis avec Nate.

Elle avait les joues écarlates, ses yeux brillaient. Cette fille était folle amoureuse de Nate. J'en venais à me demander ce que l'on pouvait bien ressentir quand on rencontrait une personne qui nous était aussi spéciale. Je n'avais jamais eu d'étoiles dans les yeux comme Dylan en cet instant.

— Mmh, lança Ayana. J'suis sûre que Marlow ne l'a pas dans sa collection celle-là…

— Non, et ça m'a l'air bien dommage, soupirai-je. Même si je ne suis pas vraiment intéressé par le fait d'exciter Nate.

— Si tu essaies, je te défonce.

J'éclatai de rire.

— Ne t'en fais pas, Nate, c'est un grand frère. Quant au fait de me défoncer, tu n'y arriverais pas. Je suis plus balèze que toi, dis-je en bandant mes biceps.

Elle éclata de rire et me tendit son poing pour que je cogne dedans.

— Moi ! déclara Celia d'une voix impériale, ce sont les chemises. Dès que j'en mets une, je fais exprès de la déboutonner comme la première fois que j'ai rencontré Jayce, et, chaque fois, ça allume la même étincelle dans son regard. La première fois qu'on a fait l'amour, j'ai laissé mon chemisier chez lui. Je l'ai oublié, je ne le trouvais plus. Il m'a dit que ça l'avait rendu fou d'avoir ça chez lui… C'est dingue ces trucs que les mecs adorent chez nous.

— Et vous ? demanda Dylan.

— Moi, je n'en sais rien, parce que je n'ai pas de mec. Par contre, j'ai des copines et du mojito ! m'exclamai-je.

— Tu as bien eu un mec qui aimait un truc étrange chez toi.

— Je… Non. Je n'ai eu qu'un seul copain, j'avais dix-huit ans, je n'ai rien fait depuis.

Elle ouvrit la bouche, effarée.

— Vraiment ?

— Oui, je… Il est dans le coma depuis quatre ans. Et j'ai l'impression de le trahir si je vais vers quelqu'un d'autre.

— Je suis désolée, s'excusa-t-elle. Je ne savais pas.

— Ce n'est pas grave, je n'aime pas trop en parler, c'est pour ça que je ne te l'ai pas dit. Cette histoire a été médiatisée tellement de fois, tellement longtemps. Comme mon père était connu, la presse, les journalistes venaient au club, chez nous… Je voudrais oublier, mais c'est impossible.

— Oh, Marlow, je suis désolée…

— Tu n'as pas à t'excuser et tu n'y es pour rien, dis-je en souriant.

— Est-ce que tu l'aimes encore ?

Je fermai les yeux, Celia m'avait déjà posé cette question une fois, comme Mason, et je n'avais jamais été capable d'y répondre clairement.

— Je ne sais pas. Je ne peux pas te dire. À l'époque j'en étais amoureuse, j'avais dix-huit ans. C'était mon premier copain. Tout est arrivé tellement brutalement. Je continue de vivre… Je me lève le matin, je regarde les infos, j'écoute les nouvelles musiques qui sortent, je vais au cinéma pour voir les nouveaux films. Il adorait *Star Wars*, il disait qu'un jour George Lucas en sortirait un nouveau. Je suis allée les voir, j'ai tellement pensé à lui à ce moment-là. (J'avais le cœur serré en repensant aux émotions qui m'avaient assaillie dans la salle de ciné.) Je suis avec vous, moi, je vis… Lui, il est coincé dans un profond sommeil, et, même si je n'en suis pas directement responsable, je culpabilise. On était bien ensemble, j'ai découvert l'amour, mes premières expériences, avec lui. Je l'ai aimé pendant longtemps après ça. J'ai espéré qu'il se réveille et j'assistais sa mère dans ses soins…

— Et s'il se réveille ? demanda-t-elle.

— Je serais tellement heureuse pour lui, pour sa famille, pour moi aussi, ça m'enlèverait un poids et ça me permettrait peut-être d'aller de l'avant. Je ne serais plus bloquée entre le passé et le présent.

— Oh, Marlow, sanglota Dylan. J'ignorais que tu vivais avec ça…

Soudain, Celia décida que le moment émotion n'avait que trop duré et posa brutalement son verre sur la table en s'exclamant :

— Vous n'avez pas de mecs parce que vous ne faites aucun effort, c'est tout !

Elle était devenue rouge écarlate.

— Et toi, espèce de chacal, poursuivit ma meilleure amie en me pointant du doigt, l'œil vitreux, tu ressembles à la fille qui fait fureur dans le clip *Blurred Lines*. T'as des nichons extra et une taille de guêpe, OK ? Sur un ring t'es une vraie bombe atomique. Laisse les choses de la vie venir à toi sans culpabiliser, bon sang !

J'avais envie de vivre. J'avais envie de pleurer et de rire. D'être heureuse et d'avancer.

— Vous n'avez pas le droit de me faire la morale…, grommelai-je.

— Je ne te fais pas la morale, ma douce, et tu le sais, fit Celia en passant un bras autour de mes épaules. Je t'aime énormément, tu as fait tellement pour moi. Je pense juste que tu es trop jeune pour attendre quelqu'un dans le coma. Peut-être que vous ne seriez plus ensemble, peut-être que vos chemins se seraient séparés. Peut-être que tu l'aurais trompé en rencontrant un autre homme. Éprouver du désir, des sentiments pour une personne qui est là pour toi n'a rien d'égoïste, c'est naturel, c'est normal. Il y aura bien un moment où tu en auras besoin, ou la solitude ne te suffira plus, ou le désir sera plus fort que tout.

— Elle a raison, approuva Dylan. Tellement. J'ai cru ne pas avoir besoin d'un homme, je ne le voulais pas, je les détestais, ils me dégoûtaient, et Nate est arrivé.

— Moi, je suis tombée sur Jayce. On a tous besoin de quelqu'un, d'amour, et, quand ça te tombe dessus, tu ne peux pas en faire abstraction.

Celia se leva, et se dirigea vers la chaîne hi-fi pour fouiller dans les vieux CD.

— Je sais, je sais…, soupirai-je. Je suis bonne, super géniale, mais je n'ai pas envie de ça pour l'instant et j'aimerais qu'on l'accepte.

— Très bien, abdiqua Celia au nom de toutes. Mais c'est dommage d'être un canon comme toi avec en plus un si joli piercing et de ne pas s'en servir.

— Tu as un piercing ? demanda Ayana.

— Oui. Au clitoris.

Dylan et Ayana recrachèrent leur gorgée. Celia pouffa comme une débile. Apparemment tout le monde n'était pas au courant… J'avais fait ça à dix-huit ans, une connerie pour me rebeller, pour me prouver à moi-même un truc dont j'ignorais encore la signification. Je n'en avais pas honte, j'assumais.

— Tu as un piercing au…

— Cli-to-ris, oui ! acquiesçai-je.

— Je n'en reviens pas… Ça fait mal ? demanda Dylan.

— Pas plus qu'un crochet en pleine poire, répondis-je en souriant.

Elles poufférent.

Lorsque Celia augmenta le son et que les premières notes de *Time of My Life* retentirent, il ne nous fallut qu'un regard pour qu'on bondisse toutes sur nos pieds pour danser et chanter à tue-tête. Je me sentais légère, comme dans un rêve. Nos voix de crécelles couvraient la musique.

J'adorais les taquineries de mes copines, parler de tout et de rien, parce qu'avec elles le rien n'en était pas un.

— L'endroit le plus insolite dans lequel vous avez fait l'amour ? demanda Celia un peu plus tard. Moi, une cabine téléphonique.

— La laverie de la grande rue, répondit Dylan en se mordant la lèvre inférieure. Parce que le mercredi c'est journée lessive. J'adore la journée lessive.

— Tu m'étonnes que t'aimes ça, espèce de dévergondée !

— Mmh, répondit-elle fièrement.

— Tu avais la culotte dino ?

— Oh oui ! soupira-t-elle.

— C'est définitif, je suis jalouse ! râlai-je.

— Trouve-toi un mec ! se moqua Celia. Un latino. Il y en a un pas loin…

— Pas question !

— Moi, j'ai fait ça dans un cinéma une fois, enchérit Ayana.

— Rien du tout, dis-je.

— Ne t'en fais pas, me rassura Celia. Le prochain te fera voir monts et merveilles. C'est connu que les latinos ont le sang chaud. Peut-être qu'ils ont le pouvoir de te faire grimper au pays des licornes.

Je tirai la langue. Le jour ou un mec me ferait jouir à ce point-là…

— OK, j'en ai une… Qui a déjà avalé pendant une fellation ? J'avoue, j'ai pêché !

— Fait ! lança Celia.

— *Idem !* poursuivit Dylan.

— Jamais de la vie, lança Ayana avec une grimace.

J'éclatai de rire et me laissai aller en arrière sur le canapé. Celia appuya sa tête contre moi.

— D'accord, à moi, lança Dylan. Qui a déjà simulé ?

Il y eut un « moi » général en réponse à sa question, suivi d'un éclat de rire et d'un *shot* de gin chacune.

Chapitre 5

Le lendemain, Celia et moi émergeâmes vers 15 heures avec une tête à faire peur et une haleine à réveiller les morts, dans un appartement en état d'insalubrité, le tout couronné d'une motivation en berne. Deux aspirines et trois mugs de café plus tard, nous n'avions toujours pas décollé du canapé. Nous étions vautrées l'une sur l'autre à attendre que Mary Poppins ou n'importe quel elfe de maison vienne ranger l'appartement à notre place.

Rien ! Fichu monde de moldus…

— C'était génial, hier soir…, soupira Celia.

J'acquiesçai en souriant. Ah, ça, j'étais bien d'accord ! Qu'est-ce qu'on avait ri… et mangé… et bu aussi ! J'allais devoir me mettre au régime sec cette semaine si je ne voulais pas jouer au yo-yo avec mon poids. Avec mon match qui arrivait, je devais me modérer.

Ayana était repartie avec Dylan quand Nate était venu la chercher. Ils l'avaient déposée chez elle.

— J'ai l'impression qu'un troupeau d'antilopes m'est passé dessus, grogna ma meilleure amie. J'ai mal partout… Qu'est-ce qu'on a fait pour être dans cet état ? Ne dis pas ça à Jayce, il serait capable de croire qu'on a fait des trucs bizarres.

— Il peut toujours demander, je ne m'en souviens plus. Il ne pourra pas me soutirer grand-chose. Tu crois qu'on commence à se faire trop vieilles pour ce genre de soirées ?

Elle secoua la tête. Moi aussi.

— Jamais de la vie ! s'exclama-t-elle en riant.

Elle se redressa.

— Bon, allez, je vais t'aider à ranger et ensuite j'irai prendre une douche avant qu'il ne me voie comme ça et ne décide de m'abandonner.

Je pouffai.

— Non, va te laver avant, je vais commencer à ranger. Il n'y a pas grand-chose à faire, ça va aller vite.

— T'es sûre ?

— Mais oui, vas-y !

Elle acquiesça et se dirigea vers la salle de bains tandis que je tournais sur moi-même pour ranger le plus méthodiquement possible. J'attrapai toute la vaisselle pour la mettre dans l'évier et sur le plan de travail. Ensuite, je jetai les restes dans un grand sac-poubelle… après quoi, il ne me resterait plus qu'à passer le balai et faire la vaisselle.

— Ah, on se sent tellement mieux après une douche ! couina Celia en sortant de la salle de bains.

Je m'approchai d'elle ; elle portait un jean, une chemise légèrement déboutonnée et elle avait attaché ses cheveux humides en une queue-de-cheval. Je humai son parfum.

— Mmh… je ferais mieux d'en faire autant. Je dois ressembler à rien.

Son homme allait tomber amoureux d'elle une nouvelle fois. Je soupirai presque de jalousie. Celia me suivit dans la chambre, j'attrapai des sous-vêtements, et elle s'extasia, comme Ayana avant elle, en ouvrant mes placards ; pourtant elle les connaissait par cœur.

— Comment tu fais pour tout garder nickel comme ça ? soupira-t-elle.

— C'est un TOC, tu sais. Quand je sais que la moindre chose dépasse ou risque de se froisser, ça m'empêche de dormir.

— T'es folle ! Bon sang, moi, je range mon armoire une fois par mois, et ça reste clean à peine deux jours. Après, tout dépasse, je mélange le propre et le sale… Toi, même tes cintres sont classés par couleur et ils sont tous dans le même sens !

Je haussai les épaules.

— Tu as prévu de faire quoi cet après-midi ? s'enquit-elle.

— Je vais chez mon père pour faire le sapin de Noël, et puis je réviserai dans la soirée. Je n'ai pas cours demain matin, mais j'ai mes exams trimestriels bientôt.

J'attrapai un cintre dans mon armoire pour prendre une robe-chemise à carreaux noirs et rouges, cintrée par un petit ruban, puis je me dirigeai vers la salle de bains. Celia me suivit.

— Tu as tellement de courage de poursuivre de si longues études. Je t'admire.

Je me déshabillai, puis me glissai sous la douche.

— Je suis loin d'être admirable, je fais juste ce que j'aime.

— Moi, j'ai… Non, c'est ridicule…

Je passai ma tête par la porte de douche.

— Quoi ? Qu'est-ce qui est ridicule ? Parle !

Elle soupira et hocha la tête. Je retournai dans la douche. J'attrapai mon shampoing au coquelicot et me massai le cuir chevelu pour tenter de faire partir Charles Ingalls, qui était toujours en train de couper du bois dans ma tête, puis je pris le gel douche senteur bonbon.

— Je crois que j'ai envie de reprendre mes études.

— Mais c'est génial ! m'exclamai-je.

— Tu crois ?

— Bon sang, oui ! Mais pour quoi faire ? Pourquoi tu ne m'as rien dit ?

— J'y pense depuis quelque temps, et Dylan avec son histoire de boutique, puis Nate qui trouve enfin un stage… ça m'a de nouveau donné envie d'essayer de les reprendre.

— Tu peux tout faire, Celia !

Elle soupira tandis que j'attrapais mon rasoir magique pour me raser rapidement les jambes.

— Comme tu sais, je dessinais et je cousais avant…

— Oui !

— J'aimerais beaucoup reprendre une formation de styliste.

— C'est fantastique ! approuvai-je. Qu'en pense Jayce ?

— Il n'est pas au courant. J'ai peur qu'il ne veuille pas.

— Tu plaisantes ? ricanai-je en coupant l'eau. Pourquoi il ne voudrait pas ?

— Il y a le bar et…

— Rien à faire du bar ! C'est n'importe quoi ! Même lui te le dirait ! Tu sais bien qu'il va te pousser à faire ce que tu veux.

Elle soupira une nouvelle fois.

— Tu as raison. Je vais lui en parler.

J'enroulai mes cheveux dans une serviette, puis j'en mis une autre autour de ma poitrine avant de sortir de la douche. Celia se maquillait.

— Tu t'es déjà renseignée ?

— Non, pas encore, répondit-elle en dessinant ses yeux d'un trait de khôl.

— Si tu as besoin, tu sais que je suis là !

Elle sourit.

— Je t'aime, poupée, dit-elle.

Je souris.

— Moi aussi.

Je me séchai et, sans la moindre pudeur, je me glissai dans mes sous-vêtements à côté de ma meilleure amie.

— Vous avez prévu un truc aujourd'hui tous les deux ? lui demandai-je.

— Comme toi, on va faire la déco et le sapin de Noël, et puis, ce soir, on va sûrement se faire un ciné, enfin, ça dépendra de notre niveau de motivation.

J'enfilais ma tenue quand la sonnette annonça l'arrivée de Jayce. Nous rejoignîmes rapidement le salon.

— Salut ! lança-t-il avec un sourire à tomber quand j'ouvris la porte.

Il attira son amoureuse dans ses bras.

— Ça va, les filles ?

— Un peu mal aux cheveux, répondit Celia. Mais, oui, on a passé une supersoirée.

Il sourit et l'embrassa amoureusement. Je soupirai. Parfois les baisers de Gale me manquaient.

— T'es prête ? demanda Jayce à sa chérie.

Elle acquiesça et se dirigea vers le salon pour récupérer son sac à dos.

— Oui, oui ! On se voit demain ? fit-elle à mon intention.

— Ouaip, comme d'habitude.

Quelques instants plus tard, je me retrouvai seule dans mon petit appartement, qui semblait bien triste tout à coup. J'allumai la musique puis je m'appuyai sur l'accoudoir du canapé pour enfiler mes chaussettes hautes. S'il y avait quelque chose que j'aimais par-dessus tout quand je mettais une robe courte, c'était l'accessoiriser avec des chaussettes hautes. J'avais une bonne quinzaine de paires au moins. J'étais sur le point d'enfiler la deuxième chaussette quand j'entendis des coups à la porte.

— Tu as oublié quelque chose ? dis-je en ouvrant.

Je m'attendais à voir Jayce ou Celia, mais je tombai sur Mason. Il sourit largement.

— Salut, Little Marlow !

Little Marlow était un petit village d'Angleterre dans le comté de Buckinghamshire. C'était le village natal de ma mère. Bien que mon prénom soit similaire et que Mason m'appelle comme ça, je ne le devais pas tout à fait au village.

Ma mère aimait à me dire que mon prénom était un condensé du sien et de celui de mon père. La combinaison de Mickael et Harlow avait donné Marlow.

Moi, j'aimais l'idée que mon prénom traduise l'amour que mes parents éprouvaient l'un pour l'autre.

— Qu'est-ce que tu fais là ? m'exclamai-je, surprise.

Je le fis entrer. Si nous avions prévu de nous voir, je l'avais complètement zappé. Il posa un carton sur la table du salon et retira sa veste.

— Je me suis dit qu'on pourrait aller chez ton père ensemble ? Tu ne devais pas y aller pour faire le sapin ?

— Si, et avec plaisir ! J'allais me donner une petite heure de révision avant de me mettre en route.

— Tu révises trop.

— Je ne crois pas, non !

— Tu es une véritable acharnée. Faut pas s'étonner après si t'es crevée ! Dans tous les cas, on y va quand tu veux. Mais d'abord je t'ai apporté un petit quelque chose.

Je le regardai ouvrir son carton, étonnée. Il en sortit un petit sapin décoré.

— Oh, j'adore ! m'exclamai-je.

— Attends !

Il me montra alors une petite licorne, qui portait un petit chapeau rouge et une corne à paillettes, à positionner au sommet du minisapin.

— C'est trop beau ! m'extasiai-je.

— Il n'y a que toi pour t'émerveiller devant des merdes pareilles.

— Hé ! je ne te permets pas de critiquer les licornes sous mon toit, Mase !

Je tapai du poing sur son épaule avec une moue boudeuse. Il sourit de toutes ses dents en secouant la tête. Ce fut contagieux, et je l'imitai.

Après la supersoirée entre filles, ce n'était pas facile de se retrouver toute seule. Le fait qu'il soit venu me faisait beaucoup de bien.

— Et c'est en quel honneur tous ces présents ?

— J'ai acheté quelques décorations pour mon bureau et la salle d'attente. Quand j'ai vu ça, j'ai tout de suite pensé à toi, tu te doutes bien !

— T'es le meilleur !

— Je sais, dit-il fièrement. En plus, le sapin chante quand tu frappes dans tes mains.

Il s'exécuta, et *Jingle Bells* se mit à retentir. Je souris.

— Merci ! Il est génial !

Mason n'était pas stupide, et j'avais parfois l'impression qu'il me connaissait mieux que je ne me connaissais moi-même. J'adorais les fêtes, les traditions, les repas de famille, mais depuis la mort de ma mère, depuis que certaines choses en avaient taché d'autres, je n'avais plus la joie d'avant. La seule chose qui me permettait aujourd'hui d'apprécier les fêtes de fin d'année qui arrivaient était la présence de toutes les personnes qui m'étaient chères et qui formaient une nouvelle famille.

∞

— P'pa ! je suis là ! Mason est venu avec moi !

— Au salon ! dit-il.

Je retirai mes chaussures, Mason m'imita, et nous le rejoignîmes au salon. Un gros sapin, sans la moindre décoration, nous attendait. Mon père portait un pull de Noël et j'hésitais à lui dire que ça allait probablement à tous les pères du monde sauf à ceux qui ressemblaient comme lui à une armoire à glace.

— Sympa, le pull ! raillai-je.

— Ne te moque pas de ton vieux père, il pourrait te le faire payer à l'entraînement, répliqua-t-il.

— Alors c'est pour ça que tu es si sévère ? En fait, tu es constamment en colère !

Mon père me serra contre lui en ricanant.

— Tu vas mieux ? me demanda-t-il.

— Ça va, acquiesçai-je.

Apparemment il avait eu vent de mes étourdissements à l'entraînement. Il salua Mason en silence.

Je regardai sans la moindre motivation les cartons remplis de décorations. Certaines me semblaient vieilles comme le monde, j'avais l'impression de les connaître depuis toujours. Parfois, j'avais envie de les changer, mais comment changer quoi que ce soit quand celle qui s'en occupait le plus n'était plus là ?

Alors des choses aussi banales que de simples décorations de Noël devenaient si précieuses qu'on les gardait jusqu'à l'usure.

C'était aussi parce que ma mère vouait un culte à Noël que nous continuions à le fêter.

— Cette année, il y aura du monde à la maison ! déclara mon père. Plus que d'habitude.

Je m'étonnais, nous n'avions pas vraiment de famille dans les parages.

— Ah bon ?

— J'ai invité la famille de Dylan.

Je souris. Nous avions déjà fêté Thanksgiving ensemble. J'étais vraiment ravie de passer Noël avec Nate, Dylan et Kyle. Les parents de Dylan étaient adorables, et sa grand-mère exceptionnelle. L'idée qu'on soit vraiment tous réunis ici me mettait du baume au cœur.

— C'est une bonne idée, approuva Mason.

— Il y aura du monde dans la maison, ce sera plus gai et plus convivial ainsi. Ta mère serait heureuse de voir ça.

— Plus qu'heureuse, oui !

∞

— Mickey s'est endormi dans le fauteuil.

J'eus un frisson, Mason posa sa veste sur mes épaules. Je ne m'étais pas rendu compte qu'il faisait si froid dehors. Je serrai le manteau contre moi.

— À quoi tu penses ?

Je secouai la tête.

— À rien de très constructif, j'en ai peur.

— Raconte-moi, j'adore écouter des trucs débiles.

Je pris une grande inspiration pour me donner de la force, mais je me sentais sur le point de basculer. Certains s'accordaient à dire que l'amitié entre fille et garçon n'était pas possible, et pourtant... il ne se passerait jamais rien entre Mason et moi. Dès le début, il n'y avait jamais eu la moindre ambiguïté.

— Ils me manquent, c'est tout. Ils me manquent tout le temps, mais parfois c'est encore plus fort.

— Ouais, je sais, moi aussi. Mais tu sais quoi ? Je trouve ça bien qu'ils nous manquent.

— Ah bon ?

— Ouais, ça veut dire qu'ils nous ont aimés, qu'on les a aimés en retour et qu'on était heureux. Les bons moments créent des souvenirs mémorables. Une personne horrible ne nous manque pas. Alors ce n'est pas si mal que ça de se souvenir des bonnes choses. On était bien, n'est-ce pas ?

Je souris, les yeux brûlants, et je hochai la tête.

— C'était génial ! Je n'ai jamais voulu être plus éternelle qu'en ce temps-là. J'aurais pu t'écouter pendant des heures chanter *Forever Young*.

— On est toujours les mêmes, Little Marlow. Tu n'es pas brisée, tu es juste un peu abîmée. Un jour, ça ira mieux. Parce que tu auras quelque chose au centre de ta vie qui te prendra tout ton temps, qui occupera toutes tes pensées et, seulement en de rares occasions, tu repenseras à ce qui t'a abîmée. Pour l'instant tu restes coincée à cause de Gale, mais ça ne sera pas toujours comme ça.

Je levai le visage au ciel pour contempler les étoiles.

— Elle te manque ?

— Oui, chaque fois que j'ai envie de me remettre à la guitare, ou que je vois des fleurs sauvages… Ce sont des bons souvenirs, mais j'essaie de profiter de ce que je vis aujourd'hui aussi. Malgré tout, on vit encore des bons moments, non ?

J'acquiesçai. Il avait raison.

Nous restâmes quelque temps encore à contempler le ciel étoilé en silence, comme nous l'avions fait tant de fois.

Chapitre 6

— T'as personne d'autre ? râlai-je. Je dois aller en cours.

— Allez, me supplia Celia. J'ai besoin de toi. Si je pouvais faire autrement, je le ferais. Je n'ai pas le choix, poupée.

— Et Jayce ?

— Impossible, notre livreur est arrivé en retard. Il est là depuis moins de cinq minutes. Ce sont les boissons de la semaine, et Jayce en a pour un moment, le temps de décharger et de ranger la livraison.

— Mais pourquoi tu ne l'appelles pas pour lui expliquer et lui dire de venir ?

— Parce que c'est comme ça tous les midis et qu'il bosse. D'habitude Jayce fait l'aller et retour, mais c'est impossible aujourd'hui. Et, moi, je dois tenir le bar.

Je haussai les épaules.

— Si tu veux t'en prendre à quelqu'un, va dans l'arrière-cour, le livreur est aussi épais qu'une armoire.

— Si tu crois que ça m'impressionne ! Mon père est aussi imposant qu'un yéti, je te rappelle.

— Mais ton père est doux comme un agneau !

— Ouais, on voit bien que tu ne l'as jamais vu dans ses mauvais jours… Mais bon, je te déteste…

— Mais bien sûr, se moqua-t-elle.

Je soupirai. Aller voir Asher à sa boutique… je n'en avais pas tellement envie.

— Bon, donne-moi la bouffe, je vais en cours après.

Elle sautilla.

— Merci, tu es adorable !

— C'est clair…

Elle alla jusqu'aux cuisines et mit trois Tupperware dans un sac en papier. Je sautai de mon tabouret, elle me tendit le sac que j'attrapai nonchalamment. Je le lui aurais bien jeté à la tronche avant de filer aussi vite que possible.

— J'y vais, on se voit ce soir, après la boxe !

Je garai ma voiture en face de la boutique une quinzaine de minutes plus tard, j'avais cours dans un peu moins de deux heures et, avec le trajet que j'avais à faire jusqu'à Stanford, j'avais un temps limité. Ce qui du coup m'arrangeait. Je scrutai la devanture. Elle avait belle allure, mieux que belle même, faite de bois bordeaux et de pierre couleur crème. Plus haut était écrit en noir : « *Needle's on the skin* ». Dans la vitrine sur laquelle on pouvait voir le diplôme de tatoueur d'Asher et celui de son père, et sur le mur blanc, était dessiné un arbre dont les souches et les racines profondes s'emmêlaient jusqu'à disparaître.

Prenant mon courage à deux mains, je serrai le sac dans ma main et j'entrai dans la boutique. Une clochette tinta lorsque je poussai la porte. Une jeune femme aux cheveux bleus releva la tête de son magazine.

— Bonjour ! me salua-t-elle.

Je souris et m'avançai jusqu'à elle. Ce devait être Sasha. Elle se redressa de son tabouret et rangea son magazine sous un gros carnet de rendez-vous. Elle devait avoir à peu près le même âge que moi. Elle portait un legging, des Converse et un corset qui laissait entrevoir une jolie poitrine, mais, surtout, elle était couverte de nombreux tatouages, sur les bras et les épaules. Ses yeux étaient d'un bleu magnifique et ses cheveux étaient gris sur le sommet de son crâne et se terminaient en mèches bleues. J'admirais son audace. Moi, j'avais toujours eu un look assez simple, sans fioriture. Pourtant, son excentricité ne faisait que la rendre plus jolie.

— J'apporte le repas, Jayce et Celia ont eu un empêchement.

— Super ! Je meurs de faim... Je vais prévenir le boss.

Et, avant même que je puisse lui dire que ce n'était pas la peine d'aller le chercher, elle avait déjà fermé le store de la porte et était en train de monter l'escalier.

Seule dans la boutique, je tournai sur moi-même pour me familiariser avec l'endroit. Le salon était bourré de charme. Des strapontins de théâtre faisaient office de salle d'attente, le sol était couvert d'un parquet vieilli, et l'étage était accessible par un magnifique escalier en colimaçon en fer forgé. Les murs étaient peints en noir et couverts de tableaux d'art moderne, de dessins encadrés de tatouages, de symboles, de personnages de mangas... Le tout simplement mis en image au trait noir. L'ambiance qui régnait ici était chaleureuse et apaisante, on s'y sentait bien.

Je n'étais jamais venu voir Asher dans son salon. Parce que je n'avais rien à y faire, et peut-être aussi parce que j'avais peur de franchir une limite en pénétrant dans son univers. Asher était un ami, oui, mais un ami très séduisant et qui ne manquait pas une occasion d'user de ses charmes. Lentement, je me dirigeai vers une vitrine de bijoux où se trouvaient toutes sortes de babioles, mais surtout des piercings. J'avais pensé à m'en acheter d'autres modèles, et puis, sans personne à qui le montrer, je m'étais dit que ça ne servait à rien de le changer… De toute manière, il était hors de question que j'achète un piercing ici.

Pourtant, rien que pour voir la tête que ferait Asher si je lui demandais de m'aider à choisir un piercing pour mon clitoris, j'étais ultra-tentée.

— Pas de souci, boss !

Sasha eut un éclat de rire, puis elle descendit l'escalier et m'adressa un grand sourire. Elle aussi avait des fossettes. Je me demandais si elle et Asher avaient déjà…

— Asher arrive, dit-elle.

Je me mordis la lèvre inférieure, refusant de céder à la fin de mes pensées. Asher couchait avec qui il voulait, ça ne me regardait pas le moins du monde.

— Je peux y aller, je…

— Il a presque terminé avec sa cliente. Au fait, moi, c'est Sasha.

— Marlow, me présentai-je.

Elle se pencha par-dessus la vitrine avec moi.

— Il y a de jolies choses, n'est-ce pas ?

— Oui.

— Si tu en veux un, n'hésite pas, c'est ma spécialité.

— Oh, c'est toi qui perces ? demandai-je.

— Oui, je m'occupe des piercings, de la paperasse et je fais aussi quelques tatouages féminins.

— Comme ?

— Généralement les motifs floraux, les rosaces, les trucs méticuleux, les prénoms, les cœurs, les petites étoiles… Tu es tatouée ?

— Non, répondit une voix masculine. Chamarlow ne veut absolument pas que je lui en fasse un. C'est pas faute d'essayer de la convaincre pourtant.

Je pris feu, et il ricana. Sasha nous scruta et retourna derrière la caisse. Je restai à ma place, le découvrant dans son antre plus beau et magnétique que jamais. La cliente à son côté le dévorait des yeux. Le regard d'Asher sur moi me semblait trop insistant, je ne me sentais pas à ma place.

Il expliqua à sa cliente, toujours béate d'admiration, comment elle devait s'y prendre les premiers jours avec son tatouage. Elle n'avait pas l'air de l'écouter.

— Sasha, tu veux bien t'occuper de June ?

La pauvre lui lança un regard triste et me regarda de travers quand il s'avança vers moi. Il n'y prêta pas la moindre attention. Je lui souris.

— Salut, Chamarlow.

Je relevai la tête pour lui faire face.

— Salut, Monroe.

Il se pinça les lèvres.

— Une Ashley en Monroe… Je ne vois pas.

— Une chanteuse de country, grande, blonde, très jolie, lança Sasha en souriant.

Je ris. Il m'offrit un regard brûlant et les fossettes creusèrent ses joues. Bon sang, je devais fuir cet endroit. Tout ici m'électrisait.

— Je te fais visiter ? dit-il en m'attrapant les épaules.

Je tentai de me dégager, mais il réaffirma sa prise.

— Viens, pour une fois que tu es là, pas question de te laisser filer comme ça. Tu es la seule à n'avoir jamais visité cet endroit. Même Dylan est déjà venue.

— Chacun sa peine ! Je dois aller en cours.

— Ça ne prendra pas longtemps. Allez, viens.

J'abdiquai alors que mon instinct me hurlait de partir au plus vite. Il passa un bras sur mes épaules et m'emmena vers l'escalier. Je me laissai faire sans un mot.

Une fois à l'étage, je me retrouvai dans un couloir avec plusieurs portes noires. Là aussi les murs étaient couverts de cadres.

— Je n'aurais pas cru te voir m'apporter à manger.

— Jayce et Celia ont eu un léger contretemps avec leur livraison, et comme j'étais dans les parages…

— Le hasard fait bien les choses. Ça me change de Jayce…

— Ah bon ?

— Je pourrais, enfin toi surtout, faire une thèse de biologie pour expliquer pourquoi ta présence ne me fait pas le même effet que celle de Jayce, mais pour faire court disons que tu es trois fois plus insolente et appétissante que lui.

Je pouffai malgré moi.

— D'ailleurs, après ce que tu as fait, je ne pensais pas que tu viendrais me voir.

Hein ?

— Quoi ? Qu'est-ce que j'ai fait ?

— Tu t'y connais en licornes ? demanda-t-il d'un ton espiègle.

— Je… Quoi ? Bon sang, je ne pige rien à ce que tu dis !

— De toutes les personnes que je connaisse, tu dois être la seule à t'y connaître aussi bien en licornes. Alors, dis-moi, quand tu reçois le message d'une fille qui te demande si tu es capable, je cite, « de l'envoyer au pays des licornes », ça signifie quoi à ton avis ?

J'en restai muette de stupéfaction. Il esquissa un sourire plus grand encore. Je ne comprenais pas tout... J'avais raté un épisode quelque part.

— Disons que j'aurais aimé te voir ici pour d'autres raisons que pour m'apporter mon déjeuner, mais merci quand même.

— Et pour quelle autre raison je serais venue ?

— Une sombre affaire de licornes et de SMS, par exemple. Ou pour un tatouage. J'aimerais vraiment te tatouer, Marlow.

Il sourit et sa deuxième phrase fit enfin son petit effet sur moi. Il ne m'appelait pour ainsi dire jamais par mon prénom.

— Tu ne me tatoueras jamais, Asher, dis-je sur un ton sans réplique. Et qu'est-ce que c'est que cette sombre affaire de licornes ? Tu peux m'expliquer ?

— Alors tu ne t'en souviens pas.

— Me souvenir de quoi ?

— Du message que tu m'as envoyé.

Un message ?

Je lui avais envoyé un message ? Quand ? Pendant notre soirée entre filles. Autrement, je ne voyais pas quand j'aurais pu faire un truc pareil sans m'en souvenir.

Bon sang, pour qu'il en soit si fier, le message devait être mémorable. Il sortit alors son téléphone de sa poche et pianota dessus avant de l'agiter devant mon nez.

Dis, Ashy, est-ce que t'es le genre de mec à envoyer les filles aux pays des licornes ?!

Oh, mon Dieu… Je n'avais pas pu envoyer ça. *Impossible.* Pourtant c'était bien mon nom.

Ah, saleté d'alcool!

Mon niveau de honte sur l'échelle du désastre n'était pas au niveau rouge, qui correspondait pourtant à un niveau sordide. Non, c'était pire que ça, j'étais dans le noir, dans l'horrible niveau à ne jamais atteindre, celui que l'on nommait Armageddon. J'avais envie de disparaître. Bon sang, il en aurait pour la semaine à s'amuser avec ça…

— Oublie cette fille, elle était complètement bourrée et elle a l'air carrément barge.

— J'entends bien, mais je suis un mec qui oublie difficilement les jolies filles, en particulier celles qui sont barges, surtout quand elles font des sous-entendus.

— Elle a dû se dire que, comme tu avais une liste impressionnante de conquêtes, tu devais être un expert en la matière.

Une étincelle assombrit ses yeux.

— Alors c'était bien ce que je pensais. Mais la question la plus importante c'est: pourquoi m'envoyer ce message à moi?

Le rouge m'inonda les joues. Je cherchai à fuir son regard et cette douleur insolente qui s'était logée dans mon ventre et qui commençait à s'étirer plus bas.

— Ash, j'étais bourrée, je ne m'en souviens même pas… Je ne suis même pas certaine que ce soit moi qui l'aie envoyé, ce message…

Il sourit et se pencha vers moi. Son odeur corporelle mêlée à celle de son parfum enivra mes sens. Il était trop près. Beaucoup trop près pour que j'en supporte davantage. Je m'écartai de lui.

— Alors, oui, Chamarlow. Oui, je sais envoyer les filles aux pays des licornes, et de bien des façons. Après tout, souviens-toi, j'ai une…

— Très contente pour toi, Monroe, le coupai-je.

— Très content que tu n'aies pas oublié ça au moins.

Il me fit un clin d'œil.

— Quand Sasha m'a dit que ce n'était pas Jayce, mais une jolie brune, j'étais très curieux de découvrir si c'était vraiment toi.

— Tiens donc, je suis la seule jolie brune que tu connaisses ?

— La seule que je voulais voir.

Ce mec aurait pu faire fortune en répliques ringardes.

— Tu as raison, je ne suis pas Jayce, mais je peux aussi te botter les fesses, parvins-je à dire d'une voix que j'espérais normale.

— Si tu me fais ça à la *Sucker Punch*, je signe où tu veux.

— Va te faire foutre.

Je secouai la tête. Il soutint mon regard et la vague de chaleur dans mon ventre se propagea. C'était malvenu et absolument incongru de réagir ainsi. Ce n'était que des sourires, qu'une conversation stupide. Voilà pourquoi je fuyais les hommes, voilà pourquoi avec Asher ce n'était pas comme avec les autres mecs de la bande. Parce que je ne ressentais pas les choses de la même façon. Parce que, quand il me taquinait comme à l'instant, au-delà de l'exaspération que je pouvais ressentir, j'éprouvais des choses similaires à celles que j'avais découvertes avec Gale. Comme les frissons qui parcouraient ma peau en ce moment même. Et ça me semblait si mal et si égoïste.

Je me dégageai complètement de son bras.

Il eut un éclat de rire et progressa dans le couloir. Il s'arrêta devant une porte, l'ouvrit et me fit entrer.

— C'est mon espace personnel, dit-il.

Je m'avançai en silence, jetant des coups d'œil alentour. Au milieu de la pièce se trouvait un siège amovible noir en position assise. Contre le mur du fond, il y avait une armoire rouge sur laquelle étaient posées des tas de bouteilles de toutes les tailles, mais aussi des cartouches d'aiguilles stériles, des tubes, et tellement d'autres choses que je ne savais où regarder. Tout à coup, le métier d'Asher me semblait dans un tout autre genre aussi complexe et délicat que celui que j'apprenais. Je m'approchai des dessins affichés au mur.

— Ils sont tous de toi ? demandai-je.

Je caressai les photos et les feuilles de dessin, je l'entendis s'avancer derrière moi puis s'arrêter juste à quelques centimètres.

— Oui, répondit-il simplement.

J'étais ébahie, je savais qu'il était doué, mais à ce point c'en était déroutant.

— Certains sont époustouflants et…

— Et ?

— Et tellement complexes. C'est dingue la minutie de celui-ci, les motifs se croisent et se recroisent sans cesse.

— Plus les tatouages sont complexes et plus j'adore ça. Même si pour certains il y a un travail monstre.

Je lui montrai un dragon japonais.

— Combien d'heures de travail pour celui-là ?

— Plus d'une quinzaine.

— Autant ? m'étonnai-je.

— Oui, trop grand pour être fait en une fois, après il a fallu faire la couleur et les finitions.

— Le résultat est magnifique en tout cas.

Je poursuivis mon exploration jusqu'à tomber sur la photo du dos d'un homme sur lequel était tatoué un magnifique phénix rouge et or. Le tatouage était absolument majestueux.

— Celui-là aussi tu l'as dessiné ?

— Non, celui-là est de mon père, c'est le seul dans la pièce, mais c'est l'un de mes préférés, il m'inspire.

— Je comprends, il est sublime.

Il acquiesça en souriant. Pourtant dans son regard j'avais l'impression qu'une tempête approchait. Je reculai en silence, il était grand temps que j'y aille.

— Asher, j'adore bosser pour toi, mais je crève la dalle ! cria Sasha depuis le rez-de-chaussée. Si tu ne veux pas que je mange ta part, descends tout de suite. Tu dragueras la jolie fille plus tard.

Tandis qu'il grognait, j'éclatai de rire.

— Je dois y aller, j'ai cours.

Il hocha la tête en silence. Je lui tournai le dos pour retourner en bas quand je fus soudain prise d'un vertige. Asher m'enlaça à la seconde, et je me retins à son tee-shirt. La tête lourde, je me sentis vaciller légèrement. D'une main, Asher attrapa très doucement ma nuque. Ainsi contre lui, je ne pouvais pas bouger.

— Marlow, ça va ?

Je hochai la tête, la tempête encore présente dans ses yeux sembla s'étendre et les assombrir. Il n'avait pas l'air de me croire. Il n'avait pas tort. J'étais crevée. J'attendais les vacances avec impatience.

— Ça va aller, merci…

— Soit tu es de plus en plus réceptive à mon aura et tu tombes à mes pieds, soit…

— Dans tes rêves, le coupai-je.

Il ricana et resserra sa prise autour de ma taille, nos corps s'épousant l'un l'autre d'une manière bien trop intime. Peut-être qu'il y était un peu pour quelque chose après tout.

— Lâche-moi !

Une nouvelle douleur me fit plisser le front. Je sentis son souffle contre ma peau, provoquant une pluie de frissons le long de mon échine. C'était trop pour moi, j'avais besoin qu'il s'éloigne.

— À quoi tu joues ? demandai-je.

— À rien encore, *querida*. Rien de dangereux pour le moment en tout cas. Il va falloir que je t'attache à ton lit et que je joue les gardiens de la paix pour que tu te reposes ? Tu n'écoutes ni Mickey, ni Mason, ni moi. Il va falloir employer la manière forte, on dirait. Ce n'est pas la première fois que tu as des vertiges. Tu ne te reposes pas assez.

— Je suis occupée, dis-je en tapotant la ride d'inquiétude sur son front. J'ai un match et des examens à préparer. Je ne dois rater ni l'un ni l'autre, alors je donne tout ce que j'ai. Je me reposerai après.

— Plus têtue qu'une bourrique ! Si je te vois encore une seule fois mal en point, je t'attache à un lit, même au mien s'il le faut, et je te force à te reposer.

— J'ai juste une baisse de régime, Ash. Je ne veux pas me gaver de médicaments. Et toi et moi on ne fera jamais rien dans le même lit, mets-toi bien ça dans le crâne !

— Je sais que tu es forte, mais tu n'es pas invincible non plus. Si tu laissais les gens t'aider et prendre soin de toi, tu ne te surmènerais probablement pas autant.

Je déglutis et cette fois-ci, enfin, il s'éloigna de moi. Ses mots faisaient écho à ceux de beaucoup trop de monde autour de moi. Était-ce trop demander qu'on me fiche la paix ?

J'étais une acharnée du boulot, qu'il s'agisse de mes cours ou de la boxe. Je continuai d'évoluer dans la vie, même lorsque je me sentais vide et brisée. Je n'embêtais personne et j'essayais de me comporter le mieux possible, même si parfois la solitude me glaçait le sang.

Alors je commençais à en avoir marre qu'on décide pour moi de ce qui était bon ou pas. Mon corps était comme le roseau, il ployait, mais il ne rompait pas.

— Je vais bien, tranchai-je. Je n'ai pas besoin d'être chaperonnée.

— Tu n'es pas obligée d'y aller à cent à l'heure tout le temps, tu peux ralentir un peu la cadence. À ce rythme-là, tu vas arriver à la veille de Noël en rampant. Ça va être beau, tiens !

Les cours étaient mon avenir, la boxe mon exutoire. Je n'avais que ça pour moi, je ne pouvais pas arrêter.

— Qu'est-ce que ça peut te foutre de toute façon ? Ça ne te regarde pas.

— Je m'inquiète pour toi, c'est normal. Surtout quand tu es dans cet état.

— Je vais bien ! râlai-je. Et j'ai suffisamment de gens sur le dos pour que tu ne te rajoutes pas à la liste.

— C'est ce qu'on verra…, grommela-t-il.

Chapitre 7

Je danse, j'ai l'impression d'être ivre tant je tourne et virevolte sur la piste du gymnase au rythme de la musique. J'ai l'impression de vivre la plus belle soirée de toute ma vie.

La salle est belle, le groupe de musique est classe, autour de moi les gens parlent, rient, dansent.

Je sais que je n'oublierai jamais cette soirée. C'est impossible. Elle est trop belle.

Lorsque le groupe commence un morceau lent et tendre, les mains de Gale s'arriment à ma taille comme par réflexe. Je souris, grisée. J'ai l'impression que mes sentiments pour lui sont de plus en plus forts, que ce qui nous lie prend une nouvelle dimension. Je noue mes bras autour de son cou et je me colle à lui.

— Je n'ai pas envie de te laisser rentrer chez toi ce soir, souffle-t-il.

— La nuit sera longue. Je n'ai pas prévu de rentrer pour l'instant.

Il sourit et une main quitte ma taille pour m'attraper le menton. Sa bouche sublime la mienne avec tendresse tandis qu'il nous fait danser. Je ne tiens debout que par la seule force de son bras autour de moi, qui empêche mes jambes flageolantes de se dérober sous moi.

— On s'éclipse quand tu veux.

Je rougis, la tête posée contre son torse.

— Encore une danse, dis-je à la fin de la chanson.

Il sourit.

— Tu danses ?

Je me retourne vers Mason. J'acquiesce tandis que nous changeons de partenaires. Ella se met à danser avec Gale. C'est moi qui les ai présentés, Ella et Mason, l'un à l'autre. Elle a de suite été sous son charme. Il était en deuxième année. Il avait un an de plus que nous. Et il était très populaire. Ils vont bien ensemble.

Mason m'enlace. Il sourit.

— C'est un bal avec des lycéens, pourtant tu as un sourire de trois kilomètres de long. Ça te change de ta fraternité et de tes beuveries de fac ?

— D'une je n'ai pas de fraternité, de deux on ne se soûle pas comme des porcs non plus, et de trois ça lui fait plaisir alors je suis content. Et toi ?

— Je suis b…

Une détonation résonne dans nos oreilles, m'empêchant de finir ma phrase. La musique continue et Mason soupire.

— Probablement des gros gamins avec des pétards.

Je hoche la tête, mais le bruit résonne de plus en plus fort. Ça ne ressemble pas vraiment à des pétards.

Et, tout à coup, des cris se font entendre. Ils me glacent le sang tant ils sont effroyables. Tout le monde s'immobilise, les musiciens également. Mason me prend par la main et m'attire contre lui. Il s'avance jusqu'à Gale et Ella.

On entend d'autres cris et un autre bruit. On dirait une arme…

Une arme à feu.

—Il a des armes, entend-on distinctement. Il a des armes et…

Jett, qui venait de crier et d'arriver dans le gymnase pour nous prévenir, s'effondre au sol et tout devient noir. Je suis paralysée par la peur. Je ne comprends pas ce qui se passe. Mauvaise blague organisée ou véritable attaque ? Je ne sais pas. Personne ne bouge, nous sommes tous pétrifiés.

Un autre tir résonne dans le couloir, puis il apparaît devant nous. Je le distingue très clairement : grand, les cheveux aussi noirs que sa tenue, il porte des lunettes de soleil. Je le connais, c'est un ancien élève. Harry Erickson. Sans un mot, avec une expression froide sur le visage, il avance et se met à tirer à l'aveugle, et j'ai l'impression que pour lui c'est comme un jeu. Nous sommes des cibles mouvantes qu'il doit abattre pour passer au niveau suivant.

Ma vision se brouille, je ne comprends pas. Entre cauchemar et réalité, une part de moi se fissure.

Tout le monde hurle, et, en une fraction de seconde, c'est la débandade. Tout le monde court, cherchant à sortir du gymnase. Gale me prend par la main et se met à courir. Mason aussi.

—À genoux ! hurle alors le tireur. Il y a assez de balles pour tout le monde !

Il tire de nouveau et les hurlements sont comme un tocsin. On tente de passer la porte, de prendre les sorties de secours, mais elles sont bloquées et nous nous entassons dans le fond comme des moutons. Il n'a qu'à tirer dans le tas et…

—Pitié, arrête…

Il tire en continu. Il ne tire pas que sur nous, mais aussi dans les murs, sur les décorations. Il détruit tout. Une balle passe à côté de moi, une jeune fille que je connais de vue tombe, inconsciente.

Le bruit de la détonation est insoutenable. Mon oreille siffle. Je n'entends plus rien.

Je m'écroule tout à coup, une explosion de douleur m'empêche de me relever. Il m'a tiré dans la jambe.

À force de taper contre la porte, elle a fini par céder, et déjà certains élèves s'enfuient. Gale se penche pour m'attraper et m'aider à me lever, mais son regard se trouble et sa chemise blanche se macule de rouge.

— Gale !

Je pleure, j'ai mal partout. Je veux que tout s'arrête, je veux me réveiller et sortir de ce cauchemar.

— Ça va, va-t'en ! Je te rejoins, souffle-t-il.

Je secoue la tête. Le tireur est arrivé à notre hauteur. Il se penche vers moi et pointe son arme vers ma tête. Je défaille, j'ai l'impression que mes os se cassent, que mon sang se glace… La peur lape ma peau. Je n'ai jamais ressenti ça de toute ma vie. Ce sentiment d'effroi, cette sensation de ne rien contrôler, de se perdre dans le noir le plus complet et de n'être plus personne. Je vais finir comme cette pauvre fille qui n'a pas eu ma chance plus tôt, je vais finir comme ces gens morts là pour rien. Je prie pour que ça s'arrête.

Gale s'interpose alors entre le tireur et moi malgré la balle qu'il a reçue. Il me pousse et le coup de feu part. Le bruit est insoutenable, j'ai l'impression d'avoir entendu sa chair et ses os se déchiqueter. Les yeux de Gale se révulsent, il s'écroule. Mon cri se perd dans la nuit, noyé par les sirènes et le haut-parleur de la police.

Lorsque le tireur se penche une nouvelle fois vers moi, je recule malgré ma jambe douloureuse.

— Vis avec ça, éructe-t-il.

Mon sang se glace, j'attends qu'il frappe, qu'il me tue, mais il n'en fait rien. Il se redresse et se dirige vers la sortie tout en regardant son chargeur.

Le gymnase est une vision d'horreur, autour de moi plusieurs lycéens sont à terre, d'autres sont cachés sous les tables et les gradins. Leurs visages sont horrifiés. Filles comme garçons, nous pleurons. Nous sommes tous sous le choc. Chacun a perdu quelqu'un ou quelque chose.

Je sais que je n'oublierai jamais ce moment. Il fera partie de nous pour le restant de nos putains de jours.

— Gale, tu…

Il ne réagit pas et je suis trop sonnée pour savoir s'il est encore en vie ou pas. Je ne parviens pas à distinguer grand-chose. Des coups de feu retentissent une nouvelle fois, je pleure. J'ai mal, j'ai peur. Puis tout s'arrête.

∞

Je me rendais toujours au cimetière pour voir Ella quand j'allais rendre visite à Gale. Je lui parlais de moi, de ce que je faisais, de comment je tentais d'avancer, des efforts que je faisais pour vivre. Je lui parlais de Mason, il venait la voir lui aussi, je le savais. Il avait perdu une part de lui en la perdant elle. Et c'était pour ça qu'il avait autant de mal à aller de l'avant lui aussi.

Elle me manquait atrocement, chaque jour. Gale, quant à lui, me hantait. Ça faisait plus de quatre ans qu'il était dans le coma après s'être pris une seconde balle pour me sauver. Il était dans cet état à cause de moi. Ça me hantait tellement, ça me faisait tellement mal. Quand j'y repensais, quand ce souvenir refaisait surface, il me rendait malade.

Comme la phrase du tireur : « Vis avec ça. » Elle résonnait en moi encore aujourd'hui.

C'était bien ce que je faisais, je vivais avec, et ma vie était un enfer.

Dans mes mauvais jours, quand la solitude était insupportable et que mon chagrin me submergeait, Mason était un allié solide. Dans ces moments-là, il me parlait, m'écoutait, me câlinait et m'aidait à y voir plus clair, à me calmer. Lui gérait son stress autrement et il n'était pas rare en juin que nous buvions tous les deux pour parler de ça et penser à ce que nous avions vécu ce soir-là et les jours d'après.

Je rentrai dans la chambre de Gale après avoir signé un petit formulaire.

— Bonjour, dis-je.

La mère de Gale était toujours là. Elle ne quittait pas son chevet. Elle prenait soin de son fils avec un amour et une dévotion sans faille.

Elle m'avait toujours bien accueillie. Elle m'avait dit, et même supplié une fois, de refaire ma vie, de ne pas m'enfermer comme je le faisais.

Je n'y arrivais pas. Je devais ma vie à Gale. Nous étions en couple quand c'était arrivé. Je me sentais encore liée à lui.

— Bonjour, Marlow. Comment vas-tu ?

— Bien, dis-je en souriant. Et vous ?

— Un peu fatiguée.

— Est-ce qu'il va bien ?

— Oui, dit-elle sur un ton bien plus joyeux qu'à l'ordinaire.

Je scrutai son regard. S'était-il passé quelque chose ?

— Comment ça ? demandai-je.

— Hier et avant-hier, il a eu des réactions aux stimuli douloureux. Ce n'était jamais arrivé jusqu'à présent !

— C'est vrai ?

J'en avais les larmes aux yeux. Elle me sourit et me serra dans ses bras. Tendrement, elle me caressa les cheveux.

— Oui, il n'en a pas eu aujourd'hui, mais c'est quand même une bonne chose.

Je souris à mon tour. C'était tout ce que j'espérais, du plus profond de mon cœur.

— C'est tellement merveilleux !

— Merci, tu es adorable.

Je secouai la tête. « *Adorable* » ? Je me sentais tout sauf adorable.

En revanche, j'étais vraiment, sincèrement heureuse. La moindre chose positive, si infime soit-elle, me mettait du baume au cœur.

J'avais avoué à la mère de Gale comment s'était passée la fusillade, ce que nous avions vécu. Elle était au courant de tout, mais elle ne m'en avait jamais voulu. Elle ne m'avait jamais empêchée de venir voir son fils. Et, bien que je me sente coupable, elle ne m'avait jamais rien reproché. C'était peut-être aussi pour ça qu'elle ne disait rien, elle sentait sans doute que je m'infligeais assez de peine comme ça.

Mais ma solitude, mes douleurs n'étaient qu'une maigre compensation par rapport aux années de vie volées à Gale, que jamais je ne pourrais lui redonner.

— Alors, que racontes-tu de beau ? me demanda-t-elle, interrompant mes pensées.

— J'ai bientôt des examens.

— Tu as fait tellement en trois ans.

Je souris.

— J'ai aussi une compétition de boxe dans quelques jours.

— Je m'en souviens. Tu n'as pas trop le trac ?

Je secouai la tête. Au contraire, ça l'évacuait.

— Et vous ? Comment allez-vous ?

— Oh, tu sais… la routine. Le boulot, puis Gale. On prépare les fêtes et on espère un miracle comme toujours.

— Moi aussi.

Nous discutâmes un peu, de tout et de rien, puis elle me laissa seule avec son fils comme elle le faisait toujours.

Je m'assis près de lui.

Il ne changeait pas. Sa peau hâlée, ses cheveux bruns, son visage, c'était toujours lui, il était comme figé dans le temps. Il dormait, nourri par une sonde.

Ses parents avaient acheté le meilleur matériel pour permettre à ses muscles de ne pas s'atrophier. Ils étaient stimulés, ce qui l'empêchait de ce fait de trop maigrir et d'avoir des escarres. Malgré tout, Gale demeurait désespérément silencieux, et ses yeux clos.

— Si j'avais su pour tes progrès d'hier, j'aurais apporté une bière pour fêter ça. Remarque, je ne suis pas certaine que ça soit très approprié dans un hôpital… mais mon père est le premier à dire que chaque victoire même petite doit être célébrée.

Au début je ne lui parlais pas, je ne savais pas quoi lui dire, puis, comme une sorte de thérapie, j'avais commencé à me confier doucement. Je lui parlais de la vie, de ce que je faisais, des choses qui changeaient autour de nous et qui évoluaient. Je lui avais parlé des nouveaux *Star Wars*. La musique, les livres, les personnalités comme Robin Williams qui nous avait quittés, le sport... je lui racontais tout ce qui me passait par la tête, tout ce que je jugeais utile et tout ce qui me faisait du bien.

Le voir, lui parler, était devenu quelque chose dont j'avais irrépressiblement besoin.

Gale était le seul des victimes de la fusillade à en subir encore les conséquences physiques. Tous les blessés graves avaient été soignés, les blessés légers aussi. Gale était le seul qui se battait encore.

∞

J'arrivais la première au club après ma visite à l'hôpital. Ce soir ne dérogeait pas à la règle et une fois encore j'étais crevée. Mais mon match approchant je ne pouvais pas lésiner sur l'entraînement. J'aimais ça, et puis chaque victoire me rapportait un peu d'argent.

Nate ou Mason allait bientôt arriver pour ouvrir la salle et accueillir les premiers adhérents, et ainsi commencer à donner vie à cet endroit qui me semblait bien trop calme comme ça. J'adorais cette salle, elle était chargée d'histoires et de souvenirs. Et je préférais de loin l'adrénaline de l'entraînement au silence.

Je m'avançai vers les vestiaires avant de m'arrêter devant les photos accrochées aux murs. J'avais passé du temps à les admirer et j'en connaissais chaque détail par cœur. Mon regard fut happé par celle qui était ma préférée. Sur ce moment de vie, immortalisé à jamais, il y avait mes parents. Ils étaient debout sur le ring, entourés de monde après une victoire de mon père. Et, malgré l'effervescence qu'il y avait autour d'eux, une chose plus grande encore qu'une victoire demeurait. Il y avait le sourire de mon père qui regardait amoureusement ma mère comme s'il la voyait pour la première fois. Elle venait de lui apprendre qu'il allait être papa.

Elle était si belle. Avec ses longs cheveux bruns détachés, son tee-shirt blanc sous sa robe à bretelles et ses ballerines, on avait l'impression qu'elle était arrivée là par hasard. Et pourtant… elle était une fan absolue de sport de combat. Elle avait rencontré mon père lors d'un match d'exhibition et ils ne s'étaient plus jamais quittés.

Son absence pesait lourd dans mon cœur.

Je secouai la tête et me remis en route pour aller me changer.

Dix minutes avant l'ouverture de la salle, comme personne n'était encore là, j'allumai et lançai la musique sur la petite stéréo. J'étais en train de sauter à la corde pour commencer à chauffer mes muscles quand Mason arriva. Il me salua et fila au vestiaire.

Il revint en tenue. Je stoppai quand il arriva à ma hauteur.

— Tu vas bien ? me demanda-t-il.

Pas besoin de répondre « oui », « non » ou « merde ». Je soupirai. Avec le temps, il avait appris à savoir quand j'allais bien ou pas, et à reconnaître ces moments où je revenais de l'hôpital. Parfois je trouvais injuste qu'il arrive à lire aussi facilement en moi, j'avais horreur d'être aussi transparente.

— Tu es allée voir Gale.

Ce n'était pas une question, il avait compris.

— Oui.

Il soupira. Je n'avais jamais vraiment réussi à savoir ce qu'il pensait de mes visites. Au début c'était normal, mais après plus de quatre ans… Je me souciais énormément de ce qu'il pensait aussi je redoutais un peu de le savoir.

— Son état est toujours le même ?

Je secouai la tête, il fronça les sourcils tout en commençant à me bander les mains.

— Ces deux derniers jours, il a réagi aux stimuli douloureux. Sa mère est ravie, et les médecins semblent contents eux aussi. C'est la première fois qu'il réagit depuis qu'il est dans le coma.

— C'est… c'est une bonne chose.

Je n'avais pas l'impression qu'il le pense vraiment.

— Oui, dis-je. Oui, c'est une bonne chose.

— Tu vas bien, alors ?

Je hochai la tête. C'était merveilleux, si Gale sortait du coma, ce serait une belle revanche sur la vie. Je ne souhaitais que son bonheur. Et j'espérais qu'il viendrait avec mon salut.

— Ça fait quatre ans, c'est à la fois tellement loin et tellement là, dit Mason. Parfois je me dis que c'était hier, et parfois je me dis que ça fait une éternité que tu vas le voir. Et j'ai l'impression que je ne t'ai plus jamais vue heureuse comme tu l'étais à l'époque.

— Je…

Je baissai les yeux. Mason était aussi de ceux qui me poussaient à être heureuse, il me poussait même plus que les autres et avec plus de force.

— Je suis heureuse, dis-je.

— Aux autres si tu veux, mais pas à moi, Little Marlow. Je sais ce que tu ressens, je le ressens aussi certains jours.

Mais moi je lâche prise. Je me suis rendu compte que ça faisait beaucoup de bien, ça libère.

Lâcher prise ? Je n'avais pas le sentiment qu'il lâche autant prise que ça…

— Je lâche prise.

— Non, tu t'accroches à lui. Avant je m'astreignais à aller voir Ella plusieurs fois par mois, mais ça fait quelques semaines que je n'y vais plus et ça fait du bien de penser à autre chose. Je pense toujours à elle, mais je me rends compte que ce n'est pas nécessaire de s'imposer ça.

Je soupirai, incertaine.

— Lâche prise sur ton besoin d'avoir toujours le contrôle de tout, sur tes pensées contre-productives et néfastes, lâche prise sur l'attachement, sur les excuses et le passé. Et apprends à aimer ce qui te fait du bien au lieu de te concentrer sur ce qui te fait du mal. Je te regarde te battre comme une guerrière, et tu me bluffes, mais, à force, je trouve ça lassant.

— Je vais bien, Mase. Qu'est-ce qu'il y a ? T'es pas content que l'état de Gale s'améliore ? C'est… c'est grâce à lui que je suis là. Je lui dois bien d'aller le voir de temps en temps, non ?

— Si, je suis content ! Et, bien sûr, tu as le droit d'aller le voir, mais c'est mauvais pour toi. S'il y a du mieux, c'est justement l'occasion pour toi de prendre un peu de recul et de faire en sorte d'aller mieux toi aussi. Je voudrais que tu profites plus de la vie.

Je fermai les yeux et serrai les poings. Je ne savais pas ce qui lui prenait tout à coup. J'allais bien, je ne demandais rien à personne, je m'occupais de moi. Ils auraient préféré quoi ? Que je tombe en dépression ?

— Je vais bien, je me prépare pour une compétition de boxe, je suis en troisième année de médecine à Stanford, ce n'est pas négligeable tout ça, non ? Je ne me laisse pas aller. T'as pas le droit de me dire ça !

— Je ne parle pas uniquement de ça.

— Et de quoi tu parles ?

La porte du club claqua au même moment. Je me retournai. Asher esquissa un sourire et s'avança dans la salle. Mason me lança un regard plein de sous-entendus et lâcha mes mains bandées. Je rougis en vérifiant mes bandages.

— Il n'y a pas que le boulot dans la vie, murmura-t-il à mon oreille avant de s'éloigner.

Encore plus perdue, je relevai la tête, me rendant compte que j'étais habillée et coiffée de cette manière la première fois qu'Asher était venu se présenter ici. Il m'avait fait sourire ce jour-là, et ça faisait un moment que ça ne m'était pas arrivé à l'époque.

Asher salua Mason, pendant que d'autres membres du club arrivaient après lui. Puis il s'avança vers moi.

— Alors, Chamarlow, prête pour ton match ? demanda-t-il.

— Et toi, Johnson, prêt à en prendre plein les yeux ?

Il sourit.

— Je serai au premier rang, scandant ton nom comme une groupie. Un de tes fantasmes, avoue-le !

— Mon fantasme ce serait de te botter les fesses jusqu'à effacer ce sourire pervers que tu arbores bien trop souvent en ma présence.

— Ça peut se négocier, tu t'habilles à la *Sucker Punch* et je suis ton homme.

— Si tu veux voir ce genre de chose, il y a un club de strip-tease en ville.

— Pas intéressant. Mais penses-y, en jupe plissée et chaussettes hautes, tu ferais un malheur.

— Comme tes jolies fossettes en prison. Maintenant, va te changer ! Si tu veux jacasser, y a une salle de fitness à deux rues d'ici.

Il esquissa un sourire en coin, laissant apparaître une fossette. Je détournai les yeux, mal à l'aise, il avait bien trop d'effet sur moi. Ma réaction était d'autant plus malvenue après ma visite à Gale. Je tentai de masquer mon trouble, alors que les mots de Mason me revenaient en tête. Ses paroles m'avaient quelque peu ébranlée et la présence d'Asher était loin d'aider à calmer mes émotions.

— Tu es prête ? me demanda Mason.

J'acquiesçai tandis qu'Asher partait vers les vestiaires et que mon meilleur ami se mettait en position pour m'entraîner.

Chapitre 8

Les jours qui suivirent n'eurent rien de reposant. Bien au contraire. Entre mes cours toujours plus complexes, mes révisions toujours plus longues et mes entraînements de boxe toujours plus intenses, je ne donnais plus très cher de moi. Chaque matin en passant devant mon miroir sadique, j'évaluais ma tronche de zombie : je dépérissais à vue d'œil.

J'étais exténuée, d'autant que mes maux de tête étaient de plus en plus fréquents. J'avais le sentiment qu'une guêpe avait élu domicile dans mon oreille et qu'elle tentait par tous les moyens de se frayer un chemin par mon tympan pour rentrer dans mon crâne.

Je m'étonnais de tenir encore debout.

Entre mes examens et mon match avant les fêtes de Noël, j'étais certainement surmenée. Une chose était sûre, je passerais les vacances à dormir. Mais j'étais une Scarlett, j'avais le sang de mon père dans les veines, un peu de ce feu vaillant qui avait fait de lui un champion de boxe reconnu. Et je me battrais jusqu'au bout.

— Tu te sens comment ? me demanda mon père.

— Bien, répondis-je en épongeant ma nuque avec une serviette.

Mon cœur battait la chamade, mon corps était chaud et luisant de transpiration. Nous venions de terminer une nouvelle session d'entraînement.

— Et vis-à-vis de demain ?

— Ça va, dis-je. La pression des examens est retombée. Je n'ai plus à penser à autre chose, juste au match. J'y vais tranquille.

Il sourit et caressa mes cheveux trempés de sueur. Son regard empreint de fierté fit bondir mon cœur dans ma poitrine.

En début de semaine, j'avais passé mes examens avec Ayana et après deux jours et demi d'arrachage de cheveux nous nous en étions sorties. Nous nous étions bien débrouillées, mais nous avions perdu au moins trois kilos en raison du stress, et, une chose était certaine, une fois que c'était passé, on se sentait mieux.

J'avais plutôt bien réussi dans l'ensemble, je ne craignais pas vraiment mes résultats. Mais j'étais crevée. J'ignorais comment faisaient les femmes actives, celles qui bossaient en plus de devoir gérer leur maison, leur petite famille et le sport ou les sorties avec les copines, parce que, si j'avais déjà du mal à gérer ma vie actuelle, qu'est-ce que cela allait être plus tard !

— Après ça je veux que tu te reposes, dit mon père avec autorité. Tu as l'air épuisée ces derniers temps. Tu penseras un peu à toi. C'est un ordre.

Je souris et m'assis sur le ring en acceptant la bouteille d'eau qu'il me tendait. Il ne restait plus que nous deux ce soir-là.

J'adorais ce club, c'était comme une deuxième maison. Mon père disait qu'un jour il serait à moi et que je pourrais en faire ce que je voudrais. Je savais déjà que jamais je n'aurais le cran de le vendre ou de m'en séparer. J'y avais trop de souvenirs. L'odeur de la salle, le choc des sacs de frappe, le bruit de nos souffles, la musique d'ambiance pour motiver tout le monde. Je ne me rappelais pas mon tout premier souvenir avec la boxe. Je savais juste que tout m'avait semblé immense, que mon père et sa *team* m'avaient semblé surhumains et que ma mère le regardait comme s'il était un dieu sur Terre. C'était parce qu'elle aimait tant ça que j'avais commencé à en faire après sa mort.

— Je veux aussi que tu ailles voir le médecin pour tes migraines, si tu tiens autant de ta mère que tu lui ressembles, tu as aussi hérité de ses maux de tête.

J'acquiesçai sans broncher, je savais reconnaître le visage grave de mon père quand quelque chose l'inquiétait. Je ne voulais pas lui causer de soucis. De toute manière, j'avais déjà prévu de profiter des vacances pour aller voir un docteur et dormir, dormir, dormir, dormir.

— J'irai, ne t'en fais pas. Pendant les vacances, j'aurai un peu de temps.

Il acquiesça.

— Fais quelques étirements, ensuite tu pourras aller te doucher. Je t'emmène dîner en ville ce soir.

— Vraiment ?

— Ça fait longtemps que nous ne sommes pas allés au resto tous les deux, je me suis dit que, si tu n'avais pas honte de ton vieux père, je pourrais t'y emmener.

— Et comment ! Je me dépêche !

— Les étirements d'abord, jeune fille. Ensuite le réconfort.

Je lui tirai la langue et je courbai le dos en avant jusqu'à toucher mes pieds, puis, après quelques minutes de détente, je filai au vestiaire pour me laver.

Demain j'allais monter sur un ring pour disputer la finale du championnat de boxe amateur. J'allais affronter une Canadienne de mon âge. Je n'étais pas particulièrement stressée. La montée d'adrénaline viendrait demain, pour le moment ça allait.

Tout le monde viendrait me voir, mon père bien sûr, Mason et Nate aussi, puisqu'ils étaient mes coachs. Ayana, Dylan, Jayce, Celia et aussi Asher seraient là. Ce serait la première fois que la plupart d'entre eux me verraient combattre sur un ring dans une compétition.

Une fois prête, je rejoignis mon père, qui était en train de ranger le matériel qui traînait. Je me penchai pour l'aider. Nate était parti un peu plus tôt dans la soirée, car il devait se présenter à l'entreprise dans laquelle il avait décroché son superstage. Il était tellement fier de lui. Et, malgré le fait qu'il ronchonnait de devoir lui trouver un remplaçant, mon père aussi était fier de lui. Nate était comme un fils pour lui.

Mon père nous emmena dans un petit bistro situé en plein centre-ville. Nous nous installâmes à une table un peu en retrait qui avait vue sur la rue. Je ne connaissais pas cet endroit.

À l'époque, c'était un rituel, même si le régime alimentaire d'un boxeur devait être strict ; avant chacun de ses matchs, il nous emmenait, ma mère et moi, dîner au restaurant.

— J'ai la dalle ! soupirai-je en regardant le menu fixement. Je pourrais bouffer un cheval.

Il éclata de rire.

— T'as bien raison, si tu ne perds pas l'appétit, c'est que tout va bien.

Je souris.

— Ce soir, je veux que tu te détendes, décréta mon père. En rentrant tu te mets un film ou tu lis, et couche-toi avant minuit.

J'acquiesçai.

— Demain j'irai faire un footing, je prendrai un petit déjeuner, et puis je te rejoindrai en début d'après-midi pour qu'on y aille ensemble.

— Je passerai te prendre vers 16 heures, pas besoin d'y aller avant. Tu es prête, tu n'as rien à faire de plus, juste à garder en tête la mélodie de tes pas pour t'ajuster à celle de ton adversaire.

Je hochai la tête.

— Si je passe, ça sera tellement bizarre ! Aller au championnat du monde de boxe amateur… Je n'aurais jamais cru faire ça un jour.

Il sourit.

— Quand je te regarde, je vois la beauté de ta mère, sa douceur, sa patience, et aussi ma force et ma hargne. Elle disait toujours que c'était de bonnes choses, alors que je pensais n'être qu'une brute… Je comprends ce qu'elle voulait dire à présent.

Je me mordis l'intérieur de la joue et je baissai les yeux, quelque peu mal à l'aise. Il était le premier homme de ma vie, je le connaissais depuis toujours, pourtant aujourd'hui encore, avec son mètre quatre-vingt-dix et ses cent kilos, il continuait de m'impressionner. Je me sentais toute petite. Comme quand j'étais enfant. Lorsqu'il rentrait des matchs que je n'avais pas le droit de voir, je l'attendais. Ces soirs-là, j'avais le droit de veiller. Dès qu'il rentrait, il venait dans ma chambre ; son visage était toujours tuméfié, il avait des bleus, mais je n'avais pas peur. Je comptais ses blessures avec lui, puis je sortais la trousse à pharmacie pour le soigner ; il me laissait faire et je me sentais importante. Il disait toujours que j'étais la seule à savoir le guérir sans lui faire mal.

— Si je gagne demain, on fait la fête et après j'hiberne jusqu'à Noël dans mon lit.

Papa ricanait encore lorsque la serveuse approcha.

Plus tard, il me ramena à l'appartement et je suivis ses conseils en me couchant assez tôt. Je n'étais pas particulièrement préoccupée par la perspective de mon match le lendemain et rejoignis sans difficulté les bras de Morphée, qui me déposèrent en songe sur une plage déserte baignée par le soleil.

L'Espagne… Mon pied s'enfonça dans le sable chaud et j'avançai vers l'étendue d'eau bleue qui était d'un calme reposant. Le temps était radieux, la sensation du soleil sur ma peau incroyable. Je portais un Bikini avec un paréo à la taille. Je continuai de progresser vers l'océan quand une paire de bras solides m'enlaça tendrement pour m'empêcher d'avancer un peu plus. Je me laissai aller en arrière pour m'appuyer contre le torse de mon compagnon, ses bras se resserrant un peu plus autour de ma taille.

— Ça te plaît ? demanda-t-il d'une voix suave.

— C'est sublime…

Je sentis une pression à la fois douce et râpeuse contre mon cou, je frissonnai de bonheur.

— Je vois bien quelque chose de sublime, c'est d'ailleurs pour ça que je l'ai attrapé avant que d'autres ne le fasse.

Je ris.

— Je veux me baigner avec toi, soupirai-je en détachant le nœud qui retenait mon haut.

Il me tourna face à lui. Je vis alors son visage. Je levai audacieusement la main pour effleurer sa barbe de quelques jours avant de glisser ma main dans ses boucles brunes aux reflets plus clairs sous le soleil. Son regard noir plongea au plus profond du mien. Je me sentis fondre. Ses doigts remontèrent doucement mon échine, laissant une impression délicieuse jusqu'à ma nuque qu'il empoigna fermement. Sa bouche couvrit la mienne quelques secondes, puis son baiser se perdit dans les profondeurs de notre désir.

Je n'avais jamais été embrassée ainsi.

— Viens, querida, *souffla-t-il. Viens…*

— Asher…

Tandis que je m [illegible] *qu'à disparaître.*

Je me réveillai en sursaut, complètement trempée, et pas seulement de sueur. *Oh, mon Dieu…* Ce rêve, ce trouble. Mon subconscient me semblait bien insolent tout à coup. Je me redressai pour prendre ma peluche licorne, Perky Thinkled Pink, qui pendant mon trouble nocturne avait fini par terre.

— Désolé, mon vieux. J'étais trop prise par mon rêve. Je suis pitoyable, pas vrai ?

J'appuyai sur sa tête pour faire en sorte qu'il me réponde « oui », puis je me recouchai en le posant sur l'oreiller à côté de moi. Je retombai vite dans le sommeil, notant toutefois que je préférais, et de loin, ce genre de rêves à mes cauchemars du passé…

∞

La boxe était une danse mêlée de sensualité, de hargne et de peur. C'était une chorégraphie que j'avais passé des années à regarder, que j'avais ensuite pratiquée et que je connaissais aujourd'hui sur le bout des doigts. Parer, esquiver, frapper et ainsi de suite en s'adaptant à l'adversaire. Le travailler au corps jusqu'à entendre la mélodie de ses pas. Je n'étais pas stressée, l'adrénaline me maintenait en forme.

La salle était pleine à craquer. Il y avait autant d'hommes que de femmes, des jeunes comme des plus âgés. Mon père, Mason et Nate étaient à mes côtés, au pied du ring. Au premier rang du public, j'apercevais Ayana, Celia et Jayce, Dylan et Kyle, et, bien sûr, Asher. Il portait une casquette qui assombrissait son regard. Des images de mon rêve me revinrent à l'esprit et je secouai la tête pour les chasser, ça n'était absolument pas le moment de penser à ça.

Je fermai les yeux pour m'imprégner des lieux. Les bruits, l'odeur, le ring, la pression, l'adrénaline… J'ignorais si j'étais faite pour boxer ni combien de temps je continuerais à combattre mais, une chose était certaine, j'étais bien la fille de mon père pour aimer cette adrénaline à ce point.

— À gauche, la challenger, celle qui monte et qui enflamme le public grâce à un punch que l'on connaît tous tant il est lé-gen-daire ! Veuillez applaudir Scarleeeeeett Maaaarlooooow !!

Je m'avançai alors, comme Rocky dans les films. Le public était en émoi. Le truc avec la boxe, c'était que, peu importait le lieu, l'heure, le titre disputé, ou encore le prestige, les gens étaient là et l'ambiance au rendez-vous. Je montai sur le ring sous les cris, la musique et les applaudissements.

— À votre droite, celle que l'on surnomme « La Canadienne », celle qui porte le rouge comme personne ! Veuillez applaudir la sublime Marlaaaa MacDermooooott !!

Mon adversaire monta sur le ring à son tour et salua le public, puis nous allâmes rejoindre nos coachs, chacune à un coin du ring. Mon père m'encourageait et me donnait les derniers conseils, mais j'écoutais à peine, je voulais juste commencer le combat.

Enfin l'arbitre monta avec nous et nous intima de le rejoindre au centre du ring. Je m'avançai vers lui. Il nous donna quelques brèves explications sur le règlement, comme il était d'usage, puis on se salua et la cloche annonça le début du combat.

Marla se déplaça dans mon champ de vision, elle sautait d'un côté à l'autre, comme sur un trampoline, comme si elle était prête à bondir sur moi à tout moment. J'attendis et j'observai comme me l'avait appris mon père. Écouter le bruit des pas de son adversaire, comprendre comment il fonctionnait… Elle tenta de m'assener plusieurs coups, mais je parai chacun d'eux, jusqu'à ce que j'aperçoive une ouverture sur son flanc. Je frappai, elle recula, la cloche sonna.

— Bien ! lança mon père. Très bien, tu es patiente, tu observes, et le coup était très bien placé.

Mason frictionna mes épaules. Je bus avant de me relever, le match reprenait déjà. Nous reprîmes nos positions et nous nous dévisageâmes par-dessus nos poings. Je lui frappai la mâchoire à plusieurs reprises. Elle recula dans les élastiques et l'arbitre me poussa.

Nate me cria de me détendre, mais la guerrière en moi avait pris le dessus. Je ne lâchai pas la pression. Rapidement, je m'adaptai à ses pas, à sa façon de bouger. Je parai, j'esquivai, je frappai… Elle avait pour habitude de frapper deux fois puis de reculer. Aussi, je lui lançai plusieurs attaques faciles et rapides, avant de me retirer.

Elle parvint à me donner un bon coup de poing dans le flanc, ce qui me fit faire un pas en arrière. Je me remis sur mes gardes. Je restai calme, respirai profondément, puis j'enfonçai mes poings sur le flanc et dans le ventre de mon adversaire. Elle se plia sur elle-même. La cloche sonna de nouveau.

Nous nous séparâmes pour aller de notre côté du ring. J'écoutais les conseils de mes coachs, sans un mot, acquiesçant d'un hochement de tête.

Le match reprit.

Elle se mit à danser, je la regardai préparer son coup de poing et soudain je fus prise d'un vertige. *Mon Dieu, non, pas maintenant…* J'encaissai sa droite en plein visage. Je gémis en jurant. Ma tête tourna et je vis des étoiles. Je titubai en arrière, l'arbitre s'interposa.

— Est-ce que ça va ? me demanda-t-il.

Je hochai la tête avec un regard déterminé.

Il esquissa un sourire.

— Bien ! On reprend !

Le public hurla de satisfaction.

— Concentre-toi ! cria mon père.

J'avais encore le tournis et le sang battait violemment dans ma tempe. Je me redressai et je ripostai aussitôt, ne lui laissant aucune chance, ignorant la douleur que j'avais dans l'oreille et qui me brouillait les idées. Mon adversaire tituba à son tour, posa un genou au sol. La cloche sonna encore. Le prochain round serait mien.

— Comment tu te sens ? demanda mon père en épongeant mes bras et mon visage.

Je levai le pouce en guise de réponse.

Il inspecta mon visage de sorte à évaluer les dégâts. Je restai muette sur la douleur de mon oreille, mais j'avais désormais conscience que c'était plus qu'une simple otite. Mason s'agenouilla entre mes jambes et massa méthodiquement mes cuisses pour me détendre les muscles.

— J'ai repéré son point faible, me lança alors Nate. Juste avant de frapper, elle baisse légèrement sa garde. Au début du combat, c'était à peine perceptible, mais à présent c'est flagrant. Son côté gauche est plus faible ou alors elle à une douleur à l'épaule qu'elle n'arrive pas à dissimuler. Si tu cherches une ouverture, vise la gauche.

J'acquiesçai.

— Ne t'en fais pas, lança mon père, tu mènes largement. Reste concentrée et, à la fin de ce round, tu gagnes.

Le combat reprit, j'avais retrouvé mes esprits. Les cloches ne tintaient plus dans ma tête. La Canadienne se mit en garde et attaqua sur-le-champ.

Nate avait raison, et je repérai son point faible. Effectivement, chaque fois qu'elle frappait elle baissait un peu sa garde, découvrant ainsi son visage. Je me concentrai, me focalisant sur ma propre défense. Les secondes défilèrent pendant lesquelles nous échangions coup pour coup tout en parant ou esquivant. J'attendais le moment opportun pour frapper. Le tout était de rester calme, de ne surtout pas s'énerver. Perdre le contrôle m'épuiserait et le premier épuisé dans un match de boxe était le perdant.

Cependant, je devais faire vite car, depuis le coup que j'avais reçu, je me sentais moins performante. Je frappai plusieurs fois, elle recula. Les cris s'intensifièrent, je savais que toute la salle avait les yeux braqués sur nous, mais, bizarrement, je n'étais consciente que de ses yeux à *lui*. Je les sentais sur moi.

Je bondis en avant pour feinter mon adversaire. Je jetai un coup d'œil vers lui, mais l'expression de son visage me déstabilisa. Son regard était intense et son visage crispé… Il était inquiet, pour autant il croyait en moi.

Je lus sur ses lèvres : « Maintenant ! »

La Canadienne avait légèrement baissé sa garde pour me porter un coup au flanc, je la laissai faire sans esquiver, et décochai mon poing avec force pour l'enfoncer dans son visage. Ses yeux s'écarquillèrent un instant avant de se révulser, et elle s'effondra au sol.

L'arbitre s'interposa de nouveau. Je rivai mon regard à celui de mon père, dont les yeux brillaient d'une extrême fierté. L'arbitre se redressa tan
car il n'avait pas encore lancé

— Un ! Deux !

Je fixai les yeux sur mon adversaire inerte, puis croisai le regard d'Asher. Ses yeux brûlants se rivèrent aux miens. Ses lèvres bougeaient en rythme avec le décompte. J'étais hypnotisée, personne ne m'avait jamais regardé comme il le faisait. Personne, pas même Gale. Ses lèvres se retroussèrent en un petit sourire en coin qui dessina deux fossettes. J'avais pratiquement envie de danser malgré la douleur qui me lançait dans la tempe droite.

— Trois ! Quatre ! Cinq !

Tout le monde comptait. Tous mes amis, mon père, Kyle sur les genoux de Dylan aussi. Et moi avec eux.

— Six ! Sept ! Huit ! Neuf ! Dix !

Je poussai un cri de joie, qui fut éclipsé par les exclamations tonitruantes autour de moi. Tout résonnait, l'effervescence des gens était aussi mienne.

— KO !

La cloche retentit. J'avais gagné !

— Oh mon Dieu ! soufflai-je.

Je venais de l'emporter par KO. Les cris de la salle, de mon père et de tous mes amis étaient merveilleux, autant que cette victoire. J'éclatais de rire tandis que la tension du combat me quittait et que la joie m'inondait.

Je rejoignis mon père qui m'enlaça, plein de fierté. Nate et Mason en firent autant. Ils étaient tous aussi fiers que si c'était leur propre victoire, ce qui en somme n'était pas totalement faux. Sans eux, je n'étais pas grand-chose.

— Félicitations à toi ! me lança l'entraîneur de mon adversaire.

— Belle performance ! me félicita un autre.

La Canadienne, de nouveau debout, avait enfilé son peignoir, elle s'approcha de moi et me serra la main.

— Félicitations, tu as été vachement plus balèze que moi, dit-elle.

— Tu étais redoutable, dis-je en toute sincérité.

— Merci, mais ta dernière droite a eu raison de moi.

Elle me sourit puis s'éloigna. Mason passa un bras autour de mes épaules.

— Tu as été parfaite, Little Marlow. Comment tu te sens ?

À vrai dire, outre le bonheur intense, je me sentais toujours engourdie par le coup que j'avais pris au visage. Ma douleur au crâne et à l'oreille surpassait mes courbatures et ma fatigue.

— Bien ! affirmai-je malgré tout. Courbaturée, mais ça va.

Il sourit.

Ensuite tout se passa très vite ; l'arbitre me déclara vainqueur et je reçus une médaille ainsi qu'une coupe. Le public fut autorisé à approcher du ring et nos amis nous rejoignirent. Kyle sauta des bras de Dylan dans les miens.

— T'es trop forte, tata Marlow.

— T'as vu ça, mon lapin ?

Les joues rouges, il hocha la tête.

— Oui, même que tu l'as frappée et elle est tombée, c'est toi la plus forte.

Je souris et l'embrassai amoureusement, puis il retourna dans les bras de Dylan.

Asher souriait en s'approchant, mais, très vite, les bruits dans la salle s'assourdirent et me semblèrent lointains. J'avais l'impression qu'on avait subitement baissé le volume. Je plissai les yeux ; peu importait la migraine, aujourd'hui nous allions faire la fête. Je restai concentrée sur l'euphorie qui empourprait mes joues et qui m'emplissait de joie.

— Hé…

Sa voix me semblait étouffée, je souris tout de même.

— Salut !

— Tu as été parfaite…

— Même sans être habillée en écolière ?

Relever la tête pour lui faire face déclencha une douleur atroce, s'étendant de mon oreille à mon crâne entier. Je sentis comme un liquide chaud couler dans mon cou. Asher me retint fermement et, avant que je puisse dire quelque chose, je vis ses yeux s'agrandir et l'inquiétude durcir les traits de son visage.

— Putain, Marlow, tu…

— J'ai un peu mal, soufflai-je sans être bien certaine de mes mots. À l'oreille…

Il se pencha, la mâchoire crispée au possible. Mais, même inquiet, il était d'une beauté troublante. Lorsqu'il posa ses doigts contre mon oreille, je poussai un gémissement et je me recroquevillai contre lui. Il s'excusa et sa main sur ma hanche me serra un peu plus comme dans un instinct de protection.

— Tu saignes…

Je gémis de nouveau, me tenant fermement contre lui ; il releva la tête, l'air grave.

— Elle saigne, lança-t-il d'une voix rauque.

Je continuai de fixer le regard sur lui sans vraiment comprendre ce qu'il disait. J'avais mal, j'entendais comme un bourdonnement et ma tête menaçait d'exploser. Je voulais sortir, m'éloigner, prendre un peu l'air, mais je me sentais complètement perdue. Baissant la tête, je vis alors les doigts d'Asher tandis qu'il criait pour attirer l'attention. Mes yeux s'écarquillèrent. Il y avait du sang… Beaucoup.

Je tâtai mon oreille à mon tour ; elle était chaude, humide, plus douloureuse que jamais. Je regardai mes doigts devenus rouge vif, et je sombrai.

Chapitre 9

Lorsque j'ouvris les paupières, la lumière trop vive me fit plisser les yeux et tourner la tête. Je grommelai entre mes dents. Où étais-je ? Je me souvenais de mon combat, de ma victoire puis d'Asher et ses doigts couverts de sang… Ensuite, c'était le trou noir.

— Elle se réveille ! entendis-je.

— Oh, putain…, soupirai-je.

— Mon Dieu, je suis tellement soulagée.

J'ouvris un œil avec difficulté.

— Je vais chercher un médecin et prévenir les garçons.

À l'évidence, il y avait du monde autour de moi. Ils avaient l'air inquiets, leurs voix semblaient fatiguées. Je gémis et, malgré les larmes qui me piquaient les yeux, je les ouvris grand. Dylan, Celia et Ayana se penchèrent sur moi. Elles souriaient, malgré leurs petits yeux et leurs mines inquiètes.

— Tu nous as fait tellement peur, vilaine ! me gronda Celia en m'enlaçant.

Je ne savais même pas ce que j'avais fait pour me retrouver dans un tel état. Je pensai à mon oreille. Mes vertiges, le sang, la douleur sévère et aiguë… Je ne savais pas ce que j'avais, mais ce n'était pas une otite.

— C'était une sorte d'épreuve pour voir si vous m'aimiez réellement, dis-je en souriant.

Elles soupirèrent toutes les trois avant de rire.

— Il y a d'autres moyens, râla Dylan en attrapant ma main. Moins sadiques. Est-ce que tu vas bien ?

— Je vais probablement mourir à cause d'un manque d'oxygène, mais ça va.

— Oh… pardon !

Celia relâcha son étreinte et recula. Je souris et me redressai sur les coudes. Dylan bomba mes oreillers et les plaça plus bas dans mon dos. Je me sentais faible et groggy. Tandis que mes amies me regardaient, je levai une main et touchai mon oreille. La douleur était encore là.

— Qu'est-ce que j'ai ? demandai-je.

La porte de la chambre s'ouvrit à ce moment-là. Mon père apparut le premier, son regard se posa immédiatement sur moi et il s'avança jusqu'à mon lit, comme à l'époque, sauf que, cette fois-ci, c'était moi qui étais blessée. Il était suivi de Nate, Asher, Mason et Jayce…

Mon Dieu, ils étaient tous là et avaient tous une mine fatiguée, mais, quand ils me virent, un sourire un peu dingue apparut sur leurs lèvres. Les filles s'éloignèrent de moi, Dylan et Celia rejoignirent leurs hommes, et Ayana se plaça poliment près de la fenêtre à côté de Mason. Lorsqu'elle frotta ses bras nus, il la couvrit de sa veste et elle le remercia en rougissant.

Je scrutai tout le monde et me rendis compte qu'ils étaient tous encore vêtus de la même manière que lors de mon match. Ils étaient tous restés avec moi. Alors que papa s'installait sur la chaise à côté de moi, Asher quant à lui contourna le lit et s'arrêta à ma droite. Son regard était noir, ses yeux cernés et ses cheveux en bataille. Le visage crispé et les bras croisés sur la poitrine, il avait l'air tellement sombre qu'il m'en donna des frissons.

— Comment tu te sens, ma puce ? me demanda mon père.

— Un peu perdue, avouai-je. Mais si on fait abstraction de la douleur ça va…

Avec du repos ça irait mieux. La fin du combat, la chute de l'adrénaline, l'euphorie de la victoire… ça m'avait foutue KO, mais après un peu de repos je serais de nouveau en forme.

— Le médecin va arriver.

— Tu nous as fait peur, lança Nate. Bon sang, ne me refais plus jamais ça !

Je souris.

— Il a raison, grommela Mason. On a l'air de quoi quand notre championne tombe KO après avoir gagné ?

— C'est vrai, approuva Jayce. C'est nous qui avions l'air fins, après.

Je rougis.

— Moi, je dis qu'elle est géniale, enchérit Dylan. Tomber raide alors que tout le monde crie victoire ! Je suis certaine qu'elle a tout donné pour gagner et qu'après elle s'est dit qu'elle méritait bien une petite sieste.

Tout le monde rigola, et Nate, qui se tenait derrière sa femme, glissa ses mains dans les siennes et les entrelaça. Ils étaient tellement beaux tous les deux ; le magnétisme qui les liait, la façon dont leurs corps se lovaient l'un contre l'autre étaient à couper le souffle. D'accord, ces derniers temps, je les avais peut-être un peu trop regardés quand nous étions à la salle ou au bar…

— Je suis désolée, dis-je finalement. Je vais bientôt sortir ? Tu sais ce que j'ai ? demandai-je à mon père.

Il secoua la tête.

— Non, on ne sait pas ce que tu as ni ce qui a provoqué ton malaise.

J'ouvris la bouche quand nous entendîmes quelques coups à la porte, et, la seconde d'après, un médecin en blouse blanche entra. Il lança un « bonjour » général au comité d'accueil puis s'avança jusqu'à moi.

— Mademoiselle Scarlett, je suis le docteur Johnson. On peut dire que vous avez une équipe de choc pour vous soutenir, là.

J'acquiesçai en rougissant. Il sourit et attrapa son stéthoscope, qu'il porta à ses oreilles puis qu'il posa sous ma blouse.

— Respirez un grand coup. Encore une fois… comment vous sentez-vous ?

— Bien !

Il sourit puis il prit ma tension.

— Vous êtes en légère hypertension artérielle, mais rien de bien grave ni de bien inquiétant et, avec le stress de votre match récent, ça peut se comprendre. Vous vous souvenez de ce qui s'est passé avant votre réveil ? demanda-t-il.

— J'ai fait un match de boxe que j'ai remporté et ensuite je crois que…

Mes yeux se portèrent sur Asher qui ne disait rien, il soutenait néanmoins mon regard avec une expression redoutable.

— Je crois qu'Asher a touché mon oreille et qu'il y avait du sang. Ensuite j'ignore ce qui s'est passé. J'ai dû m'évanouir…

— Effectivement, lancèrent mon père et Ash d'une même voix rauque.

Je déglutis.

— Vous vous êtes évanouie, vous avez été admise hier soir en urgence. Ça fait un peu plus d'une quinzaine d'heures que vous êtes là et vos amis aussi.

Je les regardai un à un. Ma famille recomposée était merveilleuse et ils avaient tous l'air tellement inquiets pour moi que ça me laissait pantoise.

— J'aimerais que vous m'éclairiez sur quelques petits points, reprit le médecin.

J'acquiesçai, soudainement inquiète moi aussi.

— Vous arrive-t-il de vous lever le matin et d'entendre un bruit intense dans votre oreille, accompagné d'une sensation de lourdeur et d'une baisse de votre audition ?

Je déglutis en hochant la tête, j'avais le cœur au bord des lèvres.

— Oui, quelquefois, mais...

— D'accord. Avez-vous ressenti des changements chez vous ? Des symptômes ? Des effets gênants ?

— Eh bien...

Je sentais les regards de tout le monde sur moi. Et j'aurais préféré être seule avec le médecin tout à coup.

— Parfois une perte de l'audition, des maux de tête, des bourdonnements et une sensation de pression dans l'oreille, mais c'est juste...

— Des vertiges, me coupa Asher d'une voix profonde. Elle a eu des vertiges à plusieurs reprises.

— Très bien, fit le médecin tout en écrivant sur un bloc.

— C'est juste de la fatigue, non ?

— Oui, il y a un léger surmenage. Votre père m'a un peu expliqué votre train de vie, ce qui peut expliquer l'hypertension artérielle et votre fatigue. Malheureusement vos symptômes ainsi que votre perte de connaissance laissent à penser en premier lieu à une hypoacousie.

Mes doigts se crispèrent sur la couverture.

— Une hypoacousie ? répétai-je.

Mon cœur battait la chamade, mon souffle se bloqua. Je me recroquevillai sur moi en comprenant ce que j'avais tout à coup. Une perte de l'audition pouvant aller jusqu'à la surdité. J'étais en train de devenir sourde. Je savais ce que c'était, pourtant je n'avais jamais pensé à ça. Je n'avais pas fait le rapprochement de tous ces symptômes.

Tu parles d'une étudiante en médecine !

— L'hypoacousie désigne une diminution brusque de l'acuité auditive, survenant sans cause apparente, expliqua le docteur. Cependant, d'après vos antécédents, vous avez été à proximité de coups de feu et votre diminution provient à n'en pas douter de là. Elle a été progressive et semble aujourd'hui être plus probante.

Je repensai à ce moment, quand il avait tiré, quand la balle avait abattu une jeune femme et que le coup de feu m'avait vrillé les tympans. La cicatrice sur ma cuisse sembla me faire mal tout à coup.

— Ce n'est… ce n'est pas grave, n'est-ce pas ? demanda mon père.

— Eh bien, en gros, il s'agit d'une perte de l'audition.

Mes amis écoutaient en silence.

— Elle se manifeste à divers degrés de gravité, pouvant parfois aller jusqu'à la surdité.

Mon père glissa sa main dans la mienne et la serra avec force. Il n'en fallut pas davantage pour que les larmes se mettent à me piquer les yeux.

— Dans la plupart des cas, une seule oreille est touchée. Généralement, une lésion des cellules sensorielles du limaçon est responsable de la perte d'audition. Il s'agit donc d'une lésion de l'oreille interne. Mais nous n'en savons rien pour l'instant en ce qui vous concerne.

Je restai silencieuse, ma gorge était nouée, je me sentais incapable de parler.

— Que faut-il faire ? demanda mon père.

— Des examens dans un premier temps pour établir un diagnostic complet. Nous commencerons par différents tests auditifs, dont un audiogramme, et selon les résultats nous vous dirigerons vers un ORL pour un examen minutieux de l'oreille.

— Il n'y a qu'une oreille de touchée ? demanda mon père.

— Oui. Nous allons la garder pour la nuit afin de commencer les premiers tests demain matin.

— D'accord, approuva mon père à ma place.

Toujours terrée dans mon silence, j'essayai d'emmagasiner les informations du mieux possible sans craquer. La fatalité due à l'annonce du médecin était dure. Je ne parvenais pas à imaginer que je risquais de devenir sourde d'une oreille.

Le médecin nous quitta quelques instants plus tard. L'ambiance dans la chambre était tendue. J'avais envie de m'enfuir en courant, de me retrouver seule pour digérer cette putain de nouvelle. Je sentais tous les regards sur moi.

— Je suis soulagé, lâcha mon père.

J'écarquillai les yeux. Il sourit. Il se pencha vers moi et m'enlaça.

— On pensait que c'était plus grave quand tu t'es effondrée dans les bras d'Ash. Je suis soulagé.

— Je…

J'ignorais comment, mais cela détendit tout le monde. Les visages de mes amis affichèrent de nouveau une mine réjouie. Et, tandis que mon regard empli de larmes se posait sur celui d'Asher, j'esquissai un faible sourire.

∞

Tout le monde était rentré, ils étaient tous crevés d'avoir veillé toute la nuit. Nate et Dylan devaient retrouver Kyle ; Celia et Jayce devaient ouvrir le bar ce soir ; Ayana devait rejoindre sa petite sœur et Mason l'avait raccompagnée. Mon père était parti chercher un sac avec des affaires pour moi.

Toute seule dans ma chambre, je sanglotai comme un bébé. La nouvelle me restait en travers de la gorge. C'était insupportable. Et j'avais tellement peur que ça s'aggrave. J'avais l'impression que ma vie était foutue. Plus rien ne serait comme avant.

— Monsieur ! s'éleva la voix d'une femme dans le couloir, l'heure des visites est terminée. Seule la famille très proche est autorisée à rester. Vous êtes ?

— Elle est toute seule.

Mon ventre se crispa. Cette voix rauque…

— Son père m'a demandé de rester près d'elle le temps qu'il revienne avec un sac et des produits de toilette…

Asher… Il était encore là ? Je frottai mes yeux pleins de larmes et je me mouchai.

— Je ne…

— En quoi ça dérange que je sois là ? Je partirai avec lui après. Je ne vais pas foutre le feu à la chambre, ni même lui voler son repas du soir.

Je me redressai quand il ouvrit la porte. Il grommela une insulte dans ses dents en refermant derrière lui. Je m'assis un peu plus convenablement sur mon lit.

— Salut, Chamarlow.

— Salut, Olsen.

— Tu l'as déjà dit celui-là. Je t'ai connue plus originale.

Je souris avant de me cacher le visage dans mes genoux repliés. Il s'avança vers moi.

— Désolée, mais rien ne me vient aujourd'hui. On passera pour l'originalité cette fois-ci !

— Je t'excuse juste pour cette fois. Tiens, je t'ai apporté ça.

Je relevai la tête et me mordis la lèvre en voyant ce qu'il me tendait. C'était un gobelet de café et un énorme cookie. Mon petit cœur fragile se mit à gonfler et mes joues se colorèrent. C'était ridicule, mais ça me réconfortait tellement. Je me sentis flotter un peu.

— Merci, dis-je. Tu en veux un peu ?

— Pas de café, non. J'en ai bu toute la nuit, mais si le cookie est trop gros pour toi…

Toujours ses allusions… Il ne s'arrêtait jamais. Cette fois-ci, je ne relevai pas, trop fatiguée pour lui répondre. Il se pencha et posa le gobelet et le cookie sur la petite table. Je souris et nos regards se croisèrent.

— Tu as pleuré ? grogna-t-il.

— Non…

Il plissa les yeux et sa mâchoire se crispa. D'habitude, les gens avaient la décence de ne rien dire quand ils voyaient quelqu'un pleurer. Asher n'était pas « les gens ». Après tout, il criait partout qu'il en avait une grosse. Qui faisait ça ?

— Tu étais en train de pleurer !

— Peut-être, un peu.

— Bon sang, Marlow… Pourquoi ?

— Je… J'ai peur. Je suis perturbée.

Il se pencha et ses doigts glissèrent le long de ma mâchoire. Les frissons qui accompagnèrent sa caresse me coupèrent le souffle. Il allait se faire un plaisir de me dire qu'il m'avait bien dit de me ménager et que je ne l'avais pas écouté.

— Plus bornée, tu meurs !

Les larmes montèrent de nouveau et bordèrent mes yeux, et je secouai la tête pour me soustraire à son regard et à ses doigts.

— Regarde-moi ! dit-il.

Je m'exécutai et plongeai mon regard dans le sien, sombre et brûlant.

— Ça va aller, quoi qu'il se passe avec ton oreille, qu'elle se dégrade ou pas, ça ira. Je te connais assez pour le savoir.

Je hochai la tête.

— Tu entends moins bien, et alors ? Il faudra juste s'approcher un peu plus de toi pour te parler.

Il joignit le geste à la parole et avança son visage à quelques centimètres du mien, s'inclinant légèrement vers mon cou.

— Quel type sain d'esprit y verrait un inconvénient ? Certainement pas moi.

Je fermai les yeux pour tenter de comprendre l'effet que ses mots avaient sur moi. Je ne parvenais pas à saisir totalement, je sentais juste que mon cœur qui pesait lourd sous ma poitrine s'allégeait peu à peu. J'avais mal, et les souvenirs de cette nuit qui se mêlaient à la douleur me rendaient fébrile. Mais à l'instant… lâcher prise, penser à autre chose, me libérer l'esprit, c'était ce dont j'avais besoin. Je voulais me vider la tête, penser à tout sauf à ça. Aujourd'hui, je voulais oublier.

— Asher, empêche-moi de pleurer, murmurai-je.

J'étais mortifiée par mes propres mots et je vis les flammes dans ses yeux à travers les miens brouillés de larmes. Mais Asher ne dit rien, il resta horriblement silencieux.

Je rougis et me recroquevillai sur moi-même.

— Asher… fais-moi penser à autre chose, s'il te plaît.

C'était une supplique. Il demeura silencieux une fois encore et je me crispai un peu plus. J'étais ridicule, j'ignorais moi-même ce que signifiaient mes supplications et pourquoi je lui demandais une telle chose. *Me faire m'arrêter de pleurer, n'importe quoi!* Je crois que je voulais simplement penser à autre chose et il semblait plutôt doué en la matière.

Je ne comprenais pas son silence ni ses regards brûlants, aussi, quand il se pencha et noua ses doigts aux miens, l'intensité de mes larmes redoubla. Sa mâchoire se crispa, d'une main il enlaça un peu plus nos doigts tandis que de l'autre il effaçait les gouttes salées qui coulaient sur mes joues.

Alors, toujours muet, il monta sur le lit, me força à m'allonger lovée dans ses bras. Je me retrouvai blottie contre lui.

— Ferme les yeux, ordonna-t-il.

J'acquiesçai sans piper mot et, avec une infinie douceur, il posa ses lèvres sous mon oreille douloureuse. Des picotements vinrent agiter mon bas-ventre. Je plissai davantage les paupières.

— Garde les yeux fermés.

J'avais trop peur de les ouvrir de toute manière et de me sentir égoïste comme c'était trop souvent le cas. Je regrettais sans doute déjà ce qui se passait, et, quand j'allais y repenser, j'allais m'en vouloir à mort. Mais j'avais décidé de refouler cette idée loin dans mon esprit pour le moment.

— Contrairement à mon père, ma mère n'a jamais su dessiner, murmura-t-il. À six ans, je savais déjà faire de plus belles choses qu'elle, mais, ce qu'elle savait faire le mieux, c'était peindre les visages.

Je sentis alors le bout de ses doigts sur ma peau.

— Comme ça, dit-il en les faisant traîner légèrement le long de mes joues. Chaque soir avant de dormir, j'y avais droit. Chaque fois que j'étais fatigué, je le lui réclamais et je ne pensais plus à rien d'autre. J'imaginais les dessins qu'elle faisait et parfois c'était des lettres et j'essayais de deviner lesquelles. J'adorais ça, ça me réconfortait quand j'étais triste.

J'ignorais ce qui me perturbait le plus : ses mots, ou ses doigts qui dansaient sur mon visage avec douceur, légèreté et... tendresse. Mon ventre crépita et je tentai moi aussi de reconnaître ses gestes sous mes paupières.

— Tu te sens un peu mieux ? murmura-t-il sans cesser ses caresses.

J'ignorais combien de temps était passé. Je devais bien reconnaître que sa technique marchait, ses doigts m'envoûtaient.

— Un petit peu…

— Je ne dois pas être aussi doué qu'elle alors, ça devrait marcher plus qu'un petit peu.

S'il me faisait du bien et m'apaisait, je me débattais avec mes démons intérieurs. Il était plus près que jamais, me touchait plus qu'il ne l'avait jamais fait. Ça me semblait mal, étrange, et en même temps je découvrais à quel point il était agréable d'être dans ses bras.

J'étais tiraillée, toujours divisée entre le passé et le présent.

— Mais si, c'est bien, murmurai-je.

Je sentis son souffle dans mon cou.

— Pas assez apparemment. Je ne peux pas me contenter d'un « mais si, c'est bien ». Quel mec se contente de ça sans broncher ?

J'esquissai un sourire. Asher restait Asher, peu importaient les circonstances. Ses doigts caressèrent ma mâchoire, marquant leur trajectoire sur ma peau avant de s'arrêter sur mon menton, qu'ils agrippèrent fermement. Mon cœur manqua un battement.

— Garde-les fermés si c'est plus facile.

J'avais trop peur de les ouvrir et de poser un regard sur ce qui me tiraillait autant, sur ce latino au sourire bordé de fossettes. Pour l'instant je pouvais toujours imaginer que tout ceci n'était que le fruit de mon subconscient.

— Essayons ça…

Ses lèvres se posèrent sur les miennes avant qu'il n'achève sa phrase et son souffle chaud me fit trembler comme une feuille. Je luttai contre une myriade de sentiments, tous aussi forts et différents les uns des autres. Je bataillai entre mon envie d'ouvrir les yeux et celle de me laisser aller aux sensations qui me transperçaient tout à coup.

— Tu veux que j'arrête, *querida* ?

Le souffle de ses mots me chatouilla. Il chassa l'idée même de le repousser d'une caresse délicate lorsqu'il agrippa ma nuque. Ce délice surprenant me mit en émoi et je secouai la tête. Je frissonnai comme jamais en serrant son pull entre mes doigts. Il grogna et m'enlaça de plus belle. Et tout disparut. Il n'y eut plus que cette sensation grisante que je ressentais pour la première fois depuis tellement longtemps.

Asher m'embrassait et je le laissais faire.

Ses lèvres se pressèrent davantage contre les miennes, comme s'il essayait de mémoriser leurs contours, comme s'il en apprenait les formes. Je gémis faiblement, il en profita pour aspirer et saisir ma lèvre inférieure entre ses dents et la mordilla. Un déluge de sensations m'envahit, et je me délectai du désir qui me picotait sous la peau et qui se propageait dans tout mon corps. Un grognement remonta de sa poitrine et vibra dans sa gorge tandis que nos lèvres se mouvaient sensuellement.

Il s'écarta sans rompre son étreinte.

— Ash…

— *¿Sì, querida?*

— Tu m'embrasses ?

J'avais beau sentir et ressentir ce qu'il faisait, fermer les yeux m'empêchait de le voir et soulageait ma conscience.

J'étais totalement à sa merci, sans la moindre force pour m'opposer à lui.

— Non. Tu as les yeux fermés, tu ne vois rien. Je t'empêche juste de pleurer.

— Je le sens.

— Mais tu ne le vois pas, alors tu ne peux pas en être certaine.

— Et si j'ouvre les yeux ?

— Ne le fais pas. Pas encore. Je te dirai quand. D'accord ?

— D'accord.

Je sentis son sourire s'étirer sur mes lèvres et il remua de nouveau les siennes pour me goûter encore. Ce nouvel assaut vertigineux m'arracha un gémissement. Il frissonna et il se serra davantage contre moi. Je lui rendis son baiser. Il me laissa prendre autant que je le désirais. Il me laissa mémoriser le contour de ses lèvres et de sa bouche, me laissa me délecter de son odeur et de la sensation de sa peau sur la mienne… jusqu'à ce qu'essoufflés nous nous écartions.

— Ouvre les yeux, maintenant.

Seulement là, je m'autorisai à rouvrir les paupières. Son sourire m'accueillit.

— Tu te sens mieux ? demanda-t-il en caressant ma joue du bout du pouce.

Honnêtement, je n'en étais pas certaine du tout.

— Oui…, soufflai-je malgré tout.

J'avais l'impression de le voir pour la première fois de ma vie, ou bien je venais juste d'ouvrir réellement les yeux.

Avec ses yeux noirs brûlants, ses sourcils bien dessinés, sa bouche pulpeuse, sa barbe de quelques jours et… Avait-il toujours été aussi séduisant ?

Il esquissa un sourire et repoussa une mèche de cheveux qui me tombait sur le visage. Je clignai des yeux, je voulais faire partir cette sensation étrange qui me collait à la peau, mais mon ventre qui crépitait n'était pas d'accord avec ça. Je voulais faire disparaître cette vision de lui, son beau visage, mais je n'y parvenais pas.

— Ne t'inquiète pas, tu n'as rien vu et ça n'était pas un vrai baiser de toute manière… Je ferais mieux de me redresser, je n'ai pas très envie de subir la colère de Mickey s'il nous surprend comme ça.

Il se redressa, embrassa mon front et quitta le lit. Comment ça « pas un vrai baiser » ? Je réprimai un frisson, ayant froid tout à coup. J'eus l'impression qu'il regrettait lui aussi de ne plus être près de moi.

— Tu donnes des faux baisers, toi ?

Il haussa les épaules.

— Ça dépend. Ça, c'était plutôt pour t'aider, te détendre un peu. Et aussi pour te punir de ne pas m'avoir écouté quand je t'ai dit que tu devais te reposer, reprit-il.

Je soupirai.

— Il fallait que tu le sortes, hein ? Tu ne pouvais pas t'en empêcher ?

— Bien sûr ! Pour une fois que j'ai raison et que je peux te le dire.

— L'humilité, tu connais ? grommelai-je

— Tu sais bien que non, Chamarlow ! Je crevais d'envie de te faire ce faux baiser qui n'a pas vraiment eu lieu, et tu en avais besoin. Sache juste que, la prochaine fois, ce sera différent. Tu en auras irrépressiblement envie, et, crois-moi, je ferai en sorte qu'il existe vraiment… N'empêche, je ne m'attendais pas à trouver des lèvres aussi douces et des gémissements aussi sexy sous cette armure de glace.

J'allais répliquer quand mon père entra dans la chambre, les bras chargés. Et, tandis qu'il me demandait comment je me sentais, je ne pus réprimer un large sourire. Un peu comme celui que j'avais esquissé la première fois que j'avais rencontré ce crétin à fossettes.

Chapitre 10

Bilan : dix-neuf morts, onze blessés graves, cinq blessés légers…

Dix-neuf personnes ont péri, dont le meurtrier.

Dix personnes s'en sont sorties de justesse, une se bat encore entre la vie et la mort.

Cinq personnes s'en sortent avec des blessures plus ou moins superficielles, comme moi avec la balle que j'ai reçue dans la jambe.

Harry Erickson nous a détruits, et nous devons vivre avec ça.

C'est ce qu'on me répète sans cesse, ce que j'essaie d'assimiler sans grand résultat.

C'était il y a cinq jours et je n'ai pas fermé l'œil depuis.

Je n'y arrive pas. Je suis épuisée, perdue, triste.

J'ai peur et je souffre.

Je souffre physiquement, mentalement.

Je suis dans un véritable ascenseur émotionnel. Je passe du rire aux larmes, de la nostalgie à la rage, de la colère au désarroi, de l'incompréhension à l'impuissance.

Mes repères m'ont abandonnée. Mes instincts les plus primaires aussi.

Je ne mange plus. Rien ne passe et, quand je me force, je vomis. Mon organisme est détraqué.

Mes parents s'inquiètent terriblement, me couvrant d'attentions et d'amour.

Nous sommes entourés par le gouvernement, la police, le personnel hospitalier, des psys, nos proches… mais pas que. Les médias nous harcèlent, nous prennent en photo dès que nous sortons de chez nous ; la presse veut des interviews et nous poursuit à la moindre occasion pour avoir un scoop, une interview trash, un témoignage poignant.

Je suis la fille d'un boxeur connu, alors ils veulent mon témoignage en particulier, mais je ne veux pas que mon histoire, que ma tristesse et mon chagrin servent à un torchon à sensations.

Les faits parlent d'eux-mêmes. Nous avons été victimes d'une tuerie, d'un dingue qui nous a pris pour cibles et qui a tué beaucoup de lycéens. Pas besoin d'en rajouter, c'est bien assez dramatique comme ça.

Mason passe ses nuits à la maison quand ce n'est pas moi qui vais chez lui. Sa présence me rassure même si je ne dors pas. J'ai besoin de lui. Il m'aide. Il était là, il est toujours là… On se réconforte, on s'écoute et parfois on se tait. Hier nous sommes restés pratiquement toute la nuit dans son jardin, dans les hamacs, les yeux rivés au ciel d'été tapissé d'étoiles et de rêves perdus. Aucun de nous ne parlait, nos silences se comprenaient. J'aimais Mason pour ça. Il souffre lui aussi, mais il fait passer mon chagrin avant le sien.

Ella.

Elle est… morte.

La balle qu'elle s'est prise ne lui a laissé aucune chance. Mason a senti son dernier souffle et a entendu ses derniers mots.

Elle n'avait que dix-sept ans, ses dix-huit ans étaient à portée de bras, à quelques jours près.

J'ai vu son cadavre, j'ai pleuré toutes les larmes de mon corps, j'ai eu l'impression de me voir, de perdre une partie de moi, de mon cœur. Elle était ma sœur de cœur, ma confidente, ma meilleure amie. Elle était jeune, jolie, elle commençait juste à vivre, à s'épanouir, mais une balle et un fou en ont décidé autrement.

Je suis inconsolable, sa famille l'est tout autant. Ella sera enterrée demain.

Gale.

Lui est… entre la vie et la mort.

Il a sombré dans le coma depuis quatre jours et il ne répond pas aux stimuli douloureux. Les médecins ont évalué son coma à un stade trois, l'avant-dernier. Ils disent que nous devons nous accrocher à sa volonté de vivre.

S'il est comme ça, c'est entièrement ma faute. Si j'avais couru, si je m'étais relevée, nous n'en serions pas là.

Mason dit que nous serions peut-être tous les deux morts si les choses s'étaient passées autrement. Je ne sais pas, je ne sais plus. J'ai du mal à analyser les choses correctement.

Je me vois tomber, je vois cette fille mourir à côté de nous et moi être incapable de me relever. Je vois Gale se prendre une balle lui aussi, puis j'entends les pas du tireur, je vois son visage et je sens l'odeur de la mort. Je vois l'arme qu'il pointe sur moi. Puis Gale m'a sauvé la vie, il a pris la balle qui m'était destinée. Je dois les battements incessants et la douleur écrasante de mon cœur à cet homme qui a choisi de prendre une balle pour moi.

Je rentre à la maison et je trouve ma robe lavée et pliée. Je touche le tissu. La soie est douce et la couleur turquoise est belle. Cependant, je me fige et pousse un hurlement en voyant le sang.

Maman m'enlace. Je me fonds dans ses bras, je veux disparaître en elle, me blottir contre son cœur, me réfugier dans son amour, oublier comme quand nous étions petits et que nos bobos n'étaient qu'éphémères.

— Je suis désolée, mon bébé. Toutes les taches ne sont pas parties. Elles ne partiront pas, j'ai essayé plusieurs choses, mais le sang sur la soie ça fait des ravages. J'aurais dû la ranger avant que tu rentres. Je pensais que tu resterais un peu plus tard chez Mason. Je vais la jeter si tu veux.

Je secoue la tête. Elle me caresse les cheveux.

— Tu es certaine ?

— Oui, je vais la mettre dans un carton avec mon album photo et j'y mettrais ma tenue de diplômée aussi.

— Marlow, tu es sûre de toi ?

J'acquiesce. Je veux faire de cette robe, de cette couleur qui m'insupporte désormais un symbole d'insolence. Je veux pouvoir la brûler un jour, comme ces gens qui ont un jour brûlé un drapeau pour affirmer leurs convictions, pour défendre leurs droits.

Je veux croire qu'un jour j'en aurai la force.

Je veux croire qu'un jour j'y arriverai.

Que Gale se réveillera, qu'il me pardonnera, que Mason trouvera la paix lui aussi…

∞

Les résultats des examens médicaux obtenus, j'avais le cœur lourd et le moral dans les talons. Le seul avantage quand on avait une hyperacousie sévère difficilement soignable était que ça n'empêchait absolument pas de se bourrer la gueule. Pas du tout même. Je ne savais pas où j'en étais niveau alcoolémie, mais j'avais l'impression que ce n'était pas très beau à voir aussi bien à l'intérieur qu'à l'extérieur.

— C'est la fin de ma carrière, je suis perdue ! Plus de boxe, plus de médecine !

— Mais non, soupira Dylan. Arrête donc d'être aussi négative.

— Si, c'est fini… il n'y a plus aucun espoir.

— Marlow, arrête de boire, ça te fait dramatiser. Ma grand-mère dit toujours que, lorsqu'il n'y a plus d'espoir, il y a l'espérance. D'accord, pour la boxe, ça va s'avérer difficile pour l'instant, mais pas pour tes études.

— Un futur médecin qui devient sourd, c'est fichu ! C'est la fin des haricots.

— Bien sûr que non ! maugréa-t-elle.

— Non, mais laisse-la, quand elle est dans cet état, on ne peut rien en tirer, lança Celia.

Bande de grognasses insensibles !

Mon père m'avait accompagnée lors des résultats. Il m'avait dit être soulagé que ça ne soit pas plus grave, et que tout irait bien. Bien sûr, il était hors de question que je remonte sur le ring, ma prochaine compétition serait annulée. Et au son de sa voix j'avais compris que j'avais juste le droit de la fermer.

Je savais qu'il avait culpabilisé en se disant que c'était sans doute à cause de la boxe, mais je l'avais rassuré en lui disant que c'était moi qui avais négligé ma santé et qui aurais dû consulter bien avant, que je n'étais qu'une idiote qui ne savait pas s'arrêter. De toute façon ça venait de la fusillade, donc il n'était responsable de rien.

Nous avions quitté l'hôpital dans l'après-midi.

— Vous n'êtes que deux… ingrates, gémis-je en subtilisant la bouteille de tequila.

Je bus mon *shot* cul sec et me resservis. Celia grogna et m'arracha la bouteille des mains en jurant.

— Et toi t'es complètement torchée, grommela-t-elle. Bon sang ! je ne sais pas comment j'ai pu te laisser boire autant. J'aurais mieux fait de te donner du chocolat.

Je bus l'autre verre et je vis des étoiles. *Oh, là, là…* J'étais à la limite du black-out. Mieux valait que je garde mon téléphone loin de moi au cas où j'aurais de nouveau l'idée de parler du pays des licornes.

— Ah ! m'exclamai-je. Parce qu'en plus d'être sourde tu veux que j'aie un gros cul, c'est ça ?

Dylan gloussa, les narines de Celia se gonflèrent. Je tirai la langue. Il n'y avait pas grand monde ce soir au bar contrairement aux autres soirs. Nate était chez lui avec Kyle, se morfondant probablement de l'absence de sa femme, et Asher et Mason étaient à un match de basket. Jayce quant à lui profitait du peu de monde qu'il y avait pour se lancer dans la comptabilité et, à voir sa tête et la bière qu'il tenait dans la main, il n'avait pas l'air très motivé.

— Bon sang, mais quelle débile ! soupira Celia.

— Mme Débile, je te prie, dis-je en levant un doigt pour essayer de paraître crédible. D'ailleurs, Mme Débile, elle à foif !

— Chérie, je t'aime plus que tout. Si j'étais lesbienne, tu sais très bien que mon cœur serait tien et qu'on formerait un couple de bombasses, mais là je crois que tu exagères un peu. Je ne pense pas que tu aies besoin de boire davantage.

Je souris et lui fis un clin d'œil aguicheur. Elle me répondit amoureusement. Elle avait raison, je le savais, mais je n'y pouvais rien, j'étais déprimée.

— Je pense qu'il faut voir le bon côté des choses, déclara Dylan.

— Le bon côté ? répétai-je. Je ne vois pas tellement quels bons côtés il peut y avoir.

Depuis que le médecin avait fait ses pronostics et que nous avions décidé en un temps éclair que je porterais une prothèse auditive avant d'envisager une opération, je ne voyais de bon côté nulle part. Mon oreille n'entendait plus qu'à trente pour cent, la boxe c'était fini, en tout cas pour les compétitions, et, à moins d'un miracle, j'allais soit devenir sourde, soit en rester à ce stade.

— Oui, lança-t-elle en s'asseyant à côté de moi. Exactement, le bon côté. C'est important de voir les bons côtés dans la vie, c'est ce qui nous aide à remonter quand on va mal, non ?

Elle passa un bras autour de mes épaules et posa sa tête contre moi. Bizarrement, la tension dans mon corps s'évapora un peu. Dylan avait ce côté maternel, accueillant et doux, c'était très agréable. À son côté, je me sentais apaisée.

— J'allais mal quand je suis arrivé ici, je me suis forcée à trouver de bons côtés pour aller de l'avant, pour me lever et sourire. Sans ça, je n'aurais pas pu, mon passé m'aurait gâché toute ma vie. Ce sont ces petites choses qui m'ont mise sur la route de Nate et de Kyle.

J'avais envie de pleurer.

— Tout va bien, ce n'est qu'un petit dysfonctionnement, rien de bien grave. Maintenant, il faut accepter, trouver des bons côtés et aller de l'avant.

Des bons côtés ? J'étais encore trop perturbée par la nouvelle pour en trouver. Je me disais que j'avais le droit de réagir de la sorte, que c'était surtout une mauvaise nouvelle et que c'était normal d'avoir besoin d'un temps d'adaptation.

J'allais bien, oui, c'était déjà ça, mais le fait que tout cela soit dû au tireur me rappelait la fusillade et Gale.

— Elle a raison, renchérit Celia. Tu nous as fait tellement peur ! On est soulagés qu'il n'y ait que ça. Tu ne te rends pas compte… On a vu toutes les saisons de *Grey's Anatomy*, et de *Dr House*, on a eu le temps d'imaginer tout et n'importe quoi.

Je soupirai.

— Asher a crié, dit Dylan.

Asher? J'étais dans ses bras quand je m'étais évanouie.

— Mais c'est vrai, ça, approuva Celia. Il était d'une sale humeur toute la nuit. Un vrai ours mal léché. Quand je lui ai proposé un café, il m'a aboyé dessus.

Asher…

En parlant de bons côtés, son faux baiser en était un. Rien qu'en y repensant, j'en avais des frissons. Mais ça n'avait pas cessé de me hanter.

Gale… Il avait été le dernier à m'avoir embrassée. Et voilà que j'avais supplié Asher de me changer les idées, et à présent je me sentais à la fois coupable de l'avoir laissé faire et soulagée d'avoir rompu quatre ans d'une profonde solitude. Sa chaleur m'avait transcendée, elle m'avait libérée durant les secondes où elle avait été mienne.

Je garderais pour moi l'épisode du faux baiser. Je n'avais pas envie de le partager. C'était mon bon moment, et, de toute manière, il ne signifiait pas grand-chose. Il n'y en aurait pas d'autres. Je me sentais suffisamment mal comme ça, alors, si cela se reproduisait, je n'aurais plus la force de me battre contre mes démons.

— Et si on faisait la liste des bons côtés ? suggéra Dylan.

Je me laissai aller contre elle. Celia se pencha en souriant comme une démente.

— On pourra te traiter de mamie quand tu nous feras répéter !

— Même qu'on fera exprès de ne pas parler fort juste pour t'entendre râler, renchérit Dylan.

— Z'êtes des salopes…

— Han, han, han, pouffa Dylan. Tu n'as pas le droit d'être vulgaire ! Et puis, avec ton appareil auditif, on pourra se refaire des remakes de films avec des robots. Ça va être génial !

— Sarah Connor, imita Celia en prenant une grosse voix et en bougeant ses bras façon robot. Pis, c'est connu, les gens qui perdent un sens en développent un autre.

— Oh, oui, c'est vrai ça ! s'exclama Dylan.

Je pouffai. Ce n'était pas faux, le cerveau avait la capacité de s'adapter à tout.

— Mais si, m'encouragea Celia en dansant sur elle-même. Tu devrais le savoir, c'est toi le futur médecin, pas nous. Le cerveau est conçu de telle sorte que, lorsqu'un sens est altéré, il est compensé par un autre.

— Tu pourras aussi apprendre à lire sur les lèvres et même parler en faisant le langage des signes, ajouta Dylan. Tu pourras parler la bouche pleine, quoi !

— Hé, mais je ne suis pas complètement sourde, non plus ! m'exclamai-je.

— Ha, ha ! Tu vois, quand tu veux ! s'écria Celia.

Je secouai la tête.

— Mieux, reprit Dylan. Imaginez des multipass, partout. Dans les parcs d'attractions, aucune queue. Des prix réduits pour tout et partout. Des places de parking bien placées. Les matchs gratuits.

— Pour les concerts, on n'a rien par contre, c'est bizarre…, fit Celia.

Ce fut plus fort que moi, j'éclatai de rire avec elles.

— C'est quand même bien mieux quand tu ris, soupira Dylan en s'écartant de moi.

Je rougis en acquiesçant.

— Je sais, mais j'ai encore du mal à l'accepter, ça me déprime.

— Il ne faut pas, lança une voix rauque derrière nous.

Je sursautai, sentant la chair de poule m'assaillir. Cette voix grave, je la connaissais, elle me faisait un effet étrange, surtout lorsqu'elle était si chaude et inattendue. Je scrutai Celia, qui l'avait vu arriver et qui n'avait rien dit. Je lui lançai un regard noir, elle sourit. Il foutait quoi ici et depuis quand écoutait-il ce qu'on disait ?

— Salut, Chamarlow, lança-t-il en s'appuyant au comptoir.

— Salut, Madekwe.

Il plissa les yeux.

— Connais pas, dit-il sans dévier le regard.

— Une actrice, elle joue dans les séries *Revenge* et *Salem*, expliqua Celia.

Il avait un petit sourire en coin, qui contrastait avec son regard sérieux. Il fixait un regard si intense sur moi que ça me mettait mal à l'aise. Il était sexy dans son jean avec son pull noir. Il était allé à son match comme ça et… il était là seul sans une de ses pouffes ? Étrange… Il sentait divinement bon. Il avait cette bouche parfaite et virile qui m'avait embrassée et dont j'avais encore envie.

Oh, là, là… J'avais trop bu ; je sentais les effluves de l'alcool me faire perdre le contrôle de moi-même, et *il* était là. Je me demandais si Celia n'était pas étrangère au fait qu'il soit venu. Aurait-elle préféré appeler Asher plutôt que Mason ? *Certainement !*

— Tu me sers un Coca ? demanda-t-il à Celia.

Elle acquiesça en souriant. Il reporta son attention sur moi. Dylan avait disparu dans la salle, elle nettoyait des tables et discutait avec un groupe de jeunes femmes.

— Tu ne devrais pas plutôt être chez toi et te reposer ? maugréa-t-il.

— Euh… d'une, je te merde, de deux, je fais ce que je veux, et ensuite c'est les vacances, j'ai tout le temps de me reposer.

Il secoua la tête.

— Je pense que tu devrais rentrer chez toi et arrêter de boire, ce n'est certainement pas conseillé.

— Devenir sourde n'empêche pas de boire.

— Tu devrais faire attention à toi plutôt que boire pour des conneries. On s'en fout que ton oreille déconne, tu restes la même Marlow, ça ne change rien pour nous.

Je le regardai de travers. Il se prenait pour qui, lui ? Ce mec me mettait hors de moi, pourtant je sentis mon cœur bondir dans ma poitrine.

— T'es bien mignon, grommelai-je, mais je fais ce que je veux.

Il bougea légèrement et pencha la tête sur le côté. Ses yeux avaient l'air de s'enflammer. Une seconde passa, puis il riva son regard au mien.

— Je bois ça vite fait et je te ramène.

— Pardon ?

— Je te ramène chez toi, je passe devant pour rentrer.

— Je ne t'ai rien demandé, soupirai-je.

Il attrapa son verre et le but cul sec.

— Je te ramène, ça ne sert à rien de payer un taxi et je pense qu'il vaut mieux que tu rentres.

— Je peux rentrer toute seule !

— Ouais et Kanye West a du talent. Si c'était possible, ça se saurait, mais c'est pas le cas ! Tu ne rentres pas seule dans ton état.

∞

Aussitôt dit, aussitôt fait…

Lorsque je mis un pied à terre après qu'il se fut garé, un affreux vertige me priva de toute sensation entre le sol et mes pieds. Je titubai, pourtant je ne pensais pas être ivre à ce point. *Mon Dieu, mais quelle honte et devant lui en plus…*

— Oh, j'ai la tête qui tourne…

— Merde, siffla-t-il. Viens…

En deux enjambées, il se retrouva devant moi et ne s'arrêta qu'à quelques centimètres de mon visage. La dernière fois qu'il avait fait ça, il m'avait embrassée et peut-être que j'en avais encore immensément envie. Quand il baissa la tête, son souffle dansa sur mes lèvres et mon cœur manqua un battement. Cette sensation était déroutante, carrément dévorante. Elle m'obsédait. Sans parler du fait qu'il était à tomber. Il me faisait penser à ses nouveaux mannequins qui rendaient folles les filles, il me paraissait irréel, inaccessible. Paresseusement, je me laissai aller dans ses bras quand il se baissa pour m'attirer à lui et me porter. Je ne protestai pas, appréciant la délicieuse sensation d'être choyée et en sécurité.

— Toi qui n'avais soi-disant pas besoin de moi. L'alcool, avec tes vertiges et tes maux de tête, c'est dangereux.

Je soupirai en acquiesçant, c'était embarrassant d'admettre qu'il avait raison. Sans se départir de son sourire ni de sa fierté d'avoir raison, il s'avança vers mon petit immeuble. Je sortis les clefs de mon sac et il ouvrit la porte en passant le badge magnétique. Il grimpa l'escalier du premier étage avec une aisance qui me rendit fébrile. Je posai alors ma tête contre sa poitrine et j'entendis les battements de son cœur contre mon oreille cassée.

— Et si un jour je ne les entends plus, gémis-je en pressant une main contre sa poitrine, comme pour essayer d'entendre et de ressentir autrement.

— Quoi donc ? demanda-t-il d'une voix rauque.

— Les battements de ton cœur.

Je sentis ses mains me serrer un peu plus.

— D'une manière ou d'une autre, tu les entendras toujours, *querida*. Ne t'en fais pas pour ça.

Je ne sus comment ni même pourquoi, mais je le crus et je fermai les yeux en souriant jusqu'à ce qu'il s'arrête devant chez moi pour ouvrir la porte. Il passa l'entrée en me tenant toujours dans ses bras. On aurait dit de jeunes mariés. Un rouge ridicule s'installa sur mes joues. Asher quant à lui arborait son sourire en coin et un éclat particulier anima ses yeux. Je me demandais s'il avait compris, de ce fait, les pensées stupides qui inondaient mon esprit.

— J'ai faim, dis-je.

— OK, direction la cuisine.

Je souris. Il me posa au sol. Devant le frigo, je restais indécise… Sucré ou salé ? Cruel dilemme. Quand je sentis son bras s'enrouler autour de ma taille, je glapis. Il me posa sur le plan de travail et toute une gamme de fantasmes s'offrit à moi. Il s'avérait difficile de me persuader qu'il ne me plaisait pas. Encore plus quand l'alcool me rendait carrément pompette. Quand il s'occupait ainsi de moi, je me sentais si bien.

— Je vais le faire, dit-il. Reste là.

Il se pencha dans le frigo et en sortit un vieux pot de crème fraîche et des fraises que je n'avais pas eu le temps de manger à cause de mon passage à l'hôpital. Il remonta les manches de son pull et passa la barquette de fraises sous l'eau. Il attrapa un couteau et retira les queues puis coupa les fraises en deux avant de les déposer dans un saladier.

— Tu fais quoi ? demandai-je.

— Des fraises à la crème fraîche et au sucre. Ma mère m'en fait tout le temps quand je vais la voir, je pourrais m'en faire crever le bide, j'adore ça.

— Jamais mangé des fraises de cette façon…

— Tu vas voir, c'est d'enfer et ça va te caler un peu.

Je souris et j'acquiesçai sans bouger le petit doigt. Je me demandai pourquoi il s'activait autant pour moi.

— Tu n'avais pas mieux à faire ce soir que de jouer les nounous avec moi ?

— Non.

— Ah, je pensais…

Il pencha la tête sur le côté et me regarda fixement. Je fis la moue. J'aurais mieux fait de la fermer.

— Tu pensais quoi ?

— Bah, tu étais à un match et puis… t'as un tableau de chasse plus grand que quatre équipes de basket réunies, alors…

— Alors, ce soir, j'allais forcément ramener une fille chez moi et la baiser ?

Son regard était fou, il avait l'air en colère.

— Je veux juste dire que tu n'as pas besoin de faire tout ça et de rester ici, dis-je.

— Oui, mais je le fais, point final.

Je baissai les yeux.

— Merci.

— Bon sang, tu me tues, *querida*, souffla-t-il. Comment peux-tu être aussi insolente et devenir adorable en deux secondes ?

Je ne répondis rien. Je souris simplement car, malgré la récente nouvelle, il me faisait penser à autre chose. Je le regardai terminer de préparer les fraises et j'eus envie de soupirer, car j'avais l'impression qu'il faisait ça comme un dieu. Il mit deux cuillères de crème fraîche puis il mélangea avant de rajouter du sucre. Il mélangea encore et saupoudra de nouveau de sucre. J'en salivais d'avance, j'en avais l'estomac qui dansait la gigue.

— Ça, tu vois, c'est simple, mais foutrement bon.

Il retira deux cuillères du tiroir en souriant.

— Et ça se mange directement dans le bol, c'est comme ça que c'est le plus délicieux.

— Oh… je vois.

Il me tendit une cuillère et posa le gros bol à côté de nous tandis qu'il appuyait sa hanche contre le plan de travail, juste contre mes jambes qui pendaient dans le vide.

— À toi l'honneur.

Sans hésiter une seconde, je plongeai ma cuillère dans le plat puis je goûtais. Les yeux écarquillés de plaisir, je laissai échapper un gémissement. C'était simple comme bonjour, mais c'était un régal, une orgie pour les papilles. Mon palet était en train de jouir et mon estomac gémissait.

— Alors ? demanda-t-il.

— C'est délicieux.

Il sourit et se régala à son tour. On se délecta jusqu'à ce qu'il ne reste plus rien, j'en étais presque à lécher le plat, mais je m'abstins comme une grande. Lorsque je sautai au sol pour aller au frigo, un vertige me fit partir en avant. Je trébuchai et les bras d'Asher me rattrapèrent.

— Reste ici ! soupira-t-il.

— Waouh, je crois que le sol n'est pas tout à fait droit ici !

— Mais oui, bien sûr ! Et bientôt il va s'ouvrir sur le centre de l'enfer.

— Tu crois que c'est possible ? demandai-je.

— Je crois qu'il est surtout temps que tu ailles dormir.

J'acquiesçai. Il me prit dans ses bras comme plus tôt.

— Bien ! Enfin une attitude de grande fille.

Je souris.

— Waouh, ce que t'es fort ! soupirai-je en posant mes mains sur ses pectoraux.

— Bien sûr. Et toi, tu es surtout bourrée.

— Peut-être un peu, mais ça, ce n'est certainement pas du plastoc !

— Pour sûr…

— Ash ?

Il baissa la tête et m'interrogea du regard.

— Tu es mignon, tu sais, et tes fossettes sont trop craquantes.

Il sourit, je posai mon doigt dans le petit creux causé par l'une de ces petites merveilles.

— Merci, mais tu vas t'en vouloir demain.

— Ah bon ? Pourquoi ?

— C'est ce que je voudrais bien savoir, *querida* ! Bon sang, j'aurais dû enregistrer ça !

Me gardant dans ses bras, il m'emmena jusqu'à ma chambre. Il tourna sur place et scruta la pièce.

— C'est… très « licorne », dit-il en me posant sur le lit.

Je souris. J'avais juste mis une housse de couette licorne, car les autres étaient au sale. Bien sûr ma grosse peluche licorne susnommée Perky Thinkled Pink était posée sur le lit.

— Tu ne fais pas de cauchemars la nuit ? demanda-t-il.

— Au contraire, je m'envole aux pays des licornes.

— Ah… ce fameux pays ! Un vrai voyage hors du temps. Fais gaffe quand même. Trop de rose tue le rose.

Il se pencha, attrapa ma peluche et secoua la tête d'un air exaspéré.

— Je te jure, tu es folle avec ça. Cette peluche est…

— Hé ! Ne te moque pas de Perky Thinkled Pink ! Il va t'entendre, dis-je en le lui attrapant des mains pour remettre Perky à sa place.

— Bon sang, tu es grave. Les licornes, c'est…

— Chut ! dis-je en pressant un doigt contre sa bouche. Quand tu dis du mal d'une licorne, il y en a une qui disparaît…

Il rit. Je retirai ma main.

— Ce n'est pas plutôt pour les fées qu'on dit ça ?

— Pour toutes les créatures fantastiques, alors, je t'en prie, garde tes sarcasmes pour toi. En plus, tu te moques de Perky Thinkled Pink, mais je te signale que c'est avec lui que je passe toutes mes nuits.

— Le chanceux, c'est sans doute pour ça que je ne l'aime pas.

Je rougis sans répondre.

— Bon, allez, faut que tu te mettes à l'aise pour dormir, reprit-il. Où sont tes pyjamas ?

— Dans le tiroir du bas, dis-je avec un vague geste de la main.

Asher se pencha et j'eus droit à une belle vue sur ses fesses moulées dans son jean, une sorte d'invitation à la luxure. Trop absorbée par cette vision, je ne me rendis compte que trop tard qu'il avait ouvert le mauvais tiroir. Celui qui contenait toute la noirceur de mon passé.

— NON ! hurlai-je, complètement paniquée.

Il souleva ma robe et découvrit le contenu bien rangé, mais néanmoins morbide, que contenait ce tiroir.

— Qu'est-ce que… ?

— Non ? dis-je en lui arrachant ma vieille robe de bal des mains. Non…

— Oh, merde… Marlow, je suis désolé. Je ne savais pas.

— Ce n'est pas le bon tiroir, sanglotai-je. Ça, c'est le tiroir des horreurs.

Étourdie, je me laissai tomber au sol.

— Marlow…

Je souris, mais les larmes me bordaient déjà les joues.

— Pourquoi gardes-tu tout ça ? demanda-t-il.

Parce que j'en avais besoin, que je ne pouvais pas encore passer à autre chose et que je n'y arrivais pas. Ce tiroir contenait tout ce qui m'avait abîmée, tout ce qui m'avait changée. Il y avait ma vieille robe de bal sur laquelle on voyait encore les traces de sang, des marques qui ne ressemblaient à rien mais qui étaient ineffaçables, mes bijoux portés ce soir-là, mes chaussures. Mais aussi des coupures de journaux relatant toute l'histoire, mon ancien album de lycée, ma tenue de cérémonie et mon vieux discours. Rien de ce qui s'était passé après ce drame n'avait été beau, tout avait été taché, enlaidi. Même avec la meilleure des volontés, j'étais brisée. J'avais laissé beaucoup de parts de moi-même là-bas.

— C'est mon tiroir des horreurs, dis-je.

Asher attrapa un article illustré que j'avais découpé dans le journal ; sur celui-là, j'étais prise en photo dans les bras de Mason, en pleurs, ma robe en sang. Ce voyeurisme navrant, ce sensationnalisme écœurant pour tenter d'attirer les lecteurs me donnait envie de gerber, mais je n'avais raté aucun de tous les articles parus sur notre histoire.

Ce moment précis, figé à jamais sur une image en noir et blanc… En fait, c'était le moment où j'avais retrouvé Mason après que le tueur eut été neutralisé, que les blessés eurent été envoyés à l'hôpital, et où il m'avait annoncé que nous avions perdu Ella pour toujours. Au début, j'avais cru que le sang qui tachait ses vêtements était le sien et puis j'ai su qu'Ella s'était pris une balle en plein cœur. Mason avait entendu ses derniers mots, son dernier souffle.

Les yeux d'Asher se perdirent dans le néant, il sembla s'assombrir, devenir plus sauvage, en colère, et j'en ignorais la cause.

— Pourquoi gardes-tu tout ça ? me demanda-t-il finalement. Ça te fait du mal.

Je secouai la tête.

— Tu es au courant de ce qui s'est passé ? demandai-je.

— Oui. Je l'ai vu aux infos et j'en ai déjà parlé avec Mason.

Je soupirai.

— C'était probablement la plus belle soirée de ma vie, j'étais en train de danser avec Mason quand le type a débarqué dans le gymnase et a commencé à tirer dans le tas. Il a abattu un garçon qui venait nous avertir. On a cru à une blague, jusqu'à ce qu'on comprenne. La panique est devenue totale. Gale, mon petit ami, m'a attrapée et on s'est tous mis à courir en direction des portes de secours. Je me suis pris une balle dans la jambe.

Asher lâcha l'article et se posa à côté de moi.

— Je suis tombée à terre. Gale a fait barrage et a tenté de me relever, mais il s'est pris une balle. Il a persévéré, mais j'étais paniquée et ma jambe ne me portait plus. Alors le tireur est arrivé à côté de nous. Il a pointé son arme sur moi et Gale s'est interposé pour me protéger. Il est dans le coma depuis ce jour-là, par ma faute. Et ça me hante comme les mots que m'a dits le tireur après avoir tiré sur lui : « Vis avec ça. »

Asher avait le visage crispé.

— Tu n'y es pour rien, Marlow.

— Qu'est-ce que tu en sais ? pestai-je en sentant le chagrin m'assaillir brutalement.

— C'était son choix, c'était sa décision. Il a choisi de faire un acte héroïque, et tu ne pouvais pas l'en empêcher, c'est ainsi. Il a pris une décision et il a agi.

Il serait pourtant tellement plus heureux s'il n'avait pas pris cette balle pour moi.

— Mais j'ai…

— Moi, Mason, ou encore Nate, on aurait fait la même chose à sa place. S'il arrivait quelque chose dans le même genre aujourd'hui, je me prendrais une balle si ça permettait de te sauver.

— C'est facile de dire ça quand…

— C'est vrai, mais c'est ce que je ferais, assena-t-il. Je le sais. Libre à toi de me croire ou pas.

Il y avait dans sa voix un ton qui ne laissait pas de place au doute. Il était très sérieux. Je frissonnai et je baissai les yeux sur ma robe. Ma magnifique robe de bal turquoise. Je ne portais plus rien de cette couleur. Je ne la supportais plus, je ne pouvais pas m'empêcher de la voir maculée de rouge.

— Pourquoi gardes-tu tout ça ? Ça ne t'aide pas, ça ne fait que te rappeler ce moment douloureux.

— Gale est toujours entre la vie et la mort, je lui dois la vie et, chaque bonheur que je rencontre, lui ne le connaît pas. Même les plus petits, même les plus infimes. Ces choses me rappellent qu'il y a quelqu'un qui s'est sacrifié pour moi et qui aujourd'hui se bat pour se réveiller. Sans lui je ne serais pas ici aujourd'hui, sans moi il ne serait pas dans son lit d'hôpital.

— Ça fait quatre ans, Marlow. Tu ne peux pas t'autoflageller comme ça.

— Je le sais, je n'ai pas besoin qu'on me le rappelle. Tout le monde me répète la même chose.

— Tu crois qu'il voudrait que tu ressasses ça continuellement ? Je ne pense pas.

— Tu ne le connais pas, grognai-je. Tu ne sais pas de quoi tu parles.

Il pressa ma cuisse à l'endroit exact où l'impact de la balle avait laissé une marque sur ma jambe.

— Tu as raison, mais ça coule de source, dit-il en attrapant une des photos prises par ma mère, quand je descendais dans ma robe de bal. C'est évident, bon Dieu ! Sans quoi il ne l'aurait pas fait. Putain, tu étais vraiment magnifique.

Mon cœur cogna vigoureusement contre ma poitrine. Cette phrase était malvenue et pourtant, pourtant elle me faisait un drôle d'effet.

— Je…

— Cette couleur te va très bien, s'émerveilla-t-il avec comme de la tendresse dans la voix.

— Je ne la porte plus. Je ne peux pas. Cette couleur me rappelle trop de mauvais souvenirs.

Il remit la photo à sa place et se tourna vers moi.

— Pourquoi as-tu gardé cette robe ?

— Je l'ai gardée pour avoir un jour la force de la brûler. Un jour je brûlerai tout ce qui se trouve dans ce tiroir des horreurs. Quand j'irai mieux. Un jour, je veux pouvoir rompre le lien avec tout ça, mais ce n'est pas possible pour l'instant.

— Et s'il ne se réveille pas tu vas conserver tout ça et attendre toute ta vie quitte à ne jamais être heureuse ? Putain, tu n'as que vingt et un ans, Marlow !

— Je ne sais pas… Je sais que nous n'avons pas rompu, qu'il m'a sauvé la vie et que je lui en serai éternellement reconnaissante.

— Ouais, moi aussi.

— Quoi ?

Je relevai la tête, il tendit la main vers moi et chassa mes larmes. Sa main se perdit dans mes cheveux.

— Je suis désolé de ce que tu as vécu, de ce drame qui te ronge, *querida*. C'est vraiment moche. Personne ne devrait jamais vivre ça.

— Merci, soufflai-je.

Sa main se fit plus sauvage dans mes cheveux. Ses doigts me faisaient du bien, ils chassaient ma solitude. Et je me demandais si c'était l'alcool qui me rendait si bavarde.

— Quand je t'ai embrassée, c'est à lui que tu as pensé, alors ? demanda-t-il.

— Je…

Perturbée par ses mots, je bafouillai. J'avais du mal à analyser le ton de sa voix, la réelle signification derrière sa question.

— Non. Je voulais simplement oublier. C'était…

— C'était ?

— La première fois depuis la fusillade que j'embrassais quelqu'un.

— Putain, Marlow… Et dire que ce n'était même pas un vrai baiser.

Il attrapa ma robe tandis que l'alcool et les mauvais souvenirs me rendaient plus triste que jamais. Il la plia avec soin et la replaça là où il l'avait trouvée puis il attrapa mon album de photos du lycée. Il y avait plein de signatures et de mots. Il feuilleta les pages jusqu'à me trouver, et sourit.

— Marlow Scarlett, membre du journal du lycée et du club de science naturelle, major de promotion, et championne jamais détrônée du baby-foot en salle de repos.

Il arqua un sourcil et me fit sourire.

— Il n'y avait que des branques, répliquai-je. Ils étaient incapables d'en mettre un seul. C'est ça de vivre dans un milieu d'hommes, on sait faire des trucs cool qui épatent les garçons.

— Faudrait que je voie ça.

— En un contre un ?

— Pourquoi pas, lança-t-il en souriant.

Sa main caressa doucement ma cuisse et je me détendis. Ce lien, cette chaleur emplissaient toujours plus le gouffre béant de mon cœur meurtri.

— Tu n'as aucune chance, Asher Miles.

— Je n'en doute pas, Marlow Scarlett.

Mon ventre se tortilla légèrement. Je lui pris l'album des mains et lui montrai une photo d'Ella.

— C'était ma meilleure amie, elle est morte dans la fusillade. Il lui a tiré en plein cœur. Elle devait signer mon album. On s'était dit qu'on le signerait le tout dernier jour, après la remise des diplômes, elle n'a jamais pu le faire.

— Je suis désolé.

— Ça va, ne t'en fais pas, je…

— Certaine ?

Absolument pas.

— Oh, non…

Et subitement je plaquai mes mains sur ma bouche et me redressai à la hâte pour atteindre les toilettes. Je vomis l'alcool en trop et les fraises dans un bruit qui résonna autour de moi. Je recommençai une nouvelle fois tout en étant assaillie par une crise de larmes.

— Doucement, murmura Asher tendrement. Calme-toi, ça va passer, *querida*.

Il retenait mes cheveux par-derrière et me caressait le dos. Je me calmai au son de sa voix et grâce à ses tendres caresses. Il eut finalement raison de mes sanglots et la nausée finit par s'estomper un peu.

— Ça va mieux ?

Je hochai la tête.

— Oui, mais j'ai un goût horrible dans la bouche.

Il m'attrapa alors en glissant un bras autour de ma taille et m'emmena dans la salle de bains. Après avoir mis du dentifrice sur ma brosse à dents, il me la tendit.

— Merci, dis-je avec un sourire.

— Je vais te chercher de quoi te mettre à l'aise pour dormir.

J'acquiesçai, soulagée de ne pas être seule, contente qu'il soit là. Il sortit en prenant une serviette et je me demandai pourquoi il avait besoin de ça. Il revint quelques minutes plus tard, avec un short et un vieux débardeur.

— Tiens. Ça va aller toute seule ?

Je hochai la tête de nouveau. Il avait une lueur dans le regard, comme si l'éventualité de m'aider à me déshabiller et à me rhabiller lui plaisait.

— Change-toi, je reviens. Et appelle-moi si tu as besoin.

J'enfilai donc mon short couvert de logos de Batman et mon débardeur à l'effigie de Maître Yoda. Il revint quelques minutes plus tard.

— Prête ?

— Oui.

Sans un mot, il se pencha vers moi et m'attrapa dans ses bras. Une fois dans la chambre, il me posa dans mon lit. Il y avait une bassine et la serviette sur ma table de chevet. Il me scruta, une fossette sur le coin de sa joue.

— Je pensais que tu aurais opté pour un pyjama licorne.

— Il est au sale, me défendis-je.

Il soupira avant de glousser comme un gamin, puis il reprit son sérieux.

— Je vais dormir dans la pièce d'à côté mais, au cas où tu n'aies pas le temps d'aller aux toilettes, tu auras de quoi.

— Tu vas dormir ici ? demandai-je bêtement.

— Oui, je préfère m'assurer que tu ailles bien.

J'ouvris la bouche. Je fronçai les sourcils. Je me sentais déjà assez vulnérable qu'il m'ait vu dans cet état, qu'il ait vu mon tiroir des horreurs, de lui avoir parlé de mon passé… Ce n'était absolument pas l'image que je voulais montrer de moi.

Marlow Scarlett était une battante qui ne lâchait jamais rien, or, là, je me relâchais complètement.

— Et autant te dire tout de suite que tu n'as pas le choix, rajouta-t-il. Je ne te laisse pas seule ce soir, je reste avec toi.

Je ne savais pas quoi dire. Hormis tout ça, toutes ces choses vues et dites, ce baiser, mon égoïsme vis-à-vis de Gale, la présence d'Asher me rassurait.

— D'accord, mais…

— Bien ! Le plaid sur le canapé me convient largement.

Il sourit et tendit le bras vers mon visage pour replacer une mèche de cheveux. Je le regardai avec de grands yeux. Je ne comprenais pas tout.

— Si besoin je suis là, d'accord ?

Il était tellement proche que je sentais sa chaleur, son parfum, et il sentait divinement bon. Son regard était fou, et je déglutis. J'avais envie de lui, encore. Ses lèvres… je voulais tellement les goûter de nouveau.

— Asher ?

—Oui?

Je m'approchai un peu plus de lui. Il inspira. J'ignorais si c'était l'alcool, mais celle qui parla à ma place avait le cran que je n'avais pas. Tant pis pour l'égoïsme, ça m'avait fait plus de bien que de mal la dernière fois…

—Tu m'as dit que ce n'était pas un vrai baiser…

Il sourit.

—Je veux le vrai… J'en ai envie.

Je me penchai vers lui. Il écarquilla les yeux puis les ferma. Sa mâchoire se crispa et il s'écarta. Il s'éloigna d'un pas, puis de deux.

—Non.

« *Non* » ? *Il me rejette ?*

Sa réponse me coupa le souffle. J'avais envie de pleurer, de crier, de m'enfuir…

—Non? soufflai-je.

—Non, Marlow.

Je ravalai un sanglot ou quelque chose dans le genre, et le bruit pathétique que je fis finit de m'achever. Je fermai les yeux pour ne plus le voir.

Je l'avais supplié de m'embrasser. Je venais de lui dire que j'en avais envie. Il avait refusé et s'était éloigné de moi. J'avais tellement honte. Je voulais qu'on m'achève définitivement.

—D'accord… je comprends, dis-je d'une voix blanche.

—Non, tu ne comprends pas.

Je secouai la tête.

—Laisse tomber. Sors d'ici, je vais dormir.

—Non, *querida*…

— Ne m'appelle pas comme ça ! (Je n'avais pas envie de subir ça.) Si je ne suis pas aussi bien que les autres, fous-moi la paix. Je vais dormir…

— Idiote ! Pourquoi tu te compares aux autres ?

— Arrête, Ash…

— Merde, Marlow, je ne t'embrasserai pas, jamais…

D'accord, je voulais mourir.

— Jamais quand tu as bu ! Je suis peut-être un queutard, mais je ne suis pas un putain de connard qui profite d'une fille ivre. Bon sang, pourquoi tu me dis ça comme ça ?

Je me mordis la lèvre inférieure, il s'approcha et la caressa avec son pouce.

— Repose-toi, tu en as besoin.

Sa main glissa sur ma joue et il posa son front contre le mien. Je m'apaisai en un instant. Mon idiotie mêlée à l'alcool faisait des ravages. Le lendemain, j'allais me détester. Pour l'instant cependant, mes paupières étaient de plus en plus lourdes.

— Dors, souffla-t-il. Demain je te ferai un petit déjeuner.

Il sortit de la chambre et malgré le râteau que je venais de me prendre, et le fait qu'il dorme dans la pièce d'à côté, je m'endormis aussitôt.

Chapitre 11

Je suis major de promotion.

Ce qui aurait pu être l'un des moments les plus intenses de ma vie n'est fait que de tristesse. Je n'arrive pas à me réjouir de quoi que ce soit, il manque trop de monde.

Je me lève quand Mme Swift, la proviseure, m'appelle. Depuis mon pupitre, je scrute mes camarades, nos professeurs et nos parents, les visages fermés. Des médias sont là, je les ignore. Leur présence m'insupporte. Sur l'estrade, à mes côtés, les photos de nos amis disparus sont là.

Ella, Jett, Vanessa, Ted, Luke, Samantha, Emily, Tyrrell, Gideon, Carl, Kathy, Emma, Julie, Mick, Frankie, Sue, Sophie, Laurie.

La photo de Gale y est aussi.

Tous ceux que nous avons perdus sont là, à nos côtés, ils nous regardent fixement, avec leur sourire éclatant, en coin ou en fossettes. Chaque sourire est beau. Je veux me souvenir d'eux comme ça.

Après une semaine de pluie à enterrer ceux que nous avons perdus, le soleil est haut dans le ciel, aujourd'hui, et le temps est magnifique.

L'enterrement d'Ella a été un moment très douloureux. Elle me manque atrocement à chacun de mes pas.

L'absence de Gale est comme un abandon, son état n'évolue pas. Je guette chaque jour avec l'espoir qu'il se réveille.

Je sais que j'affiche la même mine déconfite que mon auditoire. Je suis aussi triste qu'eux.

Notre chagrin est commun.

Mon discours est froissé dans mon poing, mes mains moites ont rendu certains mots illisibles. J'ai oublié la moitié de ce que je voulais dire. Je me rembrunis, j'essaie d'être forte aussi longtemps que possible, car je sais que je vais finir par craquer. Je tapote le micro pour être certaine d'être bien entendue et je me lance :

— J'aimerais avoir cinq ans de nouveau. Vous vous souvenez certainement comme moi de ces moments de chagrin quand nous étions petits, ceux qui ne duraient que quelques minutes. J'envie ces moments. Quand on perdait notre doudou ou notre jouet fétiche, quand on se fâchait avec nos amis pour une histoire de biscuit, quand on trouvait injuste de ne pas être plus grands. On se sentait inconsolables, perdus, incompris, mais nos parents étaient toujours là pour nous soutenir. Maman savait toujours où se trouvait le doudou, papa nous poussait à être forts pour aller récupérer nos amis. On finissait par se rendre compte que c'était génial d'avoir cinq ans. J'aimerais revenir à ces instants de douceur et de faux chagrins, mais c'est impossible. Nous avons grandi et aujourd'hui, même si nos parents sont encore derrière nous et présents, nous devons gérer les choses nous-mêmes, car nous entrons dans la cour des grands, dans la vie active. Nous avons l'âge de travailler, d'entreprendre de longues études, d'avoir des enfants... Nous avons enfin l'âge de toutes les possibilités, l'âge que nous attendions tous en entrant au lycée.

Je fais une pause, je prends une profonde inspiration. J'ai peur de me ridiculiser, de dire n'importe quoi, mais tous les regards sans la moindre exception sont braqués sur moi. Quelque chose a changé, s'est animé en eux, comme s'ils se sentaient investis par mon discours, comme si ça leur faisait du bien.

Je reprends :

— On a tous perdu quelque chose ce soir-là. Que ce soit une amie, un petit ami, une meilleure amie, un confident, une sœur de sang, un frère de cœur, un binôme, un camarade, un citoyen, un élève… Nous avons tous perdu quelque chose de précieux et je n'arrive pas à y croire. La réalité est dure, brutale. J'ai du mal à me dire qu'il faut avancer, qu'il faut être fort pour eux… Cela semble facile d'être remplis d'optimisme par une journée comme celle-ci, nous devons être plus forts que nos souffrances, nous devons être plus grands que nos chagrins. C'est dur, oui, mais je fais le vœu que nous incarnions l'espoir, comme l'ont fait ceux qui ont vécu ça avant nous. Les gens en ont besoin et nous aussi. Je regarde autour de nous et certaines personnes qui nous ont aidés à devenir ce que nous sommes ne sont plus là physiquement, mais elles sont là, dans nos cœurs, dans nos têtes. Elles seront toujours là, nous vibrerons avec eux pour les rendre fiers, car ils continueront à vivre en nous et nous accompagnerons partout où nos chemins nous mèneront.

Je prends une grande respiration et je lâche mon discours froissé, ça fait un moment que je ne le lis plus, que je ne le suis plus et que je laisse mon cœur parler. Je ne suis que chagrin, égoïsme, peur et souffrance, mais j'ai envie de croire que ces sentiments ne seront pas permanents, qu'ils vont finir par s'estomper et que la plénitude m'animera de nouveau. Pas aujourd'hui, pas demain, pas tant que Gale sera entre la vie et la mort, mais un jour. J'ai envie que mes camarades gardent espoir, que nos parents ne prennent pas peur pour nous à chaque instant.

Je veux la beauté du monde, pas sa noirceur.

Même si ça prend du temps, des années, je ne veux pas me dire que je vais sombrer dans la peur, la paranoïa et la solitude.

Je veux que Gale s'en sorte. C'est mon souhait le plus précieux.

Je scrute mes camarades, tout le monde attend.

—Alors j'ai envie de dire : soyons ce que nous voulions devenir, trompons-nous une fois, deux fois, trois fois, jusqu'à ce que nous trouvions notre voie. Disons « merde » aux patrons, « merde » à la routine quand elle devient lassante, « merde » aux compromis et « oui » à tout ce qui nous rend heureux. Soyons avocat, médecin, fleuriste, journaliste, maman ou papa au foyer, routier, prêtre, barman, vendeur, coiffeur, esthéticienne, pédiatre, infirmière, pompier, sportif, professeur de chant – même si on sait très bien qu'aucun élève n'aime cette matière –, voyageur du bout du monde, rêveur… Soyons l'idéal, ce qui nous fait rêver. Soyons nous-mêmes ! Soyons forts pour eux, pour nous, pour la vie…

Ma voix se brise et je me tais. J'ai dit tout ce que j'avais à dire et même plus. J'ai exprimé mes sentiments pour mes amis. Tout le monde se lève. Mes camarades applaudissent. Je pleure enfin, je n'ai pas craqué, j'ai tenu bon. J'avance devant mon pupitre et je descends de l'estrade pour les rejoindre. J'enlève mon chapeau de diplômée et je le lance en l'air. Une centaine d'autres rejoignent le mien et tombent au sol et la plus jolie des choses se produit.

—Merci, Marlow !

—Merci !

Les remerciements se poursuivent à l'infini, comme un écho sans fin. Je ne sais comment réagir. Je me sens galvanisée, presque forte. J'ai le sentiment d'avoir aidé, d'avoir guéri, d'avoir incarné l'espoir pendant les quelques secondes de mon discours.

Et alors une marée humaine m'enlace. Tout le monde s'amasse autour de moi, autour de nous, et nous formons une gigantesque étreinte comme je n'en ai jamais connu. On se parle, on se chuchote, on s'aide, on se réconforte et on se construit.

Je suis heureuse et triste en même temps.

Mais j'ai l'espoir qu'un jour mon souhait se réalisera, j'ai l'espoir de rendre Ella fière de moi et de vivre pour elle.

∞

Je me réveillai avec une gueule de bois qui m'arracha la tête. Je sortis lentement du lit et me dirigeai vers la salle de bains. Je n'avais pas vomi pendant la nuit, mais j'avais un sale goût dans la bouche. Je me lavai les dents, puis me brossai les cheveux. Ce ne fut qu'une fois dans le salon que je sentis l'agréable odeur du petit déjeuner et du café. Asher n'était pas dans le canapé, il s'activait en cuisine. Je me mordis la lèvre inférieure. Si mes souvenirs étaient bons…

Mon Dieu !

J'avais parlé de mon passé, il avait vu mon tiroir des horreurs. Il m'avait aussi aidé à vomir, et je lui avais demandé de m'embrasser, et… il avait refusé.

Il se retourna alors que j'étais encore perdue dans mes pensées. Il me scruta intensément, de la tête aux pieds.

Il avait ce sourire en coin qui ne laissait apparaître qu'une fossette. Je rougis.

— J'allais venir te réveiller, dit-il d'une voix très sensuelle. Bonjour, Chamarlow.

— Salut, Fiolek.

Il sourit.

— Je ne connais pas.

— C'est une sportive, une championne de moto-cross, née sourde. Plusieurs fois championne. Cette fille est canon !

Il se rembrunit, peut-être parce que j'avais souligné qu'elle était sourde. Je haussai les épaules. Il me fit signe de m'asseoir.

— Tu t'y connais quand même vachement en Ashley, remarqua-t-il.

— J'ai fait quelques recherches pour pouvoir te tacler ! répondis-je avec aplomb. C'est important d'avoir une longueur d'avance.

— Donc tu t'es renseignée pour moi ?

— Pour te remettre à ta place, parce que personne ne le faisait. Non, mais, tu te souviens de la première réplique ringarde que tu m'as faite ?

Il secoua la tête en souriant de plus belle. Bien sûr qu'il se rappelait. Je m'asseyais à table quand je repérai mon livre de biologie.

— Tu lisais mon livre de cours ? demandai-je, perplexe.

— Ouais, on y apprend des trucs vachement intéressants.

— Tiens donc ! Comme quoi ?

Il déposa une tasse de café devant moi et s'installa pour me faire face. *Mon Dieu, Asher dans ma cuisine au matin, plus sexy que jamais.*

— Quand une femme enceinte subit des lésions d'organes, comme une crise cardiaque, le fœtus lui envoie des cellules-souches pour accélérer son rétablissement… C'est un truc de fou. Genre à la Wolverine quoi !

Je souris, voilà que j'étais hypnotisée.

— Tu t'intéresses à la procréation ?

— La procréation en elle-même, oui beaucoup. Étape très importante dans la vie.

— Tu savais que la moitié du pénis d'un homme se trouve à l'intérieur de son corps. Ça doit être tellement frustrant !

Ses yeux me lancèrent des étincelles. Je bus une gorgée de café.

— J'ai aussi lu que les globules rouges peuvent traverser notre corps en à peine vingt secondes, c'est dingue ! renchérit-il. Et les muscles qui permettent à nos yeux de bouger se contractent environ cent mille fois par jour. Ils disent que, si on voulait travailler nos jambes autant, il nous faudrait marcher à peu près quatre-vingts kilomètres.

— Le corps humain est génial, hein ? Je crois que ce que j'aime par-dessus tout c'est la manière dont il fonctionne, sa mécanique…

On déjeuna, et il me posa plein de questions sur la médecine.

— Bon, j'y vais, je dois repasser chez moi.

— Merci pour hier.

— Repose-toi, Chamarlow. Si tu ne le fais pas, je le saurai.

— Mais ouais !

Il passa la porte en ricanant. J'allais me resservir un autre café lorsque j'entendis des coups à la porte. Surprise, j'allai ouvrir.

— Tu as oublié quelque chose ? demandai-je.

Il ne dit rien, il se pencha vers moi, me forçant à reculer et, quand le mur m'arrêta, il attrapa mon visage en coupe et sa bouche s'abattit sur la mienne.

Asher m'embrassa tendrement, sa main me prit sous le menton pour me maintenir contre lui, et il glissa l'autre autour de ma taille. Mon souffle se coupa lorsque sa langue caressa mes lèvres. Je gémis et il pénétra entièrement ma bouche, me laissant en état de choc. Le désir liquéfia mon être et lécha ma peau, qui s'en trouva couverte de frissons. Je ne pus me retenir de le toucher et je nouai mes bras autour de son cou. Ses cheveux glissèrent entre mes doigts et j'en soupirai de bonheur. Sa poitrine se gonfla et il approuva d'un grognement. J'ignorais comment c'était possible, pourtant l'intensité de notre baiser redoubla. C'était vivace, brutal, transcendant. Jamais je n'avais ressenti ça, jamais. Ce baiser était dingue…

La douleur du désir qui me tordait le ventre s'invita plus bas, intimement. Je laissai échapper un petit gémissement dans sa bouche. Il rompit le baiser, me laissant tremblante et haletante. Les muscles de ses bras se contractèrent et il me souleva pour me prendre dans ses bras. Il colla son front au mien. Nos regards se mêlèrent.

— Ouais, j'avais oublié ça ! Je ne pouvais pas partir sans.

— Ah…

Il m'embrassa de nouveau, pressa plusieurs fois sa bouche contre la mienne et ses doigts se perdirent dans mes cheveux. Je soupirai.

— Ça va ? murmura-t-il. Tu as l'air consternée.

— Oui… j-j-je n'avais jamais été embrassée comme ça. Jamais aussi fort.

Tant pis pour la honte, tant pis pour le « je-le-regretterai-plus-tard », après un tel baiser, alors que nous étions encore tellement intimes, je me fichais des conneries qui sortiraient de ma bouche. Mais c'était vrai, Gale ne m'avait jamais embrassée de cette façon et, comme ça faisait quatre ans que je n'avais pas laissé un homme me toucher de la sorte, c'était probablement la chose la plus sensuelle que j'aie jamais ressentie de toute ma vie.

— Tu me tues, *querida*, souffla-t-il. Je t'avais prévenue que le prochain serait réel. Je voulais que tu t'en souviennes, que tu me regardes comme ça avec tes magnifiques yeux voilés et ton rouge aux joues. Je voulais que tu l'oublies, *lui*, je voulais l'éclipser, te rendre heureuse.

J'aurais dû être en colère, réagir, dire quelque chose, mais je n'en avais pas la force ni même l'envie. Je profitai d'être encore dans ses bras pour l'embrasser. Il se laissa faire, me regardant à travers ses yeux mi-clos.

— Putain, je dois y aller… Merde, j'aurais dû attendre ce soir. Je ne peux pas être en retard, j'ai un rendez-vous dans moins d'une heure et je dois encore prendre une douche.

— Ce soir ?

— Je te l'ai dit : je vais te forcer à te reposer.

Je souris.

— Pour la douche… tu aurais pu la prendre ici, dis-je, les joues en feu.

— Je sais, mais il m'en faut une glacée surtout avec…

Je baissai les yeux et compris en voyant la bosse qui déformait son jean qu'il fallait qu'il se calme.

— À ce soir, soupira-t-il avant de disparaître.

∞

Un simple baiser pouvait-il briser des années de maîtrise de soi ?

Alors que je faisais face à mon reflet, je pensai à Gale. Me voir sourire bêtement dans le miroir avait ravivé ce sentiment d'égoïsme qui ne m'avait pas manqué et, lorsque je me mordis les lèvres, troublée, le doute m'envahit. J'aurais tellement aimé que ce sentiment agréable soit mon unique pensée du jour, mais il fallait croire que j'étais maso et que je ne pouvais pas m'empêcher de penser à ce qui me tenait enchaînée à cheval entre mon passé et mon présent.

La culpabilité.

Je détestais tellement ce sentiment. Bon sang, pour une fois, ne pouvais-je pas juste apprécier les bonnes choses sans avoir ensuite envie de me jeter d'un immeuble ?

Gale... Est-ce que je venais de le tromper ?

Je me sentais toujours affreusement égoïste quand j'appréciais les petits bonheurs de la vie, là je venais de rompre quatre ans de solitude et de promesses pour quoi ? Juste quelques minutes d'intensité ? Quatre ans que je m'évertuais à fuir les hommes, que je leur tenais tête, et voilà que je venais de lâcher prise.

Sa vie ne valait-elle pas plus que ça ? Ces baisers en valaient-ils le coup ?

Asher avait raison, ce baiser entre nous était bien réel. Je ne pouvais pas le nier. Cette façon qu'il avait eue de me tenir dans ses bras, de me toucher, de bouger ses lèvres comme s'il ne voulait jamais s'arrêter. Son odeur, son intensité et ses grognements.

Je secouai la tête, apeurée par mes pensées, par leur souvenir et par le délice effronté qui me lapait la peau de nouveau. Bon sang, ce crétin à fossettes, pourquoi était-il le seul type à me faire cet effet-là ? à raviver des émotions que j'avais enfouies si profondément en moi ?

Devais-je vraiment me sentir aussi mal ? Comment interpréter quelque chose qui me faisait du bien et me causait du mal en même temps ? Ça m'apportait un peu de cette chaleur dont la solitude coupable me privait.

Je quittai du regard cette brune paumée pour aller me laver.

Dans la douche, la sensation de l'eau rendit mes lèvres avides. Je me mordis, ne pouvant m'empêcher de l'imaginer dans sa douche comme il me l'avait dit.

Merde, merde…

Je me lavai rapidement quand je me rendis compte que mes règles étaient arrivées.

Triple merde !

Je me préparai, me délestant de ma superbe lingerie pour celle en coton. Je devais rejoindre mon père. Nous avions rendez-vous pour mon appareil auditif. Autant dire que cette sortie ne m'enchantait pas le moins du monde, mais je n'avais pas le choix.

∞

On ne dirait pas comme ça au premier abord, mais il existait toute une gamme d'appareils auditifs, un vrai paradis pour les sourds et les malentendants. Le fétichiste des oreilles devait avoir un orgasme ici. J'étais mal à l'aise et mon père avait l'air de l'être tout autant. J'avais envie de me tirer d'ici et d'aller manger un gros paquet de chips au vinaigre… ou des fraises à la crème.

— Ça va ? demanda-t-il.

— Je rentre à peine dans la vie active, j'ai juste l'âge de boire et je dois déjà porter un appareil auditif… J'ai l'impression d'avoir sauté pas mal d'étapes. Tu ne crois pas ?

Il ricana.

— Ce n'est rien, chérie. Tant que ce n'est que ça et que tu vas bien. En tout cas, tu n'as rien perdu de ton humour.

J'acquiesçai d'un hochement de tête. Je savais combien il pouvait être dingue quand il s'agissait de ma santé, ç'avait toujours été le cas et encore plus après la mort de ma mère. Alors je ne voulais pas qu'il s'inquiète davantage.

Quelques minutes plus tard, un homme en blouse vint vers nous.

— Celui-ci est quand même plus discret, dis-je avec un peu d'espoir en montrant un petit appareil qui rentrait dans l'oreille.

— Effectivement, il est d'ailleurs de plus en plus plébiscité par les gens pour la discrétion qu'il apporte.

Ce type sentait le « mais » à des kilomètres.

— Mais j'ai lu votre dossier et malheureusement l'appareil intra-auriculaire convient à des personnes ayant une surdité légère à moyenne, or vous avez une perte qui monte au-delà des quatre-vingts décibels et de ce fait votre surdité est déjà à un stade profond. Cet appareil ne convient pas dans votre cas, il n'est pas assez puissant.

Super… Vive la discrétion ! J'allais devoir me taper un de ces appareils qui rentrait dans l'oreille, mais qui en sortait aussi. Le plus visible quoi !

Mon père enlaça mes épaules. Je me rembrunis, juste parce qu'il m'avait appris à ne jamais baisser les bras.

— Pour vous, mademoiselle, je vous propose ce qu'on appelle un contour d'oreille ou oreillette.

Les yeux rivés sur l'horrible appareil auditif, je n'avais qu'une envie... m'enfuir !

— Ça va aller ? demanda mon père.

— Impec, répondis-je avec aplomb.

— Il est confortable donc facilement supportable et également facilement manipulable. Il est composé d'un embout auriculaire en silicone, qui rentre dans le conduit auditif. Cet embout est relié par un tube à un boîtier électronique, le contour en lui-même, qui se place derrière le pavillon. Ce sera un micro omnidirectionnel. Il se démarque par le fait qu'il transmet tous les sons ambiants aux tympans en les amplifiant...

Bla-bla-bla...

Je ne l'écoutais déjà plus et son faux sourire de vendeur me donnait envie de le frapper.

— ... de toute façon, il y a une notice et tous les conseils dont vous avez besoin sont dedans et, si vous avez un doute, vous pouvez appeler, on répondra à vos questions sans problème.

J'acquiesçai vivement en hochant la tête sans prêter la moindre attention à ce qu'il me disait.

— Pour la couleur, nous avons plusieurs choix.

Le vendeur disait ça avec un entrain du tonnerre.

— Noir.

Il ne m'écoutait pas.

— On a du rose, du bleu, du vert... Comme vous le voyez, l'embout qui sort de l'oreille et qui rejoint son contour est transparent pour plus de discrétion. Nous avons aussi couleur chair.

« Couleur chair », ce truc marron ? Oui, à condition d'avoir passé sa semaine entière au salon de bronzage.

— Noir, ça ira très bien.

De toute manière, je comptais bien essayer de camoufler ça le plus possible avec mes cheveux.

— Très bien !

∞

Je déposai papa au club de boxe, où je saluai rapidement Nate et Mason avant de rentrer chez moi. J'étais crevée, j'avais besoin de dormir. Je laissai tomber le sac contenant mon nouvel accessoire tendance sur la table basse et me roulai en boule dans mon plaid sur le canapé. Il sentait Ash à l'endroit où j'avais niché mon nez. Je fermai les yeux, respirant cette fragrance entêtante.

Des coups contre la porte me réveillèrent en sursaut. Je me redressai groggy, un peu sujette aux vertiges. J'ouvris la porte sur un fantasme vivant.

— Asher ?

Alors, il était vraiment sérieux en disant qu'il viendrait ?

— Quand je dis que je viens pour te forcer à te reposer, je viens ! dit-il en souriant.

— Mmh, grommelai-je. J'étais en train de dormir, tu as vraiment un timing pourri.

Chapitre 12

Le rire d'Asher résonna dans le couloir puis dans le salon quand il entra et ferma la porte derrière lui. Des frissons, loin d'être désagréables, glissèrent le long de mes bras. Il comptait vraiment me forcer à dormir ? Bon sang, le connaissant, il en était bien capable. Il était aussi têtu que moi.

— Tu vas bien ? demanda-t-il en me scrutant.

— Oui, oui, je dormais. Je ne sais même pas quelle heure il est…

— Vingt heures environ. Je reviens du club, dit-il d'un ton las comme s'il me le reprochait.

J'avais dormi plus de deux heures. Dire qu'en temps normal j'y serais allée moi aussi et, comme lui, je me serais entraînée.

Je n'en revenais pas d'être contrainte d'arrêter la boxe. Bien sûr, ce n'était qu'un passe-temps, je n'avais jamais eu envie d'en faire ma carrière, mais j'avais pensé arrêter de mon propre chef et pas à cause d'une déficience comme la surdité. J'allais devoir me passer de ce sport que j'aimais tant, qui m'aidait tellement à me canaliser… et louper l'occasion de me battre lors du championnat du monde amateur en plus !

Je relevai la tête, me demandant à quel moment Asher et moi étions devenus aussi proches. J'ignorais aussi pourquoi, et ça m'effrayait un peu.

— Tu comptes vraiment rester ici ? demandai-je, perplexe.

— Oui.

— Je ne crois pas, non.

Il arqua un sourcil comme pour me défier de le mettre dehors.

— Moi, je crois que si, au contraire.

— Je te signale que j'étais en train de dormir, alors, pour un mec qui prétend vouloir m'attacher à mon lit pour me forcer à me reposer, c'est quand même plutôt raté, non ?

Avec un sourire délicieusement bordé de fossettes, il me répondit :

— Je suis plutôt imprévisible comme mec. C'est un effet de style, tu sais, ce n'est pas évident d'être moi.

— C'est sûr ! me moquai-je. Tu es tellement doué que tu ne sais pas où ton génie va te conduire.

Il sourit de plus belle. Je sentis le rouge me monter aux joues.

— Sinon, tu comptes faire quoi ? dis-je d'un air aussi détaché que possible. Me préparer à manger ? Faire mon ménage ? ma lessive ? Me border ?

Il s'approcha de moi et se pencha. Après notre interaction du matin, ce geste éveilla des sensations nouvelles. Je m'enflammai et je ne parvins pas à le cacher. Il le remarqua. Ses muscles se gonflèrent sous son pull lorsqu'il prit une grande inspiration.

— La dernière proposition me tente bien, oui, souffla-t-il. Tu me laisserais faire ?

— Je ne crois pas, non. Je n'ai pas besoin que tu restes.

— Une promesse est une promesse. Je t'avais dit de te ménager, je t'avais laissé jusqu'à ton match. Et tu fais quoi ? Tu t'effondres dans mes bras. Pas très malin de ta part. Je reste jusqu'à ce que tu te reposes.

Je secouai la tête. Je n'avais pas envie de l'encourager ni d'entrer dans son jeu. Ce baiser échangé était la chose la plus sensuelle que j'avais jamais vécue, mais valait-il vraiment le coup si je devais me sentir aussi mal par la suite ? J'allais finir par me haïr.

— Tu n'as franchement pas mieux à faire ?

Il secoua la tête à son tour.

— Non, et autant te dire que, pour me faire partir, va te falloir une bonne dose de muscles.

Je réfléchis. Je pouvais gérer ça, après tout je le connaissais depuis un moment. Je me demandais si un coup dans les parties génitales où le menacer à coups de serviette hygiénique usagée marcherait, à défaut d'avoir de gros bras pour le déloger de chez moi.

— Je peux aussi appeler mon père.

Il grimaça. Je souris.

— Tu n'es pas ce genre de fille, *querida*. Tu es aussi froide que la glace, tu es la fille la plus impétueuse et effrontée que je connaisse, et si tu voulais vraiment que je m'en aille je serais déjà dehors.

Il avait raison, mais, quand même, je trouvais cette situation hallucinante et dangereuse. J'aimais l'idée qu'il soit là, mais j'ignorais pourquoi. J'avais aimé son baiser, mais j'avais peur de vouloir bien plus encore. J'aimais son insolence qui rompait ma solitude, mais je me haïssais de partager ces moments avec lui.

— Franchement, Ash ?

— Franchement, Marlow !

— Je compte me coucher tôt, juste après manger. Je suis crevée de toute manière, et j'ai besoin de me reposer. Et, merde, pourquoi je me justifie devant toi !

Bon sang, je n'en revenais pas d'avoir ce genre de conversation avec lui. J'étais en train de le supplier de partir en lui promettant que j'allais dormir. Sa bouche s'incurva en un léger sourire en coin qui laissa apparaître une petite fossette.

— Je ne sais pas, dis-moi, bébé. Je ne bouge pas de toute manière. Je ne partirai pas. Tu peux bouder, taper du pied, ça ne changera rien.

— « Bébé » ?

C'était tout ce que j'avais retenu de sa réplique.

— Tu n'aimes pas ? Tu préfères quoi, « mon cœur » ?

— Dans tes rêves.

Le sourire en coin s'étira et fit apparaître la seconde fossette.

— « Mon ange » ?

— Je ne suis pas ton ange, Ashy.

— Tu préfères peut-être « chérie » ? Non, trop banal. En espagnol, ça te plaît plus. Tu ne les contredis pas.

— Forcément, je ne les comprends pas.

— Mmh, je crois surtout que tu aimes l'exotisme, *mi caramelo*.

— Nate t'a frappé trop fort ce soir ?

Il eut un rire de gorge, très sexy, et se laissa tranquillement tomber sur le canapé. Je le regardai sans être capable de mettre un mot sur mes pensées. Il semblait tellement à l'aise. Il semblait lui-même, mais différent aussi. Et il était vraiment séduisant. Je l'avais toujours trouvé beau.

La première fois que je l'avais rencontré, il m'avait fait de l'effet. Il m'en faisait toujours. Bon sang, l'air semblait chargé d'électricité dans le salon. Tant que je n'avais pas cédé, j'avais pu lutter, désormais ça s'avérait plus difficile.

Il balaya la pièce du regard et celui-ci acheva son inspection sur la boîte de mon appareil auditif. *Zut!*

— Ça y est? Tu es allée le chercher?

Je soupirai.

— Ouais! fis-je d'une voix blanche.

— Tu l'as essayé?

— Sur place, oui.

— Tu ne le mets pas?

— Non, je n'en ai pas envie, je n'en ai pas besoin à la maison.

— Ça fait pourtant partie de toi.

Je me rembrunis. Je n'aimais pas tellement qu'il me dise ça. Ça ne faisait pas partie de moi, c'était arrivé impunément sans que je ne demande rien.

— Non. Pas du tout.

— Maintenant, si. C'est si horrible que ça? demanda-t-il en attrapant la boîte.

Je haussai les épaules. Ça l'était pour moi, je n'avais pas envie de cette chose énorme sur mon oreille. Je ne voulais pas non plus des commentaires des gens quand ils la verraient. Pas besoin d'être devin pour savoir qu'ils allaient jaser et que j'aurais droit à tout un tas de questions débiles et indiscrètes.

— Je peux? demanda-t-il.

— Je t'en prie, fais-toi plaisir si les appareils auditifs t'excitent.

Il me lança un drôle de regard avant de l'ouvrir. Il regarda son contenu puis sortit mon nouvel ami de son emballage.

— C'est ça qui te fait peur ? C'est tout petit.

Je déglutis. C'était facile de dire ça quand ça n'était pas à soi. Je me demandai comment un type au physique parfait comme lui réagirait s'il se retrouvait à devoir porter cette chose.

— C'est moche, dis-je d'un ton las.

— Mets-le.

— Non.

Il se redressa et, en deux enjambées, il était contre moi. Ç'aurait dû m'énerver, et, oui, ça m'agaça vraiment, mais surtout ça m'intimida. Il me surplomba de toute sa taille. Il me dominait largement, aussi bien en hauteur qu'en largeur. Je l'avais toujours trouvé impressionnant, mais depuis le baiser cette impression était encore plus intense.

— Mets-le, s'il te plaît.

— Parce que tu crois que te planter devant moi en rajoutant un « s'il te plaît » va changer quelque chose ?

Non, mais, qu'est-ce qu'il croyait ? Il se mettait le doigt dans l'œil !

— Oui.

Je secouai la tête en tentant de m'éloigner de lui, mais il me retint par la taille. Je posai mes mains contre sa poitrine pour le repousser, mais il m'attira plus près encore, me forçant à plier mes bras tendus. Je grommelai. Sa main se posa sur mon flanc et descendit lentement jusqu'à ma hanche. *Oh, Seigneur…*

— Asher, je ne sais pas à quoi tu joues, mais c'est ridicule.

— Mets-le, s'il te plaît. Tu dis que c'est moche, je veux en juger par moi-même.

— Je n'en ai pas besoin pour l'instant. Je suis crevée, c'est le soir, je ne vais pas tarder à aller me coucher. Je n'en ai pas besoin. C'est surtout pour sortir, je dois faire travailler mon oreille pour essayer d'en dépendre le moins possible.

— Quand bien même, c'est important, insista-il en rivant son regard au mien. Et si tu crois que c'est cette petite chose qui va entacher ta beauté, tu te trompes complètement.

» Si tu crois que ce truc va me faire oublier que tu portes des chaussettes hautes qui te font des jambes infinies, que ça va m'empêcher d'être excité de t'avoir dans mes bras, que je vais oublier combien tu frôles l'absolue perfection habillée comme ça, alors tu es bien naïve. Marlow, ce qui te rend belle, c'est ton tempérament et ton caractère de merde. Et ces chaussettes aussi. Le tout réuni fait de moi un homme heureux.

J'ouvris la bouche, mais aucun son n'en sortit. *Mon Dieu, ces mots…* Je n'avais jamais rien entendu de si beau et de si personnel. Mon cœur gonfla dans ma poitrine. Mon corps se détendit contre le sien.

— Essaie, juste quelques minutes, tu l'enlèveras après.

Je lui pris l'appareil des mains, et une fois libre sa deuxième main se posa sur ma hanche. Il me scruta tandis que je mettais l'embout dans mon oreille et que je plaçais le reste sur mon pavillon. Comme je ne relevais pas la tête, il plaça une main sous mon menton et me força à le regarder. Les joues déjà rouges, j'étais au bord des larmes…

Son regard tomba sur moi avec une douceur infinie. Ses yeux étincelaient. Il attrapa mon visage en coupe.

— Magnifique, soupira-t-il.

— Arrête, dis-je, mal à l'aise, car je savais que c'était idiot.

— Toujours aussi magnifique.

Le son de sa voix était encore plus chaud que d'habitude, plus grave aussi, et son accent espagnol envoya de délicieuses ondes dans mon bas-ventre. Il déplaça délicatement mes cheveux et caressa mon lobe.

— Si tu penses que cette chose porte atteinte à ton charme, alors tu es une idiote, mais, rassure-toi, une très belle idiote, *querida*.

Il attrapa mes cheveux d'une main en une queue-de-cheval. Je rougis, incapable de bouger ni même de parler. Je déglutis.

— Ne te cache pas parce que tu as peur de quelques connards qui te feront des réflexions. Même si tu n'as pas besoin de moi pour ça, je leur ferai bouffer leurs dents si ça arrive. Tu veux que je te dise, moi j'aime par-dessus tout quand tu as les cheveux attachés. C'est comme ça qu'ils étaient la première fois que je t'ai vue. Ils dansaient dans ton dos pendant que tu maltraitais ce pauvre sac de frappe.

Je réprimai un sourire mêlé de sanglots. Une part de moi voulait qu'il parte, l'autre mourait d'envie de lui sauter dessus. Je le désirais. C'était un fait, c'était bien présent.

— Ne pleure pas, *querida*. Je me verrai dans l'obligation de faire comme à l'hôpital. Je ne supporte pas tes larmes.

Lorsqu'il me serra davantage contre lui, contre sa chaleur, je me figeai. Je n'en étais pas certaine, mais je crois qu'il venait de poser une de mes mains sur son… sexe.

Nom de Dieu…

Il était dur.

— Est-ce que tu viens de poser ma main sur ton sexe ?

— Oui.

D'accord, au moins je n'étais pas folle et lui assumait complètement ce qu'il venait de faire. Bon sang ! il foutait quoi au juste ?

— Je peux savoir ce qui te prend ?

— Tu n'as pas l'air de me croire quand je te dis que je te trouve belle alors je te montre du concret, histoire que tu comprennes un peu mieux.

— Tu poses ma main sur ta queue pour me faire comprendre que je suis belle ?

C'était nouveau comme approche.

— Oui, je pose ta main sur ma queue pour te faire comprendre que tu es très belle et que tu m'excites. C'était déjà le cas avant, et cet appareil n'y change rien. Tu comprends ?

Je secouai la tête.

— Putain ! comment peux-tu complexer avec ce truc alors que… tu es SEXY ? s'exclama-t-il. Et tu veux que je te dise, quand tu souris, c'est pire. Quand tu souris, tu es d'une beauté renversante et ce n'est pas ce bout de plastoc qui va changer ça. Et si tu veux que le volume augmente continue de parler de ma queue, tu verras. Je te promets qu'elle te fera rougir encore plus.

Je n'en revenais pas de vivre une telle situation. J'en étais quasiment scandalisée. Comment en étions-nous arrivés là ? Et comment pouvions-nous débattre sur ça ?

— Tu es en train de me faire une leçon de morale ?

— Concrète, mais oui.

— Tout ça pour un appareil auditif de mes deux ?

— Ça en a tout l'air, oui. J'ai en face de moi un vrai canon qui pense que cette chose minuscule la rend moche et qui en fait tout un monde. Que veux-tu ?… Je suis un justicier des temps modernes, j'aime rétablir la justice et la vérité.

— Un pervers aussi, non ?

— Tu crois ? Je n'en ai pas l'impression.

— Un mec qui pose la main d'une fille sur sa queue, tu appelles ça comment ?

— Un type malin qui sait montrer les choses telles qu'elles sont.

J'arquai un sourcil. Il me fit un clin d'œil.

— OK, j'ai compris… je le laisse, soufflai-je.

Nous n'avions pas encore bougé, ses mains me tenaient encore bien fermement contre lui et moi, stupide, je n'avais pas encore retiré la mienne. Elle était toujours sur son excitation et j'aurais juré à l'instant que ça avait bougé là-dedans.

— « *Le* laisse » ou « *la* laisse » ? Non, parce que, des fois que tu te serais trompée d'article, on pourrait se demander si tu parles de ton appareil ou de ta main. Du coup, je voudrais être sûr.

— Tu peux me lâcher ?

— C'est là que je me dis que j'aurais aimé débattre plus.

Je rougis, mon ventre se serra un peu. Je retirai ma main en frissonnant. J'avais tellement envie de l'y laisser.

— Je vais faire à manger, déclara-t-il. Il y a quelque chose qui te ferait plaisir ? Je te préviens tout de suite que toute réponse qui inclurait mon départ de quelque manière que ce soit ou le fait que j'aille me faire foutre n'est pas envisageable.

Je secouai la tête en éclatant de rire. Je n'avais rien à répondre à ça. Il passa un bras autour de mes épaules et m'entraîna vers la cuisine sans se départir de son satané sourire à fossettes.

∞

— Tu n'as jamais vu *Drive* ? me réprimanda-t-il.

— Euh… non.

— Tu n'as jamais vu *Drive*, mais tu as toutes les saisons de *Sauvés par le gong* en coffret DVD alors que ça n'existait pas encore à l'époque.

— Hé ! ne te moque pas, c'est génial !

Il arqua un sourcil. Je souris.

— Je m'en fous, j'assume. En plus il y a Mario López dedans.

— Mario López, hein ?

Je rougis tandis qu'il fixait sur moi son regard de feu.

— T'as un problème ? grommelai-je.

— Non, du tout.

Il sourit.

— Et toi, tu matais quoi ? Je suis certaine que tu étais fan des *playmates* avec leur petit lapin tatoué.

— Sarah Michelle Gellar, dit-il d'un air rêveur. Elle m'a bien fait bander avec ses jupes et ses robes en tueuse de vampires. Un vrai canon, super forte, avec un caractère de merde.

Je restai bouche bée.

— Bah quoi ? railla-t-il avec un sourire tout en fossettes. J'assume aussi !

— Tu regardais *Buffy* ?

— Ma sœur le regardait, alors de temps en temps je me tapais un épisode ou deux, mais là n'est pas la question. Tu n'as jamais vu *Drive*, c'est un tort. Alors ramène tes jolies gambettes aux chaussettes hautes par ici, qu'on rectifie ça de suite.

Sans cesser de me regarder, il tapa sur le canapé à côté de lui pour me faire comprendre de venir.

— Ne tape pas là-dessus comme si j'étais un chien, en espérant que je couine et que je vienne comme une gentille fifille, Asher Miles.

— Ah, toujours aussi insolente ! Je n'en attendais pas moins de toi, Chamarlow !

— Tu t'ennuierais tellement si j'étais différente, Jones. Je vais faire du pop-corn, il m'en reste encore au caramel. Tu en veux ?

— Carrément ! Et dépêche-toi, tu dois te coucher de bonne heure.

Je souris.

— J'arriverai quand j'arriverai. Quand je me serai fait suffisamment désirer.

J'entendis son rire tandis que j'allais à la cuisine. Lorsque je revins au salon, il m'attendait assis sur le canapé. La lumière principale était éteinte, seule celle de ma guirlande lumineuse au-dessus de lui éclairait la pièce. Je m'avançai lentement, sentant que son regard ne me quittait pas une seule seconde. Je me posai à côté de lui.

— Prête ? demanda-t-il.

— Oui, répondis-je en me lovant dans le plaid.

Il attrapa le bol de pop-corn et le posa entre ses jambes, près de la chose excitée que j'avais touchée plus tôt. Les pop-corns me semblaient maintenant plus sexy que jamais. Il mit le film en route et remonta le plaid sur mon épaule et sur ma cuisse, ses doigts s'éternisant sans doute quelques secondes de trop sur mes chaussettes hautes.

— C'est avec qui le film au fait ? demandai-je.

— Ryan Gosling.

— Ah ! fis-je, trouvant soudain un intérêt nouveau au film. Voyons ça !

— Ne t'occupe pas de lui, pense plutôt au beau latino avec qui tu le mates. Il est bien plus intéressant.

J'arquai un sourcil, et tentai de me concentrer sur l'histoire de Ryan, mais c'était peine perdue.

Chapitre 13

Le temps passe toujours et certaines choses qu'on voudrait voir changer restent les mêmes.

Cela fait un an et deux mois que la tuerie a eu lieu.

Les douleurs sont encore bien présentes, mais nous avançons. Chaque fois que je vais mal, je repense à mon discours, au fait qu'il y a de l'espoir et que nos amis vivent en nous.

Pourtant ma meilleure amie me manque atrocement.

Et Gale… Gale est encore dans le coma.

Ça fait un an et deux mois qu'il est figé dans le temps et que j'ai perdu pied.

Je suis coincée moi aussi. Entre le passé et le présent. Je n'arrive pas à aller de l'avant, c'est trop difficile. J'ai dû mal à m'ouvrir.

Je parle à Gale, de tout, de rien.

Et lui ne répond pas…

Ce soir en rentrant des cours, je trouve maman dans le fauteuil. Elle dort. Elle dort beaucoup ces derniers temps.

Je l'embrasse et je pose le plaid sur elle pour la couvrir, elle me semble glacée.

Je me dirige à la cuisine, je commence à faire à manger pour l'aider en attendant que papa rentre. Je m'active à préparer des spaghettis bolognaise maison, quand j'entends de la musique derrière moi. Je regarde par-dessus mon épaule. Maman est réveillée.

— La musique est importante quand on fait à manger. Ça rend les aliments meilleurs.

Je souris. Elle m'embrasse, me câline, elle lisse mes cheveux. Elle sourit, mais ses traits sont tirés, elle me semble éreintée, mal en point.

— Assieds-toi, j'ordonne gentiment. Ce soir, c'est moi qui fais la cuisine.

— Tu rentres de cours, c'est à moi de faire à manger.

Je secoue la tête.

— Comment s'est passée ta journée ? me demande-t-elle alors.

— Bien, les cours sont durs, mais on apprend tellement de choses !

— Je suis si fière de toi. Un médecin dans la famille. Mon bébé va devenir docteur.

Je souris.

— Rien n'est encore fait. C'est très difficile.

— Je sais que tu en es capable, que tu peux le faire. Tu peux tout faire.

Elle me le répète sans cesse. Je continue de mélanger la sauce et j'y ajoute des herbes provençales, du sel et du poivre. Je lui fais goûter, elle dit que c'est bon. Ce n'est sûrement pas aussi bon que ses plats à elle, mais je suis heureuse que ça lui plaise.

— Parle-moi plus en détail de tes cours.

Je commence à lui détailler ce qu'on apprend, ce que nous disent les professeurs, je lui parle d'Ayana que je viens de rencontrer, je lui explique qu'elle me rappelle Ella et qu'elle me fait du bien.

Étonnée de ne plus entendre maman commenter, je me retourne juste à temps pour la voir tourner de l'œil. Elle tombe brutalement de sa chaise et s'effondre au sol, inconsciente. Je lâche tout et me rue sur elle en criant. Je cherche son pouls, je tente de la réveiller, elle ne répond pas.

J'attrape mon téléphone, j'appelle les secours…

J'ai peur !

— Monsieur Scarlett, vous êtes bien le mari de Harlow Scarlett ?

— Oui, c'est ça ! répond mon père d'un ton bourru.

— Votre femme est en train de se réveiller en salle de repos. Vous pourrez bientôt la rejoindre.

— Qu'est-ce qu'elle a ? demande-t-il. Est-ce qu'elle va bien ?

— Eh bien, c'est un cancer. Un cancer du côlon, à un stade très avancé.

Je m'effondre en larmes. J'ai l'impression que le ciel me tombe sur la tête. Mon père m'enlace et je noie mon chagrin dans ses bras. J'ai perdu tellement de choses et, aujourd'hui, on menace de me retirer ma maman.

C'est trop.

J'ai l'impression d'exploser. D'avoir une bombe qui sommeillait en moi et dont le compte à rebours arrive à son terme.

— C'est soignable ? demande mon père, la gorge serrée.

— Je suis désolé. Au stade où votre femme en est, je crois que ça ne ferait que l'épuiser davantage…

∞

Je me réveillai doucement, lovée au creux d'un délicieux cocon de chaleur. Profitant de ce bien-être, je prolongeai mon sommeil. Asher avait raison, j'avais besoin de repos et, ce matin, j'étais trop bien pour bouger. Je gémis en m'étirant comme un chaton puis je me pelotonnai davantage au cœur de la fournaise jusqu'à buter contre quelque chose de dur et de bouillant. Un corps.

Mmh, Asher…

Asher ?

J'ouvris grand les yeux, mon souffle se coupa momentanément, mon sommeil fondit comme neige au soleil.

Il était dans mon lit. Avec moi. Hier, je m'étais couchée après le film, et lui était resté dans le salon… Qu'est-ce qu'il faisait là ? Se pourrait-il qu'il soit venu dans mon lit durant la nuit et que nous… ?

Son torse était pressé contre mon dos et son bras enlaçait ma taille. Nous partagions sans doute le même oreiller malgré mon lit double, car il me serrait fermement dans ses bras. Sa chaleur corporelle m'enveloppait intimement et c'était mieux que n'importe quel chauffage.

Je secouai la tête. C'était un truc de dingue !

Je tentai de me soustraire quand sa main sur mon ventre se fit plus ferme, me maintenant prisonnière de son étreinte.

— Dors…, souffla-t-il contre mon oreille.

Oh, mon Dieu !

Je bougeai et tentai de trouver comment m'extraire de cet étau.

— Ne remue pas comme ça, *querida*.

La douceur de son souffle et le timbre chaud et rauque de sa voix endormie eurent raison de mes pauvres neurones.

Je me sentis faillir. Il bougea à son tour, mais pas pour s'éloigner… Non, il se blottit contre moi, comblant tous les espaces qui nous séparaient. Il entremêla ses jambes aux miennes, ses bras m'enlacèrent plus encore. Sa main posée sur ma hanche se mit à descendre sur mon ventre alors que l'autre plus haut me caressait les cheveux. Ses caresses engendrèrent des frissons, et ma poitrine se souleva violemment.

— Asher ?

Pas de réponse.

Je me mordis les lèvres tandis que le bas de mon ventre se serrait et que la lave remontait mon échine. Je serrai les jambes à cause de mes règles. Je remuai de nouveau, mal à l'aise.

Je sentis un baiser contre ma nuque. Un désir dévastateur m'embrasa, lécha ma peau et s'infiltra dans chaque cellule de mon corps.

— Asher…

Son prénom n'était plus qu'un souffle sur mes lèvres.

— Tu connais la légende de *Tous les matins du monde* ?

Je plissai les yeux.

— Quoi ?

— Tu sais, cette histoire qui prétend que chaque matin du monde dans la vie des hommes, lorsqu'ils sortiraient de leur sommeil, ils seraient dotés d'une érection du feu de Dieu ? Eh bien, elle est réelle, ce n'est pas une légende. Et tu es justement en train de frotter ton adorable petit cul dessus. Alors, ne remue pas comme ça si tu ne m'excites pas sciemment. Tu me rends fou.

Je me figeai, son rire secoua légèrement sa poitrine.

— Mon Dieu…, soufflai-je.

J'ignorais si j'avais envie d'arrêter, c'était indécent, excitant… mais depuis quand avions-nous ce genre de rapport ?

— Tu t'arrêtes ? Dommage, je trouvais ça plus qu'agréable.

— Putain… à quoi tu joues ? Qu'est-ce que tu fais dans mon lit, d'ailleurs ?

— Je dormais.

Je soupirai.

— Asher… qu'est-ce que tu fais dans mon lit ?

— Ton canapé est horrible pour dormir…

— Ça ne t'a pas dérangé la fois d'avant.

— Je suis tombé une fois, grommela-t-il. Je me suis fait mal. Et j'avais froid. Tu dormais, je ne voulais pas te priver de sommeil, j'ai bien fait, non ?

— Très généreux de ta part, soupirai-je.

— Je sais.

— T'as bien dormi du coup ?

C'était censé être un sarcasme, mais le ton de ma voix en décida autrement. J'ignorais comment il fit ça si aisément en étant encore empourpré de sommeil, mais il me tourna face à lui. Je déglutis quand ma tête reposa sur sa poitrine. Il était torse nu et la couverture était baissée de sorte que je pouvais voir qu'il avait son boxer. Il me lova contre lui. Depuis que nous nous connaissions, je ne l'avais jamais vu torse nu et il fallait que cette première fois se passe dans mon lit.

Mon Dieu, il était d'une perfection saisissante. Même allongé, le tout était musclé. Le dessin de son bassin et les muscles de ses abdos étaient sexy au possible. À rajouter sur la liste des choses chez Asher Miles qui finiraient dans mes fantasmes. Je baissai les yeux par gourmandise. Il avait aussi une cicatrice dans le bas du ventre. Assez grande. Profonde.

Je déglutis. J'avais envie de la toucher, mais je m'abstins.

— Très bien, répondit-il. Et toi ?

Je levai les yeux vers lui. Il me regardait. Une légère barbe était apparue sur sa mâchoire, c'était terriblement sexy. Je devais avoir l'air affreuse à côté de lui… pourtant il glissa ses yeux noirs sur moi, fit coulisser son regard le long de mon visage, s'attarda sur mes lèvres et continua dans mon cou et plus bas, et sous son regard je n'avais pas l'air d'être si horrible que ça.

— Aussi… oui.

— Je t'avais dit que je t'aiderais à bien dormir et, rien que pour te sentir te lover contre moi et sentir tes jambes se mêler aux miennes, ça valait le coup.

Je m'empourprai plus que je ne l'étais déjà. Avec mollesse, mon cœur loupa un battement. Je ne comprenais pas tout…

— Qu'est-ce qui me dit que ce n'est pas toi qui t'es collé à moi puisque tu es venu sournoisement dans mon lit pendant mon sommeil ?

Il releva un peu la tête, exposant sa peau bronzée, sa mâchoire carrée, et laissa échapper un petit rire qui eut raison de quelques frissons.

— Peut-être, mais j'ai adoré, *querida*. Et toi tu n'as pas eu l'air de trouver ça dérangeant, n'est-ce pas ?

Une légère douleur apparut dans certaines parties de mon corps. La vérité me rendait muette. La vérité, c'était qu'effectivement je me sentais bien. J'avais été surprise de le trouver là et de me rendre compte que nous étions enlacés, mais en aucun cas je n'avais trouvé ça dérangeant…

Au contraire. La solitude de ces derniers mois me semblait plus pesante que jamais. Le fait de le retrouver même impunément près de moi avait amplifié mes désirs jusque-là encore bien sages dans mon esprit.

— Si tu trouves ça dérangeant, je sors de ton lit. Tu te souviens quand je t'ai dit que, si j'étais un profond connard avec les filles, je n'étais pas non plus une grosse merde ? C'était sincère. Quand une fille me plaît, généralement, je fonce. Si elle est réticente, je n'insiste pas. Il en va de même pour toi, surtout pour toi.

— Pour moi ?

— Dire que tu me plais est un euphémisme, Marlow. Me réveiller dans ce lit avec toi, même s'il foutrait une overdose à tout le monde à cause de ces putains de licornes, me donne envie de t'envoyer tout droit dans ce putain de pays et de te faire l'amour le plus profondément possible.

Je me mordis la lèvre, presque jusqu'au sang. Un frisson de désir longea mon échine et fit se dresser les poils de ma nuque.

Asher se redressa alors, m'allongeant sur le dos, et se plaça au-dessus de moi. Quelques mèches folles retombaient sur son visage. *Waouh...* Cette vision m'excita comme jamais. J'avais envie de le toucher, de le découvrir, de profiter de cette exclusivité, de prendre ce que ces filles prenaient de lui. J'avais le privilège unique d'avoir ce fantasme fait de chair et de sang dans mon lit, et j'avais mes règles.

Je restai immobile, incapable de bouger.

— Je ne suis pas ce genre de filles. Je ne crois pas...

Il grogna et m'embrassa sur le front, se collant plus à moi, remontant doucement mes jambes, serrant ses hanches contre les miennes. Je soupirai.

— Non, tu n'es pas ce genre de filles. Elles sont très belles, elles sont aussi très dociles, mais elles n'ont jamais goûté mes fraises à la crème et au sucre.

Cette phrase fut comme un électrochoc. Elle fit tourbillonner les papillons dans mon ventre. Ça me réchauffait le cœur comme quand je me couchais dans des draps propres, comme quand je plongeais mon doigt dans de la crème au chocolat, comme quand je retrouvais un billet en faisant la lessive ou que je me rendais compte qu'il restait un M&M's au fond du paquet.

Je souris. Il m'embrassa de nouveau sur le front. Dans les romances légères que je lisais, les garçons faisaient toujours ça, alors je papillonnai un peu. Comme je ne répondais toujours pas, il se pencha plus encore vers moi. Je ne bougeai pas. J'en étais incapable. Il me désirait. Il était là. Une chaleur intense m'envahit.

— Donc, j'en reviens à ma question initiale, tu veux que je me lève ? Tu trouves ça dérangeant que je sois là ?

Je secouai la tête, alors il m'embrassa. Stupéfaite, je poussai un gémissement qui l'incita à m'embrasser profondément tout en nous resserrant l'un contre l'autre. Mes mains jusque-là très sages se crispèrent contre ses bras tendus. Il approuva et se pressa plus encore, ne laissant aucune place au mystère. Il était excité, dur contre moi. Sa langue se mêla à la mienne avec volupté ; il l'entraîna doucement dans une danse lascive qui devint effrénée, haletante. Quand je crispai mes doigts autour de ses biceps par manque de souffle, il acheva son étreinte par un sourire contre ma peau.

La réalité entre nous, cette étreinte, ce désir, me heurta de plein fouet.

Ça me plaisait. J'aimais ça. Ça me faisait du bien…

Pour l'instant en tout cas, Asher pansait mes pensées, mes souvenirs.

— Bonjour, susurra-t-il contre mon oreille.

J'entendis assez mal, mais il était si près et avait articulé chaque syllabe d'une telle façon que je compris parfaitement. Je souris.

— Bonjour.

Il sourit à son tour. Je rougis.

— Bon sang ! tu es aussi délicieuse que belle. Surtout quand tes lèvres sont rosies à cause de mes baisers.

Je respirai profondément. Je restai silencieuse, car j'ignorais ce que l'on devait répondre à ce genre de choses. Il m'embrassa encore et je ne fis rien pour l'en dissuader. Je répondis à son étreinte avec une vigueur nouvelle.

Ses hanches ondulèrent avec les miennes. Son bassin et son excitation se frottèrent contre mon intimité. Nous ne faisions rien, mais j'en ressentais assez pour reléguer mes souvenirs au loin. Jamais aucun homme ne m'avait fait ressentir autant de choses en si peu de contact réel. Lorsque ses mains attrapèrent vigoureusement mes hanches et que ses doigts se mirent à dessiner de petits cercles sur ma peau fragile, je posai une main contre sa poitrine pour l'arrêter. Il se figea immédiatement et chercha mon regard.

— J'ai mes règles, Asher, dis-je d'une petite voix.

— Quoi ?

— L'alerte rouge, les emmerdes, les cracottes à la cerise… J'ai mes règles, Asher. Je suis vaginalement hors service.

— Putain, soupira-t-il. C'est… Vraiment ?

J'acquiesçai. Il se pressa contre moi tout en continuant de me caresser avec douceur.

— C'est la première fois qu'on me la sort celle-là… Tu me tues, *querida*.

— Je suis désolée.

Il secoua la tête.

— Et puis quoi encore, tu n'as pas à t'excuser. (Il embrassa mon nez puis mon front et se replaça sur le côté.) Ça reste mon meilleur réveil depuis… depuis mes huit ans. C'était l'été, il faisait super chaud et mon père m'a réveillé alors que le jour n'était pas encore levé. Il m'a préparé des gaufres avec du miel, c'était une tuerie ce truc, puis on est partis en voiture. Sans maman et sans Summer. Juste lui et moi, entre hommes comme il disait. Tu peux être sûr que je me sentais comme un vrai bonhomme. J'ai même eu le droit de monter à l'avant.

Je ris.

— Je te raconte la suite ? Tu veux savoir ?

— Oui, dis-je avec entrain, ce qui me valut un baiser sur la tempe.

— Donc, ce matin-là, il m'a emmené faire du karting pour la première fois. Puis on a pris la route, on s'est payé des cochonneries à bouffer. Et à un moment on s'est arrêtés dans un magasin et il a pris des peintures pour le visage sans me dire pourquoi. Le soir, il m'a emmené à la finale de NBA de 2001. Les Los Angeles Lakers face aux New Jersey Nets. Shaquille O'Neal sur le terrain, mon premier match de basket et de NBA… Si j'avais su comment on faisait à l'époque, j'aurais joui…

— Waouh, ton meilleur matin est génial ! Je ne suis même pas sûre que te réveiller avec trois soubrettes prêtes à réaliser tes désirs suffise à le dépasser.

Ses yeux s'enflammèrent. Il balaya ma remarque d'une main.

— Et toi ?

— Pardon ?

— C'est quoi ton meilleur matin par rapport à celui-là avec moi ?

Quel prétentieux ! Je laissais filer un faible soupir…

— Je…

Son sourire et sa main qui glissait dans mes cheveux, tout ça était trop parfait et je me prêtai au jeu avec amusement même si je savais déjà que me réveiller à son côté avait surpassé tous ceux de ces quatre dernières années.

— Le matin de mon onzième anniversaire. Mes parents m'ont réveillée très tôt sans me dire pourquoi. Une douche et un petit déjeuner plus tard, nous étions en voiture. Il faisait nuit noire, on a roulé jusqu'à l'aéroport, on a pris l'avion… Ils ne voulaient rien me dire. Au final, on a atterri à Disneyland pour deux jours. J'en rêvais mais ils m'avaient dit que c'était impossible. Ils voulaient me faire la surprise. Je crois que c'est mon plus beau matin.

Il sourit tendrement.

— Ouais, à côté de toi, le mien est naze.

— Tu veux rire ? m'exclamai-je. Ta journée entre mecs était trop cool. Je ne suis pas d'accord du tout.

— Mmh, *ex æquo* ? T'en penses quoi ?

— Je suis d'accord, approuvai-je.

Je souris en me rappelant ce souvenir, mais il engendra une succession d'images de ma mère.

— Maman me manque atrocement, dis-je dans un souffle. Ça me ronge comme une goutte d'acide qui se propagerait petit à petit… Ça fait mal. J'avais déjà perdu

Ella et Gale, mais il a fallu qu'on me la prenne elle aussi. J'ai cru que j'étais maudite.

—Absolument pas. La vie est belle, ce sont nous qui la rendons moche, je suis désolé pour ta mère.

Il entortilla une mèche de mes cheveux noirs autour de ses doigts.

—Je te comprends plus que tu ne le crois, *querida*. Mon père me manque aussi. On se dit que c'était trop tôt, qu'on n'a pas passé assez de temps avec eux, qu'on a manqué trop de choses quand on n'était pas là, qu'on n'a pas eu le temps de les rendre fiers, que c'est injuste car on était trop jeune, qu'on aurait aimé qu'ils connaissent notre descendance.

Sa voix n'était qu'un souffle, mais elle avait une telle intensité. Lui aussi souffrait de cette solitude. Comme moi. Mais il n'y avait pas que ça, il avait l'air de s'en vouloir…

—Il n'y a pas une journée où je ne pense pas à lui. Je te comprends, je sais ce que c'est.

Je soupirai.

—Après, je me dis que ce que l'on fait c'est bien, car en nous regardant de là-haut ils doivent être fiers de nous. Tu poursuis tes études de médecine, j'ai repris son affaire et ça marche super bien.

J'approuvai d'un hochement de tête.

—Pas certaine que si elle me regardait en ce moment elle serait franchement fière que je sois au lit avec un homme. En fait, si… mais elle aurait tourné la tête pour nous laisser tranquilles. En revanche, mon père…

Asher grimaça.

—Ouais, ce n'est pas top de parler de Mickey quand on est au lit.

—Il te fait peur ?

— Ton père, c'est un peu La Montagne de *Game of Thrones*, *querida*. Si on n'a pas forcément peur de lui, on s'en méfie tout de même beaucoup.

— Il est gentil pourtant.

— Ouais, il serait sûrement gentil avec mes couilles s'il me savait ici.

— Il t'aime bien.

— Parce qu'il ne sait pas que je suis dans ton lit.

— Alors ne disons rien.

Il se pencha vers moi. Je levai la main et la posai sur sa joue. J'aimais beaucoup sa barbe, elle était douce. J'avais toujours voulu la toucher et voilà que je me le permettais. Il sourit et se pencha davantage pour m'embrasser quand une musique nous interrompit.

— Mon réveil, dit-il.

Il l'éteignit.

— Je n'en ai pas du tout envie, mais je dois aller bosser.

Il me vola un baiser puis se pencha pour ramasser son tee-shirt. Il l'enfila de sorte que je ne puisse pas voir son dos. J'ignorais pourquoi, j'étais déçue. Je savais qu'il avait un grand tatouage dans le dos et qu'il ne le montrait jamais, j'avais envie de le voir. Je me demandais à quoi il ressemblait et pourquoi il me le cachait. J'aurais sans doute dû le lui demander, mais je n'osais pas.

— Il est tôt, tu es en vacances, alors dors encore un peu, me dit-il. Tu en as besoin.

Cela me semblait peu probable après un tel réveil.

— Je vais te faire un peu de café avant de partir. On se voit après ?

J'acquiesçai. Il m'embrassa sur le front, le nez et la bouche puis il fila. Tandis que je l'entendais s'affairer dans la cuisine et au salon, je m'endormis.

Chapitre 14

Je retirai mon appareil auditif en secouant la tête et je me massai l'oreille. Il me donnait un peu mal au crâne. La nuit était tombée, pourtant il n'était pas si tard que ça. La période des fêtes me mettait toujours les nerfs un peu trop à vif. Maman me manquait dans chacun de ces moments-là… mais j'avais quand même la chance d'avoir une famille recomposée géniale qui me rendait heureuse. Entre Ayana et Pah qui étaient venues, Mason, Asher, Celia et Jayce, mon père, Nate, Kyle, Dylan et sa famille, nous formions une belle tribu. Les parents de Dylan étaient extra, sa mère s'entendait presque trop bien avec mon père, son père accompagné de sa nouvelle compagne racontait des histoires de dinosaures qui faisaient frémir Kyle, et sa grand-mère, qui m'avait aidée en cuisine, était aussi ingénieuse que bonne cuisinière. Elle m'avait appris comment réutiliser les citrons pour en faire un baume et comment faire un masque avec du melon et de l'huile…

Je sursautai quand on posa une veste sur mes épaules. Je tournai légèrement la tête pour apercevoir mon tourment du moment. Des frissons qui n'avaient rien à voir avec l'air frais de fin décembre dévalèrent mon échine. Dieu qu'il était beau avec sa chemise qui mettait en valeur son torse fin et musclé, ses bras et ses épaules parfaitement taillés.

— Tu vas attraper froid, *querida*. Un futur médecin devrait savoir ça, non ?

Il boutonna sa veste par-dessus mon épaule, ses bras et ses doigts frôlant ma poitrine. Elle me sembla lourde tout à coup.

— Je me suis dit qu'un peu d'air frais me ferait du bien.

— Eh bien, ça te donne du rouge aux joues, à moins que ça ne soit moi.

L'air sembla se raréfier, ma cage thoracique se contracta.

— Et ça te donne aussi la chair de poule, à moins que ça ne soit moi aussi. Dans tous les cas tu es divine, mais ne tombe pas malade pour autant.

— Merci, dis-je en enfouissant mon nez dans le col de la veste.

— Pourquoi tu l'as enlevé ? demanda Asher en attrapant mon appareil auditif.

— Il me donne un peu mal à la tête, et j'essaie de ne pas l'utiliser quand ce n'est pas nécessaire, histoire de faire travailler mon oreille.

Il sourit. Ses yeux glissèrent sur moi comme de la soie, il me détailla de la tête aux pieds, mon cœur gonfla dans ma poitrine, et mon ventre me tirailla. Son regard était en feu, empreint d'un sentiment que j'avais du mal à identifier.

— Tu vois quelque chose d'intéressant ? demandai-je. Mes yeux sont définitivement plus hauts.

— Carrément, j'en vois même plusieurs, dit-il en ignorant mes derniers mots. Tu es magnifique aujourd'hui et, à moins que tu n'aies pas ton rouge à lèvres quelque part sur toi, je meurs d'envie d'embrasser tes lèvres carmin, *querida*. Les embrasser, les lécher, les mordre, les rendre gonflées de désir.

Un nuage de vapeur blanche s'échappa de mes lèvres entrouvertes. Jamais des mots ne m'avaient rendue si fébrile, si brûlante d'envie, et à la fois si triste. Je ne pus m'empêcher de les associer à ceux de Gale, la dernière fois qu'il m'avait embrassée dans sa voiture. Je tentais toutefois de faire bonne figure et de ne rien laisser paraître. Je n'avais pas envie de penser à ça ce soir, même si, les soirs de fête, c'était difficile de ne pas penser à nos proches absents. Mais je n'avais pas envie de gâcher ce moment avec Asher.

— Les fêtes de Noël te rendent encore plus dépravé, répliquai-je.

— Non, c'est toi qui me fais cet effet. Toi et tes chaussettes hautes qui sont un poison pour l'esprit. Pour le mien en tout cas. Je vais y penser, encore et encore… sous la douche, dans mon lit. Tu es une vraie tortionnaire, tu sais. D'ailleurs, combien de paires tu as ?

Je portais une robe à manches longues, assez courte, couleur bordeaux, avec des chaussettes hautes bleu marine et des talons légèrement compensés. J'aimais la manière qu'il avait de me regarder, comme si j'étais la seule chose présente. Je repensai alors à notre soirée entre filles, à ce moment où Dylan avait dit que Nate était dingue d'une culotte à elle. Le point faible d'Asher serait-il… les chaussettes hautes ?

— Énormément, pourquoi ? Fétichiste ?

Il esquissa un sourire en coin sans me répondre.

— Tu veux que je t'en offre une paire ou que je t'en donne une déjà portée, comme les pervers en prison ou ceux qui achètent des petites culottes usagées sur Internet ?

Il se pencha vers moi et les frissons sur ma peau redoublèrent d'intensité. Ses yeux semblaient brûler de passion. Il me regardait avec une telle ardeur que j'avais bien du mal à croire que j'étais à l'origine du brasier qui était en train de le consumer.

— Non, mais si je veux glisser ma main entre tes cuisses et te faire du bien, beaucoup de bien… pendant que tu les gardes sur toi, ça compte comme du fétichisme ? Si je veux te voir avec pendant que je m'enfoncerai lentement et profondément en toi, c'en est aussi ? Si je me masturbe sous la douche en pensant à toi simplement vêtue de ça, ça compte aussi ? Non, parce que si tu me réponds « oui » alors il faut que je me soigne. Je te l'ai dit, tes jambes sont à tomber avec ça. Je meurs d'envie de me mettre à genoux et… Définitivement, je dois me soigner.

Je déglutis. On ne m'avait jamais dit de choses pareilles. C'était… excitant. Mon corps était parcouru d'ondes délicieuses. Mon ventre se contractait bizarrement au rythme des battements de mon cœur et je me sentais excitée dans mon intimité.

Je jouais avec lui, j'aimais ça… C'était de l'insolence à l'état brut, comme deux aimants qui s'attiraient et se repoussaient constamment.

— J'en ai un moi aussi. De fétichisme, murmurai-je.

— Tiens donc !

— J'adore les fossettes…

Ses yeux noirs s'enflammèrent. Je déglutis.

— Chamarlow, susurra-t-il d'un ton grave. Rien à foutre que tu n'aies pas ton rouge à lèvres, je ne vais pas réussir à rester sage si tu continues.

— Désolée…, dis-je avec un petit sourire.

— Putain… les fossettes, hein ?

Je rougis et je relevai la tête pour soutenir la fureur et le désir dans ses yeux.

— Je plaide coupable, dis-je. On a l'air fins avec nos penchants de pervers, non ? On fait quoi maintenant ?

— Céder, il faut succomber à ses péchés, sinon c'est la mort. Imagine que je me mette à voler des chaussettes hautes dans la rue ? Et toi à taillader des types qui ont des fossettes pour ta collection…

J'émis un rire rauque qui le fit rire à son tour, faisant justement apparaître ses deux merveilleuses fossettes.

— Je ne pense pas en être à ce niveau de démence, répliquai-je.

— Si j'étais toi, je me méfierais. J'ai l'impression que tes mots sont en total décalage avec ton regard.

— Dans tes rêves.

— Et dans les tiens, *mi caramelo* ? Explique-moi ce qui se passe dans les tiens, car la dernière fois que j'ai dormi chez toi tu étais bien agitée et tu murmurais mon nom comme si j'étais en train de te faire des choses inavouables.

J'écarquillai les yeux. Le feu gagna mes joues puis mon corps tout entier.

— Je ne t'en veux pas, soupira-t-il en posant sa bouche contre mon oreille. Je trouve ça excitant, ça m'a rendu dingue. Mais tout ce dont tu rêves je peux te le faire.

Si seulement je n'avais pas l'impression qu'il disait ça à toutes les filles qu'il emballait. Si seulement je ne pensais pas à mon égoïsme, je l'aurais laissé faire là tout de suite.

— Oh ! oui… j'imagine très bien, mais tu fais quoi après… Tu me laisses de côté avec un charmant souvenir de toi en pensant que notre amitié n'en pâtira pas ? Je ne pense pas avoir tellement envie d'être une de ces filles avec qui tu t'amuses.

— Je ne crois pas, non. Parce que, vu comme j'aime t'embrasser, je vais adorer te caresser, te lécher, t'entendre murmurer mon prénom. Tu n'es pas comme les autres, avec toi c'est différent.

— Ah, bon ? Et en quoi ?

— Toi, tu es folle, amusante, chiante, insolente...

— Super...

— Toi, tu me plais parce qu'après les baisers j'ai envie de te parler, de te faire sourire, de recommencer... Avec les autres, je me casse. Elles ne savent rien de moi.

— Mais elles ont vu ton tatouage, moi non...

Il écarquilla légèrement les yeux, pas de beaucoup, très discrètement, mais je le remarquai. Je baissai la tête, un peu honteuse d'avoir dit ça. Il empoigna alors mon menton, m'amena à lui et posa sa bouche délicatement sur la mienne.

— La prochaine fois, je te jure que je glisserai ma main entre tes cuisses et que tu le verras. Avec toi, c'est comme si j'avais des pulsions. Ça va, ça vient, je ne sais jamais quand ça va me prendre. Il y a bien un moment ou ça va exploser.

— Et puis quoi ? Tu trouves une fille à chaussettes hautes et moi un type à fossettes et...

— Et on voit les étincelles que ça peut produire.

— Asher...

— Oui ?

— Tout ça, c'est ridicule.

— Non, ce qui est ridicule, c'est Roméo et Juliette. Même pas fichus de se parler et d'établir un plan correct. Ils ne font plus rêver personne. Te faire succomber, je ne trouve pas ça ridicule.

J'acquiesçai silencieusement. Lorsqu'il lâcha mon menton et glissa une main à l'intérieur de sa veste, contre ma poitrine, j'eus un sursaut.

— Je prends juste mon paquet de clopes.

— Tu m'en passes une ? demandai-je.

J'avais envie de fumer un peu moi aussi. De me déstresser.

— Quoi ? Non, hors de question que tu fumes une saloperie de ce genre. Si je te prends à fumer un de ces quatre, c'est fessée direct.

— On peut savoir pourquoi tu fumes, toi ?

— Parce qu'il me fallait une excuse pour sortir et rejoindre la sublime fille qui s'est éclipsée dehors. Mais, si je veux que mon mensonge tienne la route, je dois faire style jusqu'au bout.

— Tu ne devrais pas fumer, un futur médecin sait ça.

— Je sais, je sais, mais ça me déstresse.

— Tu es stressé ? demandai-je en souriant.

— Ouais, mais bientôt, quand je t'emmènerai au pays des licornes, ça ira mieux.

— C'est quoi le pays des licornes ?

Oh, mon Dieu… Je sursautai. Kyle tout sourires, tenant un dinosaure dans sa petite main, leva les bras vers moi. Je me penchai pour l'attraper et, comme il ne portait qu'une petite chemise, je l'emmitouflai avec moi dans la veste d'Asher. Il enlaça mon cou de ses petits bras potelés et m'embrassa.

— T'es belle, tata Marlow. J'aime bien tes grandes chaussettes.

Mon Dieu, ce gosse… Rajoutez-lui une vingtaine d'années et il serait de la même trempe que son père ou Asher. Il allait faire des jaloux et en faire chavirer des cœurs avec ses beaux yeux. Je comprenais que Dylan soit aussi tombée amoureuse de ce gamin, je l'étais un peu moi aussi.

— Alors, c'est quoi le pays des licornes ?

— Un pays lointain où il y a plein de créatures magiques, comme les dragons et les fées.

— Je peux venir avec vous ? demanda-t-il.

— Non, répondit Asher. On ne peut y aller que lorsqu'on est grand comme papa ou tonton.

Kyle le regardait avec de grands yeux d'un vert hypnotique et l'écoutait avec beaucoup d'intérêt.

— Quand je serai grand, je pourrais y aller alors ?

— Oui, approuva Asher. Même que tu vas adorer y aller.

Il acquiesça, comme s'il comprenait. Je lançai un regard en biais à Asher. *Espèce de détraqué.* Il comprit et me fit un clin d'œil.

— Alors, papa Noël t'as gâté ? demandai-je.

— Oui, j'avais été sage.

— Il t'a apporté ce que tu voulais ?

— Oui, mais je veux un autre truc et c'est un secret.

— Tu me le dis ?

Il hocha la tête.

— Je veux que Dylan et papa ils font un petit frère ou une petite sœur.

Parti comme c'était, on se doutait sans mal que ça arriverait bien un jour.

— Kyle !

C'était la voix de Dylan.

— Ici, je suis, chantonna-t-il.

Elle passa sa tête à la porte et nous rejoignit.

— Ah, tu es là, mon petit bonhomme.

Il acquiesça. Elle nous regarda tous les trois et un petit sourire en coin se dessina sur ses lèvres. Bon sang, à quoi elle pensait celle-là ?

— Un problème ? demandai-je.

Asher tira sur sa cigarette en s'éloignant du petit bonhomme pour ne pas l'incommoder et Kyle tenta d'attraper la fumée. Elle secoua la tête.

— Non, non, en vous voyant tous les deux avec un enfant, on se dit que ça vous va bien.

— Tu débloques, piaillai-je.

— Elle n'a pas tort, lança Nate en enlaçant sa femme par-derrière.

Elle gloussa et se laissa aller contre lui tout en joignant ses mains aux siennes. Nate se pencha pour l'embrasser sur la tempe. Kyle se laissa tomber au sol et leva les bras vers Dylan, qui l'accueillit amoureusement. Il ricana à ses baisers dans le cou qui le chatouillait.

Ouais, il n'y avait pas à dire, c'était une famille pleine d'amour.

Je me demandais ce que ça faisait de trouver cette autre part de soi qui, peu importe l'endroit, nous permettait d'être chez nous.

— Vous êtes barges, tous les deux.

— Mais non, soupira Asher. Ils ont raison, imagine la tête de nos gosses si on en avait. Ils seraient époustouflants de beauté et d'intelligence.

Nate ricana. Dylan gloussa. Moi, je me décomposai.

— Imagine la tête de mon père si je lui annonçais comme ça de but en blanc qu'il va être grand-père.

— Non, mais Mickey m'adore.

— Ouais, mon pote, pouffa Nate. Pour l'instant, mais, si tu mets sa fille enceinte, pas certain que ça soit toujours d'actualité.

Asher se pencha vers moi en souriant. Je reconnaissais cette expression dans ses yeux, il l'avait chaque fois qu'il m'embrassait ou qu'il était excité.

— Tu veux qu'on fasse un bébé, Chamarlow ?

— Va te faire…

— J'aimerais bien !

Je rougis autant que mon cœur s'emballait. Tout le monde éclata de rire, et nous fûmes rejoints par les autres.

— Faudrait qu'on réfléchisse à ce qu'on fait pour le nouvel an, lança Mason.

— Bonne question !

— Une fête costumée au bar ? proposa Celia. J'ai envie de me déguiser.

— J'aime bien l'idée, approuvai-je.

— Pareil, renchérit Dylan.

— Bon, soupira Jayce, si toutes ces charmantes demoiselles sont du même avis, je ne vois pas tellement ce qu'on pourrait y faire.

Nate éclata de rire. Mason se tourna vers Ayana, qui sourit.

— Et toi, tu en penses quoi ? Tu seras parmi nous ?

— Je ne…

— Oh, allez, viens Aya, la coupai-je.

— D'accord, une soirée déguisée, j'aime beaucoup l'idée.

— Bon, c'est décidé alors ?

Tout le monde approuva.

∞

Des costumes allant du plus sexy au plus loufoque, de la musique allant de la plus ringarde à la plus tendance, des masques, des cotillons, de l'alcool. Le bar de Jayce n'était plus ce qu'il était d'ordinaire, il ressemblait à un champ de bataille. Il y avait un monde fou, une ambiance de folie. Tout le monde était là et Jayce avait ouvert le bar à qui voulait bien faire la fête avec nous. Et, une chose était certaine, c'était très rentable. La soirée était très réussie, l'ambiance était bonne, les gens riaient, chantaient, dansaient. Nous avions eu une bonne idée et Jayce en parfait professionnel gérait les faux pas comme personne.

Tandis que ce soir j'arborais le costume de Freddy Krueger en version très sexy avec un petit polo rayé vert et rouge, vaguement déchiré, un minishort, des chaussettes hautes et des boots, mes copines étaient tout aussi originales. Bien sûr, Ayana nous avait fait l'honneur d'arriver en tenue de Pocahontas et, quand Mason avait débarqué en aventurier sexy du genre John Smith, tout le monde avait applaudi. Ces deux-là étaient terriblement assortis. Celia était déguisée en Harley Quinn et Jayce avait opté pour un costume de flic très seyant. Dylan et Nate s'étaient travestis en aventuriers de *Jurassic Park* particulièrement sexy. Mon petit amoureux était chez la grand-mère de Dylan à se faire chouchouter comme elle l'avait souligné. Asher, quant à lui, avait opté pour la tenue de Tom Cruise dans *Top Gun*, mais sans tee-shirt sous la combinaison de pilote, juste ses pectoraux saillants. Il était à tomber.

Depuis le début de la soirée, je dansais, je m'amusais. J'avais laissé de côté mon appareil auditif pour profiter pleinement de la soirée. Je pouvais me passer de lui, je l'aurais suffisamment sur moi durant les cours et plus tard pour m'en dispenser une soirée. Contrairement à la dernière fois que j'étais venue ici, je n'étais pas soûle. Je n'avais bu que deux verres. Si j'étais ivre à l'instant, c'était de m'amuser avec mes amis. Tout le monde ou presque dansait. Je dansais avec Ayana depuis un moment, elle bougeait bien elle aussi, elle avait un déhanché assez sensuel et, le moins que l'on puisse dire, c'était qu'il en hypnotisait plus d'un. Celia avait pris une pause pour aider Jayce.

— Tu t'éclates ? demandai-je à Ayana.

— Carrément ! Merci de m'avoir invitée, c'est extra !

— Et Pah ?

— Elle fait du baby-sitting avec sa meilleure copine, elles gardent huit gamins ! Ils sont à l'appartement. Elles vont se faire un peu d'argent de poche.

— C'est chouette !

— Grave ! Et il y a autre chose de grave d'ailleurs, les regards que te lance le beau pilote.

— Tu divagues…

— Carrément pas. Il te dévore littéralement des yeux, pour ne pas dire quelque chose de plus vulgaire.

Je rougis. Asher était assis au bar, une bière à la main, et parlait avec Mason. Une chose était certaine, il ne laissait pas les filles indifférentes à son charme. Comme il était seul, j'en avais entendu plus d'une parler de lui.

— Et ton John Smith, tu ne danses pas avec ?

— Au risque de te décevoir, ricana-t-elle, Pocahontas ne finit pas avec John Smith à la fin du deuxième anime. Elle finit avec… avec qui déjà ?

Je pouffai en lui donnant un coup de cul. Elle était ridicule, elle était carrément sous le charme et il était clair que mon Mason adoré l'était aussi.

— C'est dire combien on s'en fout de l'autre puisque tout le monde ne se souvient que du sexy John Smith. C'est la soirée de toutes les folies, laisse-toi aller.

Elle sembla y réfléchir quelques secondes, puis ses joues s'empourprèrent.

— Je vais me prendre un verre, tu viens ? lui dis-je.

Elle acquiesça et me suivit.

— Je vais l'inviter à danser, lâcha-t-elle d'une voix tendue.

J'écarquillai les yeux puis je l'encourageai vivement. Une petite danse, c'était assez inoffensif. Nous nous dirigeâmes vers le bar. Lorsque nous arrivâmes, deux infirmières très, très sexy, toutes deux vêtues de blouses blanches dégrafées couvrant à peine leurs fesses, s'arrêtèrent à côté d'Asher. Il ne m'avait pas vue approcher, et la foule me força à faire un détour pour atteindre le bar, mais je me retrouvai derrière lui. Ayana quant à elle ne changea pas d'optique, elle resta concentrée sur son bel aventurier, dont elle capta toute l'attention et qu'elle entraîna dans une danse au centre de la piste. Asher, quant à lui…

— Dis, pilote, t'es tout seul depuis un moment, minauda la première infirmière.

— Nous aussi, acheva la seconde. On est toutes seules…

Les longs cheveux blonds de celle qui était la plus proche de moi m'empêchaient de discerner son visage, mais je devinais non sans mal la bombe qu'elle était rien qu'à sa silhouette. Mes yeux se rétrécirent d'eux-mêmes quand je les vis d'un même mouvement toucher l'avant-bras d'Asher.

— S'il y a assez de place dans ton cockbite… euh… cockpit, pardon, ou même si c'est à l'étroit, ça me plairait de m'envoyer en l'air avec un pilote aussi sexy que toi.

La deuxième acquiesça en se mordillant sensuellement la lèvre inférieure.

— On risque d'être effectivement très à l'étroit si on est trois.

Elle aussi était canon, les cheveux aux épaules, raides et bruns. Elle plaça quelque chose dans la main d'Asher et il referma ses doigts dessus. Il ne disait rien, mais ne dégageait pas son bras ni n'avait refusé ce qu'il avait dans la main, un numéro de téléphone sûrement. Mon ventre se serra bizarrement et quelque chose enfla en moi. Il était ce genre de mec et je n'étais pas ce genre de fille. Le voir avec d'autres femmes, l'idée qu'il puisse désirer quelqu'un d'autre, me retournait les entrailles de colère.

— Hé…

Je secouai la tête. J'ignorais si c'était la déception qui rendait mes sens si fragiles, mais j'avais l'impression d'avoir un bourdonnement dans l'oreille.

— Hé, tu danses, jolie Freddy ?

« Jolie Freddy ? » Ce fut à ce moment-là qu'Asher capta que j'étais derrière lui et que j'avais probablement tout entendu. Lui et ses copines me regardèrent fixement. Je me retournai alors vers un garçon de notre âge, déguisé de la même manière que moi. Il avait un sourire charmant, une gueule d'ange. Un peu groggy, je secouai la tête. J'avais besoin d'air surtout. Je déclinai l'invitation.

— Non, désolée, je…

Je n'aurais peut-être pas dû après tout. Ignorant Asher et ses deux infirmières cochonnes personnelles, je me faufilai vers la sortie. Une fois dehors, je respirai un grand coup. La ville était en effervescence avec cette nouvelle année qui s'achevait, je m'éloignai un peu pour m'adosser contre un mur. C'était peut-être mieux comme ça, j'avais eu tendance à oublier certaines choses ces derniers temps.

— Marlow !

Je ne bougeai pas, je ne répondis pas. Il me repéra rapidement. Je soupirai, je n'avais pas envie de subir ça. Il foutait quoi ici, il n'avait pas mieux à faire ?

— Marlow, tu…

— Fous-moi la paix, pestai-je. J'ai besoin d'être seule.

Je vis ses yeux se plisser et s'assombrir. Je soutins son regard.

— Si c'est à propos de ces filles…

— Va te faire foutre, Asher Miles. Si tu insinues quoi que ce soit, je t'envoie mon poing en pleine gueule.

— Marlow, pour qui tu me prends ? Tu penses vraiment que je suis le genre de type à accepter les avances de toutes les filles que je croise.

Il s'avança vers moi d'un pas décidé, et me força à rester contre le mur. Ce fut plus fort que moi, je laissais échapper un ricanement rauque. Il était en train de se faire passer pour une victime ? Seigneur, c'était l'hôpital qui se moquait de la charité. Lui qui avait des tas de filles à son actif et que j'avais vu en un peu plus d'un an avec une multitude de gonzesses, c'était limite s'il ne s'était pas tapé toutes les filles de San Francisco entre dix-huit et vingt ans.

— Bordel, Asher, ferme-la ! Ne me fais pas passer pour une abrutie. Comme si tu ne l'avais jamais fait, tiens ! Tu n'as rien dit, tu les écoutais et tu n'as pas refusé le numéro. Alors, arrête de me faire croire que c'est un cas isolé.

Mon Dieu, je détestais être dans cet état. J'avais l'impression d'être horriblement jalouse. D'être impuissante face à la facilité qu'avaient ce genre de filles à faire ce qu'elles avaient fait ce soir. C'était ridicule. *J*'étais ridicule.

Je fermai les yeux ; lorsque je les rouvris, son visage n'était plus qu'à quelques centimètres du mien. Je laissai ma tête partir vers l'arrière, contre le mur. Il s'avança un peu plus. Mon souffle s'échappa de ma bouche en un nuage de vapeur qui sembla l'hypnotiser. Bientôt, un frisson dévala mon échine et fit trembler mes lèvres. Il n'en fallut pas davantage pour que ses mains se mettent à caresser mes bras nus.

— Marlow, je m'en branle de ces filles, dit-il, les dents serrées par la rage. La preuve, je suis là… Tout ce qui m'a importé ce soir ce sont tes satanées chaussettes hautes et ces putains de mecs qui n'arrêtaient pas de te mater comme s'ils…

— Comme s'ils quoi ? Comme s'ils voulaient faire ce que tu fais d'habitude avec les femmes ?

Il grogna, il n'aimait pas m'entendre dire ça. Son regard était à la fois sombre et brûlant, comme s'il défiait toute l'insolence que j'avais en moi de se mesurer à lui.

— Ouais, et ça me rend dingue, rétorqua-t-il. Tous ces types qui pensent pouvoir t'embrasser et plus encore. Ils s'imaginent quoi ? Je ne vois que toi, *querida*. Crois-moi, ces filles-là, elles sont canon, mais elles ne me font pas autant d'effet que toi. Elles ne seront jamais à ta hauteur.

Ces simples mots suffirent à faire battre mon cœur et à éveiller un violent désir dans mon ventre. Mon souffle se coupa.

— Je me fais violence pour ne pas…

Il crispa ses mains en pleine caresse.

— Pour ne pas quoi ? demandai-je, essoufflée.

— T'embrasser, murmura-t-il d'une voix douce. Et devenir complètement dingue alors que tu portes ces satanées chaussettes.

Je déglutis et je l'observai soudainement d'une autre manière. Ses yeux noirs, son allure de baroudeur, ses cheveux ébène un peu trop longs qui voilaient ses yeux… formaient un tout déroutant. Cette attirance entre nous, ce faux self-control, ce désir insolent qui nous lapait et nous obligeait à subir ses effets. Comme une bombe à retardement, nous étions instables et prêts à éclater à tout moment.

— Asher…

— *¿Sí, querida?*

Quand il posa ses lèvres juste sous mon oreille, je poussai un gémissement, couvert par le bruit autour de nous et son grognement. Et quand il me mordilla j'enfonçai mes doigts dans ses épaules, me sentant défaillir complètement.

— Marlow, gronda-t-il d'une voix rauque. Tu me rends fou… Tu n'as pas idée à quel point je te veux. Putain, comment tu peux croire que je pourrais avoir envie de ces filles alors que je t'ai dans la tête ! C'est toi que j'ai envie de faire voyager, direction ce putain de pays.

Je le sentais, je sentais son sexe dur contre moi. Alors, oui, je me doutais bien qu'il me désirait. Des frissons m'assaillirent par milliers. Il était aussi dérouté que moi et c'était sans doute là le problème, nous ne pouvions pas céder ce soir car nous faisions la fête avec nos amis.

— Je… Asher, si je n'avais pas été là, qu'aurais-tu fait ?

— Rien, répondit-il sans la moindre hésitation. Rien du tout, Marlow. Crois-moi. Si je suis dans cet état, c'est à cause de toi et de tes fichues chaussettes… Je jure que ça m'empoisonne l'esprit.

— Je… sais.

Ma réponse était brève, maladroite, courte, mais elle répondait à tout ce qu'il avait dit. Il soupira et je l'embrassai sur l'instant, victime du désir toujours plus palpable et insolent qui nous liait tous les deux. Ses bras finirent par glisser autour de ma taille pour m'attirer contre son torse. Je lâchai un gémissement avant qu'il ne m'embrasse à son tour. La façon dont ses lèvres se fondaient aux miennes n'avait rien de tendre ni de patient. Je l'attrapai par les bras, sentant ses muscles se contracter sous mes doigts. Le baiser se poursuivit à l'infini. Des ondes de plaisir me parcoururent, il frissonna avec moi et m'embrassa plus profondément encore.

Les gens hurlaient dehors, la nouvelle année était toute proche

— Il faut qu'on y retourne, murmurai-je quand il éloigna ses lèvres des miennes.

— Pourquoi ?

— Parce que le décompte ne va pas tarder et qu'ils doivent déjà se demander où on est.

Asher secoua la tête en grognant. Il me donna un baiser et ferma les yeux comme pour se calmer.

— Tu as probablement raison.

Il s'éloigna alors de moi et s'adossa à son tour contre le mur.

— Tu ne viens pas ?

— Non.

Je plissai les sourcils.

— Un problème ? demandai-je.

— Non, j'ai besoin de décompresser deux minutes, dit-il d'un ton las.

Je rivai mes yeux à son torse secoué par sa respiration chaotique puis je descendis le regard. Il était encore dur… Je rougis comme si je venais de m'en rendre compte.

Il retira son paquet de clopes de sa poche et en sortit une.

— Je te rejoins avant la nouvelle année, *querida*.

J'acquiesçai et rejoignis tout le monde à l'intérieur. Ils étaient tous prêts, ils avaient des cotillons, des canons à confettis, des serpentins, des bombes à fil et des loups qui leur voilaient les yeux… Jayce et Celia avaient fait fort cette année. C'était extra ! Celia m'attira dans ses bras et me tendit un masque de loup et une bombe.

— Je t'aime, tu sais, dit-elle en m'embrassant.

Oui, je le savais, je l'aimais moi aussi. Elle me serra contre elle, il restait moins d'une minute avant d'accueillir la nouvelle année et j'avais l'impression qu'elle serait belle.

Asher nous rejoignit à trente secondes de la fin, Celia lui tendit les mêmes choses qu'à moi. Nous attendîmes tous en groupe et hurlâmes en décomptant à partir de dix ; quand minuit arriva, nous criâmes tous en chœur :

— Bonne année !!!!

On fondit dans les bras les uns des autres puis nous nous assaillîmes à coups de bombe en riant.

Chapitre 15

Cette nouvelle année était étrange. Elle me semblait salvatrice dans le sens où j'avais vaincu la précédente et, en même temps, elle me semblait cruelle car, malgré toutes mes prières, rien ne changeait vraiment.

Comme toujours depuis la fusillade, j'espérais que ce serait celle où Gale se réveillerait. Tandis que je le regardais, toujours paisiblement endormi, la culpabilité m'assaillit de nouveau. J'aurais pu lui confesser mes péchés et les baisers que j'avais échangés avec Asher, mais je n'en fis rien. Je gardais Asher pour moi. D'une parce que je me sentais coupable et de deux parce que j'avais ce délire parano que le lui avouer ne ferait que rallonger son sommeil. Je me sentais toujours mal vis-à-vis de Gale, mais c'était agréable de se laisser choyer, de se sentir désirée. Je ne m'étais jamais sentie aussi tiraillée qu'en ce moment. J'aurais voulu pouvoir en parler à quelqu'un, mais je ne voyais pas très bien à qui je pourrais me confier sans entendre « bon sang il était temps » ou « je le savais ».

Qui prendrait la défense de ce que j'avais avec Gale ?

— Bonjour !

Je me tournai et fis face à une jeune infirmière. Je la saluai.

— Je ne serai pas longue, dit-elle.

— Ce n'est rien, ce n'est pas un grand bavard de toute manière. Je fais la conversation pour deux.

Elle sourit et s'avança dans la chambre. Elle avait des poches dans les mains.

— Est-ce qu'il l'était avant ?

— Pardon ?

— Bavard, est-ce qu'il l'était ?

J'acquiesçai.

— Oui. Bavard, comique, populaire… C'était un bon vivant.

— Pourtant personne ne vient le voir. Enfin, hormis sa famille et vous, je veux dire…

Au début, ses amis venaient nombreux et puis avec la vie active, la fac, ils s'étaient préoccupés de leur avenir et les visites s'étaient faites de plus en plus rares.

— Je crois que les gens veulent oublier ce qui s'est passé. Gale est un rappel de ce moment douloureux. Il est plus facile de ne pas venir et d'oublier. Certains ont refait leur vie, certains ont continué d'avancer, et d'autres…

— D'autres prennent soin de lui, dit-elle d'une voix douce. J'ai assisté le médecin ce matin, il a encore réagi aux stimuli douloureux.

J'acquiesçai, sa mère me l'avait dit.

— Je sais, j'espère que c'est un signe positif.

— Ça ne peut que l'être. Gardons espoir, je suis certaine qu'un jour je verrai la couleur de ses yeux.

Bleus et éclatants.

Je me demandai si elle se souciait vraiment de ce détail. C'était une jolie rousse, aux grands yeux verts, dont les pommettes étaient couvertes de taches de rousseur, elle devait faire tourner les têtes des patients ici. À la regarder changer les sondes alimentaires de Gale, je me disais qu'elle ne m'était pas inconnue. Je l'avais sans doute déjà vue ici sans prêter attention à elle.

— Est-ce qu'on s'est déjà vues ? demandai-je.

— Oui, je le soigne depuis plus de six mois, il fait partie de mes patients préférés. Je peux chantonner et lui parler quand je viens le voir. Il est toujours très poli avec moi et m'écoute toujours.

Je souris. Tout le monde n'était pas aussi patient et attentionné avec un patient dans le coma.

— Je suis désolée, je ne vous avais pas reconnue.

— C'est tout à fait compréhensible. La tristesse met des œillères. Surtout ici. Qui est-ce pour vous ? demanda-t-elle.

Je déglutis. Cette question fit enfler le poids de la culpabilité dans ma poitrine.

— C'était mon petit ami.

Elle le lâcha des yeux et me regarda d'un air triste.

— Je suis désolée.

— Ce n'est rien.

— Votre copain actuel comprend que vous… ?

— Je n'ai pas de copain.

Elle ouvrit la bouche, un peu stupéfaite. Ça faisait le même effet à tout le monde, je commençais vraiment à croire que je n'étais pas normale.

— Vous voulez dire que… Il est dans le coma depuis quatre ans, et vous… ?

Je hochai la tête.

— Vous étiez fiancés ou quelque chose dans le genre ?

— Non.

— Mais vous lui restez fidèle quand même ?

Fidèle… Fidèle, j'étais loin de l'être. J'avais résisté à la moindre tentation depuis quatre ans, et puis il avait fallu que je lâche prise une fois. Une seule petite fois pour le seul mec que je m'évertuais à fuir et à ignorer et… et maintenant cette attirance avait grandi dans ma poitrine et dans mon ventre. Il était difficile de masquer le désir que je ressentais pour Asher et le fait qu'il me faisait du bien. J'étais irrémédiablement attirée par lui.

— C'est difficile à expliquer. Nous étions ensemble avant qu'il ne tombe dans le coma, il a pris la balle qui m'était destinée, il m'a sauvée. Est-ce que je dois le rayer de ma vie ?

— Je ne peux pas vous juger. C'est juste qu'à notre âge… Vous n'avez jamais l'impression de passer à côté de quelqu'un ?

— Ça me regarde.

— Vous avez raison, je suis désolée. Vous savez, j'y étais moi aussi, ce soir-là.

— Au lycée ?

— Oui, j'étais dehors, on venait de sortir pour prendre l'air. On a juste entendu les coups de feu et on a vu des élèves sortir en hurlant… Mon frère, Jett, faisait partie des victimes.

Mon ventre se noua et les souvenirs de ce moment me remontèrent en mémoire. *Jett…* Je n'oublierai jamais qu'il criait pour nous prévenir, et qu'avant qu'il se prenne une balle dans le dos nous étions perdus, perplexes, et nous ne comprenions pas vraiment ce qui se passait.

— Je suis désolée, je me souviens de lui.

Elle secoua la tête en souriant. Je perçus pourtant cette tristesse que nous aurions toujours en commun.

— Au fait, je m'appelle Sandra.

— Marlow.

— Oui, je sais. Je n'avais pas pour vocation de devenir infirmière. Je voulais faire des études de langues pour être hôtesse de l'air ; en réalité, je n'avais absolument pas d'idée de ce que je voulais devenir. Quand tout ça nous a frappés, j'ai voulu me rendre utile, faire quelque chose. C'est ton discours qui m'a reboostée et j'ai vraiment découvert ma vocation. J'adore ce que je fais. Je ne suis peut-être pas médecin, mais j'aide les gens, je les soigne et je leur apporte un peu de réconfort. Tu m'as appris que toute chose est importante, que l'espoir est le plus beau sentiment qui existe et que tant qu'il y en a alors tout va bien. J'essaie de le faire comprendre à mes patients qui parfois, à cause de la maladie, n'en ont plus. Ça faisait un moment que je voulais te le dire. Tu avais raison, on doit être plus fort que nos souffrances et prendre tous les bonheurs qui nous viennent parce que c'est nécessaire. Sans ça, on ne tiendrait pas.

J'avais la gorge nouée. Je ne savais pas quoi répondre ni quoi penser. Mon discours, les mots que j'avais prononcés à la cérémonie de remise des diplômes étaient sincères et j'avais toujours gardé espoir qu'ils servent à mes camarades et leur fassent du bien. Si c'était le cas, alors je prenais moi aussi cela comme une victoire.

— Bon, voilà que ce charmant jeune homme a deux nouvelles poches toutes fraîches. J'ai d'autres patients à voir.

— D'accord, oui. Bon courage.

— J'espère qu'on aura l'occasion de se revoir.

J'acquiesçai et je vis alors le regard qu'elle posa sur Gale avant de quitter la chambre. Un regard doux et tendre, comme ses gestes. Est-ce que je le regardais encore comme ça ? En analysant la façon dont elle prenait soin de lui je me demandais si elle n'avait pas le syndrome de l'infirmière. Cette idée me fit sourire.

∞

Mon oreille allait un peu mieux, je commençais à me faire à mon nouvel équipier, mais il m'était encore impossible de boxer car j'avais toujours des vertiges assez fréquents et je ne voulais pas empirer mon état. Au contraire, préserver ma santé me permettrait peut-être dans quelques mois de me remettre sérieusement à l'entraînement et peut-être même de refaire des compétitions.

Je n'étais pas allée à la salle depuis un moment parce que je m'y sentais inutile et nostalgique. Je savais que si j'y allais l'envie de monter sur le ring serait trop forte.

Mon arrêt impromptu me mettait les nerfs en pelote, j'avais l'impression d'avoir tellement besoin de la boxe pour faire le point sur mes pensées. Je pensais à Gale, et à Asher. Je pensais à tout ce que j'avais connu avec Gale et à tout ce qui naissait avec Asher. J'ignorais d'ailleurs ce qui naissait vraiment entre nous hormis un désir certain, j'ignorais si je voulais que ce désir grandisse et fourmille davantage, j'ignorais si je me sentais assez forte pour tout ça. J'avais eu une longueur d'avance pendant quatre ans, j'avais gardé mes distances, mais aujourd'hui ? À quoi bon résister, je n'étais pas si forte que je le pensais, et je ne parvenais pas à savoir si c'était une bonne chose ou pas.

La discussion que j'avais eue avec Sandra à l'hôpital avait ravivé des souvenirs, surtout celui de mon discours. J'avais parlé d'espoir, d'être fort, de devenir ce qu'on voulait être et de profiter de tout ce qui pourrait nous faire du bien. Asher me faisait du bien. Merde, il me faisait vraiment du bien. Et si, pour une fois seulement, je pensais à moi au lieu de penser aux autres. Et si pour une fois je faisais ce dont j'avais envie ?

Alors, avec audace, je m'arrêtai devant son salon en rentrant de l'hôpital. La cloche tinta derrière moi et Sasha m'accueillit quelques secondes plus tard. Elle devait être occupée elle aussi.

— Salut ! dit-elle joyeusement. Je peux t'aider ? Asher est sur un gros tatouage cet après-midi.

— Pas grave. Tu aurais un bout de papier ?

Elle esquissa un grand sourire et se pencha derrière le comptoir. Elle me donna un papier et un stylo.

— Est-ce que tu pourras lui donner ça ou le mettre quelque part en évidence pour lui ? Genre dans sa veste avec ses clefs.

— Bien sûr, pas de problème !

— Merci, je me dépêche, tu dois être occupée toi aussi.

— Je devais prendre une pause et faire souffler un peu la courageuse qui se fait tatouer pour la première fois.

Je souris et je la remerciai encore en écrivant quelques mots :

> Toi, moi, tes fossettes, une paire de chaussettes hautes
> et une pizza (que tu auras apportée) ce soir…

Je pliai le papier et le lui tendis.

— Merci encore ! D'ailleurs, passe quand tu veux au bar de Jayce, ça nous ferait très plaisir.

— Il me l'a déjà proposé pour chanter un soir, j'y songerai.

— Oh ! tu chantes ?

— Oui, avec une amie.

— Tu chantes quoi ? demandai-je.

— De la pop, du rock et de la folk aussi.

— J'aimerais trop vous entendre ! dis-je avec un grand sourire.

— On essaiera de venir alors. Bon, l'heure tourne, je suis désolée, je dois reprendre le boulot.

— Pas de problème et merci pour le mot.

— Pas de quoi, dit-elle en me faisant un clin d'œil.

∞

J'étais fébrile, je tournais en rond dans l'appartement. J'en venais à me demander, quand j'aurais le droit à une journée sans culpabilité. Je ne comptais pas y penser ce soir. Non, pas ce soir. Sandra m'avait rappelé mon discours et aujourd'hui je comptais profiter de ce qui me faisait du bien. D'autant plus si ce quelque chose ressemblait à un mannequin. Malgré un léger emballement de mon palpitant quand j'entendis des coups donnés à la porte, ce ne fut qu'à ce moment-là que je me détendis. J'allai ouvrir.

— Ton homme est là ! déclara-t-il de manière impériale.

— Mon homme ? me moquai-je. Je vois plutôt un livreur de pizza.

— Chamarlow ou l'art et la manière de briser tout fantasme… Tu es horrible !

J'éclatai de rire face à sa petite moue boudeuse.

— Oh, pauvre petite Ashley ! Allez, ne t'inquiète pas. Je voulais justement un livreur de pizza.

Il me détailla de la tête aux pieds et je rougis. Je le laissai entrer et, à peine la pizza posée sur la table de salon, ses mains s'arrimèrent à ma taille. Il ne m'en fallut pas davantage pour sentir mon cœur s'emballer. Il me souleva et me posa sur la table également. Il comptait me manger comme une pizza ?

Sans un mot, il posa ses mains sur mes genoux et s'inclina vers moi. Ses lèvres rencontrèrent les miennes avec une sensualité qui me coupa le souffle et ses mains toujours sur mes jambes se crispèrent sur mes chaussettes hautes. C'était, je crois, la première fois qu'il me touchait comme ça. J'attrapai son pull entre mes doigts pour le faire davantage mien. Je voulais le sentir plus fort. Alors il répondit à mon envie sans que j'aie eu à la préciser verbalement et m'embrassa plus sauvagement. Comme s'il attendait ça depuis des jours.

— Venir dans mon salon pour faire ça…

— Ça te pose un problème ?

Il m'embrassa de nouveau avant que je puisse répondre quoi que ce soit. J'ouvris les lèvres sous les siennes et nos langues se rencontrèrent dans une danse lascive et torride. Je me sentais groggy, j'avais l'impression de ne pas être capable de bouger quand j'étais emprisonnée dans ses bras ni quand ses mains m'ouvraient au désir. J'aurais voulu rester dans cet état à jamais. L'instant était parfait. Ne penser à rien d'autre qu'à la douceur et la volupté, n'avoir pour seule pensée que cette myriade de sensations qui me faisait tanguer et qui devenait chaque fois plus vitale, plus puissante, plus possessive et plus indispensable.

Ses mains, jusqu'à présent bien sagement posées sur mes genoux, remontèrent doucement le long de mes cuisses, laissant sur ma peau une pluie de frissons indomptables. Lorsqu'il arriva à l'extrémité de mes chaussettes, il s'arrêta. Il glissa juste un doigt dans le haut et fit claquer l'élastique. Je souris en réprimant un frisson.

— Tu as froid ? demanda-t-il.

— Non.

Alors il s'amusa de la chair de poule qui dansait sur ma peau découverte.

— Bon, tu avais parlé de toi et moi, d'une paire de chaussettes, de fossettes et d'une pizza. Je crois qu'on est bons.

— Je crois aussi.

Même si, à l'instant, je me disais que j'avais bien envie de rajouter « préservatif » et « sexe » à la liste. Asher retira sa main et me caressa la joue pour dégager mes cheveux. Je songeai à les couper un peu parce qu'ils étaient sacrément longs mais, lorsqu'il me regardait ainsi et qu'il les caressait, je n'avais plus envie d'y toucher. J'étais contente qu'il soit là, contente de mon audace.

— Tu as faim ? demandai-je.

— C'est pas vraiment la pizza que j'ai envie de manger, là tout de suite, *querida*.

Mon ventre gargouilla et il éclata de rire.

— Bon, je peux aussi te garder pour le dessert.

Il me fit descendre de la table.

— Tu n'as qu'à te mettre dans le salon avec la pizza, lui dis-je en me dirigeant vers la cuisine. J'apporte les couverts et les boissons.

Il acquiesça en souriant.

Je le trouvai encore à la même place quand je revins.

— Un problème ? demandai-je.

Il se retourna et pour une fois je ne parvins pas à lire sur son visage. Il était fermé, ses yeux ne trahissaient aucune émotion.

— Non, je regardais juste ton badge, me dit-il.

Je vis alors ce qu'il tenait à la main et que j'avais oublié sur la table : mon badge de l'hôpital. Celui qui m'autorisait à rendre visite à un patient particulier. *Gale.*

— Tu es allée à l'hôpital pour le voir aujourd'hui ?

— Oui.

— Tu y vas souvent ?

— Une fois par semaine, répondis-je sincèrement. Je ne pense pas que ce soit cher payé après ce qu'il a fait pour moi.

Il hocha la tête, mais j'avais l'impression qu'il aurait pu le faire de la même manière si on lui avait demandé s'il voulait du rab de pommes de terre. Il n'avait pas l'air de le penser.

— OK, lâcha-t-il simplement.

Lorsqu'il me prit les couverts et les bières des mains et qu'il les posa au-dessus du carton à pizza, je me mordis la lèvre inférieure. Il partit dans le salon. J'étais perdue, tout à coup. Son comportement me perturbait. Il revint dans la salle à manger et me serra contre lui. Je déglutis. J'avais le souffle coupé. Puis il s'écarta juste assez pour m'attraper le visage.

— C'est pour ça que tu m'as demandé de venir ? demanda-t-il d'une voix blanche.

— Quoi ?

— C'est parce que tu es allée le voir que tu m'as demandé de venir ce soir ?

Il était inquiet ou jaloux ? Se sentait-il menacé par Gale et toutes les éventualités qui le concernaient ? Je secouai la tête, sentant que les mots ne venaient pas, que ma gorge était nouée.

— Pourquoi alors ?

Ça ressemblait à de la possessivité.

— Parce que j'en avais envie. C'est à toi que je l'ai adressé ce putain de mot. Mais si tu as un problème tu peux toujours reprendre ta pizza et la bouffer tout seul. J'ai le droit d'aller le voir, tu ne m'empêcheras pas de le faire, Asher !

Je restai forte pourtant je ne voulais pas qu'il prenne mes mots au pied de la lettre, je ne voulais pas qu'il parte. Il était là parce qu'il m'apprenait à lâcher prise et qu'il me faisait du bien.

— Je n'ai aucun problème. Tu as le droit d'aller le voir, mais j'ai aussi le droit de te demander si je suis là à cause de lui.

— Tu es là parce que je voulais passer la soirée avec toi, répliquai-je d'une voix rauque. Parce que je me sens bien avec toi et que, par je ne sais quel miracle, j'arrive à te supporter.

— Je voulais être sûr que c'était bien moi que tu voulais voir, rien que moi. Parce que je crevais d'envie de te voir, de t'embrasser, et que ça m'aurait fait chier que ce ne soit pas réciproque. Putain ! j'étais comme un dingue en voyant ton mot, j'avais la trique, je l'ai eue jusqu'à la pizzeria, très pratique !

— Et très classe, soufflai-je.

Il attira mon visage contre le sien et mordilla ma lèvre.

— Que veux-tu ? Tu sais écrire les mots qu'il faut pour faire rappliquer un homme fissa. Il n'y a pas si longtemps, j'aurais été ravi de te laisser me couper la bite si ça nous permettait au moins d'être en contact tous les deux.

— Je peux toujours le faire.

— Tu peux aussi lui faire autre chose.

Je rougis.

— Mais, avant cela, occupons-nous de cette pizza, trancha-t-il à regret.

Chapitre 16

Assis sur le canapé, nous regardions un film. Une saloperie de putain de film d'horreur. Je n'aimais pas ça mais, pour ne pas avoir l'air d'être une poule mouillée, j'avais accepté. Celui-ci était bien gore.

Oh, mon Dieu… Je fermai les yeux en crispant les doigts sur les bras d'Asher. Son ricanement me fit serrer plus encore, et son biceps gonfla et se contracta davantage. J'avais proposé un film, et voilà que j'étais quasiment avachie sur lui, mes ongles lacérant sa peau, tellement son film de merde me faisait flipper. Il était hors de question que je dorme seule ce soir, j'allais trop angoisser… Qu'il le veuille ou non, j'allais le séquestrer.

La musique s'emballa, la pauvre fille hurla et je fis un bon de vingt mètres de haut en lâchant un couinement misérable.

— Oh, mon Dieu !

Asher m'enlaça un peu plus. Voilà, j'étais quasiment sur ses genoux.

— C'est pour de faux.

— Oh, mon Dieu…

Il se pencha dans mon cou, son souffle me fit frissonner.

— Je préférerais que tu dises ça pour moi.

— Oh, mon Dieu… Ash.

Il grogna et me mordit, un gémissement rauque m'échappa.

— OK, on va arrêter. Je préfère largement ce son.

— Je ne vois vraiment pas pourquoi tu arrêtes, il est bien ce film, marmonnai-je.

Il appuya sur la télécommande en riant et je soupirai en me cachant dans son cou. Tout en m'attirant plus près de lui encore, il s'installa plus confortablement sur le canapé. À présent j'étais complètement installée sur ses genoux, le visage encore dans son cou à respirer son odeur tandis que ses mains glissaient le long de mon dos et remontaient jusqu'à ma nuque où il jouait avec mes cheveux.

— Pourquoi t'as mis ce film ? demanda-t-il.

— Parce que tu l'as proposé, abruti ! dis-je dans un tremblement incontrôlé.

Il rit, je grommelai.

— Ce serait bien la première fois que tu dirais « non » à quelque chose que je propose, tiens !

— Je te merde.

— Je sais, *querida*.

— Comment peut-on regarder ce genre de conneries et y prendre du plaisir ? C'est vrai, quoi ! C'est dégueulasse... Sans parler du type complètement tordu qui a écrit le scénario ? Non, mais, le mec se lève un matin en disant à sa femme : « Oh, putain, chérie, j'ai eu une illumination, j'ai une idée de scénario, écoute ça... Un camp de vacances, un groupe de jeunes... » Déjà tu sens que le scénar ne va pas voler bien haut... Bref ! Le mec poursuit : « On va massacrer des étudiantes en minishort avec des poitrines d'actrices pornos alors qu'elles sont censées avoir dix-sept ans, on va les faire crier en plus de leur donner une intelligence de moineau, et puis on va les massacrer en filmant ça en gros plan… » Faudrait vérifier ses antécédents parce que ce n'est pas clair tout ça.

Il éclata de rire. Je fis la moue en relevant le visage.

— Tu te moques ?

— Pas du tout, je suis tout à fait d'accord. Je pense même que le type était peut-être un fétichiste qui n'a pas réussi à se contrôler. Tu vois où ça peut mener ?

— Mon Dieu, ça doit être ça. Je te jure que, si tu me laisses seule cette nuit, je te massacre.

— Tu m'invites à dormir avec toi ? demanda-t-il d'une voix amusée.

— Oui…, murmurai-je.

Les traces d'amusement désertèrent son visage et se muèrent en un désir ardent qui me coupa le souffle. Une boule de chaleur gonfla dans ma poitrine et la peur me liquéfia. Sa main quitta ma hanche pour glisser quelques mèches de cheveux derrière mon oreille. Avec une profonde tendresse et une intimité qui me fit fondre, il retira mon appareil auditif et le posa sur la table.

— D'accord, approuva-t-il.

— Pas dans le salon.

— Certainement pas. Dans ton lit. Je jure que j'empêcherai les cauchemars de troubler ton sommeil.

Je hochai la tête en me mordant la lèvre inférieure. Il était chaud, aussi envoûtant que ses mots étaient sensuels.

— Ne te mords pas la lèvre, *querida*. Laisse-moi ce plaisir.

Le cœur en émoi de le savoir à moi cette nuit, je relâchai doucement la pression. Une lueur chaude et enivrante s'alluma dans son regard et il captura mes lèvres en un baiser d'une tendresse infinie. Je me laissai emporter par les sensations tourbillonnantes qu'il faisait naître en moi. Je le ressentais absolument partout. C'était incroyable. Mon corps réagissait à son toucher, lui réclamant toujours plus. Quand mes gestes se firent aussi fougueux que les siens, il grogna. Un léger vertige m'assaillit quand il changea de position pour se retrouver allongé au-dessus de moi. Ses cheveux retombèrent sur mon visage et cette sensation grisante me fit relever les hanches. J'ouvris la bouche sous la sienne et nos langues se touchèrent. Aussitôt, ses mains glissèrent jusqu'à mes hanches et elles se perdirent sous mon tee-shirt pour se poser à plat sur mon ventre. Il se mit à me caresser doucement, remontant ses mains jusque sous mes seins puis redescendant jusqu'à l'élastique de mon short. Ma poitrine se soulevait à un rythme effréné.

— Tu es toute douce. J'adore ta peau, soupira-t-il.

Il se déplaça légèrement sur le côté, remonta mon tee-shirt. La vue de sa peau hâlée contre ma peau blanche m'excita.

— J'adore le contraste de couleurs.

Il rit et me mordit la lèvre inférieure. C'était vrai, ça m'enivrait. Mon attirance pour lui ne faisait que s'accroître.

— Fétichiste des couleurs de peau exotiques ? Intéressant. Je crois qu'en fait tu es tout aussi fétichiste de moi que je le suis de toi. C'est parfait, on est sur la même longueur d'onde.

Sa bouche se posa encore sur la mienne. Son baiser fut aussi tendre et délicat que le premier, mais avec ses mains qui me caressaient l'intensité était décuplée.

— Je crois que je ne me lasserai jamais de ça, susurra-t-il contre mon menton en le mordillant.

Je gémis, il eut un rire de gorge et sa main s'arrêta sous le galbe de mon sein. Nos regards se croisèrent, le feu avait remplacé ses pupilles. Le désir crispait sa mâchoire, le rendant plus beau que jamais.

— Je veux tellement te toucher, dit-il contre ma bouche.

Mon ventre se serra.

— C'est déjà le cas, non ?

— Je veux caresser chaque partie de ton corps, chaque coin qui pourrait te faire crier de plaisir. Je peux ? Marlow…

Il mordit mon menton puis l'embrassa avant de glisser vers mon oreille abîmée, il en lécha le lobe, prolongeant sa demande, me rendant folle d'impatience.

— Laisse-moi te toucher.

— Oui, murmurai-je.

Il m'embrassa de nouveau et sa main effleura mon sein avant de l'empoigner plus vivement. Cette fois, mon dos se souleva et mes doigts s'enfoncèrent dans son bras tandis que le désir se faisait liquide. Asher eut un gémissement rauque. Ma réaction lui plaisait. J'aimais la sienne. Il se fit plus audacieux, ses doigts agacèrent mon téton.

— Oh, Ash…

— Oui ? répondit-il fièrement.

— Ne fais pas le malin, reste concentré.

Il gloussa et me mordilla.

— Je le suis parfaitement, soupira-t-il en attrapant la pointe entre son pouce et son index.

Je me cambrai plus violemment en lâchant un gémissement. Effectivement, il l'était. Et il était doué aussi. Très.

— Tu vois, parfaitement concentré, comme toi maintenant.

Je rougis tandis que dans mes veines mon sang bouillait d'impatience.

— Je te merde…

— Je sais. Bon sang, tu es tellement belle, alors que je commence à peine à te découvrir. Tu vas finir par me tuer.

Un nouveau gémissement m'échappa. Il m'embrassa bien plus profondément et la sensation de lui partout sur moi m'envoya une onde de chaleur à travers tout le corps. De son autre main, il fit courir le bout de ses doigts jusqu'à l'élastique de mon short.

— Arrête-moi si tu ne veux pas…

Je posai ma main sur la sienne et la guidai sous mon short. Il effleura la dentelle puis se retira pour ôter mon short. En débardeur, chaussettes hautes et tanga rose contre lui, je ne dis pas un mot, mais le désir qui l'aveuglait enflamma mon bas-ventre. Quitte à faire une bêtise, autant le faire bien et jusqu'au bout. Hors de question d'arrêter à ce stade, j'en étais incapable. J'avais besoin de lui, de son contact, de ses caresses, de sa chaleur.

La vue de sa main qui disparaissait entre mes cuisses me fit l'effet d'une bombe. Je connaissais ce genre de chose, mais pas tant que ça. Mes premières fois avaient été avec Gale et certaines s'étaient avérées douloureuses. Il me caressa à travers le tissu et je me sentis idiote d'être déjà en émoi. Ça me laissait une brève idée de ce que me réservait la suite. Je resserrai les jambes en rejetant la tête en arrière. Il grogna et enfouit son visage dans mon cou pour me couvrir de baisers. Je posai une main sur sa nuque, caressant ses cheveux soyeux, il releva la tête et m'embrassa.

— Putain, tu es tellement belle. Tu es parfaite comme ça.

— Ne t'arrête pas, Ash.

Lorsqu'il glissa sa main sous ma culotte, mon plaisir se mut en un cri sauvage. Il me caressa intimement et j'écartai les jambes pour lui offrir plus d'espace.

— C'est ça, *querida*.

Il glissa sa main jusqu'en bas, à l'entrée de mon intimité humide, puis il remonta et il s'arrêta sur le point névralgique le plus sensible.

— Oh…

— Putain, grogna-t-il en se figeant.

Son regard brûlant se mêla à la glace pour le rendre tout à coup plus sombre. Il me serra contre lui, plus fort que jamais.

— Asher ?

— Putain…

Il me caressa, appuyant sur mon bouton de chair, sur mon piercing. Il tira un peu dessus et je me cambrai en criant son nom.

— Tu as un putain de piercing au…

J'ignorais si c'était une bonne chose ou pas… Il lui fallut quelques secondes pour assimiler l'information. Lorsqu'il recommença à me caresser, je compris qu'il aimait ça. J'adorais mon piercing, je ne regrettais absolument pas de l'avoir fait, c'était bon et très érotique.

— *Querida*, tu me rends fou. Bon sang, tu as un foutu piercing au clitoris ? Tu ne l'as…

— Pourquoi je ne l'ai jamais dit ? dis-je avec un sourire taquin. Et gâcher la surprise ?

Il laissa échapper un autre « putain ! » tandis qu'il se mettait à jouer clairement avec moi. Nos bouches se trouvèrent et ses mains reprirent leurs caresses, ne me laissant aucun répit. La combinaison de ses mains et de sa bouche était d'une intensité redoutable. Il était partout. Absolument partout. Je le sentais tellement. Il me couvrait des attentions les plus délicieuses et délicates que j'avais jamais connues.

— Tu aimes ça autant que moi ? Parce que je pourrais rester comme ça pendant des heures.

— Oh, oui…

Asher était doué, concentré, il caressa plus fort mon bouton de chair et pressa un doigt à l'entrée de mon intimité. Avec lenteur, il l'enfonça en moi. Je m'arc-boutai en tremblant, gémissant son nom dans mon plaisir. Cela faisait tellement longtemps que je n'avais pas ressenti le plaisir de la chair. Je remontai les hanches pour le rencontrer, il grogna. Je voulais que ça dure éternellement, mais je sentais déjà les tourments du plaisir arriver à leur paroxysme.

— Tu es tellement étroite, marmonna-t-il contre ma bouche.

À la façon dont sa voix et ses gestes se montraient possessifs, je compris qu'il aimait ça. Lorsqu'il accéléra la cadence de ses mouvements de va-et-vient, je perdis la moindre notion… Il prit ma bouche plus profondément, et sa main perdue entre mes cuisses joua d'un savoir-faire incroyable. Il allait et venait, comblant la partie de moi la plus nerveuse.

— Ash…

J'ondulai des hanches contre sa main et ses doigts, rejetant la tête en arrière. Il lécha ma gorge déployée et ce fut la fin d'un début merveilleux. Je gémis en me crispant, il murmura sur ma gorge toujours sienne un : « Putain, t'es tellement belle… » et je fus secouée par l'orgasme. Il ne s'arrêta pas pour autant, prolongeant la sensation jusqu'à rendre mes jambes tremblantes.

∞

Mon corps était humide, je le sentais se soulever dans mon sommeil comme s'il était soumis à une torture délicieuse. Ce rêve était trop bon, trop réel…

Tellement que je convulsai.

Lorsque je fus tiré de mon sommeil, je me cambrai en gémissant malgré moi. J'écarquillai les yeux en me redressant sur les coudes pour essayer d'identifier ce qui rendait mon corps si ardent. Il me fallut quelques secondes pour comprendre ce qui était en train de se passer… Et, lorsque je fus assez lucide pour m'en rendre clairement compte, je perdis la tête. Malgré la pénombre, je réussis à distinguer la chose la plus excitante qui soit.

Je rejetai la tête en arrière en cambrant les hanches. Oh, mon Dieu, ce n'était pas un rêve. C'était un truc de malade. C'était même pire que ça…

Asher était entre mes cuisses en train de… me caresser avec sa langue !

— Oh, mon Dieu…, gémis-je.

Bordel, je n'avais jamais, au grand jamais, ressenti pareilles sensations.

— Tu faisais un cauchemar, murmura-t-il en embrassant ma cuisse.

— Je… Quoi ?

Il me mordilla avant de couvrir mes jambes de baisers humides. Je lâchai un rire rauque, je savais bien que je n'étais pas en train de faire un cauchemar. J'étais perdue.

Excitée aussi. Mon corps ne me répondait plus, j'étais dans l'incapacité de bouger. J'étais à lui, à sa merci, et c'était la chose la plus délicieuse que j'aie jamais vécue.

— Tu m'as réveillée en pleine nuit pour…

— Pour te goûter, susurra-t-il. Tu n'as pas idée de ce que ton piercing a fait dans mon pauvre esprit malade. Je n'arrêtais pas d'y penser et, là, tu te mets à dire mon nom dans ton sommeil, comme si j'étais en train de te donner du plaisir. Après ce qu'on a fait plus tôt dans la soirée, j'en avais trop envie.

— Asher…

Son souffle rauque chatouilla mon intimité, je me contractai.

— J'adore ton piercing. Non, je vénère ce truc sur toi. Putain ! dire que tu as…

— J'avais dix-huit ans.

— Est-ce qu'il l'a vu ?

— Qui ?

— Gale, dit-il d'une voix grave.

— Non, soufflai-je. Je l'ai fait après.

— Est-ce que tu penses à lui ?

— Penser à lui ? Oui, c'est naturel, non ?

— Quand je t'embrasse, quand je te caresse comme tout à l'heure, comme à l'instant, quand on est tous les deux, est-ce que tu penses à lui ?

— Non, quand tu me touches, je ne pense qu'à toi.

Je hoquetai et les larmes me montèrent aux yeux. Gale. Voilà que je me sentais sale, que la culpabilité me rongeait comme une goutte d'acide. Je tentais de me soustraire à ses bras, je reculai de son étreinte brûlante, mais je n'y parvins pas. Pourquoi me parlait-il de ça maintenant ?

— Marlow, pourquoi tu pleures ?

— Je… J'ai…

C'était pourtant évident, mais je n'arrivais pas à le lui dire.

— Tu culpabilises ? Si tu ne penses pas à lui pendant, tu penses à lui après ?

— Je…

J'acquiesçai, je préférais être honnête avec lui. De toute manière, Asher savait quand je mentais.

— C'est ma faute, dit-il d'une voix forte.

Je relevai les yeux pour croiser les siens.

— S'il y a un responsable ici, c'est moi et uniquement moi. Tu n'as pas à te sentir coupable. Tu n'as rien fait, tu t'es laissée aller au désir. Tu as été exemplaire, tu es une personne magnifique et merveilleuse, Marlow. C'est ma faute, je t'ai cherchée, je t'ai tourné autour, je te voulais. Quatre ans que tu n'as laissé personne te toucher, quatre ans que tu es seule. Quatre ans, Marlow. C'est long, personne ne devrait attendre et être seul aussi longtemps, surtout toi.

Il soupira, embrassa ma cuisse avec douceur là où j'avais la cicatrice à cause de la balle. Il l'embrassa tendrement. Je gémis. Mon Dieu ! pourquoi tout était-il si simple avec lui ? Pourquoi cette imperfection me semblait jolie sous son regard.

— Tu as au moins conscience du fait que, s'il était encore en vie, ç'aurait été la même chose. Il y aurait toujours ce désir, cette insolence entre nous. J'aurais joué aussi, j'aurais tenté de te faire craquer, de te rendre folle. Même si vous étiez restés ensemble. Comment peux-tu t'infliger ça ? Tu avais dix-huit ans, tu en as vingt et un aujourd'hui, laisse ceux qui veulent te faire du bien le faire. Tu as le droit d'être heureuse.

Je déglutis. Ses mots étaient doucement en train de se répandre en moi.

— Tu n'as pas à culpabiliser et, si un jour il te dit quelque chose, j'en prendrai l'entière responsabilité. Laisse-moi juste te soulager, laisse-moi te faire du bien.

Il posa sa bouche sur mon autre cuisse et la couvrit des mêmes attentions que l'autre. J'avais l'esprit emmêlé, il avait le don de rendre mes pensées muettes de bon sens.

Je soupirai, m'abandonnant à ses baisers.

— Tu es divine, Marlow. De toutes les manières possibles… (Il se redressa et vint poser ses lèvres contre les miennes.) Tu m'ensorcelles, tu es si belle. Je n'arrive pas à t'oublier, jamais. Je ne sais pas chasser ton visage de ma tête. Alors ton corps nu… Ton corps contre moi, ton corps à moi, ton corps dans mes bras. C'est impossible. Quand tu vois et approches la perfection une fois dans ta vie, impossible de l'oublier.

Je me crispai quand il déplaça son visage. Je glissai ma main dans ses cheveux en murmurant son prénom. Il remonta mon tee-shirt pour glisser la langue autour de mon nombril. Je baissai les yeux. Il regardait mon sexe comme s'il n'allait jamais se rassasier de lui. Il releva la tête.

— Laisse-moi te montrer…

Mon silence éloquent lui plut et la caresse humide qui s'ensuivit me plaqua contre le matelas, comme si soudainement des liens m'avaient faite prisonnière. Je rejetai la tête en arrière :

— Oh ! bordel…

Il gloussa et sa langue continua de me taquiner, me caressant lentement, trop lentement, ne se posant jamais bien longtemps là où j'en avais éperdument envie. Il me caressait entièrement, me découvrait, me faisait sienne, comme s'il avait peur de ne plus jamais recommencer, comme s'il voulait mémoriser la moindre parcelle de moi, de mon désir. Il prenait son temps et, merde ! il savait mener les filles plus loin encore qu'au pays des licornes. Ses lèvres, sa langue… tout était magique. Un gémissement m'échappa quand il inséra sa langue en moi. Je criai, je n'avais jamais expérimenté ce genre de chose. J'enfonçai les doigts dans les draps en tentant de me souvenir comment on faisait pour respirer. Mon bassin ondulait contre sa bouche de façon frénétique, pour mémoriser tout ce qu'il m'offrait sans la moindre condition. Il continua de me lécher, de m'embrasser, de me caresser puis il ajouta ses doigts. Je hoquetai de surprise.

Il en glissa un…

— C'est bon ? me demanda-t-il.

Puis deux…

— Oh, bordel, oui, répondis-je avec insolence.

J'aperçus ses fossettes avant qu'il ne replonge entre mes cuisses pour sucer mon clitoris en rythme avec le mouvement de ses doigts. Mon sang s'enflamma dans mes veines. Le plaisir montait en moi de plus en plus vite et, quand l'orgasme m'emporta enfin, je rejetai la tête en arrière en criant tandis qu'il accompagnait jusqu'au bout mon corps couvert de frissons et en proie aux spasmes.

Le menton luisant, il se redressa. Alanguie, je fermai les yeux et je ne l'entendis revenir que lorsque mon matelas s'affaissa sous son poids. Je me forçai à ouvrir les paupières, ses yeux brillaient d'une profonde intensité. Il se recoucha à mon côté et il m'embrassa.

— Il est quelle heure ? demandai-je, encore perdue.

— Peut-être 4 heures du mat…

Je gloussai. Bon sang ! il allait me faire tourner en bourrique s'il continuait comme ça.

— Tu es… dingue.

— Non, tu me *rends* dingue. C'est là toute la nuance.

Il s'ajusta à moi, déplaça mes cheveux et me caressa le visage. J'avais envie de lui rendre la pareille, de lui faire du bien aussi. Il menait de deux points, de deux putains de bons points, mais j'eus un bâillement qui me trahit.

— Endors-toi, *querida*.

— Facile à dire.

— Endors-toi. Pense simplement à la position de ce matin dans ton classement des meilleurs matins…

Je ris en fermant les yeux. Très haut. Ce réveil était… divin ! Et blottie dans ses bras, tout contre son torse, je m'endormis.

Chapitre 17

Plus de deux semaines s'étaient écoulées depuis la rentrée de janvier. Cela faisait un moment que nous ne nous étions pas retrouvés au bar tous ensemble. Nous étions quasiment tous là, il ne manquait plus que Nate pour compléter le tableau. Ce soir encore le bar était plein, mais ça, c'était une habitude. Je me souvenais que, dès l'ouverture, Jayce avait su attirer la clientèle et faire de son bar un endroit branché où nous avions tous pris le pli de nous retrouver.

— Au fait, tu ne connais pas la nouvelle ? me lança Dylan. Je n'ai pas eu le temps de t'en parler cette semaine… Ma mère est revenue !

Je souris. La mère de Dylan était assez spéciale, genre anarchiste *peace and love*, mais elle était absolument adorable. Elle se serait entendue à merveille avec la mienne. Elles auraient pu discuter des heures et des heures sur la façon dont elles nous avaient rendu la vie impossible durant nos années collège.

— Ah, c'est chouette ! J'imagine qu'elle est toujours folle de Nate et de Kyle ?

Dylan gloussa en acquiesçant.

— Oui, mais ce n'est pas pour ça que je t'en parle. En fait, depuis Thanksgiving, elle discute avec ton père sur Facebook.

Asher et Mason pouffèrent. J'avouai que j'étais un peu désarçonnée par la nouvelle. Mon père sur les réseaux sociaux ? Jayce semblait lui aussi intéressé par la conversation.

— Mickey sur Facebook ? ironisa Mason. C'est comme faire un *reboot* de *La Petite Maison dans la prairie*, mais en y ajoutant Internet…

— Je me demande combien il a d'amis…, fit Asher.

— Et quelle photo de profil il a pu mettre ! renchérit Celia en revenant avec un plateau de verres sales.

— Moi, je me demande s'il a un pseudo, rajouta Jayce. Genre « La Montagne de San Francisco » ou s'il a mis son nom de boxeur…

— Si c'est ça, il aura plus d'amis que nous, les mecs ! dit Mason. C'est une star. Une vieille star, mais une star !

— Hé ! ne vous moquez pas de mon papa, ricanai-je. Il n'est pas si vieux jeu.

— Chamarlow, son portable a encore des touches. Qui a encore des touches sur son portable de nos jours ?

— Parce que tu crois que le type qui sort l'expression « de nos jours » n'est pas ringard peut-être ?

Mason et Jayce éclatèrent de rire. Et Asher aussi malgré tout.

— N'empêche, on aura vraiment tout vu !

— Je l'ignorais, répondis-je enfin à Dylan. Je ne savais pas qu'il avait un compte.

— Elle est revenue pour le voir, reprit-elle. Ils avaient rendez-vous au restaurant ce soir.

— Ah… genre un rencard ?

— Je crois.

— Rencard avec…

Je secouai la tête.

— Avec du sexe ? termina Asher.

Dylan éclata de rire. Je grimaçai. Je n'aimais pas penser à ce genre de chose. Surtout quand la personne en question était mon père. Les parents, ça faisait l'amour une fois pour nous faire et c'est tout !

— Je n'ai pas envie de savoir ce genre de chose concernant mon père.

— Bah quoi ! Il a bien raison, la mère de Dylan est… Tu pardonneras ton client préféré, hein, Dylan ? fit Asher. Mais ta mère est canon. (Il reporta son attention sur moi.) Franchement, tu crois qu'à son âge toi et moi on ne baisera pas ?

J'écarquillai les yeux. Tout le monde était mort de rire. Ce n'était pas la première fois que nous étions tous les deux avec nos amis en ayant un secret commun. Sauf que maintenant, le secret commun, c'était bien plus que des baisers. J'avais envie de lui foutre un coup à ce débile. Il m'interrogea du regard et, même si j'étais la seule à comprendre qu'il y avait deux significations sous sa provocation, je rougis comme une enfant prise en train de faire une bêtise.

— Tu me donnes la nausée !

— Faux ! Je sais que c'est faux ! C'est vrai quoi, demande à Jayce s'il va s'arrêter de baiser avec Celia.

— Voyons, on ne baise pas ! grommela Celia d'un air faussement outrée.

Jayce lui lança un regard amusé.

— Bon, t'as raison, parfois on baise. Il a raison, rajouta-t-elle en me faisant un clin d'œil. Même quand mes seins seront des éponges, on continuera.

— Tu me vends du rêve, bébé !

Elle l'embrassa sur la joue.

— Désolé, Little Marlow, mais sur ce coup il gagne, fit Mason. Et je m'en veux de dire ça parce qu'il va se lustrer le polichinelle pendant des heures tellement il sera heureux…

Dylan hocha la tête aussi. Mason avait raison, ce n'était pas très bon pour l'ego d'Asher tout ça. Je m'amusai en me disant que, dans l'intimité de nos rendez-vous, je pourrais toujours titiller sa virilité pour faire dégonfler tout ça. Alors mon secret me lança son sourire parfait, le spécial doubles fossettes.

— Tu vois, faire l'amour, y a que ça de vrai ! Moi, je baiserai jusqu'à ma mort, avec de l'arthrose, des pilules magiques, rien à foutre, je baiserai jusqu'au bout !

— Tout ça pour dire que je n'ai pas vraiment envie d'imaginer mon père dans cette situation ! clamai-je.

Il me fit un clin d'œil. Je me demandais si j'avais un problème ou s'il était normal qu'un clin d'œil soit aussi sexy.

— Ils ont vraiment l'air d'être proches, ajouta Dylan.

Ah, bah merde, alors !

Je tombais un peu des nues, je l'avais eu plusieurs fois au téléphone cette semaine, j'étais passée au club pour voir tout le monde et il ne m'avait rien dit. Je me demandais pourquoi il me le cachait. Ça devait sans doute compter énormément pour lui et il avait certainement peur que ça me fasse quelque chose ou que je lui dise un truc. J'étais un peu vexée.

— Est-ce que ça t'embête ? demanda Dylan d'une petite voix.

— Non, je ne crois pas.

— C'est parce que c'est ma mère ?

— Pas du tout, idiote. Qu'est-ce que tu vas t'imaginer ? Je t'adore et ta mère est extra.

Elle acquiesça en souriant.

— Je suis juste un peu surprise qu'il ne m'en ait pas parlé.

— C'est normal, lança Asher. Il ne veut pas te faire de mal. Il t'en parlera uniquement s'il pense que c'est sérieux.

Dylan pinça les lèvres.

— Ça ne me ferait pas de mal, dis-je. Il a raison de refaire sa vie et d'aller de l'avant. Je lui laisse la soirée, mais demain je compte bien le harceler pour lui demander des comptes.

Je ris et Dylan m'imita. Je n'en revenais pas. Si je m'étais bien rendu compte à Noël qu'ils s'entendaient à merveille, mon père m'avait berné comme un pro, je n'avais rien vu du tout. Et tout à coup je pris conscience de mes mots et de combien j'étais hypocrite en parlant d'aller de l'avant alors que je n'étais même pas capable de le faire et que j'étais moi-même enchaînée au passé.

— Ne t'en fais pas, ma mère me dit absolument tout, m'assura Dylan. Je t'enverrai des messages pour te dire, comme ça, s'il te ment, tu auras des arguments.

Je gloussai. J'aimais beaucoup cette idée.

— Elle te dit vraiment tout ? demanda Celia.

— Oh que oui ! soupira-t-elle. Parfois trop. Définitivement trop. Comme elle voudrait que l'inverse se produise aussi et que je lui raconte tout ce qui se passe avec Nate. Parfois, j'ai l'impression qu'elle a quinze ans.

— Tu vois, ricana Jayce. C'est ta future belle-maman qui te racontera tout en détail.

— Avec Mickey c'est génial parce qu'il…

Je plaquai ma main sur la bouche d'Asher avant qu'il ne finisse sa phrase.

— Qui a quelque chose d'intéressant à raconter ? lançai-je à la cantonade.

Bien sûr, Asher leva la main, et je gloussai.

— Je te préviens, si tu parles de mon père et de sexe, je t'en colle une.

Il acquiesça et me lécha la paume. Je retirai vivement la main.

— T'es dégueulasse ! dis-je en m'essuyant sur l'épaule de Mason, qui râla en retour.

Bien sûr, je crois qu'en réalité je trouvais ça moins sale que je l'aurais voulu. Parce que cette même langue avait sublimé mon corps quelques jours plus tôt.

— On t'écoute !

— Le mois prochain, je serai dans le numéro d'*Inked Magazine* avec le salon. Une double page.

— C'est pas vrai ? s'écria Celia.

— Si, certains de leurs photographes et de leurs journalistes sont venus ce matin pour faire des photos du salon, de Sasha, de nos dessins, de moi, et j'ai répondu à une interview.

Je m'extasiai autant que les autres, mais intérieurement. J'étais heureuse pour lui. Son salon était en pleine expansion. Son carnet de rendez-vous était toujours plein et s'allongeait de jour en jour. Il était doué et naturellement qu'il méritait de voir sa réputation monter d'un cran.

— C'est génial, ça, mon pote ! s'exclama Mason.

— Ouais, dit-il fièrement et, pour une fois, il y avait de quoi. Ça va nous faire une visibilité encore plus grande… J'ai jamais pensé que ça décollerait comme ça après mon père.

— C'est parce que tu as énormément de talent, lança Dylan avant d'aller apporter une commande en salle.

— Ouais, renchérit Jayce. Et, au risque que tu l'aies dure pendant une semaine, c'est mérité. Elle a raison.

— Je suis juste super fier et content de l'avoir fait. Et toi, tu ne dis rien, grommela-t-il en fixant le regard sur moi.

— Quand je ne dis rien, c'est que c'est bien. En revanche, si tu commences à trop la ramener, mon crochet est là pour ton ego.

Il rit. Je lui souris avant de me cacher derrière mon verre de bière.

— Tu as montré ton tatouage ? demanda Mason.

Son tatouage… Je ne l'avais toujours pas vu.

— Ouais.

Mon ventre se serra. Il avait dit qu'il me le montrerait, mais il ne l'avait jamais fait. Je me demandais pourquoi il me le cachait, si ç'avait une telle signification ou une telle importance pour lui qu'il ne se sentait pas de le montrer aussi facilement. Étant donné ce que nous vivions et nos moments intimes, je ne voyais pas très bien ce qui pourrait le gêner. Il n'avait sans doute pas envie que je le voie… Encore une chose stupide qui s'ajoutait à toutes les autres qui me plombaient les pensées.

— Salut tout le monde !

— Saluuuuut tout le monde ! répéta la version poche de Nate avec un grand sourire.

Je souris. Nate se débarrassa de sa veste et retira la sienne à Kyle. Il remonta ses manches, révélant ses bras tatoués, et salua tout le monde avant d'embrasser Dylan. Kyle leva les bras vers moi pour s'asseoir sur mes genoux. Je l'embrassai dans le cou. C'était peut-être le seul mec qui ne me faisait pas culpabiliser.

— Tu chatouilles, rigola-t-il.

Je m'arrêtai pour le laisser respirer.

— Notre futur avocat est enfin là ! On te voit pratiquement plus en ce moment avec le début de ton stage ! lança Jayce.

— Ouais, je sais, j'avais beaucoup de boulot, j'ai pas vu le temps passer.

— Papa, il ronflait dans le fauteuil pendant qu'on regardait la télé avec Dylan, gloussa Kyle de sa petite voix guillerette.

— T'en prends un coup au prestige, se moqua Mason en le frappant à l'épaule.

Nate éclata de rire.

— Putain, tu m'étonnes !

Lorsqu'il commença à nous raconter comment son stage se déroulait, Asher sortit son téléphone portable et pianota sur l'écran. Mon téléphone vibra dans ma poche. Je regardai.

Un film, toi, moi, des fraises… On s'*éclipse* ?

Je ne relevai pas la tête, pas tout de suite. Mon cœur venait de s'emballer tout à coup. Voilà que j'étais devenu braise, que mes jambes n'étaient plus que coton, que mon sang n'était plus que lave et impatience… Je répondis à son message d'un simple :

Oui !

Enfin, je le regardai après avoir rangé mon portable dans ma poche. Il sourit, mais très vite il plissa les sourcils et porta son téléphone à l'oreille.

— *Hola, pequeño sol…*

Je l'observai et fixai les yeux sur sa bouche charnue. Lorsqu'il se redressa, les muscles tendus, je me figeai et reportai mon attention sur Kyle, qui jouait avec des petits dinosaures sur le comptoir. C'était une fille au téléphone, elle parlait fort et c'était la seule chose que j'arrivais à distinguer. Une ancienne copine et amante peut-être… Je déglutis.

— *¿Qué te ocurre?*

Son visage se crispa un peu, il glissa une main dans sa poche arrière et déposa un billet sur le comptoir.

— *Lentamente, sol. ¡Ilego!*

Il raccrocha.

— Est-ce que tout va bien ? demandai-je.

— Ouais, je dois y aller. Désolé. Ne rentre pas trop tard ce soir, Chamarlow. Mase, les gars, on se voit demain. Nate, tu me raconteras ça une prochaine fois.

Il m'offrit un sourire en coin dépourvu de chaleur et s'éclipsa.

∞

Asher ne revint pas finalement. Ni après ni plus tard, et, lorsque je me levai le lendemain matin, je me sentais perdue, nerveuse et je n'aimais clairement pas être dans cet état. J'aurais pu lui envoyer un message, mais, vu comment il était parti, il valait mieux attendre que cela vienne de lui… Après tout, c'était une bonne chose, ça m'avait évité de faire une nouvelle bêtise avec lui. Pourtant, j'avais l'impression de regretter de ne pas avoir fait cette bêtise justement.

Je décidai d'aller courir pour me changer les idées. Ça faisait un moment que je ne l'avais pas fait et j'avais sans doute besoin de me remettre en forme. Peut-être même me remettre à frapper un peu. J'attachai mes cheveux en queue-de-cheval et enfilai un bas de jogging gris et un sweat à capuche. Après avoir glissé mes clefs et mon portable dans la poche centrale de mon pull, je me mis en route. Il faisait beau ce jour-là et c'était agréable de courir le long de la baie. Je n'aimais pas particulièrement courir, c'était plus une question d'habitude et puis c'était bon pour le corps.

Après plus d'une heure de course, je m'arrêtai devant chez Mason. Je frappai à la porte, il travaillait toute la semaine lui aussi et il dormait peut-être encore… Il m'ouvrit au bout de quelques longues secondes.

— Salut, toi ! dit-il.

— Salut !

— Tu es dégoulinante !

— Je viens de courir et je passais devant chez toi, alors je me suis dit que j'allais te dire bonjour. J'ai apporté des muffins. Myrtilles et chocolat caramel.

Il me sourit, mais il y avait un truc qui n'allait pas. Comme si quelque chose le dérangeait. Je connaissais assez Mason pour reconnaître certaines expressions chez lui.

— Je dérange ? demandai-je.

— Jamais, dit-il en s'écartant pour me faire entrer.

— Tu es sûr ? Tu vas bien ?

Il se gratta la tête et ébouriffa un peu plus ses cheveux.

— Tu viens de courir et tu bouffes ça, c'est illogique !

— C'est parce que je viens de courir que je peux manger ça ! me défendis-je. Et sinon, ne change pas de sujet, qu'est-ce qui se passe ?

Il se mit à faire du café, je m'appuyai contre le mur.

— Rien, j'ai...

Je venais de voir qu'il y avait un sac sur le bar. Un sac de femme.

— Merde alors ! Je dérange vraiment.

— Non, grommela-t-il. Elle dort encore.

J'éclatai de rire. Il soupira et me donna une tasse de cappuccino. Il s'en fit une et sortit les muffins, j'en pris un au chocolat.

— Désolée, je ne serais pas venue si j'avais su.

— Je sais et arrête de t'excuser. Il n'y a rien de mal, j'ai juste couché avec une fille. Je lui plaisais, elle aussi. Ça s'arrête là, je profite de ce qui fait du bien pour aller bien.

— Asher serait tellement fier de toi, gloussai-je.

Il ricana bêtement en hochant la tête.

— C'est qui ? demandai-je.

— Tu ne la connais pas. Enfin, je ne pense pas. J'ai traîné un peu au bar avec Jayce après ton départ, et de fil en aiguille... Et toi ?

— Comment ça, moi ?

— Quand est-ce que tu vas de l'avant ? demanda-t-il.

Je pestai, me demandant s'il était au courant de quelque chose. Je me sentais vulnérable tout à coup parce que Mason était très perspicace et arrivait toujours à lire en moi.

— Aller de l'avant en baisant ?

— Ouais et non, soupira-t-il. Simplement aller de l'avant.

Je croquai dans mon muffin l'air de rien.

— Je le fais.

Ma phrase éveilla sa curiosité.

— Enfin, je vais bien, ajoutai-je.

— J'ai cru remarquer, ouais. Parle !

— Il n'y a rien à dire de spécial. Rien n'a changé…

Le connaissant, il allait me forcer à parler. Et qu'avais-je à dire ? Qu'avais-je envie de lui dire ou de dévoiler ?

— Juste comme ça, sans rien en particulier ? dit-il en arquant un sourcil. Tu as décidé d'aller bien, c'est tout ? Ce n'est pas ton genre, je te connais.

— Et alors, c'est toi qui me l'as dit. Je vis, simplement. Je n'ai que ça à faire.

— Scarlett, crache le morceau !

Je grimaçai. *Quel sale type* ! J'aurais dû partir avant. À moins que sa conquête n'arrive pour me sauver, il ne me laisserait pas filer. Je tentai quand même :

— Je t'emmerde, Grimm, je n'ai rien à cracher du tout. Je vais te laisser, il reste deux muffins, tu pourras en donner à ta conquête.

Il haussa les épaules, comme s'il n'en avait rien à faire.

— Tu ne vas nulle part ! dit-il d'un ton victorieux. Tu restes ici. Little Marlow. Quoi qu'il se soit passé de positif, c'est l'essentiel. C'est bien. Ça prouve que tu lâches prise. Mais on n'a rien sans rien… Alors ?

— Alors c'est rien.

Il fronça les sourcils et en deux enjambées il était devant moi.

— Hier soir, on s'est éclatés, c'était la première fois depuis longtemps que je te voyais aussi souriante, sauf peut-être à la fin de la soirée.

Bien sûr, il faisait référence à après le départ d'Asher.

— J'avais mal à la tête à cause de mon appareil.

— J'en doute pas, rajouta-t-il. Pourtant ton humeur s'est dégradée quand Asher est parti…

J'avais envie de le frapper.

— J'ai… Je… Ash et moi, on s'est juste embrassés. Voilà, t'es content ?

Il écarquilla les yeux, bouche bée. Il avait l'air de ne pas en revenir. Mon Dieu, s'il savait que nous avions passé une étape au-dessus des baisers. Je gardais précieusement ce secret pour moi, me rendant compte à l'instant que ce souvenir me rendait joyeuse. J'avais envie de revoir Asher parce que c'était une vraie libération de cesser de taire le désir que je ressentais pour lui sans plus chercher à le fuir et de s'abandonner dans ses bras.

— Putain de bordel de merde !

— Ça, c'est vachement vulgaire ! gloussai-je.

— Toi et Asher ? Tu as fait quoi ? Il t'a fait du bien ?

— Ça, c'est vachement gênant !

— Marlow !

— Mason !

— Je suis sérieux !

— Je ne veux pas parler de ça.

— Je voulais dire moralement, bien sûr ! rectifia-t-il.

Je hochai la tête. Bon sang, je n'en revenais pas d'avoir cette discussion avec lui. C'était vraiment gênant.

—Alors c'est bien, approuva-t-il.

—Ce n'est rien, ça m'a changé les idées, mais c'est tout. Et n'en parle à personne. Je ne veux pas que les autres le sachent.

—T'inquiète pas. Je suis une tombe. Bon sang, Asher. Il a enfin réussi à t'avoir !

Je tiquai tout à coup.

—M'avoir ?

—C'est une façon de parler, depuis le temps qu'il essaie avec toi, je veux dire ! On pariait toujours qu'il n'y arriverait jamais ! C'est vrai, quoi, t'avais pas ton pareil pour lui mettre des vents.

—Vous avez… vous avez parié sur le fait que je ne ferais rien avec Asher ?

Il secoua la tête, pourtant j'avais l'impression qu'il me mentait.

—Mais non !

—Tu as demandé à Asher de me draguer ou de me faire penser à autre chose ?

Il ne répondit rien et son silence était bien plus éloquent que des mots.

—Mason ?

—Non, dit-il.

Mais je savais que c'était faux. Je le connaissais autant qu'il me connaissait, je savais lire aussi bien en lui qu'il le faisait en moi. Tout à coup, je me sentais stupide, trahie et perdue. Je posai la tasse sur le comptoir.

—T'es naze, Mason !

—Ce n'est pas ça, ma belle. C'est…

— Bonne journée !

Je tournai les talons et je filai.

∞

Mes pensées bouillonnaient de colère. Colère dirigée vers Mason, Asher et moi-même. J'étais furieuse contre Mason qu'il ait un jour demandé à Asher de me draguer, prétendument pour que j'aille de l'avant. Parce que, maintenant, je ne savais pas si les intentions d'Asher étaient vraiment sincères ou si elles étaient simplement poussées par Mason. Je m'en voulais de lui avoir parlé de ça et… Asher, pourquoi ne m'avait-il pas rejoint, même plus tard ? Pourquoi n'avais-je aucune nouvelle ? Ça ne faisait même pas une journée, certes, mais je voulais savoir pourquoi il avait filé comme ça, me plantant sans la moindre explication.

Après être rentrée, je passai la matinée à ruminer et, quand ma tête menaça d'exploser à trop ressasser des pensées qui ne menaient à rien, je me décidai enfin à aller le voir.

Lorsque je m'arrêtai devant chez lui, je vis sa voiture. Je m'étonnai d'être arrivé jusque-là mais, maintenant que j'y étais, autant aller lui demander. Après tout, entre nous, c'était toujours relativement cash. Je sortis et, ni une ni deux, je frappai à la porte.

Il m'ouvrit.

— Marlow ? Qu'est-ce que tu fous ici ?

Il avait l'air tendu. Il me regardait avec de grands yeux sombres sous ses mèches de cheveux qui lui tombaient sur le visage. Je m'en voulais tout à coup de le trouver si sexy.

— Je…

Il arqua un sourcil. Waouh, je ne m'attendais pas du tout à ce genre de regard ni à cet accueil ! Il sortit, ferma la porte derrière lui et regarda à droite et à gauche. Je fixai le regard sur lui, éberluée. Il attendait quelqu'un ? Avait-il honte de moi ?

— Je n'en sais rien, j'étais inquiète, je voulais savoir comment tu allais, tu es parti si vite l'autre fois que…

— Je n'ai pas le temps, Marlow. On parlera plus tard…

— Parler plus tard ? C'est quand plus tard ? Je suis là, maintenant, on pourrait…

Il me regarda bizarrement puis passa sa main dans ses cheveux. Il avait l'air distant d'un coup. Je lui lançai un regard noir. Bon sang, mais quel sale con ! J'avais cru qu'on avait vécu assez de choses intimes pour venir à l'improviste comme il le faisait. Il fallait croire que non.

— Ne viens pas ici sans m'avoir prévenu, c'est tout. C'est un quartier dangereux, ça craint ici…

— Je voulais juste savoir comment tu allais, tu es parti…

— Ça va, j'avais à faire, ça arrive. Je ne suis pas toujours disponible.

Son comportement étrange me déstabilisait, et, malgré ma colère, je n'arrivais pas à exprimer mes sentiments comme je le voulais. Je ne parlais même pas de Mason.

— OK…, répliquai-je. Tu as raison, on se verra plus tard, quand tu auras fini ce que tu fais.

— Je ne baise pas, si c'est ce que tu penses.

— Je n'ai pas… Va te faire foutre. Franchement, va te faire foutre, Asher. Te glisser entre mes cuisses te pose moins de problèmes que me parler ? Je voulais simplement savoir comment tu allais vu que tu es parti si vite, mais merde !

Je reculai.

— Ne te prends pas la tête, Chamarlow.

— Va te faire foutre !

Je le laissai en plan, et je sentis son regard me suivre jusqu'à ce que je ferme ma portière. Je démarrai ma voiture en trombe. Réflexion faite, j'aurais dû lui coller mon poing dans la tronche. Trop agacée pour rentrer à l'appartement, je décidai d'aller à la maison pour voir mon père. On se mettait toujours un truc à la télé avec des pop-corns.

Lorsque j'arrivais dans le salon, je me mordis la lèvre en tombant sur papa et… Lauren, la mère de Dylan. Ils étaient installés dans le salon, la télé était allumée. Ils déjeunaient. Je restai sur le côté. Ils ne m'avaient pas encore remarquée.

— Je n'ai pas tellement envie de rentrer, dit Lauren. J'ai l'impression que ces deux jours sont passés trop vite.

— Tu peux rester si tu veux. On peut même inviter les enfants.

Oh, mon Dieu ! Écouter aux portes, c'était mal… surtout quand on épiait son père…

— C'est très tentant, j'aimerais vraiment, et voir Dylan revivre et être heureuse, c'est quelque chose que j'aimerais voir plus souvent, mais je dois retourner travailler.

— Elle m'a l'air tout à fait épanouie.

— Oui, elle est tellement belle à voir. Si tu savais comme j'ai espéré revoir la joie s'illuminer sur son visage. J'avais tellement peur que rien ni personne n'arrive à lui faire aimer de nouveau la vie.

Je déglutis à la fois à cause des mots de Lauren et du passé de Dylan, que je savais plus que douloureux.

— Quand elle vient frapper au club, elle le fait avec beaucoup moins de haine qu'avant. Elle va mieux. Nate est un brave gars, il a vécu des choses difficiles, mais il s'en sort et il ira loin. Il va l'empocher, ce job d'avocat, j'y crois. Lui et Kyle sont fous d'elle.

— Je crois qu'ils ne pouvaient pas mieux tomber en fait. Mais avec le petit et la manière dont il s'attache à nous j'aimerais pouvoir profiter d'eux un peu plus souvent.

— Tu pourrais venir t'installer par ici ? lança mon père d'une voix bourrue.

— Oh, Mickael, c'est une proposition ?

— Euh… pourquoi pas, oui ! répondit-il sans avoir retrouvé son assurance.

Je m'empourprai, c'était définitivement mal d'espionner les conversations des gens.

— Je pourrais oui, mais il y a ma mère. Enfin, ce n'est pas si loin après tout.

De peur d'en entendre plus, je frappai contre la porte du salon.

— C'est toi, Marlow ! bredouilla mon père.

Mon père qui bredouillait, c'était une première.

— Hello ! les saluai-je en passant la tête à la porte.

— Oh, chérie ! lança papa comme s'il venait de se faire surprendre en train de faire une bêtise.

— Désolée, dis-je d'un ton mielleux.

— Marlow, ce…

— Ce n'est pas ce que je crois ? Papa, à quoi je pense à ton avis ? Enfin je ne suis plus une enfant. Et puis Dylan a vendu la mèche, alors pas besoin de chercher d'excuse.

Je souris, Lauren aussi. Elle posa son verre de jus d'orange puis elle vint à ma rencontre. Tendrement, elle lissa mes cheveux et m'enlaça. Elle était très belle, on savait de qui Dylan tenait.

— Comment vas-tu ? me demanda-t-elle.

— Plutôt bien. Je dérange, je vais y aller.

— Oh, mais non. Pas du tout.

Papa se redressa. Dire que ça ne me faisait rien était faux, car je ne l'avais vu qu'avec ma mère, mais ça ne me dérangeait pas pour autant. J'étais contente pour lui, tout ce que je voulais c'était son bonheur. Je ne les voyais ensemble intimement que pour la première fois, mais on avait l'impression qu'ils tenaient l'un à l'autre.

— N'empêche, tu aurais pu me le dire, papa !

— Je ne voulais pas te brusquer.

— Tu sais, je suis heureuse tant que tu l'es aussi.

Lauren me caressa le bras. Je découvris alors d'où venait ce côté très protecteur et très maternel chez Dylan. Elle avait la bienveillance de sa mère et de sa grand-mère. En même temps, à être élevée dans une famille cocon comme la sienne, ça n'était pas étonnant. Encore une preuve qu'elle était faite pour Nate et Kyle. Moi, j'étais la fille de mon père et j'avais envie de foutre une torgnole à ce crétin de latino à fossettes…

— Tu veux regarder la télé avec nous ? me demanda mon père.

— Non, je récupère juste un truc dans ma chambre et je rentre, je dois réviser.

Je partis quelques minutes après et, en voyant le regard qu'ils échangèrent, j'eus la drôle d'impression qu'ils allaient… Oh, Seigneur, mon père allait s'envoyer en l'air. Je secouai la tête en grimaçant…

Chapitre 18

Je passai le dimanche matin à prendre soin de moi. Après un peu de sport, j'avais englouti deux bols de céréales et de la brioche… Niveau régime, ça n'était pas bon, mais je ne me trouvais pas changée. Le stress de ces derniers temps avait sûrement aidé à compenser. Ensuite, je m'étais plongée dans l'eau un peu trop chaude de mon bain moussant en écoutant de la musique. Un vrai bonheur ! Puis j'avais continué mon programme beauté : épilation, nouveau piercing, sous-vêtements ultra-canon, une robe pull trop large, mes chaussettes hautes roses avec des licornes.

Mon dimanche après-midi fut studieux, je me plongeai corps et âme dans mes cours en échangeant de petits messages avec Dylan pour lui raconter ce que j'avais surpris la veille. Quand on sonna à la porte, vers 19 heures, j'étais surprise. Je n'attendais personne. J'ouvris la porte et je tombai sur Asher, tout en fossettes.

— Mar…

Je lui claquai la porte au nez avant qu'il ne finisse sa phrase. Pas peu fière de moi, j'étouffai un gloussement avant de poser mon front contre la porte. La tête toujours appuyée dessus, je regardai par le judas. Il était dans la même position que moi, il avait l'air dégoûté. Ma victoire en fut d'autant plus savoureuse.

— Merde, Marlow…

Je ne répondis pas. Il n'avait qu'à ne pas se comporter comme un connard après tout. Il croyait qu'il pouvait venir ici la bouche en cœur alors qu'il m'avait envoyé chier la veille ?

— Ouvre-moi, je ne vais pas parler à ta putain de porte alors que tu es là !

Je restai silencieuse, je le vis soupirer.

— Je suis désolé, *querida*. Ouvre, s'il te plaît.

— Rentre chez toi, je n'ai pas envie de te voir !

— Merde, Marlow ! Me laisse pas comme ça.

— Et pourquoi pas ? Tu n'as pas éprouvé beaucoup de scrupules à me le faire…

— Laisse-moi m'expliquer autrement que face à cette putain de porte !

J'ouvris.

— Qu'est-ce que tu fais là ? Il est l'heure de parler, c'est ça ?

Il se rembrunit, son regard se fit profond.

— J'ai apporté des fraises, lança-t-il en me tendant un sac en papier. Il y en a au moins deux kilos, histoire de se faire péter le bide.

— Je m'en fous…

Ses fossettes me narguèrent quand il esquissa son putain de sourire. Je secouai la tête d'un air exaspéré en calant mes mains sur mes hanches pour tenter d'oublier combien il me plaisait. Il me détailla d'un air ravi.

— Je ne pense pas. Bon sang, *querida*, tu es adorable à faire la tronche.

— Et après ? Tu m'envoies chier ? Je ne suis pas un clebs avec qui tu fais mumuse, que tu engueules et rappelles après.

— Je suis désolé, Marlow. Si tu me laissais entrer, je pourrais peut-être t'expliquer.

— Si tu le dis...

— Bon sang, quelle insolente !

— Je te merde, ça te va ?

— Grave. Quand tu me parles comme ça c'est que tout va bien.

Je secouai la tête et, la seconde d'après, j'étais contre lui. Il enlaçait ma taille et me serrait contre son torse musclé. Je me débattis, mais la pression de sa poigne était trop forte pour que je fasse quoi que ce soit.

— Lâche-moi.

— Tu vas me frapper ? demanda-t-il.

— Il y a de grandes chances.

— Je ne te lâcherai pas. Pas tant que je ne t'ai pas parlé...

Je grommelai puis je cessai de me débattre.

— Je trouve ça un peu facile, grommelai-je.

— *Sol*, c'est comme ça que j'appelle Summer, ma petite sœur. Hier, elle n'allait pas bien quand elle m'a appelé, elle était chez moi, alors je l'ai rejointe. Je suis désolé d'avoir annulé si vite et d'avoir été si brut quand tu es venue, *querida*. Je ne m'attendais pas à te voir, ça m'a rappelé à quel point j'aurais aimé être avec toi. Mais, c'est vrai, le quartier est dangereux, il y a des gangs qui traînent, des sales types.

— Est-ce qu'elle va bien ? fut tout ce que je trouvais à lui demander.

— Elle...

Il se crispa puis son visage s'adoucit et il me regarda avec une profonde douceur.

— Oui, elle va bien. Merci…

Je baissai les yeux pour fuir la foule d'étranges sentiments qui se bousculaient dans ma tête. Lorsqu'il desserra sa prise autour de ma taille, je ne le frappai pas, je restai contre lui. Sans un mot, je posai mon front contre son torse. Grisée par son aura, sa prestance, par ce sentiment de flottement, je fermai les yeux. Il me faisait du bien et j'avais du mal à le partager.

— Je suis désolé, Marlow, je suis un grand frère, je suis surprotecteur avec Summer, c'est dans ma nature. Je suis l'homme de la maison ; comme je n'habite plus avec elle et ma mère, j'essaie d'être présent du mieux possible quand elles ont besoin de moi, comme l'autre soir. Cette peste aimerait que ça en soit autrement mais, parfois, elle admet qu'elle a besoin de moi.

Je relevai la tête. Il laissa apparaître un petit sourire en coin.

— Je comprends…

— J'avais tellement envie d'être avec toi. N'en doute pas. Ne doute jamais de mon désir pour toi.

Je m'enflammai, ses mots résonnèrent en moi et glissèrent sur ma peau comme de la soie.

— Tu dis ça à tout le monde.

Ses yeux prirent une teinte plus sombre.

— Si le monde se résume à toi, alors oui. Oui, je dis ça à mon monde.

— Bon sang, mais quel beau parleur !

— Pas du tout…

Il se pencha, posa ses lèvres sur les miennes et répéta sa phrase contre ma bouche tandis que je le laissais aspirer toutes mes pensées cohérentes. Quand j'entrouvris les lèvres, il m'embrassa plus passionnément, glissant sa langue contre la mienne.

— Je te fais des fraises ? dit-il plus tard d'une voix intense comme s'il était en train de me dire qu'il allait me faire l'amour.

— Oh, que oui !

Il sourit, je devais probablement être la seule femme au monde à gémir, voire carrément jouir, au mot « fraise », et Asher devait être le meilleur vendeur au monde, car j'étais en émoi.

— C'est ça, soupira-t-il. Bonne réponse !

Sur ce, il m'embrassa, et, alors qu'il s'affairait en cuisine, je déglutis, repensant tout à coup à Mason.

— Un problème ?

Je constatai alors qu'il me regardait.

— Est-ce que tu es là à cause de Mason ?

— Mason ? répéta-t-il en fronçant les sourcils.

— Est-ce que tu es là parce qu'il t'a demandé de me sauter ou de me faire lâcher prise.

Il éclata de rire tout à coup. Je baissai les yeux.

— Pourquoi tu te fous de ma gueule ? pestai-je.

— Je ne me moque pas de toi, même si, là, tu es hilarante.

— Pardon ?

— Je n'ai besoin d'absolument personne pour me dire ce que j'ai à faire, encore moins pour te désirer et certainement pas de Mason. Je pensais que tu le savais.

Je haussai les épaules. Il lâcha alors le couteau qu'il tenait, se frotta les mains dans la serviette avant de me prendre le visage d'une main et la taille de l'autre.

— Qu'est-ce qu'il t'a dit ? demanda-t-il.

— Je lui ai dit que nous nous étions embrassés. Juste ça…

Un sourire satisfait s'étira sur ses joues et une étincelle scintilla dans ses yeux. Il avait l'air d'aimer que j'aie parlé de lui.

— Tu l'as dit à Mason ?

— C'est mon meilleur ami, je n'arrive pas à tout lui cacher. Ça t'embête ?

— Absolument pas, déclara-t-il d'une voix ferme.

J'avais l'impression qu'il aimait vraiment ça, qu'il se sentait soulagé. Je le sentais à sa manière de me tenir contre lui, à ses doigts moins délicats tout à coup, à son regard qui ne trompait jamais.

— Il avait parié que tu ne m'aurais pas. J'ai eu l'impression qu'il t'avait demandé de…

— De ?

Je perdais mes mots et je me sentais idiote. Et un peu perdue également face à lui. Il m'avait toujours impressionnée, j'avais toujours cherché à fuir, alors, chaque minute, chaque seconde que je passais avec lui, je ressentais le poids du désir que j'avais refoulé pendant tout ce temps.

— De… je ne sais pas… De jouer les Asher pour que j'aille de l'avant.

— « Jouer les Asher » ? dit-il en arquant un sourcil.

— Ne fais pas le malin ! Tu vois très bien ce que je veux dire.

— Certes, il m'a dit, au même titre que Nate et Jayce, que je n'arriverais jamais à te faire flancher, mais c'est comme ça qu'on se parle entre mecs, ils se foutent de ma gueule parce qu'ils voient bien que tu me plais, Marlow. Je n'ai jamais cherché à le cacher une seule seconde. Je ne peux pas.

C'était à la fois un reproche et une déclaration coup de poing.

— Tu crois vraiment que j'ai eu besoin de l'un d'entre eux pour te tourner autour ? Tu as fait ça toute seule. On veut toujours ce qui est inaccessible.

Il me caressa les joues avec ses paumes et je fondis comme neige au soleil. Je ne pensais plus qu'à lui et à ce moment. Alors je me redressai sur la pointe des pieds pour l'embrasser, parce que j'en mourais d'envie. Il accueillit mes lèvres comme s'il s'agissait de la chose la plus douce et la plus précieuse qu'il possédait. Parce que oui, à l'instant, il était indéniable que nous nous possédions l'un l'autre. Je remontai mes mains et j'effleurai sa barbe avant de glisser mes doigts dans ses boucles brunes. Il s'inclina et lâcha ma taille pour cueillir mon visage de son autre main et notre baiser se fit lent, profond, ardent. Et, lorsque nous nous écartâmes, nos halètements et le martèlement de mon cœur me semblaient bien plus éloquents que le moindre mot…

∞

Plus tard, il était assis par terre, adossé au canapé, les jambes allongées sous la table basse, et je me trouvais précisément installée entre ses jambes, dans la même position, mon dos reposant contre son torse. Pour rien au monde je n'aurais bougé de cette place… j'étais tellement bien. Mieux que bien, j'étais heureuse. J'ignorais pourquoi, et je m'en fichais un peu.

Au départ, Asher s'était posé par terre pour dessiner un truc qu'il devait faire pour le boulot sur la table basse. Puis il m'avait attirée à lui et je n'avais pas trouvé à y redire. Voilà comment j'étais arrivée dans cette position. Je profitais seulement de ce moment de tranquillité. J'avais le ventre plein de fraises et je regardais Asher dessiner sur un carnet. Il était vraiment doué. Je ne connaissais personne qui l'était autant que lui. J'aurais pu le regarder faire ça pendant des heures, d'ailleurs, j'ignorais depuis quand nous étions ainsi, depuis quand j'étais lovée dans ses bras à me perdre dans ses dessins, mais ça laissait une vague idée de l'étendue de son talent. Chaque geste était fait avec minutie, chaque trait menait à un résultat magnifique. Pourtant, chaque fois il recommençait. Comme s'il n'était jamais satisfait… ça faisait trois fois qu'il recommençait le même dessin.

— Tu es doué, dis-je lorsqu'il posa son crayon. J'aimerais savoir dessiner comme toi.

— Merci, mais ce n'est pas si compliqué, tu sais.

— Ouais, bien sûr. C'est la réponse typique du type qui dessine comme un dieu.

— Non, c'est juste une technique à apprendre, en plus de la patience, mais avec un prof comme moi tu peux vite progresser…

— Tu m'étonnes ! pouffai-je.

Je sentis le souffle de son rire contre ma nuque et ma joue.

— Mais pourquoi tu as recommencé ce dessin ?

— Mon client m'a demandé de lui faire un tatouage japonais. Comme tu le vois, il s'agit d'une geisha qui danse et dont les vêtements assez particuliers permettent des mouvements artistiques. Il m'a laissé carte blanche et il revient lundi pour me dire ce qu'il en pense… Alors je dessine plusieurs modèles avec des rotations différentes, des motifs différents, pour essayer de satisfaire aussi bien que possible ses envies.

Waouh, j'ignorais pourquoi, mais je me sentais plus ou moins hypnotisée ! Plus encore…

— Je préfère celui-ci, dis-je en montrant le premier qu'il avait fait.

Il souffla contre ma nuque et j'en frissonnai.

— Je préfère celui-ci aussi. J'ai l'impression que je dessine toujours mieux quand je le fais sous le coup de la passion. J'ai juste pensé à ce qu'il a dit et c'est venu tout seul…

Je souris. Je relevai un peu la tête, assez pour croiser son regard.

— Tu as toujours voulu faire ça ? demandai-je.

— Je n'en sais rien. Ouais, je crois que j'ai toujours adoré dessiner et puis mon père disait toujours : « Ça, c'est mon fils, il dessine comme son père. Un artiste ! » Alors, du coup, j'étais toujours content quand je dessinais.

— C'est trop mignon.

Là, il me mordit l'oreille, je lâchai un cri rauque. Le désir caressa ma peau.

— Bon Dieu, mais qu'est-ce qui te prends !

— Je ne sais pas, soupira-t-il. Ton oreille était toute proche, c'était trop tenant pour ne pas le faire et je ne suis pas mignon.

Je rougis et mon ventre fut secoué de spasmes.

— Je ne sais pas si j'aurais le courage, mais je crois que j'ai très envie d'en avoir un.

— Un quoi ?

— Un tatouage, dis-je dans un souffle.

— Oui, je sais.

— Quoi ?

— Je le sais, je le vois bien et puis Celia a vendu la mèche.

— Quel chacal, celle-là !

Il ricana, je grommelai.

— Ne rougis pas pour si peu, *querida*. J'ai déjà léché ton piercing au clito, après tout. Dans le genre secret intime et révélation, je crois qu'on pourrait faire pire.

Je déglutis, il avait raison.

— Je vais te montrer quelque chose, murmura-t-il en m'embrassant le cou.

Je ne dis rien, je me contentai de me souvenir comment on faisait pour respirer. Il attrapa un feutre dans sa trousse puis mon poignet.

— Qu'est-ce que tu fais ?

— Je vais te montrer ce que ça fait.

Il posa la pointe du feutre sur mon bras et traça un petit trait.

— Ça part, au moins ? demandai-je.

— Mmh, c'est un feutre magique.

Il me fit un clin d'œil et mit une petite goutte d'eau sur ma peau. L'encre se mélangea à la goutte d'eau et disparut.

— Waouh…

— Ça vient du Japon. C'est extra. Je m'en sers pour montrer au client le rendu de leur envie avant qu'ils se lancent. Tu me fais confiance ?

— Oui.

— Bien…

Un sourire satisfait se dessina sur ses lèvres. *Oh, mon Dieu…* J'en perdis le souffle lorsqu'il se pencha vers moi et qu'il se mit à faire glisser son feutre sur ma peau. Seigneur ! il me rendait folle. Quand il se redressa, je soupirai.

Sur mon épaule il y avait la silhouette d'une licorne et, plus bas, une femme portant une robe, elle tenait des gants de boxe d'une main et un parapluie ouvert de l'autre puisqu'il pleuvait. Le rendu était sublime, touchant. Je me mordis nerveusement la lèvre inférieure en caressant les dessins, me demandant silencieusement s'il s'agissait de moi.

— J'adore.

Je sentis sa langue contre mon oreille.

— Moi aussi, murmura-t-il.

Inspirer, expirer…

— C'est tentant, soufflai-je.

— Un tatouage pour aller avec ton piercing de rebelle ? Mmh, je trouve ça plutôt pas mal comme idée. Cela dit, ta peau nue et blanche est belle comme elle est. C'est un sacré dilemme.

Il caressa mon cou avec ses lèvres.

— Je n'en sais rien, peut-être bien un jour, si je trouve un tatoueur…

Il attrapa mon menton et amena mon visage contre le sien. Ses yeux lançaient des éclairs, sa mâchoire était crispée. Ses cheveux retombèrent sur son visage, sa bouche s'abattit sur la mienne.

— Trouve un autre perceur ou un autre tatoueur et tu vas voir ce qui t'attend. Le seul qui tatouera ta peau, c'est moi.

Je devais être parfaitement ridicule pour trouver sa phrase sexy.

— Je te trouve bien présomptueux…

— Je te trouve bien insolente…

Je haussai les épaules. Il ricana et tira un peu plus sur mon menton pour poser ses lèvres sur les miennes.

— Crois-moi, *querida*. Ce n'est pas de la prétention ou de l'arrogance, mais de la possession. Je ne laisserai personne marquer ta peau, en tant que fétichiste le seul qui le fera c'est moi. D'accord ?

— Tu es dingue…

— D'accord ?

— Quoi ?

— Je te demande si tu es d'accord…

— Tu es complètement givré, ma parole.

— Marlow !

— Asher…

Il me lécha les lèvres. Je frissonnai.

— D'accord, à condition que tu me montres ton tatouage. Je ne l'ai pas encore vu…

Il planta deux billes noires quasiment incandescentes dans mes yeux et plongea dans un profond mutisme. Le silence me sembla lourd. J'attendis.

— D'accord, approuva-t-il au bout de quelques secondes. D'accord…

— Ça te dérange ?

— Non.

Sur ces mots, il se redressa et retira son tee-shirt. Il tendit une main et m'aida à me redresser avant de me tourner le dos et de me dévoiler cette chose qu'il avait héritée de son père et qu'il aimait tant.

Bouche bée, j'admirai pour la toute première fois le dessin qui ornait l'intégralité de son dos. C'était un phénix fait de vert, de bleu et de rouge, qui s'étendait de son épaule gauche au bas de son dos. Le dessin était magnifique, somptueux, et il bougeait suavement sous la respiration d'Asher. Quand je posai mes doigts sur les ailes ouvertes de la créature magique, il frissonna en jurant. Je ne retirai pas mes doigts même quand je sentis certaines rugosités sur sa peau. Je plissai les yeux, et je découvris qu'il avait de grandes cicatrices qui descendaient le long de son échine.

— Marlow, je sais que…

Sa voix était blanche. Je continuai de le caresser.

— Je ne crois pas avoir déjà vu quelque chose de si beau, c'est magnifique.

Je continuai mon exploration sans me soucier de lui, je continuai de regarder la sublime œuvre d'art qui me coupait le souffle. Le phénix apparaissait comme une sorte d'aquarelle. Les couleurs étaient aussi intenses que celui qui arborait ce dessin.

— Comment tu t'es fait ces marques ? demandai-je.

Il se retourna et je déglutis.

— Non, j'aime le regarder. C'est magnifique et ça te va si bien.

Il jura avant de se tourner de nouveau. Il respirait fort, à chaque inspiration les ailes du phénix se mouvaient.

— Un incendie, lâcha-t-il d'une voix rauque. Un truc stupide, j'ai été brûlé et pour cacher mes plaies mon père m'a fait ce tatouage.

Je ne voyais pas son visage, mais il me semblait sombre. *Un incendie ?* Il n'avait jamais parlé de ça. Je caressai son échine et j'eus alors l'impression d'avoir déjà vu ce dessin…

Mais oui ! La fois où il m'avait montré son atelier, il y avait cette photo sur le mur parmi toutes celles de ses travaux. Il m'avait dit que celle-là n'était pas de lui, mais de son père et que ça l'inspirait…

Il se retourna et attrapa mon visage en coupe. Il avait l'air grave et le désir avait crispé son visage. Je souris.

— Je l'avais déjà vu, soufflai-je.

— Oui, tu l'avais déjà aperçu. Brièvement.

— Mais pourquoi tu n'as rien dit à ce moment-là ? demandai-je.

— Et gâcher celui-ci ? dit-il. Je suis plutôt content de n'avoir rien dit et d'avoir gardé ça pour moi.

— Il est magnifique, il est dessiné sur toi comme une seconde peau.

— Marlow…

— Ton père devait vraiment t'aimer pour te réparer de la sorte. Il avait énormément de talent.

— C'est peu dire. Je ne lui arrive pas à la cheville.

— Oh que si, tu as son génie, tu as son talent, j'ai vu tes dessins, tu es digne de lui. Il a dû mettre tellement de temps pour le faire !

— Des jours et des jours, effectivement.

— Merci, dis-je. Merci de me l'avoir montré, c'est bête, mais ça me rend heureuse.

— Putain, *querida*. Tu me rends complètement fou.

Sa bouche s'abattit sur la mienne et nous basculâmes sur le canapé, moi sur lui. Notre baiser s'intensifia et notre étreinte aussi. Nous étions blottis l'un contre l'autre. Je me frottai contre lui. J'en gémis faiblement. Il jura contre mes lèvres et, à travers mes yeux voilés, je remarquais qu'il était dans le même état que moi.

— Bon sang, ça t'a excitée ?

Je souris et je glissai instinctivement ma main sur son sexe à travers son pantalon pour le caresser. Ses hanches se soulevèrent, mais il attrapa mon poignet. Il grogna contre mes lèvres :

— Marlow…

— Je crois qu'on est sur la même longueur d'onde et que ça t'a excité aussi. J'en ai envie, Asher.

— Bon sang, je pourrais t'écouter pendant des heures parler ainsi. Je pourrais même jouir rien qu'en t'écoutant.

J'arquai un sourcil, son regard fiévreux eut raison de moi. Il disait la vérité, cette idée me donna le vertige.

— J'ai très envie de te faire du bien.

Il grogna quelque chose d'inaudible puis il lâcha mon poignet. J'ouvris les boutons, il se tortilla pour faire descendre son pantalon et il se retrouva entièrement nu, allongé face à moi. Ç'aurait dû être à lui de se sentir vulnérable, pourtant c'est moi qui rougis. Il était…

Je le scrutai sans la moindre gêne, parcourant son torse musclé, ses abdos alléchants, ses hanches fines et le V qui les accompagnaient, jusqu'à l'objet de tous les délices, l'objet de la tentation. Mon Dieu ! il était…

Je l'attrapai entre mes doigts, j'ignorais ce qui me fascinait autant. Enfin, non, c'était lui, voilà pourquoi j'étais tellement emballée. Je le caressai alors par de lents mouvements de va-et-vient. Lorsque je remontai, je glissai mon pouce sur son gland. Ses hanches se soulevèrent, son souffle se fit erratique.

J'avais envie de lui et, très vite, le caresser ne me sembla pas suffisant.

— Bon sang, Marlow…

Sa phrase se mut en un grognement des plus sexy tandis que je remplaçais mes doigts par mes lèvres. Je souris et ma bouche se mit à aller et venir sur lui, essayant toujours de descendre plus profondément. Il jura de nouveau et une de ses mains vint se glisser dans mes cheveux, il me massa le crâne puis gémit. Mince, il était magnifique et transcendant. Il avait nourri mes fantasmes, les nourrissait encore et voilà qu'il était entièrement à moi. Tendrement, je levai la tête pour le lécher, le sucer, l'aspirer entre mes lèvres. Chacune de mes tentatives lui arrachait des grognements approbateurs et ses hanches se soulevaient à chacun de mes va-et-vient. Il était tendu, son corps était nerveux. Jusque-là, j'ignorais qu'un jour j'aurais pu voir Asher Miles, si beau, si vulnérable… totalement à ma merci. Galvanisée, je léchai son gland, jouant aussi de mes mains. Il soupira et sa prise dans mes cheveux se fit plus ferme. Je le sentis alors durcir dans ma bouche, contre ma paume. Je recommençai et cette fois-ci mon prénom lui échappa.

Lorsqu'il m'attira à lui pour abattre sa bouche contre la mienne et que ses doigts vinrent se nouer aux miens autour de son sexe, je gémis. Il approfondit son baiser et nos mains jointes eurent raison de lui, je le sentis éjaculer tandis que ses hanches étaient parcourues de légers spasmes et que son baiser s'intensifiait. Nous restâmes quelques secondes comme ça, peut-être même une minute ou deux. J'étais lovée contre son torse bandé. Il se calma, sa respiration se fit plus régulière. Je posai une main sur sa poitrine, son cœur battait encore très fort. Il attrapa ma main et embrassa ma paume. Je relevai la tête ; les cheveux en bataille, le front légèrement humide, les yeux encore plus sombres, il était plus beau que jamais.

— Je vais te chercher quelque chose pour t'essuyer.

— Non, gronda-t-il d'une voix rauque. Je vais y aller, laisse-moi t'offrir une vue magnifique sur le Asher Miles…

Je ris, il captura ma bouche de nouveau, puis il se leva et m'offrit effectivement une vue imprenable de dos sur le « Asher Miles Building ». *Mon Dieu, ce cul…* Je souris, il vit mon regard, mais, au stade où nous en étions, je m'en fichais. Je scrutai le couloir vide quand d'un coup un désir profond bourdonna en moi. J'avais envie de lui encore, mais l'idée de sentir ses doigts et sa bouche ne me semblait pas suffisante. Je baissai les yeux, j'avais envie de quelque chose de plus fort, de le sentir en moi, de m'ouvrir à lui. Cela faisait tellement longtemps que je n'avais pas fait ça, tellement longtemps que j'en rêvais avec lui. Mais pas seulement parce que j'adorais l'exotisme et que je trouvais qu'il était sexy, non, il y avait quelque chose de plus profond que ça, comme un sentiment d'attachement.

Il me faisait du bien et je me sentais capable d'assumer ma culpabilité vis-à-vis de Gale. Ça faisait quatre ans. Quatre ans que j'attendais qu'il se réveille, quatre ans que je priais pour lui, quatre ans que j'avais perdu toute connexion avec la douceur des gestes, avec l'harmonie des corps, avec la sensualité. Je voulais rompre ce lien de solitude pour de bon, j'en avais besoin.

Instinctivement, je me déshabillai. Il refit surface au moment où je laissais tomber ma robe, il la suivit des yeux et ouvrit la bouche…

— Magnifique, siffla-t-il.

Il me regarda de la tête aux pieds et j'eus tout le loisir de le voir devenir encore plus fou. Mes seins me semblaient lourds, mon intimité humide et mon ventre nerveux. J'avais l'impression qu'il me transperçait de toutes parts et qu'il me faisait l'amour rien qu'en me regardant.

— Oh, putain… Marlow, tu…

Sa voix était rauque. Il respirait bruyamment. Je rougis, j'avais envie qu'il vienne, qu'il me prenne dans ses bras, mais il était encore là-bas. Il était figé. Je me mordis la lèvre, me forçant à tenir ma position, à continuer de le regarder droit dans les yeux sans faillir, mais c'était plus facile à dire qu'à faire.

— Tu es magnifique, putain !

J'aimais sa confusion, j'aimais le son de sa voix et son léger accent chaud, j'avais l'impression qu'il me caressait. Il m'avait déjà vu comme ça, peut-être jamais entièrement ni de cette manière. J'avais l'impression qu'il tombait des nues, qu'il ne s'attendait pas du tout à ça.

— Tu es en train de me tuer. Mais je ne suis pas venu pour ça…

Je déglutis.

— Tu n'as pas envie de moi ? demandai-je d'une petite voix.

— Si je… si je n'ai pas envie de toi ? Tu crois que je n'ai pas remarqué que tu portes le tanga que tu m'as arraché des mains il y a deux mois de ça quand j'ai fouillé dans tes sacs ?

Il passa la main dans ses cheveux et ricana. Question bête, il avait une érection du feu de Dieu. Il s'approcha de moi à la vitesse d'un prédateur et m'attira contre lui, m'enlaça, caressa mon échine jusqu'à s'arrêter à la naissance de mes fesses puis il remonta. Sentir sa peau chaude contre la mienne, brûlante, m'arracha un frisson incontrôlable. Il me serra plus fort contre lui, mais ça me fit trembler davantage encore.

— Je t'ai dit tout à l'heure de ne jamais douter de mon désir pour toi, *querida*. J'ai envie de toi, j'ai toujours envie de toi. Mais, je le répète, je ne suis pas venu pour ça.

Je le savais, je le savais bien… c'était très agréable de l'entendre dire des choses comme ça. Mais j'en avais tellement envie. J'en avais eu envie dès la toute première fois que je l'avais vu.

— J'en ai envie, dis-je d'une voix méconnaissable. J'ai l'impression que rien ne sera satisfaisant, je te veux en moi.

Je n'en revenais pas d'avoir dit une telle chose, d'être si impatiente. Il attrapa alors mon visage en coupe. Il me scruta, je tentai de respirer, mais j'avais l'impression d'étouffer, comme si Asher aspirait tout l'air autour de nous. Je demeurai silencieuse, seul mon souffle haletant parlait pour moi. Il s'inclina, je remarquai alors ses doigts tendus contre ma peau et cette lourde tension que je croyais être la seule à ressentir qui le galvanisait lui aussi. Il ferma les paupières quelques instants et, quand il les rouvrit, il pressa ses lèvres contre les miennes.

— Dans ton lit, dit-il d'une voix suave.

En silence, il se pencha à la recherche de son jean et sortit des préservatifs de son portefeuille. Le cœur battant, je fixai le regard sur lui, il me lança un sourire en coin et glissa sa main dans la mienne.

La panique commençait doucement à m'envahir.

— *Vienes, querida*. Viens…

Il m'entraîna vers la chambre. J'avais l'impression de vivre quelque chose de surréaliste, de ne pas être vraiment, là, de n'être que spectatrice de tout ça. J'avais vécu cela quelques fois avec Gale, mais ça n'avait rien à voir, ce que je ressentais là était un millier de fois plus intense. Pourtant, quand Asher m'allongea avec délicatesse sur le lit tout en se plaçant à côté de moi, je pris pleinement conscience de tout. De lui, de moi, de nos corps.

— J'ai voulu te voir avec ça un million de fois, souffla-t-il. Encore un truc qui m'a rendu particulièrement dingue de toi.

— Tu bandais aussi, ce jour-là ? demandai-je.

— Oui, entre autres. Je ne me rappelle plus toutes ces fois où j'ai bandé en te voyant. C'est simple, je suis constamment dur quand je pense à toi et quand tu es dans les parages.

— Dur à vivre ?

— Mmh, très dur, *querida*.

Je ris lorsqu'il commença à me déshabiller totalement.

— Ça, soupira-t-il en caressant mes jambes et en tirant sur l'élastique de ma chaussette haute, on va les laisser, d'accord ?

Il retira ma culotte, son regard devint fou en voyant mon piercing.

Oh, mon Dieu…

Je n'aurais jamais cru me sentir aussi sensuelle un jour, mais voilà, je portais mes chaussettes hautes et mon piercing et, sous son regard, je me sentais belle.

— Bon sang, tu es magnifique. Putain, mais explique-moi comment je peux être fou d'une paire de chaussettes hautes avec des têtes de licornes ? Bordel !

Avec tendresse, il me caressa le visage et prit mon menton pour m'embrasser. Il m'offrit une douceur délicieuse qu'il ne m'avait jamais offerte. Prenant son temps, glissant sensuellement ses lèvres sur ma bouche, me goûtant. Je me laissai aller à sa tendresse et à sa patience, me liquéfiant petit à petit. Mes seins me faisaient mal, mon intimité palpitait comme jamais. Lorsque j'ouvris les lèvres, il continua de prendre son temps, léchant ma lèvre inférieure, découvrant ma bouche comme si c'était la première fois. Je gémis, alors il aspira mon plaisir en venant m'explorer plus profondément.

La profondeur de son baiser s'intensifia quand il se mit à me caresser, partant de mon cou pour toucher la rondeur de mes seins et de mes tétons déjà durs. Il en attrapa la pointe et lâcha mes lèvres quand je rejetai la tête en arrière pour scander mon plaisir.

— Tu vois, ça, par exemple, ça va me faire bander pendant des jours…

Je le sentis rire contre ma peau et il descendit contre ma gorge, qu'il parsema de baisers. Il laissa des traces humides et brillantes sur ma peau, me marquant au fer rouge, faisant renaître mon corps à chaque caresse. Il déposa une pluie de baisers à la naissance de ma poitrine puis ses lèvres se refermèrent sur la pointe de mon sein qu'il suça. Sa main posée à plat contre ma nuque descendit et s'empara de mon autre sein. Chaque geste, chaque caresse avaient pour but bien précis de me rendre folle, je m'effritai un peu plus chaque fois, m'enlisant dans un désir des plus intense et des plus animal.

Il bougea légèrement et suça, lécha, caressa mon autre sein jusqu'à me faire onduler des hanches de plaisir. Il plaça alors une main entre mes cuisses, et je sentis à sa manière plus sombre de me caresser le moment où il trouva mon piercing. C'était bien connu, ça stimulait le plaisir. Quand il tira dessus en me caressant, un frisson semblant venir de plus profond de moi accompagna mon cri de plaisir. Alors il me pénétra doucement de ses doigts. J'avais le sentiment qu'il me préparait. Cette idée m'affola d'autant plus lorsqu'il se plaça entre mes cuisses.

— Autre exemple, ce piercing, c'est un truc qui m'empoisonne l'esprit. J'y pense encore et encore et encore. Je dois être masochiste en plus d'être fétichiste, car j'adore ça.

— Ash…

Un voile de sueur perlait sur ma peau et ma poitrine se soulevait au rythme de mes halètements tandis que je rejetais la tête en arrière. Malgré l'implacable supplice qu'il me faisait subir, je me redressai sur les coudes pour le regarder lécher lentement mon clitoris, puis faire descendre sa langue entre mes lèvres et l'enfoncer en moi.

— Oh, bordel ! Asher…

Je gémis, un sourire taquin se dessina sur ses lèvres, m'offrant la vue de ses fossettes. Il emporta alors mes pensées, elles s'évanouirent, laissant place aux sensations qu'il me prodiguait. Je savourai la magie du moment, me délectant de le sentir encercler mon bouton de chair pour le sucer tendrement. La douleur ne faisait qu'intensifier les sensations qu'il me procurait, me poussant jusqu'à l'extrême limite de ma volonté. Mes synapses, toutes mes terminaisons nerveuses étaient en émoi, mon sang s'enflamma et me consuma jusqu'à me faire exploser en mille morceaux.

Il se redressa lentement, me regardant à travers ses yeux voilés. Il se frotta le menton et attrapa un préservatif qu'il enfila avant de se positionner au-dessus de moi. En le sentant presser son sexe à l'entrée du mien, je sursautai. Les affres du plaisir ne m'avaient pas encore quitté. Il ferma les paupières puis les rouvrit :

— Marlow, je…

— Viens, l'invitai-je. J'en ai envie. Depuis quand Asher Miles est-il si hésitant ?

— Depuis que c'est toi. Toi, c'est différent. Ça fait quatre ans que tu n'as laissé personne te toucher, c'est important. Tu n'imagines pas combien je te veux moi aussi.

Il m'embrassa doucement puis posa son front contre le mien tandis qu'il donnait une première pression. J'en frissonnai, j'en eus le souffle coupé. Il ferma les yeux et je vis à sa mâchoire crispée qu'il se retenait. La deuxième pression me rendit muette, je sentais qu'il m'étirait. Ça faisait tellement longtemps que je n'avais pas fait ça. Lorsqu'il s'enfonça totalement en moi, je me mordis la lèvre inférieure. C'était dingue de le sentir de cette manière.

— Ça va ? demanda-t-il.

— Ça fait longtemps…

Il me caressa les joues, son front était toujours collé au mien. Je relevai un peu les fesses, il soupira. J'avais l'impression qu'il aimait ça. Beaucoup, même !

— J'aime te sentir comme ça. Tu me rends fou. Tu es parfaite.

Il se mit à bouger doucement, sans me quitter des yeux, et à onduler contre mes hanches. Il ne pensait qu'à moi, il ne me quittait jamais du regard. Comme s'il voulait imprégner dans son esprit chaque seconde de ce moment et n'en perdre aucune miette. Je gémis. Je n'avais pas l'impression d'avoir fait l'amour comme ça un jour.

Ses mains étaient partout, sa bouche ne quittait jamais ma peau ; quant à ses mouvements de hanches, ils étaient à présent plus rapides, plus sombres, plus bestiaux. Mon corps n'était plus que braises et Asher ne faisait que raviver leurs flammes à chaque geste. Lorsqu'il releva la tête et qu'il trouva ma bouche, je gémis. Il m'embrassa profondément tandis que j'entourais son cou de mes mains et que je resserrais mes jambes autour de lui. Il approuva d'un grognement et trouva un rythme incroyablement suave et long. Ébahie, je caressai ses bras, puis son dos. Mon corps trembla et mes lèvres vibrèrent sous les siennes.

— Plus fort, susurrai-je d'une voix déchirée par le désir.

Il grogna. Nos corps couverts de sueur glissaient l'un contre l'autre. Nos halètements entrecoupés de gémissements ne faisaient plus qu'un. Nous ne formions plus qu'un. Nous bougeâmes ensemble dans un rythme effréné, dans un enchevêtrement de bonheur, et bientôt l'orgasme me submergea d'une manière si étourdissante que tout explosa en moi, avant que la tension n'atteigne chaque partie de mon corps. Je criai son nom et je laissai ma tête partir en arrière, accueillant les dernières brèches du plaisir. Il continua quelques secondes et me suivit tout en me serrant plus fort contre lui. Je poussai un autre cri, comme si je n'étais pas allée au bout. Il enfouit sa tête dans mon cou et murmura mon nom jusqu'à retrouver une respiration normale.

Nous restâmes un moment l'un contre l'autre, sans être capables de bouger ni en avoir la moindre envie. Il était encore en moi et il était encore dur. Je glissai mes doigts dans ses cheveux. Il était en sueur, il redressa la tête et cette vue enchanteresse resterait à jamais gravée dans ma mémoire. Il se passa une éternité avant qu'il ne s'éloigne de moi. Je frissonnai, ce qui le fit sourire. Il m'embrassa la joue puis les lèvres. Il sourit, je rougis. Même après un moment pareil, ses sourires me faisaient encore de l'effet. Peut-être même plus que jamais.

— J'arrive.

Il se redressa. Je le regardai partir avant de fermer les yeux pour me remémorer chaque instant et je ne le sentis revenir que lorsque le matelas s'affaissa sous son poids. Il mit la couverture sur nous et m'attira contre lui. Il attrapa mes jambes et les mêla aux siennes. Je posai mes mains sur son torse pour le caresser. Je fermai les yeux de nouveau, j'avais l'impression que je ne pourrais plus jamais bouger, qu'il avait court-circuité tous mes nerfs et que plus rien ne me répondrait.

— Tu restes, ce soir ? demandai-je en relevant la tête.

— Tu crois vraiment que je suis en mesure de partir ?

Je souris, il m'embrassa sur le front. Je posai mon oreille cassée contre sa poitrine et la mécanique merveilleuse de son cœur m'enchanta. Je le sentais battre contre moi, c'était intense et beau.

— Je ne sais pas, dis-moi ? dis-je.

— Tu es contre moi, tu me caresses. C'est absolument parfait, Marlow. Pour rien au monde je ne bougerais d'ici.

Il me prit le menton et m'embrassa.

Chapitre 19

Parfois je me dis que j'ai grandi avant l'heure. Certains événements dans ma vie ont fait que je n'ai pas eu le choix…

La fusillade, la mort d'Ella, le coma de Gale, le cancer de maman.

Ces choses m'ont forcée à mûrir un peu plus vite. À l'heure où nous sortons du lycée et où nous entrons à l'université, nous avons encore l'âge limite d'être insouciants. Je n'ai pas eu le choix, je n'ai pas pu. Et je ne peux plus.

Deux mois se sont écoulés depuis l'annonce du cancer.

Maman est de plus en plus faible.

Elle n'en a plus pour longtemps. Elle dit que ce n'est rien, que c'est aux enfants d'enterrer leurs parents. Je lui dis que je voulais être un très grand enfant, que je suis trop jeune pour qu'elle nous laisse. J'ai besoin d'elle depuis toujours. J'aurai besoin d'elle à jamais. Mais nous ne pouvons rien faire d'autre qu'attendre que son corps trop épuisé ne décide de se rompre.

J'ai vu la peur qui surgit et qui prend brutalement ce qu'on aime.

Je connais aussi la peur viscérale d'attendre la disparition inéluctable de quelqu'un.

Au départ, elle nous disait constamment au revoir, mais ça a fini par me rendre malade et avec papa on a décidé de ne plus nous dire au revoir. On profite d'être ensemble, avec elle. On prend autant que possible et elle donne sans la moindre retenue.

Aujourd'hui, j'ai passé la journée avec elle. Une journée entre filles, juste elle et moi.

Elle met la musique tandis que les cookies pour ce soir dorent au four et elle danse. Je regarde, fascinée, la femme de ma vie. Je veux lui arriver à la cheville plus tard et être une maman aussi formidable qu'elle. Lorsque je sors les cookies, elle me dit qu'elle voudrait regarder un film dans son lit parce qu'elle se sent fatiguée, et je crois que je comprends.

Elle sait.

Je sais.

Elle ne tient plus. C'est la fin. Son corps lâche prise et elle aussi.

Je tremble, j'ai la nausée, mon cœur se brise.

Je mets le lecteur DVD en route et elle m'attire contre sa poitrine, contre son cœur.

J'ai toujours aimé écouter les battements de cœur. J'ai toujours voulu protéger la vie et la sauver en soignant. Plus que jamais je continuerai pour qu'elle soit fière de moi.

Elle me dit tendrement qu'elle m'aime tout en me caressant les cheveux, que je suis l'amour de sa vie, qu'elle veut que j'aille de l'avant, que je poursuive mes rêves et que je retombe amoureuse. Je lui dis que je l'aime aussi et que je le ferai.

Le film commence, les secondes passent, les minutes défilent.

J'ai mal en moi, à la gorge, à la poitrine, au cœur. J'ai l'impression de n'avoir jamais eu aussi mal de ma vie. Je ne regarde pas la télé. Je pense à sa main qui glisse doucement dans mes cheveux comme elle l'a toujours fait.

Quand elle s'arrête, je perds mon souffle.

Je sais que je l'ai perdue, cette fois-ci pour de bon.

∞

Lorsque nous sortîmes de notre dernière heure de cours de la journée, je soupirai de soulagement. Aujourd'hui j'avais la tête légèrement ailleurs et j'avais l'impression que rien n'arriverait à m'intéresser. Je m'étais rendu compte avec un effarement sans nom que j'avais oublié d'aller voir Gale à l'hôpital la semaine passée. Pour la première fois en quatre ans, j'avais complètement oublié. Je ne m'étais pas dit que j'irais plus tard, non, j'avais simplement oublié et, maintenant que j'y pensais, j'avais du mal à le vivre. C'était affreux. Comment avais-je pu oublier ? Et comment avais-je pu refouler cette information loin dans mon esprit jusqu'à oublier d'avoir oublié ?

Je pensais à Asher et à ce moment d'égarement merveilleux et d'un autre côté je pensais à Gale et, dès lors, j'avais l'impression d'être horrible. Je repensais à mon comportement impardonnable, à ce que j'avais fait avec Asher alors que Gale demeurait encore et toujours endormi. Je me sentais minable et je me haïssais d'avoir laissé faire les choses, de les avoir provoquées. J'avais honte de moi. Et je ne me sentais pas uniquement égoïste vis-à-vis de Gale, mais aussi vis-à-vis d'Asher…

— Est-ce que tu te sens bien ?

Je secouai la tête pour revenir à la réalité. Ayana me regardait bizarrement.

— Oui, oui, désolée… Je suis crevée.

— Certaine ?

Je souris et je hochai vivement la tête.

— Oui, désolée de ne pas être de bonne compagnie aujourd'hui.

Elle secoua la tête.

— J'ai juste envie de mon lit, dis-je. Je crois que je ne vais pas faire long feu ce soir.

— Moi, pareil !

Nous marchâmes jusqu'au parking, et nous nous séparâmes pour aller jusqu'à nos voitures respectives. Arrivée devant la mienne, je remarquai qu'il y avait un mot sur mon pare-brise. Sûrement une publicité… Je dépliai le papier blanc et les propos notés à la façon d'un « corbeau » me glacèrent le sang. Je n'étais pas bonne du tout en espagnol, j'avais appris le français à l'école, mais je comprenais que ce n'était pas des mots d'amour qui se trouvaient là-dessus. Ce n'était qu'une succession d'insulte :

Sale blanche. Guarra. *pENDEJA*. Puta. *Cabrona. Callo.* MARUJA
À *to*mar por el CUlo un montON de mierda!

Je tournai sur moi-même pour voir s'il y avait quelqu'un de suspect dans les parages. Je déglutis et je me rendis compte en fixant les yeux sur le papier que je tremblais comme une feuille et que j'avais les larmes aux yeux. Ce mot surgissait au moment où j'étais perdue, ou mon passé refaisait surface, quand je me sentais le plus vulnérable possible. Il aiguillonnait mes points faibles, ravivait des sentiments négatifs et étouffants que je trouvais absolument injustes.

Qui l'avait écrit ? Et pourquoi ?

Je n'en avais pas la moindre idée et ça me brisait le cœur, ça ne faisait que m'enfoncer davantage. Ça pouvait être n'importe qui et j'avais beaucoup de mal à croire que ç'avait un rapport avec Gale. *Mais qui alors ?* Je n'en avais pas la moindre idée et ça m'obstruait la poitrine. Plus que jamais je me sentais enchaînée au passé, prise entre mes deux mondes.

Étais-je si mauvaise ? Est-ce que je le méritais vraiment ?

Je ne pouvais même pas répondre à la question.

Je montais dans la voiture quand mon téléphone sonna ; le cœur battant, je le sortis de ma poche. C'était un numéro inconnu et le mot posé sur mes jambes me sembla lourd. C'était peut-être la même personne. Je ne répondis pas, trop apeurée, mais quelques secondes plus tard mon téléphone s'alluma encore une fois pour m'indiquer que j'avais un message sur le répondeur. Je plissai les yeux et, après une brève hésitation, je l'écoutais.

— Mademoiselle Scarlett, je suis Maria du San Francisco General Hospital, votre père, Mickael Scarlett, vient d'être admis aux urgences après un accident de voiture, il est actuellement en train d'être soigné. Vous pouvez vous rendre au service des urgences…

Je raccrochai, la peur au ventre, les yeux remplis de larmes, avant de partir en trombe pour me rendre à l'hôpital. Je voyais mal, j'avais les yeux brûlants, mais qu'importe. J'en oubliais tout ce qui m'entourait, je ne me concentrais que sur ça. Elle n'avait pas précisé son état, et il était tout ce qui me restait, tout ce que j'avais. Si je le perdais lui aussi, j'aurais définitivement perdu mon âme.

Lorsque j'arrivai aux urgences, on me demanda de patienter dans la salle d'attente. Je ne parvenais même pas à savoir dans quel état il se trouvait. Personne ne le savait encore, je devais attendre le médecin. C'était insoutenable. Je me souvins du temps que nous avions passé à attendre dans ce même hall lorsque ma mère s'était évanouie et je refusais de vivre ça une seconde fois. Surtout seule. Quand mon téléphone sonna, je répondis sans même regarder qui m'appelait.

— Salut, toi ! dit Asher.

Je déglutis.

— Salut…

J'avais la voix chargée de sanglots.

— Qu'est-ce qui se passe ? demanda-t-il. Tu vas bien ?

— Je suis à l'hôpital pour…

— Pour lui, je te dérange alors.

— C'est mon père, soufflai-je en sentant les larmes me monter aux yeux.

— Quoi ?

— Je ne sais pas, il a eu un accident, je viens d'arriver et j'attends…

— J'arrive.

— Non, c'est bon…

— Je ne te laisse pas seule, trancha-t-il. J'arrive.

Je rangeai mon portable et je fermai les yeux pour essayer de me calmer. Il y avait quelques personnes autour de moi, mais tout le monde semblait absorbé par ses problèmes. Quelques longues minutes plus tard, il était là. Je fondis dans ses bras, me serrant contre lui lorsqu'il referma ses bras autour de moi.

— Calme-toi, *querida*. Tout va bien.

— Je ne sais pas, soufflai-je.

— Je suis sûr que ça va. Ton père est un battant. Alors, reste calme.

Il avait raison. Asher se posa sur un banc, m'attira à côté de lui et passa un bras autour de mes épaules. Alors je me laissai aller contre lui. J'avais tellement peur pour mon père.

— Tu as quitté ton boulot ?

— Je n'avais plus de clients, je voulais savoir si tu voulais qu'on se fasse un truc en ville pour une fois.

J'aimais beaucoup cette idée même si…

— Je suis là pour toi.

— Merci.

— Tu as prévenu les autres ? demanda-t-il en posant un baiser sur ma tempe.

— Pas encore, non. J'attends un peu, au cas où.

— Tu as raison, ne les inquiétons pas pour rien.

Je hochai la tête.

— Marlow ?

Je me retournai et instinctivement je dégageai le bras d'Asher quand je vis la mère de Gale. Il était dans cet hôpital lui aussi. Je me redressai à la hâte tandis qu'elle s'approchait.

— Bonjour, Marick.

— Tu vas bien, ma douce ? Tu as l'air exténuée.

— Oui, j'ai reçu… Enfin, mon père vient d'avoir un accident de voiture.

— Oh ! je suis désolée. Est-ce qu'il va bien ?

— J'attends, je n'en sais rien encore.

— Si tu as besoin de quoi que ce soit, tu sais où me trouver si tu as besoin de parler aussi.

Elle était sincère.

— Merci.

Je me sentais tellement coupable de ne pas être venue voir Gale et elle ne disait rien. Je me demandais si elle m'en voulait. Si c'était le cas, elle ne laissait rien paraître en tout cas et, comme toujours, elle était absolument merveilleuse.

— Bon, je dois y aller, mais tiens-moi au courant. Appelle-moi ou envoie-moi un petit message. Bonjour, lança-t-elle poliment à Asher.

Il lui répondit en lui serrant la main.

— Et prends soin de toi, Marlow, rajouta-t-elle avec un sourire.

Je restai debout sans être capable de regarder Asher, trop faible, trop apeurée pour affronter son regard que je sentais peser sur moi.

— Tu…

— Mademoiselle Scarlett ?

— Oui !

Un médecin en blouse blanche vint nous rejoindre. Il me serra la main et celle d'Asher, qui était à présent à côté de moi.

— Ne vous inquiétez pas. Tout va bien. Un accident, mais rien de bien grave.

— Qu'est-ce qu'il a ? demandai-je.

— Quelques contusions, quelques côtes cassées, et une fracture du tibia, mais tout va bien, votre père est un roc. Il pourra sortir demain, on va le garder pour la nuit afin qu'il se repose et le mettre sous perfusion.

— Alors ça va ?

— Bien sûr ! me rassura-t-il avec un sourire. D'après lui, il a une réputation à tenir.

Ma peur se mua en un rire nerveux. Seigneur, il allait bien ! Je me sentais tellement mieux, tellement plus légère et soulagée. J'avais eu si peur de le perdre.

— Vous pouvez aller le voir, il est dans sa chambre. Chambre 34, au rez-de-chaussée. Vous passez le couloir, prenez ensuite celui de gauche, vers la zone C.

— D'accord, merci !

— Et demandez-lui un autographe.

— Pardon ?

— J'étais fan lorsqu'il boxait.

Je ris.

— Vraiment ?

— Pour Justin ?

Je hochai la tête et nous nous mîmes en route. Asher m'accompagna en silence, sans me toucher. La culpabilité enfla dans ma poitrine. Je n'osais pas le regarder de peur de me sentir encore plus mal. Lorsque j'arrivai dans la chambre de mon père, je fondis dans ses bras. Il me serra contre lui en rigolant.

— Comment ça s'est passé ? demandai-je en sanglotant de nouveau.

— Un connard qui a grillé un feu rouge alors que j'allais au club, il m'a percuté.

— Tu vas bien ?

Il me caressa les cheveux.

— Très bien, mon ange. Si ce n'est que ma voiture est bousillée.

— Tu es sûr ?

— Je suis boxeur, je me suis pris des coups dans la gueule toute ma vie, alors, franchement, ce n'est rien du tout.

Rassurée, je finis par sourire.

∞

Je laissai mon père une fois les heures de visites terminées. Asher était encore là.

— Est-ce que tout va bien ? demanda-t-il brusquement une fois dehors.

— Oui, je…

— Pas à moi, Chamarlow. Je te connais, qu'est-ce qui se passe ?

— C'est juste que…

— Tu penses à lui, c'est ça ? Tu as honte de moi ? C'était sa mère tout à l'heure, pas vrai ?

Ses yeux lançaient des étincelles, il n'avait pas l'air d'aimer ça. Je me rembrunis.

— Ce n'est pas dans ce sens-là, soupirai-je.

— Et dans quel sens, alors ? grommela-t-il.

— Je me suis rendu compte que je n'étais pas allée voir Gale la semaine dernière. J'ai loupé mon jour de visite et je l'ai complètement oublié. J'en ai pris conscience ce matin seulement et ça me perturbe.

— C'est bien au contraire. Ça montre que tu revis, que tu avances…

Il avait tort, ce que j'avais fait était mal. Gale allait m'en vouloir. Sa mère aussi. *Je* m'en voulais. Comment avais-je pu oublier ?

— Et que j'oublie, pestai-je. Que je l'oublie ! Je n'ai pas le droit de faire ça.

— Tu ne l'oublies pas, tu penses juste un peu à toi. Tu ne te rends pas compte que tu prends soin de lui depuis toutes ses années à défaut de prendre soin de toi ? Tu te prives de ressentir des choses, tu restes seule, c'est à lui que tu penses en faisant ça, pas à toi. Alors, arrête de dire que tu es égoïste, putain ! Tu crois qu'il en aurait fait autant ?

— Il m'a sauvé la vie !

— Et alors ? Vis, merde ! Pense à toi ! Arrête de croire que tu es égoïste, c'est faux ! Arrête aussi de croire à vous deux.

Ce fut plus fort que moi, je le giflai. Il grimaça et en profita pour me saisir les poignets et me ramener contre lui. Je tentai de me soustraire, mais je n'y arrivais pas, il me retenait bien trop fort. Je relevai la tête, son expression était redoutable.

— Tant qu'à faire, tu vas m'écouter, grogna-t-il. Tu n'es plus amoureuse de lui, tu ne l'es plus, Marlow. C'est un fait ! Tu as grandi, évolué, tu as rencontré des gens et tes sentiments se sont estompés. C'est naturel, bon sang !

Les larmes coulaient sur mes joues, je ne voyais plus rien. Lorsqu'il lâcha un de mes poignets pour essuyer mon chagrin, je bougeai la tête pour fuir son contact et je frappai sa poitrine de ma main libre. Il resta stoïque.

— C'est peut-être dur à entendre, mais c'est la putain de vérité. D'accord, il t'a sauvée, mais il est resté endormi et, malheureusement pour lui, il n'a pas évolué. Toi si, tu n'en avais peut-être pas envie, mais tu as changé. Ainsi va la vie, elle continue malgré tout.

Sa main avait réussi à dompter mon visage, il me caressa tendrement et effaça mon torrent de larmes. Je continuai néanmoins de fuir son regard. La justesse de ses mots, la froide vérité qu'il était en train de me balancer en pleine figure me faisaient mal.

— Il en va de même pour les sentiments que tu ressentais pour lui. Tu ne l'aimes plus. C'est dur, mais c'est comme ça.

Je le détestais, lui, ses fossettes, ses mains, son intelligence… pourtant je l'avais dans la peau. Depuis le premier jour, ce type était maître de mes pensées.

— Tu vas juste le voir parce qu'il t'a sauvée, mais pas pour récupérer ce que vous aviez ou pour le poursuivre. Tu y vas juste parce que tu as besoin qu'il se réveille pour continuer à avancer. Tu es égoïste envers toi-même, envers les autres. Et ça t'emmerde que je sois là, parce que, lorsqu'on n'est rien que tous les deux, tu n'y penses pas. Tu penses à moi. Tu penses à toi. Ça te fait du bien. C'est naturel, tout le monde a besoin de ça et lui ne te l'apporte pas.

Je relevai la tête pour fixer le regard sur lui.

— Alors, merde, Marlow ! Tu n'es pas égoïste parce que pour une fois tu l'as manqué, au contraire.

— Tu dis ça parce que tu veux juste continuer à me sauter.

Sa mâchoire se crispa, ses yeux déjà sombres le devinrent encore plus.

— Tu n'es pas égoïste, mais tu es idiote !

— Va te faire foutre ! m'emportai-je.

— Toi aussi, va te faire foutre. Je ne dis pas ça pour continuer de te baiser, je te dis ça parce que je sais ce que c'est de perdre quelqu'un, d'être impuissant face à une arme. Je sais ce que ça fait, comment on se sent et je ne veux pas que tu te sentes comme ça. Tu as déjà assez souffert, Marlow. Bien trop pour t'enfermer dans la solitude.

J'écarquillai les yeux, je tentais de comprendre ce qu'il voulait dire, ce qu'il voulait me faire comprendre à travers son regard, mais il était encore furieux et je ne parvenais pas à déchiffrer les sentiments qui le submergeaient.

— Quoi, comment ça ?

Il soupira, lâcha mon deuxième poignet, mais ne bougea pas. Je restai là moi aussi, contre lui. J'avais peur de m'écarter, d'être loin de lui, de ne plus le sentir comme à l'instant même si ce contact n'avait rien de sensuel. Je ne me sentais pas capable de m'éloigner de lui. Je m'en rendais compte.

— Mon père est mort, tué par balle.

Sa phrase résonna dans mon esprit à l'infini, comme un écho. La tristesse m'inonda brusquement, trop brutalement, et les larmes qui suivirent n'étaient pas dédiées à ma culpabilité envers Gale, mais pour lui.

— Je ne savais pas, je suis désolée.

— Je sais, *querida*.

La tristesse, la peur et l'incompréhension se mêlaient dans ma tête. J'ignorais beaucoup de choses du passé d'Asher, je m'en rendais clairement compte, et ce que je venais d'apprendre était effroyable. Son père avait été tué avec une arme, c'était affreux. Je savais combien perdre quelqu'un de cette manière était cruel.

— Tout va bien, ce n'est pas ta faute, je ne t'en ai jamais parlé. Tu ne pouvais pas savoir. C'est un événement que je n'aime pas raconter, ça reste du domaine privé.

Comme je comprenais ses sentiments et comme j'avais envie de lui ôter tout ce chagrin, tous ces maux qui rendaient ses yeux si sombres !

— Mais quand même, je n'aurais pas dû…

— Ce n'est rien, je veux juste que tu comprennes que tu n'es pas égoïste. Se terrer dans le passé ce n'est pas bon. Je me dis qu'avec moi tu oublies progressivement de te sentir coupable, que tu réapprends enfin à profiter de la vie et, le jour où tu t'en rendras clairement compte, alors tu pourras vraiment être heureuse.

Les larmes recommencèrent à rouler sur mes joues.

— Je suis désolée, Asher. Je suis désolée pour tout ça…

Il grogna, me serra contre lui, décuplant mes larmes, mon chagrin, mon besoin toujours aussi présent d'être avec lui.

— Chut, c'est fini ! Arrête donc de pleurer pour moi. Je ne le mérite pas.

Il m'attrapa le menton.

— J'ai très envie de t'embrasser, mais j'ignore si…

— Toi, fichu latino à fossettes, c'est à toi que je pense quand tu es là. Tu éclipses tout. Mes pensées, mon chagrin, ma solitude… Je pense à toi quand tu me touches, quand tu m'embrasses, quand tu me fais l'amour. Je ne pense jamais à lui pendant, car tu as ce don et cette chaleur qui me font tout oublier.

Un sourire se dessina sur ses lèvres, ses yeux sombres brillaient d'émotion. Il me fit oublier le reste de ma phrase. Alors mon corps prit le relais et mon audace aussi. Je caressai à mon tour son beau visage, je glissai une main dans ses cheveux, il pressa ses lèvres contre ma paume en fermant les yeux et je me rendis compte que c'était probablement la première fois que je le découvrais si vulnérable, si intense. La douceur de ses émotions sur son visage carré le rendait plus beau que jamais. J'ouvris les yeux et je fus troublée par les sentiments dévastateurs qui s'affichaient sur son magnifique visage. Notre discussion, nos secrets, la puissance de cette conversation, c'était trop puissant, trop d'émotions d'un coup.

— Je n'avais jamais rien touché ni vu d'aussi beau et doux que toi, que tes larmes. Arrête, Marlow. Ne pleure pas, ne pleure plus…

Il me serra plus fort, d'une manière sauvage, chaotique, insolente. Je me laissai aller contre sa poitrine, contre son corps, j'avais envie de me fondre en lui et de le guérir. Je voulais qu'il en fasse autant pour moi. Je n'étais pas malheureuse, c'était simplement des larmes de tristesse.

— Je mange chez ma mère ce week-end, soupira-t-il d'une voix rauque. Ça te dirait de m'accompagner ?

Je souris en hochant la tête.

— Oui, avec plaisir…

Il sourit à son tour et s'inclina pour m'embrasser. Ses lèvres épousèrent les miennes avec une profonde tendresse et bientôt ce ne fut pas assez suffisant. Pour lui comme pour moi. Nous avions besoin de plus, de plus fort… Comme s'il en allait de notre existence, comme si sans cela nous étions incapables de survivre. Mes lèvres s'entrouvrirent sous les siennes et nous approfondîmes notre baiser.

— Plus fort, gémis-je.

— Pas ici…

— Alors chez toi ou chez moi, Asher. J'ai besoin et envie de toi.

Il prit ma bouche de nouveau.

— Viens.

Chapitre 20

Mon père allait bien. Il se remettait assez vite de son accident et c'était un véritable roc comme l'avait souligné le médecin. Il était bien rentré à la maison le lendemain et la mère de Dylan était venue prendre soin de lui.

Lorsque je sortis de la salle de bains pour rejoindre Asher qui m'attendait dans le salon, il se redressa d'un coup. Dans les yeux d'Asher Miles divinement beau en jean, chemise, baskets et veste de cuir, j'eus l'impression d'obtenir un onze sur dix.

— Bon sang, Marlow…

— Un problème ? Tu n'aimes pas ? Ça fait trop salope peut-être ? C'est trop…

Ses mains attrapèrent mes hanches.

— Salope ? Nom de Dieu, mais qu'est-ce que tu racontes ? Tu es divine, *querida*. Comment je fais, moi ? Comment je fais pour te résister ? Pour ne pas te toucher de la journée entière ? Comment je fais parce que, là, j'ai envie de toi.

— Ah… c'était donc ça ? Simplement de la perversion, j'ai eu peur, je croyais ne pas être assez bien pour ta famille.

— Tu es trop bien pour nous, dit-il en m'attirant contre lui. Beaucoup trop bien pour nous. Et, pour ta gouverne, il n'y aurait pas de perversion sans une femme aussi délicieuse. Je suis un fétichiste très sobre tant qu'on ne lui agite pas sous le nez un jouet avec lequel il pourrait s'amuser des heures durant.

— Un jouet ?

— Un jouet avec lequel je pourrais jouer durant des heures.

— Non, mais, tu t'entends un peu ? C'est censé être un compliment ?

— Dis-toi que ça signifie que tu es magnifique aujourd'hui et que j'ai envie de toi. Tu me tues, comme toujours. Jusque-là, tout reste cohérent.

Il m'embrassa, je me laissais aller à ces sensations qu'il faisait toujours naître en moi. Peut-être qu'un jour il me ferait vraiment flotter au-dessus du sol. J'en étais persuadée…

— Tu es prête ?

— Oui…

Mis à part Gale, je n'avais jamais été officiellement invitée à être présentée chez les parents d'un garçon que je fréquentais, aussi le stress monta crescendo à mesure qu'on roulait. Si bien qu'à un moment je me demandai en tant que quoi il allait me présenter et ce que nous étions l'un pour l'autre. Avec les événements récents, j'avais un peu de mal à tout bien ranger dans ma tête. J'avais le cerveau à moitié en off et complètement explosé. Ma relation avec Asher était différente.

— Tout va bien ? demanda-t-il.

Je sursautai. Sa main était sur ma cuisse, je ne l'avais pas sentie. Voilà, j'étais officiellement une boule de nerfs.

— Je… Oui.

— Marlow ?

Il me lança un regard en coin, je devais avoir une tête bizarre. Il fit une sortie de route un peu brusque et se gara sur le côté. Une voiture klaxonna, mais il répondit par un doigt d'honneur.

— Qu'est-ce qui se passe ? C'est ton oreille ? Quoi ?

Je secouai la tête, il se pencha vers moi. Son regard glissa dans le mien comme de la soie sur une peau nue.

— Je... C'est ridicule.

— Marlow, dis-moi. C'est surtout ridicule de ne rien me dire.

Il me lança un regard encouragement. Voilà, maintenant, j'avais l'impression d'être débile.

— Je me demandais simplement... Aujourd'hui, je vais voir ta famille en tant que quoi ?

Il plissa les yeux puis un sourire en coin absolument délicieux s'étira sur ses joues, faisant apparaître deux fossettes que je ne pus m'empêcher de toucher. Il soupira, se laissa faire, appuya ses joues contre mes mains maladroites. Je le regardai, béate.

— Tu as le chic pour créer une ambiance saisissante, limite angoissante, juste pour une question aussi basique que ça.

Je fis la moue, il sourit de plus belle.

— Tu viens en tant que toi, en tant que nous.

Je devais encore afficher une expression perplexe parce qu'il ajouta :

— Tu es à moi, Chamarlow. Définitivement à moi. Bien sûr qu'on sort ensemble, tu crois que tu peux prétendre autre chose ? Je te jure que même s'il se réveillait ça ne changerait rien. Tu es à moi. On est ensemble depuis des semaines. D'accord, on n'a rien dit aux autres, mais je crois que j'avais juste envie de t'avoir rien qu'à moi, sans devoir partager ça avec eux.

— Je...

— Je pensais que c'était assez clair.

Je secouai la tête, il pencha la sienne. D'un geste d'une douceur infinie, il s'inclina et prit ma bouche comme s'il s'agissait de la chose la plus précieuse au monde. Il m'embrassa très tendrement puis plus intensément à mesure que les secondes passaient.

— Ça l'est un peu plus maintenant ? souffla-t-il contre ma bouche en feu.

— Juste un peu, alors.

Il rit et recommença, glissant cette fois-ci sa langue contre la mienne, ses mains dans mes cheveux, sur ma nuque. Il était tendre, délicat, plus doux que jamais, comme s'il voulait imprégner chacun de ses mots et de ses gestes dans mon esprit.

— Je n'ai pas le temps de te le prouver, *querida*. Pas plus qu'en t'embrassant, je veux dire. *La mamá* est assez stricte sur les horaires, mais je jure qu'en rentrant je pourrais te le montrer de la meilleure des manières.

— Ça me va, dis-je en souriant.

Il se replaça derrière le volant. Je restai silencieuse mais, tandis qu'il faisait une manœuvre un peu brusque, quelque chose glissa de mon siège et me cogna le pied. Je baissai les yeux et je me figeai quand je vis la crosse d'une arme.

— Il y a une arme qui a glissé de sous le siège...

Il se raidit et braqua violemment le volant. Je poussai un petit cri, il se gara pour la deuxième fois. Il se pencha sur moi et à mes pieds pour ramasser le revolver.

— Asher ?

— Désolé, *querida*.

Je tremblais. J'avais vu une arme de près une fois et ça m'avait dégoûtée à vie. Je ne supportais plus ces choses-là. Elle me rendait nerveuse, ravivait des souvenirs douloureux que je m'efforçais d'oublier.

— Mon Dieu ! c'est quoi ce délire ? Tu as une arme ?

— Calme-toi, elle n'est pas chargée, Marlow. Tu ne crains rien.

— Quand bien même, c'est… P-p-pourquoi tu as une arme sous le siège de ta voiture ? Tu…

Je frissonnai, perturbée.

— Calme-toi !

— J'ai peur de ces trucs. J'en ai vu une d'assez près, je sais ce qu'elles peuvent faire, je… Tu le sais aussi, non ?

— Calme-toi, Marlow !

Il me prit les mains, les embrassa doucement, calma mes tremblements.

— C'était à mon père, pesta-t-il. Ma mère a retrouvé ça chez elle, l'autre jour, et elle m'a demandé de la prendre, de la ranger quelque part… Elle en a peur depuis la mort de mon père. Je ne savais pas quoi en faire, je l'ai laissée là, j'aurais dû la déposer à la maison, dans une boîte, je n'ai pas eu le temps avec tout ce qui s'est passé ces derniers jours.

— Je…

J'inspirai et expirai profondément, retrouvant peu à peu mon calme.

— D'accord, je comprends.

— Ça va aller ? Je suis désolé.

Je déglutis, il me sourit.

— Oui, j'ai été surprise… c'est tout. Ça me fait peur.

— Je sais et j'aurais dû être plus vigilant et la ranger pour ne pas t'angoisser. Je suis désolé.

Il mit l'arme dans la boîte à gants et reprit la route. Je secouai la tête et, lorsque ses doigts se crochetèrent aux miens, je me détendis.

— Je suis heureux que tu sois là, avec moi.

Ces mots étaient tellement simples et tendres qu'ils me touchèrent en plein cœur. Mon palpitant s'enlisa. J'avais l'impression de sentir le goût des fraises, de sentir le sable de l'Espagne sous mes pieds et le soleil glisser sur ma peau. Les battements de mon cœur s'accélèrent brutalement, je baissai les yeux pour regarder nos mains jointes. Ses doigts bronzés qui se mêlaient aux miens un peu trop blancs… c'était beau. C'était mieux que beau, je n'avais même pas de mots pour décrire ce que ça me procurait chaque fois. J'aimais ce contraste, mais je me demandais si ce que je trouvais beau ne s'était pas transformé en quelque chose de plus fort encore. Car ça ne s'arrêtait pas à ça, c'était un tout. Un tout qui avait enflé au fur et à mesure des semaines. C'était arrivé comme ça, on s'était rapprochés et j'avais appris à aimer ce que j'avais vu. L'insolence entre nous était présente dès le début, peut-être même que j'avais lutté contre elle pour rien, elle était toujours là aujourd'hui, mais elle était différente.

Oh, mon Dieu…

Je n'aimais pas seulement l'exotisme, j'étais tombée amoureuse. J'étais amoureuse d'Asher. Me rendre compte de cela alors qu'il se garait devant une petite maison de quartier me crispa complètement. Je sortis de la voiture, je le rejoignis, il me lança un grand sourire et s'avança.

— Inspire, expire… *la mamá* est dure à apprivoiser, mais si elle sort les griffes ou les crocs je te protégerai.

— Quoi ?

Je glapis quand il entra et m'attira vers l'intérieur en me prenant la main.

Oh, mon Dieu… Je n'étais pas du tout certaine de pouvoir subir ça finalement. Me rendre compte maintenant que je l'aimais, alors qu'il me présentait à sa famille.

— C'est moi ! cria-t-il dans le couloir.

— Dans la cuisine, répondit la voix d'une femme.

Il me retira ma veste et mon écharpe, et se débarrassa de sa veste en cuir. Il s'inclina et m'embrassa le front, mon cœur battit un peu plus fort. J'en avais presque la respiration coupée. Pourquoi me rendre compte de ça maintenant ? Pourquoi c'était arrivé ? Comment et quand ? Je n'en savais rien…

Je scrutai les alentours pour trouver une manière de fuir au cas où… C'était une maison très cosy qui ressemblait à celle de mon père. Les couleurs étaient chaudes, l'odeur de la nourriture donnait envie de se mettre à table. Je scrutai les cadres et je pouffai devant une photo d'Asher jeune.

— Si tu te moques, je ne bougerai pas d'un poil si le pitbull montre les crocs.

— Tu devrais avoir honte de parler comme ça, le grondai-je. Si je parlais comme ça de mon père, j'aurais droit à un aller simple gratuit pour New York.

Il rit.

— *Querida*, les mamans espagnoles sont plus menaçantes et plus violentes que les champions de boxe. Je sais ce que c'est…

— Et tu me dis ça maintenant ! dis-je en riant.

— Méfie-toi, mon fils, le pitbull tient le couteau à viande, clama une voix féminine.

Je gloussai. Asher me poussa vers l'avant. Il me montra brièvement le salon, la salle à manger, l'escalier qui menait à l'étage, le couloir puis la grande cuisine ouverte sur une baie vitrée. Une femme de dos se retourna vers nous à notre approche. Elle avait un grand sourire et un grand couteau dans la main droite.

— Bonjour, dis-je.

Elle sourit de plus belle. Asher gloussa comme un gros gamin.

— *¡Hola, mamá!* Tu es radieuse aujourd'hui.

Elle l'ignora et reporta toute son attention sur moi. Elle était très belle, elle avait une silhouette à faire pâlir n'importe qui et devait avoir eu ses enfants jeunes, car elle semblait avoir à peine la quarantaine.

— Tu dois être Marlow, alors.

— Oui, répondis-je en souriant. Enchantée et merci de m'avoir invitée.

Elle lâcha son couteau et frotta ses mains sur son tablier.

— Je m'appelle Carla. Appelle-moi par mon prénom, je préfère.

— D'accord, vous pouvez m'appeler Marlow.

Elle éclata de rire. Asher se pencha vers sa mère tout en plaçant une main entre mes reins. Je rougis sans savoir comment réagir.

— Pourquoi tu fais semblant d'être gentille, maman ? gloussa Asher. D'habitude, tu parles fort, tu parles même en espagnol, tu fais fuir tout le monde.

— *Idiota*, je suis très gentille.

— Je ne voudrais pas lui donner raison, mais, pour une fois, il n'a pas spécialement tort. Et tu sais que je n'aime pas être d'accord avec lui.

Une plantureuse latine de dix-huit ans apparut. C'était une Asher au féminin, une copie conforme avec l'option fossettes, cheveux longs ébène… Oh, putain ! elle devait faire des ravages.

— Moi, c'est Summer. Et toi tu dois être droguée pour supporter ce type.

— Généralement, mes amis m'appellent Marlow, mais pourquoi pas. « La Droguée » c'est sympa aussi. Quant à lui, il est insolent, mais à la longue on finit par s'y faire.

Elle sourit. Les mêmes fossettes qu'Asher se dessinèrent sur ses joues.

— Ah, pour une fois qu'il ne me ramène pas une imbécile qui est pendue à son cou et qui me dit à peine bonjour. Pour une fois qu'elle est polie, jolie et qu'elle a même de l'esprit. Je vais essayer la gentillesse.

— Personnellement, je trouve que c'est une très bonne idée, renchérit Carla.

— Tu as peut-être peur de te prendre un crochet ? s'amusa Asher.

— Comment tu parles à ta mère ! m'exclamai-je.

Il sourit, elle arqua un sourcil.

— Deux contre un, je ne m'y risquerais pas, Ash ! se moqua Summer.

— T'as raison, *sol* ! Une boxeuse et une *mamá* espagnole, je suis courageux, mais pas téméraire.

— Allez donc mettre la table, bande de sales gosses, et laissez-moi avec celle-ci.

Ils s'éclipsèrent tous les deux en gloussant et je me retrouvai seule avec la mère d'Asher dans la cuisine.

— Je peux vous aider à faire quelque chose ?

— Non, tu es l'invitée. Je suis contente. N'écoute pas ces deux monstres. Asher n'a plus ramené personne depuis des mois voire des années, ça me fait plaisir de voir enfin quelqu'un. J'avais fini par me dire qu'il était peut-être gay...

Je pouffai.

— Hé ! grommela l'intéressé. Je suis peut-être dans la pièce d'à côté, mais j'ai des oreilles.

— *Te amo, mi corazon.*

Il ricana.

— *¡Sì, mamá!*

Elle me regarda avec un je ne savais quoi dans le regard qui me donna envie de fuir.

— Tu es la première fille que je vois depuis la mort de mon mari, je sais bien que mon fils est un incorrigible coureur de jupons, un peu comme son père avant qu'il ne me rencontre, mais tu es la première dont je fais la connaissance depuis des années. Alors je suis contente.

— Moi aussi.

— Comme Asher ne m'a rien dit sur toi, raconte-moi. Tu travailles ou tu fais des études ?

— Je suis en troisième année de médecine.

— Oh, vraiment ? Quel courage.

— Merci, c'est énormément de boulot, mais j'adore ça. Je ne m'en plains pas. J'aurai encore une année à faire après celle-ci et je serai interne en médecine.

— Tu sais ce que tu veux faire ?

— Eh bien, je crois que j'aimerais assez être médecin urgentiste. Aider les gens, les soigner, réagir vite.

Elle sourit.

— C'est une passion de famille. Ça vient de ta mère ? J'ai ouï dire que ton père était un célèbre boxeur.

— Mon père est effectivement un ancien boxeur professionnel, mais ma mère était cuisinière.

— Était ?

— Elle est morte d'un cancer il y a deux ans.

— *Dios*, je suis désolée.

Je secouai la tête.

— Ne le soyez pas, vous ne pouviez pas savoir. Ça m'est venu quand j'étais petite, mon père rentrait de ses matchs couverts de bleus et il me laissait le soigner, ma mère disait toujours que je serais un grand médecin, j'avais quatre ans. Ça m'est resté. Je crois que je me souviens exactement du moment où j'ai su que je deviendrais docteur. Et vous, vous faites quoi ?

— Je suis aide-soignante dans une petite maison de retraite.

J'acquiesçai silencieusement et je rougis lorsqu'elle me grilla en train de regarder le tatouage qu'elle avait sur le poignet. Des roses écarlates.

— C'est le père d'Asher qui me l'a fait. Mon tout premier celui-ci.

— C'est romantique.

— Asher a toujours idéalisé son père. Il le regardait toujours avec des yeux de fou. Quand mon mari s'est rendu compte qu'il avait son don pour le dessin, il n'était pas peu fier. Je suis contente qu'il ait repris l'affaire de son père.

— Il est doué.

— Oui, mais ne le lui dis pas, il trouverait le moyen de s'en vanter.

— Me vanter ? Moi ? Jamais…

— C'est cela même ! D'ailleurs, mon fils, cette fille est délicieuse, ne la laisse pas filer.

∞

Baigner dans l'univers d'Asher, être auprès de sa famille, dans sa maison d'enfance après m'être rendu compte que j'étais amoureuse de lui me faisait un drôle d'effet. J'étais amoureuse de lui et ça n'était pas des sentiments en l'air. C'était là depuis un moment, car j'avais toujours l'impression de flotter deux mètres au-dessus du sol. En fait, j'avais toujours flotté en sa présence. J'appréciai tout, mais d'une manière différente. J'avais l'impression de ne pas être moi ou au contraire de l'avoir toujours été avec lui. J'avais lutté contre l'insolence, lutté contre mon attirance pour lui, je me demandais si ç'avait servi à quelque chose au final. Asher était fidèle à lui-même en présence de sa famille sauf qu'il était plus doux, comme il pouvait l'être avec moi dans l'intimité.

— Qu'est-ce que tu as à l'oreille, si ce n'est pas trop indiscret ? demanda Summer.

— *Sol!* râla Asher.

Je souris, ça allait, je me fichais bien de répondre à ce genre de question maintenant quand c'était demandé aussi gentiment. Je me redressai du fauteuil, j'avais trop mangé, en plus, en dessert, Carla avait fait des fraises pour tout un régiment.

— J'ai une hypoacousie sévère.

— Ça fait mal ?

— Non, pas tellement. C'est déroutant, c'est sûr, mais ça ne me fait pas mal. Enfin, pour le moment, ça va.

— C'est… genre soignable ou pas ?

— Difficilement. Soit ça va rester ainsi, soit ça va empirer jusqu'à me rendre sourde de cette oreille.

— Merde, c'est pas cool… du tout.

— Comme tu dis ! Mais bon, ce n'est pas si grave, il y a pire dans la vie.

Je sentis les doigts d'Asher contre ma nuque et des frissons loin d'être désagréables caressèrent mes bras. C'était en partie grâce à lui que ça allait, il m'avait fait voir les choses à sa manière et ça m'avait aidée.

Chapitre 21

— Tu as passé une bonne journée ? demanda-t-il en glissant sa main dans mes cheveux.

— Oui, répondis-je en souriant. Vraiment.

Il me lança un regard rempli de douceur. Mon cœur s'emballa follement. Je fermai les yeux ; depuis que j'avais compris que je ne pourrais plus jamais lutter contre les sentiments que j'avais pour lui, tout me semblait étrange.

— Je te ramène.

— Tu viens à l'appartement ou… ?

— Ou quoi ? s'étonna-t-il.

— Je crois que j'ai très envie de laisser un peu de moi dans tes draps.

Son regard s'enflamma.

— Bon sang, me sortir ça comme ça, alors que je dois conduire…

— Bander empêche-t-il de conduire et de tenir le volant ? demandai-je avec désinvolture.

— Si ça ne m'empêche pas de conduire, ça m'empêche d'avoir les idées claires.

J'acquiesçai en me mordillant la lèvre. Il secoua la tête et alluma le contact. Il se mit à rouler, assez sportivement. J'avais les mains moites et le cœur au bord des lèvres. J'avais l'impression que j'allais exploser. Ce qu'il y avait dans mon cœur était d'une puissance redoutable. Je jetai un coup d'œil discret dans sa direction, il avait les doigts crispés sur le volant, son pied semblait vissé à l'accélérateur, le désir se lisait sur son visage et la bosse dans son pantalon ne désenflait pas.

J'étais sur le point d'exploser et j'avais besoin d'évacuer le stress. Je me penchai au-dessus de la boîte de vitesses et déposai un baiser sur sa tempe. Il cessa de respirer lorsque mes doigts glissèrent jusqu'à son entrejambe. Je le caressai avec ma paume et il sursauta, se pressant un peu plus contre moi. Il était dur, à l'étroit sous son jean.

— Ça va devenir carrément dangereux !

Quand je relevai légèrement la tête, je vis qu'il agrippait le volant tellement fort que les jointures de ses doigts étaient blanches. Il me regarda vivement, les yeux voilés par le désir.

— Qu'est-ce que tu fais ? demanda-t-il en regardant la route de nouveau.

— Ça me semble parfaitement évident ! répondis-je en arquant un sourcil.

Je fis glisser ma main vers le haut, suivant la longueur de son sexe. Il bougea les hanches en suivant la lenteur de ma caresse et lâcha un ricanement étranglé.

— Marlow, tu es ingérable et parfaitement insolente, crois-moi.

Ses paroles vinrent se mêler à l'étrange brouillard qui submergeait mes pensées. Je voulais le rendre fou, au moins autant que j'étais folle de lui. J'ouvris un à un les boutons de sa braguette. Il respirait fort. Je glissai mes doigts à l'intérieur de son jean et le désir lécha ma peau quand je me rendis compte qu'il n'avait pas de boxer. J'enroulai ma main autour de sa peau chaude et dure pour le libérer de sa prison. Il hoqueta.

— *Querida*, gémit-il.

Un frisson le parcourut. Il tressauta contre ma paume tandis que je le touchais. Sa voiture ralentit un peu. Je m'en fichais, je lui faisais confiance. À l'instant j'agissais par instinct, je vivais sans penser à rien d'autre que nous. Sa peau était douce comme de la soie. Il était beau, même débraillé… D'accord, surtout débraillé. J'étais émerveillée, excitée. Je n'avais jamais fait ça de ma vie, j'aimais le fait de commettre une infraction juste pour le rendre fou. Je remontai de la base de son sexe jusqu'à son extrémité. Mon ventre se contracta, j'adorais ça. Lui aussi. Alors je me penchai le plus possible et baissai la tête. Le goût salé de sa peau dansa sur ma langue. Je bougeai lentement la main vers le bas, pour le prendre plus profondément dans ma bouche et le caresser en même temps.

— C'est le truc le plus excitant de ma vie…, souffla-t-il.

Son corps se crispa tandis que je le goûtais de plus en plus profondément. En remontant, je passai ma langue sur son gland. Il jura en se laissant aller en arrière. Son corps se raidit. Un soupir m'échappa, me faisant vibrer contre lui. Il répéta mon nom d'une manière enchanteresse, comme si j'étais devenue sa déesse. L'instinct prit le dessus et le désir aussi. Je me mis à bouger en rythme, me délectant de lui, de ses halètements, de son corps raidi qui semblait soumis à ma torture. Je l'aspirai dans ma bouche. Il releva les hanches et la voiture eut plusieurs secousses avant que le moteur ne râle un peu.

— Tu es la chose la plus insolente et excitante que j'aie jamais rencontrée.

Je souris et passai de nouveau la langue sur son gland tout en l'aspirant toujours plus profondément. Une vague de chaleur m'envahissait, descendant le long de mon corps. Elle lapait ma peau, enivrait mes sens, ne faisait que me rendre plus folle de lui. Asher enfouit ses doigts dans mes cheveux alors qu'il tenait le volant d'une main.

— Je ne vais pas tenir longtemps.

— Je sais, répondis-je.

Je n'avais aucune intention de me retirer. Je l'avais fait la première fois, mais, cette fois-ci, je voulais que ce soit parfait, qu'il se donne entièrement à moi. Un coup de langue et une caresse suffirent à le rendre fou. Il jura et gémit mon prénom en convulsant contre moi. Je ne bougeai pas et l'accompagnai jusqu'à la fin de ses tremblements. Puis je me redressai et le rhabillai assez sommairement. Il était encore dur… Lorsqu'il arrêta brutalement la voiture, je déglutis. Il me lança un regard en coin, je défaillis en lisant le degré d'intensité qui assombrissait ses yeux.

— Toi, gronda-t-il.

La seconde d'après, sa bouche était sur moi, ses mains m'enlaçaient et me pressaient contre son torse dur. J'ignorais où nous étions ; à vrai dire, je n'en avais rien à foutre. Tout ce qui m'importait, c'était lui.

— J'ai tellement envie de toi, dire qu'il va falloir rentrer pour…

— Non, le coupai-je. Je n'ai jamais fait ça dans une voiture… Je veux le faire dans ta voiture. Je veux être la seule à qui tu feras ça sur ces sièges.

Il m'étudia quelques secondes et, lorsqu'il lut la résolution sur mon visage, il m'embrassa de tout son soûl.

— Tout ce que tu veux, mais…

— Je te veux en moi, Ash. N'importe où me va, tant que c'est toi…

Il m'embrassa encore, plus fort, plus intensément et profondément. Je me cognai l'arrière de la tête contre la vitre. Il s'excusa sans rompre son baiser et je ris contre sa bouche, nous faisant vibrer.

Il soupira.

Mon Dieu, il était tellement intense.

C'était même pire que ça ! Ses cheveux en bataille lui retombaient devant les yeux, qui étaient assombris par le désir. Dire que c'était moi qui avais fait naître cette merveilleuse intensité sur son visage, je ne me serais jamais cru capable de cela.

Je relevai une main pour caresser la fossette qui lui creusait le menton, il sourit et ma tête se mit à tourner d'un coup.

J'ignorais comment mais, lorsqu'il relâcha mes lèvres, nous étions à l'arrière de la voiture.

Voilà qui nous laissait plus de place…

J'étais assise sur ses genoux, le visage enfoui dans son cou, et lui embrassait et caressait mes seins à travers ma robe. Je me cambrai et je remuai les hanches contre son excitation. Ses mains étaient sur mes jambes, il remonta le long de mes cuisses que mes chaussettes ne couvraient pas et se faufila sous ma robe. J'avais l'impression que ses doigts me marquaient au fer rouge.

— J'ai eu envie de ça toute la journée. Je t'ai dit combien tu étais belle ?

— Oui.

— D'accord, mais merde, ce n'est pas assez. Tu n'as pas idée de ce que tu me fais, hein ?

— Tu me dis ça chaque fois ! haletai-je entre deux baisers dans son cou.

— C'est parce que c'est toujours la même chose, c'est même pire chaque fois !

J'aspirai la peau de son cou et je le mordis tendrement. Il sentait bon, sa peau avait un goût délicieux. Un goût d'homme, de lui tout simplement. Il était enivrant. Je léchai sa gorge, le sentant grogner contre ma bouche. Je fermai les yeux tandis que nous bougions en rythme pour nous frotter l'un contre l'autre. Ses mains me caressaient les cuisses, elles glissèrent jusqu'à mon sexe à travers ma culotte. Je gémis, il remonta son visage dans mon cou et m'embrassa.

— Tu as un préservatif ? demandai-je.

— Toujours, *querida*… Mais, attends, laisse-moi rester contre toi un peu. Laisse-moi te sentir comme ça…

Je déglutis. Ma tête se mit à tourner, mon ventre se tordait.

— J'aime ça, te tenir contre moi, te sentir, je ne m'en lasse pas. Je ne m'en lasserai jamais, Marlow.

Ses mains remontèrent le long de mes flancs. Il attrapa ma robe, mais ne la retira pas, il glissa simplement ses mains dessous.

— Je vais prendre mon temps… Je vais te rendre folle. Tu n'imagines pas à quel point.

Je sentis les muscles de ses bras se contracter sous mes mains. Quand ses doigts attrapèrent la pointe de mes seins, mon corps s'enflamma. J'arquai le dos et laissai échapper un léger gémissement. J'aurais voulu lui dire que j'étais déjà folle de lui, mais le plaisir m'empêcha de parler. J'avais envie de lui. Tout de suite.

Il le comprit à mon regard, à mes gestes, à mon cri…

— Merde ! jura-t-il.

Il attrapa un préservatif puis se tortilla quelques secondes pour repousser son jean sur ses genoux. Il était beau ; putain de merde ! pourquoi ce type était-il si beau ? Pourquoi me rendait-il toujours si fébrile ? Je le caressai sur toute sa longueur. Il soupira puis gémit en me lançant un regard en coin.

— Bon sang, Marlow !

Une fois le préservatif enroulé sur son sexe, il écarta ma culotte et me pénétra d'une seule et longue poussée. Je rejetai la tête en arrière, soumise à un vertige incroyable. Je crispai les doigts sur sa poitrine, froissant sa chemise. Nous étions encore habillés, à l'arrière de sa voiture, perdus sur un coin de route, et pourtant c'était beau, intense, merveilleux. Je tremblais de partout, mon cœur était embourbé dans les sentiments les plus dévastateurs que j'aie jamais côtoyés. La boxe, la médecine, mon passé… tout ça pouvait s'évaporer tant qu'il restait ces moments-là, car ils me rendaient heureuse. Ses regards, sa bouche qui couvrait mon visage de baisers, ses mains qui me disaient combien j'étais belle et comme il me voulait. Chaque fois je me disais que je n'avais jamais rien ressenti de pareil, mais c'était le cas. C'était comme si nos corps se découvraient tout le temps pour la première fois…

— Bon sang, je pourrais me perdre en toi à vie, il n'y a qu'avec toi que je ressens ça. Putain, tu me tues.

Je t'aime, Asher Miles…

J'avais envie de le lui dire, mais ses propres paroles me coupèrent le souffle et je me perdis dans les sensations qu'elles m'inspiraient. Mon Dieu, c'était si beau… Le bruit de nos corps emboîtés et de nos gémissements qui résonnaient autour de nous. Je passai sur lui, le chevauchant et l'accueillant aussi profondément que possible. La buée avait recouvert toutes les vitres de la voiture.

— Si tu ne ralentis pas…

— Comme si je pouvais, le coupai-je.

— Alors, montre-moi comment tu nous fais du bien, *querida*.

À ces mots, le plaisir m'envahit et je soulevai les hanches avec plus de vigueur. Sans plus aucune retenue. Mon corps se contracta autour de lui et je rejetai la tête en arrière pour crier. Il me suivit en m'agrippant les fesses avec hargne pour s'enfoncer plus loin encore et crier à son tour.

Je me laissai retomber sur son torse, mon oreille cassée contre sa poitrine. Le merveilleux son de son cœur me parvint. J'aimais toujours autant qu'avant écouter la mélodie d'un cœur qui bat. Sans doute la plus belle de toute, la plus réelle, la plus sincère.

— Laisse-moi deux minutes et je te ramène chez moi.

Transpirants, haletants, encore emboîtés l'un dans l'autre, nous partageâmes un délicieux frisson. Il glissa ses mains dans mon dos, nos regards se mêlèrent. Je refusais de le laisser partir, je me pressai contre lui, remuant de nouveau les hanches contre les siennes.

— Dix, dis-je en haletant. Plutôt dix minutes…

∞

Seule, simplement vêtue de sa chemise et de mes chaussettes, j'avais quitté son lit. Il faisait encore nuit dehors, un peu frais aussi, mais, en me réveillant à son côté, nue, le cœur battant, je m'étais souvenue de tous ces sentiments que je nourrissais pour lui et me trouver près de lui m'avait semblé trop dur d'un coup. J'étais amoureuse d'Asher et cette journée, ce moment dans la voiture et ceux qui avaient suivi dans son lit n'avaient fait que conforter ce sentiment dévastateur. Ce n'était pas seulement le sexe avec lui, c'était un tout.

— Hé…

Oh… Je ne l'avais pas entendu arriver. Je sursautai tandis qu'il enlaçait ma taille par-derrière. Il se mit à déposer des baisers sur ma nuque, remontant dans mon cou, j'en frissonnai et je me laissai aller contre lui. Il me serra plus fort et mon ventre crépita de nouveau.

— Qu'est-ce que tu fais ici ? Il fait froid…

— Plus maintenant, dis-je en souriant.

Son rire contre ma peau me coupa le souffle. J'aimais tout de lui, même son rire, surtout quand c'était contre moi qu'il le faisait résonner. J'ouvris la bouche et une respiration rauque m'échappa.

— Un problème ?

— Je ne sais pas…

— Comment ça ? s'inquiéta-t-il.

Mon cœur battait à tout rompre, c'était le moment de le lui dire. J'en avais besoin, ça devait sortir, comme je devais savoir si c'était réciproque… Seigneur, j'avais une peur bleue, mais je n'avais pas envie de me défiler. Je pris une profonde inspiration.

— Je crois que… je t'aime.

Waouh, je l'avais dit d'une traite, non sans bafouiller, mais je l'avais dit. Ma voix était cassée, mais au moins je l'avais dit… Son torse se figea contre mon dos et ses bras desserrèrent ma taille pour me tourner face à lui. Il attrapa mon visage en coupe. Je remarquai alors qu'il était torse nu, qu'il ne portait qu'un boxer. Je m'empourprai de désir, je n'y pouvais rien. C'était chimique… Asher était beau comme un dieu. Je posai mes mains contre son torse. Je caressai sa poitrine en attente d'une réponse, sa respiration se fit alors erratique.

— Tu crois que tu m'aimes ? répéta-t-il d'une voix mécanique.

— Non, j'en suis sûre, affirmai-je. Je ne sais pas depuis quand ni comment… Je crois qu'à un moment on s'est rapprochés et que j'ai aimé l'homme que tu m'as montré. Je t'aime, Asher. J'aime beaucoup de choses chez toi, en toi, sur toi. Je n'en pouvais plus de le garder pour moi, j'avais besoin de te le dire.

— Répète.

Décontenancée, je bafouillai.

— Qu… quoi ?

— Redis-moi que tu m'aimes !

— Je t'aime, Asher Miles.

Il se mordit la lèvre inférieure. Ses pouces me caressaient les joues. Son regard était plus fou que jamais. Il y avait dans ses prunelles sombres une étincelle que je connaissais, mais qui brillait avec une puissance décuplée. Cependant son silence me rendait folle. Je n'avais pas de patience, pas aujourd'hui…

— Ash, je…

Il soupira. Je retins mon souffle.

— *Te quiero, querida.*

Et il m'embrassa.

— Enfin, techniquement, ce qu'on ignore c'est que l'espagnol est plutôt direct, ça signifie plutôt « je te veux ».

Un ricanement nerveux m'échappa. Il rit contre mes lèvres.

—Alors, permets-moi d'ajouter autre chose. *Te amo, mi querida*. Je t'aime aussi, Marlow...

Je m'émerveillai, sentant les larmes me monter aux yeux. Mon cœur amoureux débordait, Asher me pressa contre lui jusqu'à m'en faire mal, mais je ne m'en plaignis pas. La douleur me faisait du bien, elle était réelle. Je ne rêvais pas. C'était bien là... l'insolence, le désir, c'était nous. Enivrée, je relevai la tête. Il se pencha sur le côté et attrapa mes cuisses pour me porter dans ses bras. J'entourai son cou de mes bras et sa taille de mes jambes. Une fois à sa hauteur, il aspira mes larmes sous ses lèvres. Puis il couvrit mon visage de baisers légers. Lorsqu'il arriva à mes lèvres, il se mit à avancer, et ce ne fut qu'une fois qu'on se retrouva allongés sur une des chaises longues de la terrasse qu'il m'embrassa profondément.

Sa langue se glissa entre mes lèvres entrouvertes et je compris qu'il m'avait toujours embrassée de la même manière. Ça me bouleversa, ça me rendit si ivre de bonheur que je l'attirai le plus possible entre mes jambes, contre moi. Je voulais qu'il soit plus près, j'avais l'impression qu'il ne le serait jamais assez. Je voulais que l'on s'imprime l'un l'autre. Qu'on ne fasse plus qu'un. Je répondis à son baiser, aspirant ses lèvres, caressant sa langue. Sa poitrine se souleva à un rythme effréné, il lâcha mes lèvres en haletant. Il avait les lèvres gonflées, les miennes étaient douloureuses. Il m'attrapa le visage, me contempla silencieusement, me caressant du regard.

—Marlow...

Il murmura mon prénom si bas, mais avec tellement de passion que j'en frissonnai. Je glissai paresseusement mes doigts le long de son dos meurtri, caressant les ailes du phénix.

— Marlow, tu viens de bouleverser le classement de tous mes réveils.

— Ash…

— Tu viens de détrôner le numéro un. C'est tout à ton honneur.

— On dirait qu'on a le chic pour réveiller l'autre en pleine nuit.

Il rit tendrement.

— C'est très bien comme ça, murmura-t-il en glissant sa main entre mes cuisses. Mieux que bien, c'est parfait…

Lorsqu'il se rendit compte que je ne portais pas de sous-vêtements, le désir enflamma chaque centimètre de son corps et il en frissonna. Il me caressa lentement, me faisant haleter, tandis que ses biceps contractés se couvraient de chair de poule.

— Bon sang, comment ai-je pu faire pour rendre une fille comme toi amoureuse de moi ?

Il avait l'air grave, sa mâchoire était crispée. Mon rire se transforma en gémissement quand il entra ses doigts en moi. Je relevai les hanches.

— Oh, mon Dieu…

Il posa sa paume contre la partie la plus sensible de mon corps.

— Je me demande bien comment en effet, finis-je par souffler.

Il eut un rire rauque.

— Je vais te montrer…

Alors qu'il commençait à me découvrir, un bruit sourd de verre brisé me fit sursauter.

— Qu'est-ce que c'est ?

— J'en sais rien, dit-il en se redressant.

Il s'éloigna et je le suivis. Il s'arrêta au milieu du salon et je me figeai. Il y avait du verre partout et une grosse brique au milieu.

— Attention à tes pieds, dit-il.

— Qu'est-ce qui se passe ? Qu'est-ce que c'est que ça ?

— Je ne sais pas.

Il ramassa la pierre. Il y avait un petit mot :

Le LATINO de sAN fRANCISCO au sang chaud. **MON LA**TINO!! Ce ***n'est*** pas joli-joli de te **TAPER** ce qui ***n'est*** pas de ton **sang**. Les petites ***bLANCHES*** **ON** les **laisse aux riches**. Le petit TRAÎTRE de Latino, moi je sais… ***Yo sé todo!*** **ABSOLUTAMENTE** ***todo*** sobre **Tu** pasado.

Il serra le papier dans son poing et le balança au loin comme s'il était enflammé.

— Qu'est-ce que ça signifie tout ça ? demandai-je, horrifiée.

— Je n'en sais rien, et, vu les conneries qu'il y a notées dessus, ce n'est rien d'important.

— Rien d'important ? On ne dirait pas…

— Je ne sais pas qui c'est, Marlow. Et je m'en branle. Y a d'autres choses bien plus importantes que ça.

— C'est une ex à toi ? Enfin, merde…

— Probablement et j'en ai rien à foutre. Si c'est une fille que j'ai baisée, je m'en balance.

— C'est grave quand même ! Faut être taré pour faire un truc comme ça ! Ça t'est déjà arrivé ?

— Non, mais, si c'est ça, ça va vite me soûler !

Tout à coup, je me figeai et je me souvins d'un détail que j'avais complètement oublié jusqu'à présent.

— Oh, mon Dieu !

Le mot ! Il était comme celui que j'avais moi-même reçu.

— Quoi, tu t'es fait mal ? demanda-t-il, inquiet.

— Non… Je… J'en ai reçu un moi aussi.

Il écarquilla les yeux.

— Comment ça ?

— J'ai eu un mot comme ça sur ma voiture. Écrit en espagnol aussi comme celui-là… Je crois que c'était des insultes.

La colère transforma son visage. Ses poings se contractèrent.

— Qu'est-ce que ça disait ? demanda-t-il brusquement.

— Je ne sais pas.

— Quand ? Et pourquoi tu ne m'as rien dit, bordel, Marlow !

Je déglutis. Le ton de sa voix était dur.

— Je sortais des cours, je n'y pensais plus. C'était le jour où mon père a eu son accident. J'ai vu le mot et j'ai reçu l'appel de l'hôpital la seconde d'après. Je l'ai complètement oublié.

— Bon sang ! Comment tu as pu oublier une chose pareille ?

— Je vais à l'université, des abrutis qui font des conneries il y en a plein là-bas. Comment pouvais-je savoir que c'était important ?

— Tu aurais dû m'en parler !

Il hocha la tête comme s'il était en train d'emmagasiner des informations pour les remettre dans l'ordre.

— Tu en as eu d'autres ?

— Non, mais… Asher ? Qu'est-ce qui se passe ?

— Rien, probablement. Je t'ai déjà dit, ce quartier craint à mort…

Il était stressé, je le sentais.

— Que des conneries ! siffla-t-il.

Nous étions passés en une seconde d'un moment intime merveilleux à cette tension désagréable. Il partit dans la cuisine et revint avec un balai pour retirer le verre brisé. J'ignorais ce qui se passait et je ne le comprenais pas vraiment non plus. Ce mot m'avait fait peur, à cause de Gale et de ce que je ressentais. Apparemment, c'était autre chose.

Je m'appuyai contre la table du salon. Je venais de dire à Asher que je l'aimais et ce moment gâchait absolument tout. Lorsqu'il vint contre moi, je me sentais à fleur de peau, je relevai la tête pour le regarder. Il me caressait la joue avec douceur quand mon téléphone se mit à sonner. À cette heure-ci ?

Il grogna.

— Il y a le répondeur ! me dit-il à l'oreille.

Je secouai la tête.

— À cette heure-ci, ça doit être urgent.

J'allais récupérer mon portable dans mon sac. C'était la mère de Gale.

— Oui ? dis-je en décrochant.

— Marlow, c'est Marick.

— Oui, soufflai-je.

Asher avait perçu que quelque chose me tracassait. Je redoutais ce qu'elle allait me dire.

— Il s'est réveillé ! Gale est réveillé !

Un torrent de larmes me secoua.

— Mon Dieu, c'est merveilleux ! m'exclamai-je.

— Tu peux venir quand tu veux dès demain. Pour l'instant on s'occupe de lui, on lui parle. Seule la famille est autorisée à venir. Mais j'ai hâte que tu sois là !

— J'y serai sans faute. À demain.

Mon cœur battait la chamade. J'avais des vertiges. J'avais tant espéré ce moment, depuis tellement longtemps. Gale avait enfin ouvert les yeux, il était de nouveau de retour parmi nous. Il arrivait au moment où Asher m'avait lancé toutes ces vérités en pleine tête et où je lui avais avoué mes sentiments. Fallait-il vraiment que je lâche prise pour qu'il revienne ? Mes pensées s'emmêlaient dans mon esprit. Gale était réveillé. J'étais à la fois soulagée et apeurée.

— Il est réveillé, sanglotai-je.

J'ignorais si je voulais qu'Asher dise quelque chose, en tout cas, aucun mot ne franchit ses lèvres. Je pleurais le réveil d'un homme que j'attendais depuis quatre ans dans les bras d'un autre que j'avais trouvé et que j'aimais. J'avais beau être dans ses bras, je ne m'y sentais pas comme d'habitude, ses mains ne me serraient plus de la même manière. Il se pencha et m'embrassa sur le front.

— Je sais, dit-il enfin d'une voix blanche. Je sais.

Chapitre 22

Je l'avais souhaité si fort pendant quatre ans et voilà que ce vœu s'était réalisé. Un miracle. Un merveilleux miracle. L'espoir était revenu. Et j'avais l'impression de me sentir mieux que jamais.

Lorsque j'avais quitté Asher ce matin-là, il semblait encore préoccupé par les mots d'insultes et le réveil de Gale ne le rassurait pas vraiment. Il n'en dit rien, mais je le savais. Je n'étais pas stupide, je le voyais. Il n'avait rien à craindre pourtant. Je l'aimais, c'était indéniable. Rien ne pourrait changer mes sentiments pour lui. Absolument rien. Plus maintenant alors que j'avais pleinement conscience de ce que je ressentais pour lui. Nous avions fini par nous recoucher dans les bras l'un de l'autre et j'avais hâte de lui raconter mes retrouvailles avec Gale.

Une fois dans le couloir de l'hôpital, je fus accueillie par Marick. Elle m'étreignit avec chaleur et tendresse. J'étais terrifiée. C'était un peu idiot, puisque j'attendais ce moment depuis plus de quatre ans, mais à quelques secondes de retrouver Gale j'étais complètement flippée.

— Il va bien ? demandai-je.

— Très bien. Même mieux que bien. Il est fatigué, il y a des choses à faire pour qu'il se rétablisse complètement, mais ça va. On va tout faire pour que ça aille maintenant.

— Est-ce qu'il y a des choses que je dois dire et d'autres pas ?

— Non, laisse-le te poser des questions, réponds-lui franchement. Ça ira. Ça va se faire tranquillement. Tout ira bien.

— Il se souvient ?

— Oui, de tout.

J'acquiesçai timidement. Elle m'encouragea. Je posai la main sur la poignée et je frappai. Lorsque j'entendis le son de sa voix qui m'invitait à entrer, un déluge d'émotions me transperça. J'ouvris la porte et je le découvris assis dans son lit.

Gale était conscient.

Il était vraiment réveillé.

Après quatre ans de coma, Gale en était enfin sorti.

Je mis ma main devant ma bouche tandis que les larmes inondaient mes yeux comme jamais. C'était un torrent qui ne voulait plus s'arrêter. Mon cœur était en train de cicatriser, mon âme semblait elle aussi s'éveiller de nouveau. Ces deux parts de moi jusque-là encore séparées fusionnèrent brusquement.

Mon plus grand souhait s'était enfin réalisé.

Gale, mon Gale, mon premier amour, mon héros, mon sauveur, était enfin de retour parmi nous.

— Hé ! dit-il en souriant.

— Hé ! répondis-je dans un sanglot.

Je m'avançai, il tendit les bras.

— Viens un peu par là.

Je me laissai aller contre lui. Je me blottis contre lui avec une force incroyable puis je me rappelai qu'il était fragile et que je devais probablement lui faire mal. Je m'écartai un peu.

—Je suis désolée. Tu es là, enfin réveillé, et je ne fais que pleurer.

—J'ai l'habitude ! Depuis hier, je fais pleurer tout le monde.

Je souris.

—Désolée, j'aurais préféré être plus originale que les autres. C'est tellement bon de te voir enfin réveillé.

—Quatre ans, hein ? souffla-t-il en regardant la fenêtre. Pour moi, ça s'est passé en un instant.

—Oui, quatre ans… C'était long pour nous. Tu en as mis du temps.

—J'ai toujours été un gros dormeur, mais là j'ai battu un record.

—Je suis tellement désolée, Gale.

—Pourquoi ?

—Pour ça ! C'est…

Il secoua la tête.

—Je me souviens de tout, je m'en suis souvenu dès que j'ai ouvert les yeux.

Je baissai les yeux sur sa main qui venait de prendre la mienne.

—C'était comme si je venais de le vivre. Le tireur, les coups de feu, les corps qui tombent, nous qui nous amassons contre la porte de secours pour sortir. La balle dans ta jambe, celle dans mon flanc et cet enfoiré qui te vise. Je n'ai pas réfléchi, j'ai vu rouge quand il a pointé son arme sur toi, c'était toi avant tout !

Je relevai la tête. Il n'était pas différent de celui que j'avais vu dormir pendant si longtemps, il n'était pas tellement différent non plus de celui qu'il était avant de s'endormir, pourtant j'avais l'impression de le redécouvrir, que c'était un autre homme.

— Je m'en souviens aussi très clairement. Je m'en suis tellement voulu…

— Je suis désolé moi aussi, Marlow. Désolé de t'avoir laissée toute seule à ce moment-là, désolé de ne pas t'avoir épaulée.

— Comment tu peux dire ça ? Tu m'as sauvé la vie !

— Et je ne regrette rien. Je le referais si ça te permettait d'avoir la vie sauve. On ne peut pas regretter ces choses-là. C'était la meilleure chose à faire. C'est idiot de ta part d'avoir culpabilisé.

— Ouais, je crois que pas mal de monde me l'a déjà dit. Il ne manquait plus que toi.

Ça le fit rire.

— Depuis mon réveil je suis hypergâté, j'ai donc découvert la tablette tactile. Très pratique, ce truc. Et puis j'ai peur de dormir maintenant, j'ai peur de ne pas me réveiller.

— C'est fini, ça ! le défiai-je. T'as pas intérêt à recommencer.

Il sourit et pressa ma main dans la sienne.

— Du coup, j'ai vu et lu beaucoup de choses sur ce qui s'est passé ce soir-là et sur l'après. Le nombre de victimes, la manière dont il est mort, mon histoire médiatisée, le deuil de tout un lycée, ton discours de fin d'année. Tu as inspiré les gens, tu étais incroyable.

— Je… Tu parles ! Je ne…

— Tu as inspiré tout le monde. Tes mots, leur justesse, personne n'aurait pu parler comme ça. Tu étais la seule à pouvoir le faire. J'ai aussi appris pour Ella et je suis désolé de ne pas avoir été là pour te soutenir.

— Ne dis donc pas de bêtises. Tu viens de te réveiller et tu te prends la tête avec ça, c'est idiot.

— C'est comme ça ! Moi aussi j'ai mes regrets. Je sais ce qu'elle représentait pour toi.

— Ça va, avec le temps, c'est un peu moins douloureux. On y pense un peu moins. Elle me manque énormément et je pense souvent à elle. J'essaie d'être forte et de suivre mon si beau discours, mais c'est plus facile à dire qu'à faire. Je suis tellement heureuse que tu sois de retour parmi nous.

— Et moi que tu sois en vie. Tu es toujours aussi belle, tu n'as pas changé si ce n'est…

Il lança un regard appuyé sur ma poitrine. Je pouffai en secouant la tête.

— Bon sang, mais quel abruti !

Il sourit et gloussa.

— Je préfère quand tu ris, dit-il. Et moi, j'ai changé ?

— Un peu, mais je sais que tu vas bientôt revenir à la normale. Et je serai là pour t'aider. Tu m'as manqué, dis-je. Bon Dieu, tu es tellement plus beau réveillé.

— Ils m'ont donné un miroir pour que je puisse me voir. On dirait un anorexique… Je suis cadavérique. Je compte bien reprendre du poids.

— Tu as mal ? demandai-je.

— Aux jambes, oui. Je vais avoir besoin d'une rééducation pour réapprendre à marcher, à dompter mes muscles.

— Mason pourrait t'aider, c'est un superkiné.

— Oui, je l'ai vu ce matin.

Je le savais, il m'avait appelée de bonne heure pour me dire qu'il viendrait avant d'aller au boulot.

J'acquiesçai en souriant.

—Alors, comment vont tes parents ? demanda-t-il. Raconte-moi ta vie, dis-moi ce que tu as fait pendant ces quatre années que j'ai manqué.

Je déglutis ; tout à coup, j'avais peur de le décevoir.

—Eh bien, mon père, ça va, il n'a pas changé. Il est toujours aussi bourru et travaille toujours dans son club de boxe. Il a eu un accident il y a quelques jours, mais rien de bien grave, juste une jambe cassée et quelques bleus. Ma mère est… Elle est morte d'un cancer du côlon il y a deux ans. On s'en est rendu compte trop tard, elle est partie en deux mois.

—Merde, je suis désolé.

—Merci…, dis-je avec un petit sourire. Ensuite, j'ai commencé mes études de médecine. Je suis en troisième année. C'est dur, long, chiant, mais j'adore ça. C'est tellement complexe, tellement intéressant. J'ai commencé la boxe aussi et j'ai hérité du punch de mon père, mais j'ai dû arrêter récemment à cause de mon oreille, dis-je en lui montrant mon appareil dissimulé par mes cheveux.

—Qu'est-ce que tu as ? demanda-t-il.

—Une hypoacousie, en d'autres termes, je deviens sourde d'une oreille. C'est à cause des coups de feu selon les médecins. Mais bon, ça va. Il n'y a rien de grave.

—Quoi d'autre ? Parle-moi de toi.

—Je ne sais pas quoi te dire. Je t'ai dit tant de choses quand je venais te voir. J'ai préparé pendant des jours des discours, ou fait des listes de tout ce que je voulais te dire et, au final, je ne sais pas. Ç'a été dur de vivre sans éprouver une pointe de culpabilité, sans se sentir égoïste. Chaque chose qui me donnait un peu de baume au cœur me faisait toujours penser à toi. Je n'ai jamais cessé d'espérer te revoir un jour.

— Je n'ai jamais voulu que tu te sentes comme ça, Marlow. Je voulais que tu vives, point final. Je voulais que tu sois heureuse aussi, mais pas que tu souffres. Je ne regrette pas, je ne regretterai jamais mon choix.

— Je sais, maintenant, ça ira bien mieux, assurai-je.

— Comment il s'appelle ?

— Comment ça ?

Il tapota mon front en souriant. Je me sentis en feu, le rouge se propagea jusque dans mon cou.

— Il y a des canettes de Coca dans le frigo, tu veux bien m'en donner une ? me demanda-t-il. Tu peux en prendre.

Je me levai et j'en pris deux. Je lui ouvris la sienne et la lui tendis.

— À la nôtre !

On trinqua.

— Tu te rends compte que j'avais dix-huit ans, je me réveille et je suis en âge de boire. Mon père m'a apporté une bière en secret.

— Genre tu n'en avais jamais bu, tiens !

— Si, mais celle-ci avait une autre saveur, c'était la première fois que je pouvais en boire sans craindre la justice. Mais bon, revenons-en à nos moutons, c'est qui ce mec qui te donne un air aussi rêveur, idiote !

— Je…

Mon regard se perdit dans le vague, je ne pus m'empêcher de repenser à ce moment dans la voiture avec Asher, et ceux qui avaient suivi jusqu'à ce que je lui dise que je l'aimais. Gale m'encouragea du regard, je me sentais un peu coupable de ressentir ça à l'instant alors qu'il venait de se réveiller.

— Je ne suis pas con, Marlow. C'est normal, c'est naturel. Putain ! heureusement que tu n'es pas restée seule. On ne peut pas rester seul. Ce serait inhumain.

J'avais entendu ça tellement de fois, mais, de sa bouche à lui, ça sonnait comme une prière. Je me sentais encore coupable, j'aurais toujours cette pointe de culpabilité, cette vie que je lui devais. Et bien qu'il me dise ça, même avec un peu de recul, j'étais tout de même heureuse d'avoir attendu. Parce qu'aucun homme ne m'avait touchée ni ne m'avait fait de l'effet. Asher était le seul à avoir éveillé quelque chose en moi, et, mine de rien, j'aimais la manière dont les choses s'étaient déroulées.

— En réalité, j'ai attendu quatre ans avant d'en laisser un s'approcher d'un peu trop près. J'ai mis beaucoup de temps, Gale. Très longtemps parce que j'avais l'impression que je n'avais pas le droit vis-à-vis de toi. Parce que nous étions ensemble, que nous n'avions pas rompu…

— Marlow… c'est stupide.

— Pourquoi tu ne m'en veux pas ?

— Parce qu'il n'y a aucune raison que je t'en veuille, parce que c'est normal, parce que la vie est trop courte pour passer à côté des bonnes choses, parce que je n'ai pas fait ça pour que tu culpabilises. C'est arrivé. J'ai agi, c'était mon choix, j'ai pris cette décision moi-même. Elle ne devait en aucun cas impacter ta vie… Je veux dire que tu n'aurais jamais dû te braquer, ni m'attendre ou croire que tu étais égoïste de vivre. Si l'inverse s'était produit, tu aurais voulu que je t'attende ?

— Sans doute pas, j'aurais voulu que tu profites de la vie.

— Tu as changé en quatre ans, tu ne peux pas fuir éternellement les gens qui te font du bien. Au bout d'un moment, tu en as besoin aussi !

— Bon sang, tu viens de te réveiller et tu me fais déjà des grands discours ! me moquai-je. Il s'appelle Asher, il est tatoueur. On se connaît depuis un an et demi environ, mais ce n'est que récemment qu'on s'est vraiment rapprochés l'un de l'autre.

— Et moi qui me réveille… Quel timing ! ironisa-t-il. Il te rend heureuse ?

— Oui. Il prend soin de moi et c'est le seul qui a réussi à rompre ma solitude en quatre ans. Le seul qui me fasse vibrer, qui compte réellement. Je n'ai laissé sa chance à personne, mais avec lui c'était comme une évidence. J'ai mis du temps, beaucoup de temps. Il m'a poussée à bout et je ne regrette pas. Oui, il me rend très heureuse. Je suis amoureuse…

— En voilà un chanceux.

Je rougis, encore un peu mal à l'aise vis-à-vis de Gale. Je n'en revenais pas d'avoir cette conversation avec lui, d'être ici, de lui parler, et qu'il me réponde surtout.

— Merci, Gale. Pour tout.

Je bus une gorgée de Coca.

— Je le verrai peut-être ?

— J'aimerais beaucoup, répondis-je sincèrement.

— Tu me croiras si tu veux, mais parfois j'ai eu l'impression de vous entendre. Je me souviens de ta voix. Tu me parlais de tout et de rien, mais avec tellement de détails que je voyais clairement les choses. Ça m'est arrivé avec une autre personne que je ne connaissais pas.

Une infirmière. Elle venait dans ma chambre et parfois j'avais l'impression de sentir ses caresses sur mes cheveux ou qu'elle me prenait la main quand elle me faisait mes soins. J'entendais sa voix à elle aussi. Elle chantonnait toujours lorsqu'elle prenait soin de moi et elle me parlait aussi.

— Tiens, tiens… Et tu n'en parles que maintenant ?

Il sourit.

— Elle était en congé cette semaine, mais elle est venue me voir, elle m'a dit qu'elle avait demandé qu'on la prévienne si je me réveillais quand elle serait en repos.

Je souris. Le romantisme était encore présent de nos jours. Bon sang ! c'était tout lui, ça. À l'époque déjà il faisait tourner les têtes, dont la mienne.

— Elle est restée un peu, poursuivit-il. C'était déroutant. Elle n'arrêtait pas de parler. Elle m'a dit qu'elle savait que j'aurais de beaux yeux.

Je souris et je compris qui c'était. Alors j'avais raison, la jolie rousse avait le béguin pour Gale.

— Elle s'appelle comment ?

— Sandra.

— Je l'ai rencontrée. Elle est très gentille, elle s'occupait très bien de toi.

— Elle est jolie. Elle m'a embrassé sur la joue en partant.

— Tu viens de te réveiller et tu as déjà un ticket ! C'est dingue ! Remarque, ça ne m'étonne pas, c'était déjà comme ça à l'époque.

Il rit et je gloussai.

— Je ne sais pas, ce n'est peut-être rien, mais je compte bien profiter de la vie.

— Et tu as bien raison. Personne ne le mérite plus que toi. Tu sais quand tu pourras rentrer ?

Il poussa un long soupir et hocha la tête.

— Quand j'aurai repris des forces dans les jambes et que j'aurai fait tous les examens nécessaires. Je commence demain. Ça ne m'enchante pas, mais je vais être en fauteuil roulant jusqu'à ce que mes jambes soient assez fortes pour me porter, puis j'aurai des béquilles et si tout va bien peut-être qu'après je marcherai de nouveau normalement.

— Il n'y a aucune raison que tu n'y arrives pas. Tu avais le meilleur équipement possible. Ça ne va pas être facile, mais tu y arriveras. Le plus dur est derrière nous.

— Oh que oui, je sais ! Je crois que je suis trop gourmand, je veux trop de choses tout de suite, mais j'ai toujours été comme ça.

— Tu sais ce que tu vas faire une fois sorti ?

— Allez bouffer un gros steak bien saignant avec des frites et du ketchup dans un putain de bon resto.

J'éclatai de rire.

— Et mis à part manger ?

— Je ne sais pas encore, je veux tout faire, tout rattraper, tout découvrir et redécouvrir. Je crois que je veux tout essayer. J'ai passé quatre années à dormir, alors je veux profiter et ne jamais rien regretter… Si je m'écoutais, je partirais en vadrouille de suite, mais je tomberais comme une grosse merde à peine les pieds posés par terre.

— Chaque chose en son temps.

— Oui, je sais.

Je restai auprès de Gale encore un long moment puis je laissai sa famille profiter de sa présence, et le médecin prendre soin de lui. J'avais déjà prévu de revenir. Lorsque je sortis de l'hôpital, j'appelai immédiatement Asher, je voulais lui raconter ou au moins lui demander si on se voyait plus tard dans la soirée. J'étais, je crois, impatiente de lui raconter tout ça, de me pelotonner dans ses bras. Au bout de quelques sonneries, je tombai sur son répondeur. Il travaillait. Je laissai un message :

— Coucou, c'est moi ! Je sors de l'hôpital, j'y suis restée longtemps, mais on avait tellement de choses à se dire ! Enfin, j'ai hâte de te raconter ça et de te voir aussi. On se voit ce soir ? Je passerai au bar. À plus tard !

∞

— Je n'en reviens pas, siffla Celia. C'est incroyable ! Bon sang, c'est une merveilleuse nouvelle !

Ma meilleure amie était sincère. Et je savais aussi qu'elle se sentait soulagée. Soulagée pour moi. Je savais qu'elle se disait que j'étais libérée de cette pression, de ce tiraillement qui me maintenait prisonnière du passé. Elle espérait que maintenant je puisse aller de l'avant. Tous mes amis l'espéraient. Ils ne savaient simplement pas que j'avais déjà réalisé tout un tas de trucs, alors que Gale dormait encore. J'avais l'impression d'avoir une tonne de choses à leur dire, des choses qui s'étaient passées en quelques semaines. Je n'avais pas seulement couché avec Asher, je m'étais rendu compte que je l'aimais, je le lui avais dit et lui m'aimait aussi.

— Tu dois être soulagée, lança Jayce.

Je hochai vivement la tête. Ça faisait longtemps que je ne m'étais pas sentie aussi bien. Gale réveillé, Asher et moi ensemble, j'allais bien. Tout était parfait, je me sentais heureuse et j'avais l'impression d'être pleinement moi-même. Un sentiment que j'avais perdu depuis tellement longtemps.

— Oui, je suis tellement contente !

Asher me manquait. Il avait fini le boulot et je n'avais pas de nouvelles de lui. Comme la fois où il avait disparu pour rejoindre sa sœur. Je m'inquiétais un peu du coup.

Il n'y avait pas grand monde ce soir-là, Dylan était de repos, il n'y avait que Mason, Jayce, Celia et moi. Et je n'allais pas tarder à rentrer, j'avais une grosse journée de cours le lendemain.

Je rentrai donc à la maison un peu plus tard, et je me couchai directement, me pelotonnant dans ma grosse couette et posant Perky Thinkled Pink sur l'oreiller à côté du mien. La dernière fois que nous avions fait l'amour ici, Asher et moi, il l'avait balancé à travers la pièce. Je souris à ce souvenir. Je branchai mon portable et pianotai dessus quelques minutes, puis j'envoyai un message à Asher :

> Je viens de rentrer, je suis au lit, j'ai une grosse journée de cours qui m'attend demain. Tes fossettes et toi me manquez… ♥

Malgré ma fatigue, et le fait que je me sente plus légère et que mes pensées soient plus libres, je trouvai difficilement le sommeil cette nuit-là.

Chapitre 23

Je frappe, je balance mes poings.

J'ai pris de l'assurance. Je ne suis pas mauvaise sur un ring, je suis même douée. Il faut croire que j'ai hérité du punch et de la rage de mon père.

Je danse, la boxe est comme une danse, c'est comme ça que je le ressens.

Esquiver, parer, frapper et ainsi de suite.

La boxe est une chorégraphie qui se danse au rythme de nos halètements et de nos déplacements.

J'avais toujours regardé mon père faire sans m'y essayer, m'extasiant de son art.

Nate et Mason m'ont poussée à essayer.

J'adore ça. J'aime autant en faire qu'en regarder.

Il n'y a plus personne dans la salle, Nate se change dans les vestiaires. Je fermerai à sa place ce soir. J'ai encore besoin de frapper. Ça me calme, ça m'aide, ça me fait du bien.

La porte claque et je sursaute, Nate serait parti sans me dire au revoir ?

— C'est encore ouvert ? dit une voix d'homme qui m'est inconnue.

Je jette un œil à la grosse horloge.

— Tout juste, je réponds.

Je tourne la tête vers le nouveau venu, prends une profonde inspiration et lui souris. Il me répond sur l'instant, faisant apparaître deux incroyables fossettes sur une gueule d'ange. L'air quitte immédiatement mes poumons et je suis comme hypnotisée. J'ai le sentiment que l'atmosphère vient de se charger d'une tension électrique tout à coup. On se regarde. Mon corps me semble insolent et mon pouls s'affole. Il est vraiment très beau. Le teint mat, les yeux noirs, les cheveux ébène qui tombent en boucles sur sa nuque et encadrent son visage. Il est grand, bien bâti, je devine sous son tee-shirt son torse musclé. Je déglutis. Je sens de drôles de frissons couvrir ma peau en sueur.

Merde, il me fait de l'effet!

Je m'essuie le visage. Il m'inspecte, me regarde. J'avance vers lui. Ses yeux suivent les perles de sueur qui dansent sur moi. Et la sensation de leurs courses me semble soudainement plus sensuelle.

—Je peux t'aider? je demande.

—Je cherche Nate. Il m'a dit de passer pour m'inscrire.

—Il se change. Il devrait arriver dans quelques minutes.

Il sourit, je sens une douleur s'étirer dans mon bas-ventre. Une douleur délicieuse. C'est la première fois depuis des années qu'un homme me fait cet effet et son regard de braise ne fait rien pour m'aider.

—Je m'appelle Marlow.

—Enchanté, Chamarlow. Moi c'est Asher, mais pour toi ça sera qui tu veux quand tu veux.

Oh, merde, j'hallucine!

Il se prend pour qui ce débile? Je glousse. Le beau latino se trompe carrément s'il pense que je suis ce genre de meuf.

— D'accord, alors ça sera… Laisse-moi réfléchir… Ashley ! C'est joli, « Ashley » !

Ses yeux lancent des étincelles, quelques-unes viennent piquer ma peau à vif. Et je sens des frissons me parcourir.

— Et insolente en plus de ça ? rétorque-t-il.

— En plus de quoi ?

— Jolie et insolente !

Je lui souris de plus belle.

— Et tu n'as encore rien vu, Olsen !

Il rit.

J'appelle Nate et je retourne terminer ma série.

Le rire d'Asher me poursuit et je me surprends à sourire de nouveau moi aussi. Cette sensation est aussi agréable qu'elle me fait mal. Je viens de le rencontrer, je ne le connais pas, mais je sais alors qu'il n'est pas comme les autres et que je dois le fuir…

∞

Je passai la journée en cours, j'avais une soif d'apprendre parfaitement insatiable ce jour-là. J'ignorais si c'était parce que Gale était réveillé, mais j'avais l'impression que je voulais apprendre plus. Comme si, enfin, pour une fois mon esprit et mon cerveau étaient libérés de toutes les chaînes qui les retenaient prisonniers depuis des années et que je pouvais me consacrer pleinement à tout ce que je voulais faire.

Une chose m'inquiétait tout de même, autant qu'elle m'agaçait, c'était l'absence de nouvelles d'Asher. Mon téléphone demeurait silencieux et je ne comprenais pas pourquoi. Je lui avais envoyé un nouveau message au réveil, sans réponse. Je me sentais perdue et un peu déçue.

Pourquoi faisait-il ça ? Je devrais pourtant être heureuse, tout allait bien… mais non, voilà que j'étais frustrée.

Je me demandais si c'était à cause de Gale, si Asher était jaloux ou se sentait en danger vis-à-vis de lui. Je pensais avoir été claire. Il n'avait absolument aucune raison de s'inquiéter pour ça. Je lui avais avoué mes sentiments. Sentiments que j'avais en moi depuis sans doute trop longtemps.

J'étais heureuse que Gale soit de nouveau parmi nous, c'était indéniable, et je voulais l'aider dans cette nouvelle vie qui commençait pour lui. J'avais dit à Asher que je l'aimais, et ça aussi c'était une chose parfaitement indéniable. Je voulais vivre pleinement ces sensations avec lui. Son silence me faisait mal au cœur. Il me semblait injustifié après tout ce temps. Asher me manquait. Et je ne comprenais pas son comportement.

C'était peut-être à cause des mots d'insultes. D'abord sa sœur, puis le mot qui m'avait été adressé et celui qu'il avait reçu chez lui. Bon sang, il se passait quoi ? Il était peut-être en danger.

L'incompréhension et le manque se muèrent bientôt en colère. Il fallait que je sache, que je comprenne ce qui était en train de se passer. Il travaillait encore à cette heure-ci… Tant pis, j'allais me pointer là-bas pour demander des comptes. Rien à foutre de passer pour une tarée s'il n'avait pas le temps ni l'envie de me voir. Un message pour prévenir, ça n'était pas compliqué.

∞

Arrivée devant la boutique de tatouage, je tombai des nues en constatant qu'elle était fermée. Je frappai plusieurs fois à la porte au cas où, mais aucune trace de lui ni de Sasha. Je me mordis la lèvre tout en retournant à ma voiture. L'incompréhension enfla dans ma poitrine. Il lui était peut-être arrivé quelque chose, ou à sa famille. L'inquiétude finit par se mêler à tous ces sentiments dévastateurs qui se bousculaient dans ma tête. Ce n'était pas normal. Je mis le contact. Je devais le voir, je devais savoir s'il allait bien. S'il vivait quelque chose de compliqué avec sa mère, sa sœur ou si c'était à cause des mots, je voulais être là pour lui. Je l'aimais et je me sentais blessée d'être mise à l'écart et laissée ainsi dans l'ignorance.

Je me garai devant chez lui une bonne dizaine de minutes plus tard. Sa voiture était là. Le cœur au bord des lèvres, les mains moites, je m'avançai jusqu'à la porte. Je pris une profonde inspiration puis je frappai.

De longues secondes plus tard la porte s'ouvrit sur lui. Il était torse nu et son jean reposait sur ses hanches, déboutonné. Ses cheveux étaient en bataille, comme s'il venait de se lever. Décontenancée de le trouver comme ça, j'écarquillai un peu les yeux.

—Chamarlow…

Sa voix était dure, rauque, dénuée de tendresse. Et ce surnom me sembla soudain terne, presque comme une insulte. Il releva les yeux sur moi après m'avoir scruté des pieds à la tête. Son regard était noir, comme s'il n'appréciait pas de me trouver là. Je déglutis. Quelque chose n'allait pas du tout, mais j'ignorais quoi.

—Asher, est-ce que ça va ? demandai-je. Tu… tu es malade ?

—Pas que je sache.

La confusion m'assaillit. D'accord, au moins, il n'avait rien, c'était déjà ça.

— Je peux entrer deux minutes ? demandai-je. J'étais inquiète.

Je me rapprochai de lui, il ne bougea pas pour me laisser passer ni pour me prendre dans ses bras et ma vieille amie la solitude vint creuser un trou dans mon cœur.

— Tu n'as pas à t'inquiéter. D'ailleurs, tu tombes mal.

Je ne m'attendais pas du tout à cette réponse. J'en rougis de honte, sans comprendre pourquoi j'étais si mal à l'aise.

— Quoi ?

— Ce n'est pas tellement le moment. Tu débarques à l'improviste comme ça, je n'aime pas ça. Je te l'ai déjà dit.

Mon cœur s'emballa. Pour un homme amoureux, il avait un drôle de comportement. Je ne reconnaissais plus celui que j'avais appris à aimer.

— Je… je t'ai envoyé des messages, plusieurs. J'étais inquiète avec le mot que tu as reçu et tout… Et tu ne répondais pas, puis j'ai vu que la boutique était fermée…

Je m'emmêlais un peu les pinceaux, mais l'essentiel était là et il l'avait compris.

— J'avais besoin d'un peu de repos. Mais les mots ce n'est rien, Marlow, juste des abrutis qui veulent me faire peur… Rien de bien méchant.

— Du repos, tu te fous de ma gueule ? « Rien de bien méchant » ? C'est tout ce que tu trouves à me dire ?

Il haussa les épaules en glissant une main dans ses cheveux.

— Et pourquoi tu me laisses sur ton putain de palier alors qu'il y a à peine deux jours j'étais dans ton putain de lit et que tu me disais que tu m'aimais ?

— Marlow, à propos de ça…

Oh, mon Dieu… Ses simples mots me transpercèrent. Quelque chose se brisa dans ma poitrine. Son regard troublé rencontra le mien un instant.

— On dit des trucs parfois, sur le coup de l'émotion, et on ne les pense pas forcément comme on le devrait.

Une fissure profonde s'ouvrit, me brisant en deux.

— Je… De quoi ?

Asher appuya sa hanche contre la porte, semblant chercher ses mots, les peser. Il leva les yeux vers moi avec une froide indifférence. C'était un regard dont il avait sans doute gratifié plus d'une femme au moment de couper les ponts. Je n'y comprenais rien. Ça n'était pas comme ça que ça devait se passer… La nuit précédente avait été l'une des expériences les plus extraordinaires de ma vie. On n'avait pas baisé. On ne l'avait jamais fait. On avait fait l'amour. Ç'avait été parfait et ça…

— C'était dans le thème.

« Dans le thème » ? Il ferma les yeux un instant.

— J'avais envie de toi, je voulais te faire plaisir. Tu m'as dit que tu m'aimais, tu voulais que je te réponde quoi ? Je me suis pris au jeu, tu fais envie, tu sais…

« Salope »…

« Traînée »…

Ses mots n'avaient pas franchi ses lèvres, pourtant j'eus l'impression qu'il venait de me les souffler à l'oreille. Ma poitrine se souleva d'un coup. J'avais l'impression qu'il avait introduit ses mains en moi et qu'il avait réduit mes poumons en poussière et qu'il remontait peu à peu jusqu'à l'organe le plus fragile. La douleur m'envahit tout entière. Je tentai de me calmer, mais la souffrance était brutale, bien réelle, et en quelques secondes seulement elle était totalement ancrée en moi.

— Tu as répondu à mes sentiments par des paroles en l'air pour le simple plaisir de me baiser ?

— Je ne voulais pas te faire du mal, crois-moi. Je t'aime bien, Marlow.

Oh, par pitié…

— Je me suis rendu compte que j'étais allé trop loin et que c'était trop tard. C'était juste du réconfort. Puis l'autre est réveillé maintenant alors le jeu est fini.

« Le jeu » ?

— Gale ? Mais qu'est-ce qu'il vient faire là ? C'est entre toi et moi, pas…

— Tu as couru dans ses bras dès qu'il s'est réveillé. Tu as baisé avec lui aussi ?

Atterrée, je restai sans voix.

— Ash… tu fais quoi, mon lapin ?

Je me figeai, mon souffle se coupa. D'accord, ça pouvait être pire. Il pouvait m'enterrer plus encore. C'était une voix féminine et aguicheuse. Et elle venait de chez lui. Il y avait une femme avec lui. Le calcul fut très simple.

Oh, mon Dieu…

Ça expliquait sa tenue, ses cheveux, le fait qu'il ne veuille pas me faire entrer.

Je blêmis. Mon cœur s'arrêta le temps d'un instant. Une magnifique jeune femme apparut alors devant mes yeux. Elle avait la peau hâlée et de longs cheveux défaits retombaient en cascade sur ses épaules. Elle ne portait sur elle qu'un drap très fin, et à l'évidence elle était nue dessous. Je le regardai lui, puis elle.

— Je retourne dans le lit, je t'attends, lui dit-elle.

Elle me lança alors un regard étrange, puis elle disparut aussi vite qu'elle était apparue.

Il vit sur mon visage le moment où je me sentis détruite de l'intérieur. C'était un cauchemar, une blague de mauvais goût.

— Je…

Il bafouilla puis il baissa les yeux sans être capable de me regarder en face. Je déglutis. Non, ce n'était pas une blague. C'était ma putain de réalité.

Seigneur, j'avais mal comme jamais.

Un sentiment tout autre me brisa pour de bon. La trahison, l'humiliation, l'abandon… J'avais l'impression que ma peau se fissurait, que mon corps était soudainement devenu trop petit pour moi, que je me transformais en quelque chose de différent. Le flot d'adrénaline qui me submergea déclencha en moi une légère sensation de vertige. Les larmes me montèrent aux yeux et, malgré mes efforts pour les contenir devant lui, je n'y arrivai pas.

Je n'avais jamais eu aussi mal de ma vie. J'étais brisée par ce sentiment ridicule qu'était l'amour, et putain ! c'était pire que tout. Je fermai les yeux, une larme m'échappa, je la chassai tout de suite. Je n'arrivais pas à parler.

— Marlow, ce n'est… Enfin, je ne voulais pas que tu voies ça, que tu l'apprennes comme ça.

J'eus un rictus nerveux, qui résonna de manière affreuse autour de nous. Ça ressemblait à un cri de bête mêlé au rire d'un fou furieux. Il se figea, les narines dilatées, les yeux fous.

— Oh, mon Dieu… mais quelle abrutie ! explosai-je. Bon sang ! je n'en reviens pas d'avoir été si bête. Je m'inquiétais pour toi, j'ai cru qu'il t'était arrivé quelque chose ou que tu… Et ça m'a fait tellement peur que je suis venue sans me douter une seule seconde que c'était ça. Je suis soulagée que ce ne soit que ça au final. Tu te tapes juste une grosse pute après m'avoir baisée pendant des semaines au sens propre comme au figuré.

— Marlow, ne le prends pas comme ça… C'était marrant le temps que ça a duré.

Je relevai la tête et je le regardai dans les yeux avec autant de fierté et d'honneur qu'on pouvait en avoir après s'être fait arracher et piétiner le cœur. Il me couvait toujours de ce regard vide et froid. Excédée par cet air suffisant, la rage pulsa dans mes veines. Mon père m'avait appris énormément de choses, mais j'appliquai la plus basique de toutes. Avant qu'Asher ne puisse réagir, je lui décochai mon plus beau crochet du droit en pleine mâchoire avec une telle force que je m'en fis mal. Le redoutable punch des Scarlett.

— Oh, putain, gémit-il.

Il tituba et se retint à la porte pour ne pas tomber. Au moins celle-là il ne s'y était pas attendu. Lorsqu'il releva la tête, je remarquai que sa bouche était enflée et qu'il saignait. Je ne m'en réjouis qu'un instant avant de me souvenir de la douleur atroce qui me rongeait de l'intérieur.

— Dis-toi que j'aurais pu faire pire, crachai-je. J'ai épargné tes couilles, tu es tellement doué qu'il serait dommage de priver ton invitée de tes talents.

Le visage blême, il ouvrit la bouche. Le sang coulait sur son menton, il l'essuya et ne dit rien. Je me détournai de lui pour m'éloigner, m'interrompis et lui jetai un regard assassin.

— Une dernière chose, je n'ai jamais rien regretté de plus qu'être tombée amoureuse de toi.

Chapitre 24

Ça faisait plus d'une semaine et demie qu'Asher m'avait fait comprendre que je n'étais qu'une blague dans sa vie et rien de plus qu'une fille avec qui il avait eu envie de s'amuser. Cette semaine était à rajouter à la liste des pires semaines que j'aie jamais vécues. Bien que, cette fois-ci, je n'aie perdu personne. Enfin, pas perdu au sens propre du moins, personne n'était mort. J'avais juste perdu mon âme et ce n'était pas grand-chose au final. Je devais juste vivre avec ça. Et c'était possible, je le savais. J'avais déjà survécu à des choses plus douloureuses qu'un chagrin d'amour, j'étais une battante… Mais pourquoi ça me faisait si mal alors ?

J'avais eu le temps de penser à lui. J'y pensais tout le temps. J'essayais de résoudre le problème qui s'emmêlait dans mon esprit. Ces mots reçus, il devait sans doute baiser avec cette fille en même temps qu'avec moi, et elle nous avait vus ensemble…

Depuis notre rupture, je n'avais plus la moindre nouvelle et je ne l'avais pas vu non plus. Je devais bien avouer que j'évitais tous les endroits que nous avions en commun, même le bar de Jayce. Je n'étais pas vraiment d'humeur à sortir de toute manière. Il m'avait cassée, brisée.

J'avais cru qu'il incarnait l'espoir dont je parlais dans mon discours. Mon espoir, la chaleur qui venait combler ma solitude ; je m'étais juste brûlé les ailes en fin de compte. Et je détestais être dans cet état.

Je m'agenouillai devant la tombe d'Ella et je souris à la photo qui décorait la sépulture. Je posai un bouquet de roses dans l'un des vases et j'ouvris ma bouteille pour y mettre de l'eau. Le cimetière était désert, j'étais seule dans l'allée. J'étais bien ici, j'y avais passé tellement de temps que je ne comptais plus les heures que j'avais à mon actif. Entre Ella et ma mère, j'aurais pu être fossoyeuse.

— Tu sais ce qui est dingue ? soupirai-je en levant les yeux au ciel. C'est que je n'ai jamais été douée pour parler. Tu parlais toujours pour nous deux, tu me tirais des étoiles quand j'avais l'esprit ailleurs, tu m'as ouvert au monde… Pourtant, c'est moi qui ai fait le discours de fin d'année devant tous ces visages affligés, ses airs tristes, et j'ai inspiré les gens. C'est quand même un comble, tu ne crois pas ? Inspirer les gens alors qu'on a peur de prendre la parole. Je crois qu'après ça ç'a été un des jours les plus spéciaux de ma vie.

J'attrapai délicatement une coccinelle qui venait de se poser sur ma jambe. Je fixai le regard sur ses pois noirs et son habit rouge. J'avais lu quelque part qu'elles portaient bonheur. J'aurais aimé en avoir aujourd'hui.

— Gale est revenu et j'ai le sentiment que mes peurs ont disparu. Mais aujourd'hui je crois que j'aurais besoin d'être inspirée à mon tour… Je me sens perdue. Quand Gale était dans le coma et que je luttais pour sortir la tête de l'eau, je me sentais tiraillée entre le passé et le présent, maintenant qu'il est réveillé j'ai l'impression de sombrer. J'ai mal. J'ai l'impression de ne jamais avoir eu aussi mal de toute ma vie. Je le déteste, mais il me manque tellement.

(Je soupirai.) Je vais voir Gale, il reprend doucement du poids, et ses jambes sont beaucoup plus fortes, il est… Il n'a pas tellement changé. Il reste le même. C'est à la fois tellement bizarre et tellement bon de lui parler. On rigole beaucoup et ces derniers jours ça me fait du bien. J'essaie d'être une compagnie agréable, mais je vois bien que ce n'est pas vraiment le cas. Il ne dit rien, il se contente juste de me changer les idées. Et je m'en veux, bon sang! Il est revenu à nous depuis deux semaines et c'est lui qui me remonte le moral. Mais je ne sais pas comment on fait pour guérir de l'amour, Ella.

Je déglutis. J'avais cru comprendre que ça ne guérissait qu'avec du temps…

— Bon, sinon, j'ai commencé à réfléchir et, tu sais, ce tiroir… Je crois que je commence à me dire que je pourrais peut-être le vider et brûler tout ce qu'il contient. Je ne sais pas si je suis prête à le faire, mais j'y songe. Je commence à croire que je serai vraiment capable de le faire un jour. Tu imagines un peu ce que ça voudrait dire?

La coccinelle s'envola et je la regardai s'élever vers le ciel comme ma promesse d'aller mieux. Bon sang, il avait fallu qu'il me brise le cœur. Qu'il me détruise au moment où j'avais enfin compris que je pourrais être heureuse. J'avais été à deux doigts de toucher le bonheur. Je l'avais connu une journée et une nuit. Le bonheur complet d'être avec une personne qui nous faisait du bien et de ne plus ressentir de culpabilité envers Gale. C'était plus fort que moi, j'aurais donné n'importe quoi pour retourner en arrière, pour ressentir ce sentiment de nouveau. Revenir ne serait-ce qu'à ce moment chez lui, avant que sa vitre ne se brise, quand je pensais encore que tout cela était vrai et que j'étais réellement et sincèrement heureuse. C'était ridicule.

— Je vais te laisser, Ella. Je dois aller voir Gale. Tu me manques, mais ça tu le sais déjà. Je t'aime.

∞

Les jours qui suivirent avaient la même saveur amère que les précédents, le même goût infect qu'un fruit pourri. Et, lorsque je trouvais un mot et la vitre de ma voiture brisée, la colère fut si étourdissante que je dus me retenir à la portière. La rage bourdonnait en moi. Il y avait du verre partout et un papier blanc qui contenait les mêmes saloperies que la première fois. Je le froissai sans le lire jusqu'au bout et j'attrapai mon téléphone avec rage pour envoyer un message au roi des connards.

> Tu diras à ta pute qu'on a fini de faire mumuse toi et moi et qu'elle peut donc te sucer à loisir, alors ce n'est pas nécessaire de briser la vitre de ma bagnole et de me laisser des mots d'insulte. Merci !

Putain, j'étais en colère. Triste et en colère. C'était moche.

J'en tremblais de rage.

J'étais bonne pour une visite au garage dès le lendemain. Rien à foutre, il allait me rembourser.

Aussitôt rentrée, je me laissai tomber sur mon lit sans prendre le temps de manger. Je restai allongée dans le noir, me mordant nerveusement la lèvre inférieure. J'étais forte, j'étais plus forte que ce chagrin… La douleur que m'infligeait l'amour était insupportable. J'avais constamment un poids sur la poitrine et, peu importe de quoi mes journées étaient faites, cette douleur me rongeait.

Je fermai les yeux.

Après tout ce temps, après toutes ses épreuves, je connaissais une autre forme de douleur. Après tous mes efforts, après ce que j'avais traversé, je me laissais abattre par ça. C'était ridicule. Je tournai la tête lorsque mon téléphone sonna, les larmes me montèrent aux yeux. Je ne décrochai pas. Je n'avais rien à lui dire.

Lorsqu'il insista, j'éteignis mon téléphone.

∞

Le lendemain matin, je décidai qu'il était temps d'être plus efficace. Une peine de cœur n'était pas si grave, j'avais vécu des choses plus douloureuses que ça. N'est-ce pas ?

J'enfilai un bas de jogging, un débardeur et mes baskets. Je sentais que mon oreille allait mieux et j'allais essayer de me remettre à l'entraînement de boxe. Ça me manquait tellement. Je m'attachai les cheveux en une queue-de-cheval haute et je me motivai pour aller courir.

Dehors, je démarrai tranquillement pour prendre le rythme. Ce jour-là, j'avais envie de grandes résolutions. Merde, après tout Gale était réveillé et il allait bien, et c'était tout ce que j'avais espéré pendant des années, alors ça n'allait pas si mal que ça finalement.

J'accélérai la cadence et, après plus d'une heure de course, je m'arrêtai devant chez moi complètement essoufflée. Je m'étirai un peu avant de monter et je m'étonnai de ne pas avoir verrouillé en partant. Je claquai la porte derrière moi, j'avais besoin d'une longue douche. Je me dirigeai directement dans le couloir quand mon sang se glaça tout à coup.

Un homme sortait de ma chambre. Il me lança un sourire malsain et s'avança vers moi. D'origine latine, il était habillé tout en noir, avait des piercings partout, et ses bras et son cou étaient couverts de tatouages. Ça n'avait rien à voir avec un cambriolage, non, ce type puait le danger, il était là pour une raison précise.

— *¡Hola, mamacita!*

Je déglutis et je reculai d'un pas. La peur et l'incompréhension me lapaient la peau, m'empêchant de parler. Je reculai encore tandis que lui se rapprochait de moi et j'aperçus un autre type derrière moi. Mon cœur battit plus fort. Je tentai de me calmer, d'analyser la situation, mais mon instinct me dictait de fuir loin d'ici. Tout ça n'augurait rien de bon.

Bon sang, il se passait quoi, là ? C'était qui ces types ? Pourquoi ils étaient chez moi ?

— Qui êtes-vous ? parvins-je finalement à dire. Comment êtes-vous entrés ici ? Qu'est-ce que vous foutez là ?

J'aurais pu les menacer d'appeler les flics mais, vu leur dégaine de caïds, ils ne se laisseraient pas impressionner.

— Doucement, *bonita*. Une question à la fois.

Je détestai le ton mielleux de sa voix. Il n'y avait que lui qui parlait, ce qui voulait sans doute dire que c'était lui le meneur.

— Qu'est-ce que vous faites chez moi ? Je…

— Si tu ne me laisses pas en placer une, comment veux-tu que je te réponde ? répliqua-t-il d'un ton brut.

— Fichez le camp d'ici ! hurlai-je.

Il secoua la tête.

— Je ne sais pas ce que vous cherchez, mais ce n'est ni chez moi ni dans ma chambre.

— T'en fais pas, on va partir, mais pas de suite. On a un peu de temps.

Je déglutis. Il m'inspirait une autre forme de peur que celle qu'Harry Erickson avait inscrite en moi pour toujours. L'auteur de la fusillade avait simplement voulu tuer et faire le plus de victimes possible, mais ce type-là semblait bien plus pervers que cela.

C'était une chose d'être capable de foutre un crochet à un type, c'en était une autre de se retrouver face à deux gars baraqués dans son propre appartement. Des gars qui n'avaient rien d'amical et que je ne connaissais pas. J'étais perdue, j'avais l'impression d'être complètement seule au monde. Je n'avais personne pour m'aider ni pour me sortir de là.

J'essayai de trouver une solution et la fuite était la seule qui me venait.

— Je vais t'expliquer ça, tu vas vite comprendre, reprit le type qui me faisait face.

La porte était proche de moi. Je pouvais toujours essayer de fuir et courir. Une fois dehors, je pourrais trouver de l'aide. Avant qu'ils réagissent, je fonçai vers la porte dans l'espoir de l'atteindre et de pouvoir m'engouffrer dans le couloir, mais je fus soudain plaquée contre la paroi et je lâchai un cri de douleur quand mon front heurta le bois dans un bruit sourd. J'eus l'impression de voir des étoiles et le sang battit dans mon oreille abîmée et désormais douloureuse.

— Ne bouge pas ! siffla le mec qui venait de me plaquer.

— Pourquoi est-ce que vous essayez toujours de fuir ? lança celui qui me parlait depuis tout à l'heure. C'est vrai, ça, on vient gentiment, on n'a rien fait et vous fuyez. Les stéréotypes ont la vie dure !

Je déglutis.

— Je ne vois pas ce qu'il y a de bien encourageant à voir deux gars qu'on ne connaît pas chez soi, répliquai-je tant bien que mal.

Je n'avais absolument pas la moindre idée de qui ils étaient ni de ce qu'ils pouvaient bien me vouloir, mais je sentais qu'ils étaient dangereux. Le type qui me maintenait la nuque me tourna face à l'autre, qui s'approcha de moi pour s'arrêter à quelques centimètres à peine de mon visage. Je tentai de rester de marbre, d'étouffer la peur qui me clouait sur place. L'autre type me serra la nuque, et je lâchai un gémissement de douleur.

— Vas-y doucement, Marco ! Tu lui fais mal. Il faut être doux avec elle.

Tout en parlant, il fit descendre la bretelle de mon débardeur et ma peur se transforma en rage. Ce fut plus fort que moi, je lui envoyai un crochet du droit en pleine figure, puis je frappai l'autre avec mes coudes pour me dégager de sa poigne.

Il était impressionnant, il mesurait un bon mètre quatre-vingt-dix pour plus de cent kilos, je n'arriverais jamais à le déloger, alors j'allais à la cuisine pour tenter de trouver de quoi me défendre. Celui qui ne cessait pas de parler arriva derrière moi lorsque je parvins à brandir un couteau.

— Éloignez-vous ! criai-je en pointant la lame vers lui.

— Tu veux jouer, *mamacita* ?

Il se rua sur moi et j'eus à peine le temps de brandir mon bras armé. Il me saisit le poignet et m'arracha le couteau de la main, alors je le frappai pour la seconde fois avec autant de force que possible. Il jura en se tenant le nez et la seconde d'après ma gorge était entre sa main puissante. Il serra et la douleur fut insoutenable. Je tentai de me débattre, mais il avait le contrôle. L'air me manqua rapidement et je paniquai. J'essayai de m'accrocher à quelque chose pourvu que ça soulage ma douleur et me permette de respirer, mais il me souleva un peu plus et, lorsqu'il se dandina pour sortir un flingue, je lâchai prise, complètement terrorisée.

— C'est donc ça qu'il te trouve. Tu es du genre à riposter. Ça peut avoir son charme, surtout avec une *mamacita* comme toi. Mais je crois que tu es encore plus belle quand tu fermes ta putain de gueule et que tu ne fais rien. Tu m'as compris ?

J'étais trop effrayée pour répondre, alors il serra plus fort et j'eus l'impression d'entendre mes os craquer sous sa poigne.

— Je t'ai demandé si t'avais compris.

Cette fois-ci, je sortis un « oui » dans un son méconnaissable. Lorsqu'il me lâcha, je tombai au sol. J'essayai de respirer, mais mon corps et ma gorge étaient douloureux et je toussai plusieurs fois. C'était atroce.

— Marco, relève-la ! Et amène-la-moi !

Le Marco en question me releva brusquement et me jeta sur le canapé. L'autre, sur le visage duquel mes deux coups de poing avaient laissé des marques, s'assit à côté de moi le plus tranquillement du monde.

— Je m'appelle Luis ! Et si je suis là c'est parce que toi et moi on a un copain en commun. Asher, ça te dit quelque chose ?

Asher ? Qu'est-ce que… ?

Je secouai la tête. Il se rapprocha en souriant.

— Je vais éclaircir les choses tout de suite, je n'aime pas poser la même question deux fois, je considère que c'est une perte de temps, surtout quand on sait, toi et moi, que tu le connais.

— Ce n'est pas mon « copain », murmurai-je.

Je ne pouvais pas parler plus fort, ma gorge douloureuse ne me le permettait pas.

Notre point commun était donc Asher. Qu'avait-il à voir avec eux ?

— Ça tombe bien, moi non plus ! siffla Luis. Mais tu le connais et les amies d'Asher sont mes amies, surtout quand elles sont aussi belles que toi. Donc, ce que tu vas faire c'est que, quand tu connais la réponse à la question que je te pose, tu y réponds. Tu imagines sans doute que t'es pas la première à qui je pose des questions, tu te doutes aussi que je ne suis pas du genre tendre quand la réponse ne me plaît pas.

Son regard traîna sur moi. Il me dégoûtait, je ne m'étais jamais senti aussi sale de toute ma vie ni aussi seule et apeurée. Je n'avais aucune idée de ce qu'ils avaient l'intention de faire ou de me faire… Et c'était encore plus flippant qu'un fou furieux tirant dans la foule.

Cependant, malgré mon corps douloureux, malgré ma peur viscérale, je ne resterais pas ici à rien faire. Je lui broierais les couilles avant même qu'il essaie de me toucher, quitte à me faire buter après.

— Marco, j'ai soif ! lâcha-t-il tout à coup. Trouve-moi un truc dans le frigo.

Je ne dis rien, je me sentais groggy. Mon corps était engourdi et la douleur de leur agression était encore vive. Ma gorge était en feu.

Je n'avais même pas mon téléphone sur moi et, même si j'arrivais à maîtriser un des deux types, il y en avait un autre après. Et un flingue.

— Alors, on en était où tous les deux ? reprit-il. Oui, notre ami en commun. Figure-toi qu'il a une dette envers ses anciens camarades. Une dette de vie. Il y a eu quelques changements dans notre organisation et il est temps pour lui de la rembourser.

« *Une dette de vie* » ? Qu'est-ce que ça signifiait ?

— Quel rapport avec moi ? soufflai-je.

— Il n'y a que de la bière, boss ! lança l'autre.

— Ça ira ! grommela Luis en attrapant la bouteille.

Il la décapsula et en but quasiment la moitié en une gorgée.

— Il ne s'agit pas vraiment d'un rapport, mais d'une logique évidente. Ça aurait pu marcher avec sa sœur ou sa mère, mais avec toi je suis persuadée que ce sera encore mieux. Le but étant de lui faire le plus de mal possible.

Mon sang se glaça.

Les mots ne venaient peut-être pas d'une fille finalement… J'aurais sans doute dû répondre à son appel la veille…

— Ce n'est pas vraiment ta faute, c'est le tirage au sort. Enfin, si tu n'avais pas baisé avec lui, l'histoire aurait été tout autre.

Lorsqu'il se pencha, je me recroquevillai, j'étais terrorisée. Il éclata de rire.

— T'en veux pas un peu ? demanda-t-il en agitant la bouteille de bière devant moi.

Je secouai la tête.

— Tu ferais mieux d'en prendre. Ça va te détendre un peu, tu vas en avoir besoin.

Mon cœur s'alarma, mais la peur me tétanisait. Il agita de nouveau la bouteille.

— Tant pis. Tu sais, je ne fais pas ça de gaieté de cœur, mais certaines choses doivent être faites et certains messages doivent passer correctement. Je te regarde et je me demande si te péter les phalanges avec lesquelles tu m'as cogné ça le foutrait en rogne. Après tout, je donne coup pour coup.

— Moi aussi, soufflai-je.

Il éclata de rire.

— Et tu continues de mordre ! C'est intéressant. Je me demande jusqu'où va ton courage. Et si je te baisais, tu crois que ça le foutrait en rogne ? Je suis certain qu'il péterait un câble. Mais on s'en fout, *mamacita*, tant que toi et moi on s'éclate !

— Plutôt crever, *hijo de puta*.

L'insulte ne sembla pas lui plaire car la seconde d'après son poing m'atterrit en plein visage et une autre vague de douleur vint me transpercer de part en part.

— N'insulte pas ma mère ! S'il y a une pute ici, c'est toi !

Furieux, il se redressa et sortit de nouveau son flingue, qu'il pointa dans ma direction.

— On va s'amuser toi et moi. Marco, fous-là dans sa chambre.

Je me débattis, je tentai de me libérer quand l'armoire à glace m'attrapa, mais, lorsque l'autre brandit son arme vers mon visage comme l'avait fait l'auteur de la fusillade, je perdis de nouveau mes moyens.

Pourquoi cette chose me faisait-elle si peur ? Pourquoi me rendait-elle si impuissante ?

Il m'attrapa le visage pour me forcer à le regarder.

— Je vais te baiser comme tu le mérites. Comme le mérite une pute qui baise avec un traître. Ensuite, on s'amusera encore tous les deux pour laisser quelques petits souvenirs à Asher.

Je lui crachai au visage, il s'essuya et son expression se transforma.

— Dans la chambre ! éructa-t-il.

Marco me fit avancer et je me demandai alors ce qui pourrait me servir à tuer ou à me tuer dans ma chambre. Si je n'avais pas la force de l'affronter, je préférais encore mourir et, tandis que la peur se mêlait aux pensées les plus morbides que j'avais jamais eues, je pensai à lui.

Asher...

— Lâche-la !

Cette phrase précéda un bruit sourd.

Mon esprit me jouait des tours.

— Lâche-la ou je te crève !

Marco s'immobilisa et fit volte-face. Alors mon cœur se mit à battre fort et, dans l'obscurité de mes pensées, j'aperçus une lueur éclatante.

Il était là.

Asher...

— Voilà le héros du jour !

Lorsque ses yeux se posèrent sur moi, sa rage se multiplia à l'infini et sa mâchoire se crispa. Je ne savais pas à quoi je ressemblais, mais ça devait être moche et, tout à coup, ma vue fut brouillée de larmes, ce qui le rendit encore plus dingue.

—Ash…

Ma voix ne portait toujours pas très loin, mais il l'entendit.

—Lâche-la, répéta-t-il en s'avançant. C'est entre nous maintenant.

Bizarrement, le Marco obéit et je m'accrochai au mur du couloir pour ne pas tomber. Luis pointait son arme sur Asher, mais il ne semblait pas s'en soucier le moins du monde. Il n'avait d'yeux que pour moi. Je ne l'avais jamais vu encore dans un tel état de transe. Peu importait ce qu'il avait fait, à l'instant, je voulais juste me réfugier dans ses bras et fuir mon appartement, même si ça ne changeait rien à mon cœur brisé.

—Ça faisait longtemps, *cabrón* ! Tu ne dis pas bonjour à tes vieux potes ?

—T'as intérêt d'être sûr de toi, Luis, parce que je ne vais pas te rater.

Alors ils se connaissaient vraiment, et assez bien visiblement. Je me demandais quel était le lien entre Asher et ces brutes. Il n'était en rien comme ces types-là. Je me rendais compte que je ne savais rien de son passé, mais je savais qu'il n'était pas aussi violent et mauvais qu'eux.

—J'aurais aimé que tu arrives un chouïa plus tard, que tu me laisses finir ou que tu laisses la *mamacita* te haïr de m'avoir laissé lui faire ça, mais bon on va se contenter de ça.

Je vais m'occuper de toi et je te laisserai regarder quand je la baiserai pour toi.

La rage d'Asher s'intensifia encore et la mienne s'embrasa de nouveau.

— Quand j'en aurai fini avec toi, Luis, tu ne pourras plus jamais bander ni même ouvrir ta grande gueule ! rugit-il.

— Elle est plutôt bonne pour une Blanche… Je me demande combien de temps tu tiendras avant de péter un plomb. Peut-être même qu'elle va jouir.

— Putain, ferme-la ! Je t'interdis de parler d'elle !

— Tu donnes beaucoup d'ordres, ça ne me plaît pas. Tu me dois le respect.

— Je ne te dois absolument rien ! Je ne dois rien à personne. Et je peux même te garantir que tout ce qu'elle a subi je vais te le faire subir mille fois. Tu n'aurais jamais dû poser les mains sur elle ni même songer à la toucher.

— C'est là que tu te trompes, répondit Luis en ignorant ses menaces. Tu me dois des choses et je compte bien être remboursé.

— Qu'est-ce que tu me veux ? ironisa Asher. J'ai payé et je ne retournerai jamais là-bas. Nino est au courant de ce que tu fais ?

— Tu as une dette de vie, tu n'as jamais payé pour ta trahison, tu aurais dû crever dans le caniveau, j'aurais dû te plomber la tête. Nino avait décrété que tu avais eu ton compte et que, si tu survivais, alors personne ne t'adresserait plus jamais la parole, que tu ne serais pour nous qu'une merde, mais moi je dis que ça suffit pas ! Maintenant que Nino est mort et que j'ai pris sa place, je compte bien rétablir l'honneur du gang et le nettoyer de toutes les souillures. Et toi, tu en es une belle.

Alors Asher avait été membre d'un gang…

— Si tu parles de rétablir l'honneur du gang, alors tu ferais bien de t'occuper du tien, répliqua-t-il. Tabasser une femme et la violer n'a jamais fait partie des pratiques de Nino, surtout une innocente. Tu aurais dû t'en tenir à tes petits trafics de rue.

— La vengeance avant tout. Tu n'as pas payé pour nous avoir quittés et je compte bien régler cette petite dette.

Il enleva le cran de sûreté de l'arme et une nouvelle vague de peur me transperça.

— Non ! hurlai-je au milieu de la douleur.

Je tentai d'avancer, mais Marco me retint fermement.

— Bouge pas ! m'ordonna-t-il.

— T'es encore plus lâche derrière ton flingue, *culero* ! crachai-je.

Luis me lança un regard noir, oubliant Asher. Je connaissais quelques mots en espagnol et, bizarrement, c'était des insultes.

— Ne t'approche pas d'elle, lança Asher en le retenant. Et toi ne tente rien ! ajouta-t-il à l'intention de Marco.

Bien qu'il me tînt toujours, mon assaillant ne fit pas un geste de plus. Je ne comprenais pas.

Asher reporta son attention sur Luis.

— Si tu es venu me faire payer, c'est que, selon toi, je suis toujours membre du gang, dans ce cas j'ai le droit de te défier. Je te défis, Luis, et qu'on en finisse.

— Tu n'as aucune chance, siffla l'intéressé d'un air satisfait.

— Ne me sous-estime pas. Tu me veux, je suis là. Elle a raison, tu sais, t'as toujours été lâche. On se demande comment t'as pu prendre la place du boss. Ça doit être la décadence.

Je retins mon souffle quand Luis se jeta sur Asher. Je poussai un cri quasiment muet quand, après avoir reçu un coup de poing, la tête d'Asher heurta le miroir accroché au mur, qui se brisa au sol. Lorsque je vis que les bouts brisés étaient couverts de sang, je paniquai. Les cheveux d'Asher étaient humides, il saignait.

Je voulais l'aider, je voulais que ça cesse, j'essayais de comprendre ce qui se passait mais je n'y parvenais pas. Marco, qui me retenait toujours, ne bougeait pas non plus. Je ne comprenais pas. On aurait dit qu'il respectait Asher ou les règles.

Mon appartement devenait un champ de ruines alors qu'Asher et Luis se battaient avec rage. Luis jacassait à propos du gang, de la dette, de sa revanche, et Asher ne disait rien, il se prenait poing après poing.

— Asher…

Je soupirai d'effroi et, tout à coup, l'ascendance de Luis sur Asher se renversa. Asher lança un formidable crochet à Luis, qui s'effondra sur le bar de la cuisine. Asher ne lui laissa pas le temps de riposter et le frappa encore et, quand ils s'écroulèrent à terre, Asher, au-dessus de lui, se métamorphosa. La rage crispait chaque millimètre de son corps. Il avait l'avantage et il comptait en profiter.

— Tu crois que tu sais frapper ? cracha-t-il. Je me suis déjà mangé des droites bien plus puissantes que les tiennes.

Et là je sus qu'il parlait de moi et les larmes coulèrent de nouveau sur mes joues.

— Tu crois que tu peux me battre après ce que tu lui as fait, après l'avoir touchée, lui avoir fait du mal ? Putain, je n'ai jamais été aussi enragé de toute ma putain de vie ! Même après ça, là c'est bien pire !

Après quoi ?

À chacune de ses phrases, ses poings percutaient Luis avec une rage renouvelée.

— On t'entend plus, hein ? Tu pensais que je n'avais aucune chance, que tu allais me buter. Tout ce que je vois, c'est un petit *culero* mais ça ne m'étonne pas !

Asher… Il était défiguré par la haine. S'il continuait comme ça, il…

— Marco, bute-le ! lança Luis.

L'armoire à glace me lâcha.

Non !

— C'est un duel d'honneur entre deux membres du gang, dit-il. Si tu en viens à me donner cet ordre c'est que tu reconnais ta défaite.

J'avais du mal à suivre, mais Asher, lui, éclata de rire tandis que Luis tentait tant bien que mal de s'en sortir.

— Tu crois que je ne sais pas que c'est toi qui as tué mon père ? cracha alors Asher. Belle mise en scène, un drogué qui tue un père de famille sans histoire. C'est vachement intelligent, deux cadavres, affaire classée. Ils ont conclu à un règlement de comptes. Tu crois que je ne sais pas que c'est toi qui l'as flingué ? La balle dans son corps, c'était le même calibre que ton flingue… Et j'ai fermé ma putain de gueule pour protéger ma mère et ma sœur, parce que je savais que la justice ne m'aiderait pas et que ça ne ferait que m'apporter des problèmes. Et toi, qu'est-ce que tu fais ? Tu t'en prends à l'une des rares personnes qui compte plus que tout pour moi ! Ma dette de vie, je l'ai payée. J'ai perdu mon âme quand vous m'avez tous tabassé et quand j'ai perdu mon père par ma putain de faute. Ouais, je suis mort à l'intérieur, je sais que, ça, tu ne peux pas le comprendre. J'espère que t'en as bien profité parce que c'est la dernière femme que tu toucheras de ta putain de vie.

Mes sanglots redoublèrent d'intensité. J'ignorais tout ça. C'était tellement horrible. Je pleurai pour son père, pour lui et sa famille…

— Asher…

Il ne m'entendait pas ou ne voulait pas m'entendre. Je refusais qu'il devienne comme ça. Il se redressa et frappa dans le ventre de Luis. Celui-ci laissa échapper un gémissement de douleur. Je me demandai comment il pouvait être encore en vie après avoir encaissé les coups acharnés d'Asher. S'il continuait comme ça, il ne resterait pas en vie bien longtemps.

Lorsque Asher s'empara d'un couteau, je hurlai à la mort :

— Asher, arrête !

Il s'immobilisa et me regarda.

— T'as aucune idée de ce qu'ils ont fait, me dit-il. De ce qu'ils peuvent faire, de ce que j'ai subi.

— Je crois en avoir une petite idée… J'ai passé dix minutes avec lui et…

Ma voix se brisa, ce qui ne l'aida en rien. Malgré ma gorge qui demeurait fragile, je persistai :

— Je n'ai rien. Seigneur, arrête ! Qu'est-ce que tu vas faire, là ?

— Ce qu'ils t'ont fait, je ne peux pas…

— Si, tu peux, le coupai-je. Je ne veux pas que tu deviennes comme ces types. Ne fais pas ça, ne deviens pas comme ça… Je t'en prie…

De longues secondes s'écoulèrent avant qu'il ne pose le couteau, puis il attrapa Luis par le col pour le soulever et le frappa de nouveau.

— Dis-le ! cracha-t-il.

J'ignorais ce qu'il devait dire, mais Asher lui donna un autre coup de poing, dans le ventre cette fois-ci.

— Dis-le. Je ne vais pas te tuer, mais je peux quand même te casser quelques os.

Il s'empara de l'un de ses doigts et le tordit violemment. Luis hurla de douleur. Asher venait sans nul doute de le lui casser.

— Et de un !

Asher recommença avec un autre doigt et je haïs cette haine qui l'animait et cet homme qu'il devenait.

— J'abandonne, siffla Luis.

Alors Asher lui donna un dernier coup qui le fit s'effondrer au sol et il s'éloigna en secouant la tête, comme si tout à coup il retrouvait ses esprits.

— C'est ton tour ou pas ? fit-il à l'intention de Marco.

— Qu'est-ce que tu comptes faire ? demanda celui-ci pour toute réponse.

— Je vais t'expliquer. Laisse-la venir.

Il me laissa passer, je titubai, avançant vers cet homme ensanglanté que je ne reconnaissais plus et que je ne connaissais pas. Je pleurais, j'étais toujours perdue, j'allais mieux. Enfin, autant que la situation le permettait.

Et tout à coup une peur absolument viscérale me percuta. Je vis Luis brandir son arme vers la poitrine d'Asher et, lorsqu'il appuya sur la détente, je pris une décision en moins d'une fraction de seconde, je poussai violemment Asher avec le peu de forces qui me restait et je m'interposai entre lui et la balle.

La douleur fut inouïe, plus encore que lorsqu'on m'avait tiré dans la jambe. J'eus le souffle coupé et je titubai avant d'atterrir dans les bras d'Asher, paniqué.

— Marlow ?

Respirer devenait difficile, garder les yeux ouverts aussi.

— Marlow… Non, non, non… Non, s'il te plaît, reste avec moi. MARLOW !!

Je luttai un instant avant de sombrer.

Chapitre 25

Lorsque je me réveillai, groggy, je ne parvins pas à ouvrir les yeux tout de suite. Je bougeai et tentai de changer de position, mais mon corps était engourdi et douloureux. Je gémis. J'avais l'impression de m'être fait rouler dessus, mais je me rappelai tout à coup du calvaire que j'avais subi et qu'on m'avait tiré dessus.

— Enfin ! siffla une voix que j'identifiai comme étant celle de mon père.

J'ouvris finalement les paupières et la lumière trop agressive me brûla les yeux. Lorsque je voulus me redresser une seconde fois, je me rendis compte que quelque chose m'obstruait le nez. Je paniquai.

— Bon sang ! grommelai-je. Qu'est-ce que… ?

Je tentais de comprendre quand mon père se posa sur mon lit et m'empêcha de me débattre davantage.

— Doucement, chérie ! Fais attention, tu as des tuyaux pour respirer.

— Des tuyaux ?

— Oui, tu en avais besoin et, fais attention, tu as aussi des perfusions. Reste tranquille.

Je hochai la tête et je tentai de me détendre, mais je repensai à tout ce qui s'était passé dans mon appartement.

À ce que ce type m'avait fait subir, à la rage d'Asher, au coup de feu, après c'était le trou noir et…

— Asher ?

Mon père grogna :

— Il est dans le couloir. Je refuse qu'il s'approche de ta chambre, alors il reste dehors et il attend. Il est…

Je souris. Mon père refusait qu'il soit dans ma chambre et Asher devait le rendre fou à rester dans le couloir.

— Il est aussi têtu que toi. Il n'a rien fait, papa. Il ne m'a pas tiré dessus. Tout va bien.

— Il t'a amenée ici dans cet état, il a dit que c'était sa faute. Marlow, tu es couverte de bleus, tu es blessée par balle et ton appartement est dans un état pas possible. Comment veux-tu que ça aille ?

— Il m'a protégé.

— Pas assez ! siffla-t-il.

— Ne lui en veux pas, je vais bien. Je me suis retrouvée dans cette situation et j'ai su ce que je devais faire. C'était mon choix.

— Un choix ?

— Oui, un choix que je n'ai pas pu faire la première fois que j'ai vu une arme de près. On allait le tuer, papa ! Il va bien, alors ?

— Oui. Il dit que tu ne crains plus rien et je pense que c'est vrai parce qu'il m'a supplié de le croire en pleurant. Et tu sembles avoir la même version que lui. Tu n'as pas l'air en colère…

— Ah si, je le suis. Mais pour autre chose. Ne lui en veux pas pour ce qui s'est passé, ce n'était pas sa faute. Pour le reste, laisse-moi faire, je suis assez grande pour ça. C'est à moi de régler mes problèmes.

— Tu sors avec lui ?

Je secouai la tête.

— Il y a eu quelque chose entre nous, mais non, c'est fini.

Et mon cœur était loin d'être cicatrisé. Malgré cet événement, bien qu'il m'ait sauvée et que je l'aie moi-même sauvé, ça ne changeait rien à la douleur que j'avais dans la poitrine. Il m'avait trompée, trahie, il m'avait brisé le cœur.

— Fini ? dit-il. Il n'a pas l'air… (Il s'interrompit.) Bon, je vais chercher le médecin et prévenir tout le monde que tu es réveillée.

— Attends, je suis là depuis combien de temps ?

— Depuis plus d'une trentaine d'heures. Tu t'es réveillée une fois, mais tu délirais à cause de la douleur.

Je croisai alors le regard de mon père et je lus sur son visage toute la peur et l'inquiétude qui l'habitait et qui commençait doucement à s'estomper.

— Ça va, le rassurai-je. Je me sens juste groggy.

— J'étais mort d'inquiétude ! Bon sang, Marlow !

Il pleurait. Mon père, ce roc, cette montagne, pleurait pour moi. Et j'eus envie de m'excuser, comme si tout à coup j'étais redevenue une petite fille qui avait fait une bêtise. Il avait beau pleurer, il n'en demeurait pas moins impressionnant.

— Ne t'avise plus jamais de me faire une frayeur comme celle-ci ! rugit-il. Plus jamais ! Je ne suis pas assez solide pour subir ça, tu entends ? Je veux m'engueuler avec toi quand j'aurai quatre-vingts ans et que je deviendrai sénile et que je t'en ferai voir de toutes les couleurs. Je veux voir mes petits-enfants, et te voir devenir médecin et te voir heureuse, alors, si tu tiens un peu à ton vieux père, ne me refais plus jamais une peur pareille…

Sa voix se brisa.

Je déglutis.

— Je suis désolée, papa…

Les larmes me montèrent aux yeux et cette fois-ci ce n'était pas dû à la douleur, c'était une montagne d'accumulations qui me tombait sur le coin de la gueule. C'était un tout. Tout ce que j'avais subi ces derniers jours : mon cœur brisé, ma solitude, ces types, l'arme et Asher…

∞

Lorsque je croisai le regard d'Asher un peu plus tard, je dus faire appel à toutes les forces en fusion autour de moi pour ne pas craquer et pleurer devant lui. Quant à lui, il avait l'air tellement mal, et triste. Il avait des bleus sur le visage et il avait l'air de ne pas avoir dormi depuis des jours.

— Tu te sens comment ? demanda-t-il en s'approchant de moi.

— Pas trop mal si on tient compte des événements : larguée, trompée, trahie et tabassée…

— Marlow…

— Va droit au but, Asher.

Il hocha la tête.

— Qui étaient ces types ? Et qu'est-ce qui s'est passé ?

Il prit une grande inspiration :

— D'accord, je vais commencer par le début. J'avais seize ans quand j'ai commencé à traîner avec des types qui venaient se faire tatouer chez mon père. Ils étaient latinos, ils avaient entre seize et vingt ans, ils avaient de belles voitures, des fringues flambant neuves. Mon père ne les aimait pas, moi je les trouvais cool. J'étais jeune et très con. J'ai été attiré par leur côté désinvolte et par cette liberté qu'ils semblaient avoir. C'était un gang de rue.

Il faisait les cent pas. Il avait l'air gêné de son passé.

— Au début, je leur dessinais des trucs, je piquais l'encre et le matos de mon père et leur faisais des tatouages. Ils me donnaient un peu de fric et de l'importance… C'était cool, il y avait toujours une bonne ambiance, des filles. Ensuite, ils ont voulu m'embarquer dans d'autres trucs… Une fois, j'ai tabassé un mec avec d'autres gars parce qu'il devait de l'argent et que, lorsque tu contractes un prêt avec ces gens-là, tu dois avoir de quoi rembourser dans les jours qui suivent sinon t'es mort. Ce gars, je l'ai à peine touché, mais quand même, j'ai compris qu'en fait ils n'étaient pas si cool. J'avais trop peur de ce qu'ils me feraient si je refusais de le tabasser. J'aurais foutu la honte au chef, il aurait pris ça pour un défi.

Mes yeux s'écarquillèrent. D'effroi, mais aussi d'incompréhension. Je me rendais compte que je ne savais rien de lui, qu'il n'avait jamais été franc avec moi. J'entendais cette histoire pour la première fois depuis qu'on se connaissait. Tous ces moments où il aurait pu m'avouer que lui aussi avait eu un passé difficile, il avait préféré me mentir.

— Les marques que tu connais si bien dans mon dos sont les vestiges de mon départ du gang. C'était il y a cinq ans. Ils ont pris ça comme un affront, une trahison. Ce que j'ignorais, c'était qu'on ne quittait pas un gang et qu'on n'en parlait pas non plus à ceux que l'on croyait être ses amis… On s'enfuyait et on priait pour ne pas être retrouvé.

J'étais décidément trop con et trop naïf pour être dans un gang. Ils m'ont brûlé avec un tison après m'avoir tabassé.

Seigneur! Je ravalai mes larmes, mon chagrin. *Quelle horreur!*

— On m'a retrouvé inconscient sur le bord de la route… Mon père m'a fait ce tatouage pour cacher mes marques, pour apposer sur mon dos un symbole. Il me disait qu'il fallait que je renaisse, que je me reprenne en main, que, maintenant que j'avais touché le fond, il serait plus facile de remonter.

J'étais horrifiée. J'avais mal pour lui. Lorsqu'il m'en avait parlé, il m'avait dit que c'était un incendie, il m'avait menti.

— Et ce Luis ? Et l'autre ?

— Luis est probablement enterré quelque part, une balle dans la tête à l'heure qui est.

Interdite, je secouai la tête.

— Tu l'as… tué ?

— Non. J'aurais pu, j'allais le faire. Quand je t'ai vue, j'ai compris ce qu'il comptait te faire, j'ai cru que j'allais faire un massacre ; si tu ne m'avais pas dit d'arrêter, j'aurais continué à taper et je l'aurais tué. Je voyais rouge, je n'avais plus conscience de rien, je n'entendais que le bruit de mes poings qui lui brisait les os…

Je frissonnai d'effroi. J'étais à la fois soulagée et pétrifiée.

— Comment alors ?

— Quand tu fais partie d'un gang, il y a une hiérarchie, mais peu importe que tu sois une sous-merde ou le second du chef, tu peux toujours le demander en duel pour prendre sa place, pour réclamer quelque chose… Puisqu'il considérait que je n'étais jamais parti, j'étais encore un membre, et je l'ai battu. Je suis donc devenu le chef à sa place.

— C'est pour ça qu'il te respectait, l'autre ?

Il hocha la tête. Je restais tout de même perplexe. J'avais du mal à comprendre certaines règles, ça me dépassait complètement.

— Ouais. Je lui ai fait comprendre que c'était dans l'intérêt du gang de se débarrasser de lui. En plus, tu es une civile, tu n'as rien à voir avec la drogue, et si la police venait à savoir ça, avec ton père célèbre, ils auraient toute la presse à leurs trousses en plus des flics. Un type qui fait du mal à une femme et qui tente de la violer n'est jamais vraiment bien vu, et s'il se fait battre en duel il ne sert plus à rien. Je le sais, Marco le sait. Il était très proche de Nino, l'ancien chef du gang. J'imagine que Nino a dû mourir prématurément et qu'il espérait sans doute faire pareil avec Luis. Je lui ai donné les conditions strictes et sans concessions de ma succession au titre de chef. Pas besoin de duel, il est chef et...

— J'y comprends rien... Tu es chef, tu n'es plus chef...

— Je sais, c'est compliqué. Tu as juste besoin de savoir que tu n'as plus rien à craindre. Plus rien, je te le promets. Je sais que c'est difficile à croire parce que tu as vécu l'enfer coincée avec lui, mais c'est vrai. Sinon, je serais déjà chez les flics.

Je le croyais, je le savais. Je l'avais vu devenir une bête pour me protéger, alors je savais ce dont il était capable et je savais aussi qu'il me disait la vérité. J'étais soulagée qu'il n'ait rien, que tout soit réglé, mais une douleur perdurait. Une douleur qui ne se guérissait pas à coups d'antidouleur et de perfusions. Celle-ci était tenace.

— D'accord, dis-je d'une voix tendue. D'accord…

Il avait l'air crispé. Il me regardait, je voyais bien qu'il regardait mes blessures et qu'il s'en voulait. D'après le médecin, la balle n'avait touché aucun organe vital, elle les avait seulement effleurés. Je devais me ménager et attendre que la plaie cicatrise.

— Marlow, il faut que tu saches que ce que j'ai fait, la manière dont on s'est quittés, je l'ai fait pour ton bien. Sur le coup, ça m'a semblé être la solution la plus intelligente.

Quoi ?

— Je…

Il avait des yeux de fou. On aurait dit qu'il allait jouer sa vie sur ce qu'il allait dire. Je me contentai de soutenir son regard.

— Tu te souviens du soir où j'ai annulé notre rendez-vous parce que ma sœur m'avait appelé ?

J'acquiesçai d'un signe de tête.

— Quand tu es venue chez moi ce jour-là, j'ai été dur avec toi. Summer m'avait dit qu'une voiture noire l'avait filée, elle avait peur. J'ai commencé à devenir nerveux. J'avais perdu mon père, je ne voulais pas perdre quelqu'un d'autre.

— Tu as préféré me tromper et me larguer… C'est sûr, c'était très chevaleresque de ta part. Écoute, je ne t'en veux pas pour ce qui s'est passé, mais ça ne veut pas dire que je t'excuse pour le reste. Tu m'as brisé le cœur, Asher. Je ne suis pas prête à entendre une explication quelconque. Ne crois pas que cette balle que j'ai reçue et ce qui s'est passé change quoi que ce soit. Je ne…

La colère engourdit mes jambes, battit contre mes tympans. Ses fichus yeux noirs me couvaient toujours et le poids de mes blessures morales et physiques me semblait plus lourd.

— J'ai pris peur, Marlow ! D'abord Summer, puis les mots. J'ai essayé de rassembler le puzzle, sans y arriver. Mais j'avais un passé et je savais que ça venait de là. Ils t'avaient menacée en premier. Alors, j'ai pensé à tout ce que j'avais de plus précieux, à toi qui dormais dans mes bras, à toi qui venais de m'avouer tes sentiments. J'ai réagi de manière irrationnelle, je n'avais plus les idées claires.

Mon cœur battit plus fort. Ça n'expliquait pas tout. Ça n'expliquait même rien.

— J'ai pensé à ce que j'avais vécu, à ce que j'avais infligé à ma famille, et j'ai imaginé la douleur de te perdre. J'ai perdu mon âme une fois, je ne voulais pas te perdre toi. C'était insupportable, Marlow. La vérité, c'est que je t'aime, je suis dingue de toi depuis la première fois où j'ai posé les yeux sur toi. La vérité, c'est que s'ils s'en étaient pris à… Putain, j'ai échoué lamentablement ! Marlow, j'avais peur, j'ai fait ce que je pensais juste.

Je déglutis, il s'avança. Je remarquai ses mains abîmées.

— Je ne comprends pas… Tu m'as dit que c'était des mots en l'air juste pour baiser… Et cette fille chez toi, qu'est-ce qu'elle vient faire dans cette histoire ?

— Je n'ai pas couché avec Francesca. C'est ma cousine.

— Ta cousine ? Tu te fous de ma gueule ?

Je secouai la tête, j'avais envie qu'il s'en aille, l'écouter ne servait à rien à part augmenter ma colère.

— Ma cousine, oui, persista-t-il avec une voix forte et sincère. Elle ne vit pas très loin d'ici, elle traîne souvent avec Summer, je savais que tu ne l'avais jamais vue et que du coup ça serait crédible.

— Tu te…

— Crois-moi, je ne te mens pas. Je t'emmènerai la voir, on demandera à ma mère. Je te promets que je ne te mens pas. Bon sang, pas maintenant !

Les larmes me montèrent aux yeux et ma gorge se serra.

— Qu'est-ce que ça veut dire ?

J'avais mal à la tête, je comprenais de moins en moins.

— J'ai cogité cette nuit-là quand on a reçu le mot chez moi, reprit Asher. Et je me suis dit qu'ils allaient bientôt passer à l'action, alors j'ai pris peur, comme je te l'ai dit. Je me suis dit que, si je t'éloignais de moi, tu ne serais plus en danger. J'ai demandé à Francesca de jouer le jeu et de faire semblant d'être mon amante. J'ai pris Gale comme prétexte, je n'ai pas répondu à tes messages, je savais que tu viendrais… Mais Marlow, tout ça, c'était…

— Si je comprends bien, tu as monté tout ce plan pour m'éloigner de toi à cause de ces types ? demandai-je, incrédule et furieuse.

Il hocha la tête, son regard était à la fois triste et sombre.

— Et tu as vu ce qu'ils sont capables de faire… J'aurais dû être là. Je suis désolé, *querida*. Je ne t'ai pas trompée, je n'aurais jamais pu faire ça… Je ne pensais pas non plus à tout ce que je t'ai dit à ce moment-là. Je voulais que tu me haïsses le plus possible pour que tu ne veuilles plus avoir affaire à moi. (Il fit une pause et s'avança près de moi.) Je n'ai pas pensé qu'il s'en prendrait quand même à toi. Quand j'ai reçu ton message me disant que tu avais encore reçu un mot, j'ai paniqué. Comme tu ne répondais pas, je t'ai surveillée. Je t'ai suivi pendant ton jogging, mais, du coup, j'ai raté ces types quand ils sont montés chez toi. Puis j'ai reconnu une voiture et… (Il tenta de me toucher, mais je me dérobai.) Et je ne suis qu'un minable, j'ai eu faux sur toute la ligne… Tu as été blessée, je t'ai blessée moi aussi et… Est-ce que tu pourras me pardonner d'avoir été si con ?

— Je ne sais pas si je le veux, Asher. Tu ne m'as pas trompée, mais tu m'as menti, c'est aussi une trahison.

Il soupira. Je baissai les yeux. Malgré ses explications, j'étais déçue. Ses méthodes, ses mensonges, le fait de ne pas m'avoir fait confiance… J'aurais voulu savoir pour son passé, au lieu de ça, je n'avais aimé qu'une façade.

— Essaie de te mettre à ma place, ces types ne sont pas tendres. J'ai eu peur pour toi, pour nous.

— Tu ne m'as pas fait confiance. Tu as décidé tout seul et à ma place, et tu m'as renvoyé mes sentiments en pleine gueule. Je me suis sentie humiliée. J'ai l'impression d'être le dindon de la farce. Tu as joué, tu m'as fait souffrir, juste parce que tu croyais que c'était la meilleure chose à faire ? Ce n'est pas juste. Il y avait d'autres façons de faire. Je me rends compte que je ne te connais pas en fait. C'est comme si j'étais tombée amoureuse d'une façade.

— Tu me connais, *querida*. Je suis désolé. J'ai juste embelli la vérité sur mon passé, mais ce type qui n'arrêtait pas de te rentrer dedans pour essayer de te troubler c'était bien moi.

Je soupirai, ça ne suffisait pas. Ça ne suffisait pas à dompter ma colère ni ma déception, ni ce sentiment d'abandon qui m'avait détruite.

— Ne m'appelle pas comme ça. Je ne sais pas…

— Marlow, te faire du mal ainsi, c'est la chose la plus douloureuse que j'aie jamais eue à faire. Je te disais tout ça, mais je n'en pensais pas un mot, tout ce que je voulais te dire c'était combien je t'aimais. Tu crois que je me suis senti comment en te laissant seule ? en ne répondant pas à tes messages ? Comme le pire des connards !

Je fermai les yeux quelques secondes et des larmes se formèrent sous mes paupières. Je voyais combien il avait envie de les chasser de mon visage, de me prendre dans ses bras, mais je ne pouvais pas le laisser faire.

— D'accord, soupirai-je. Tu ne m'as pas trompée et tu m'as éloignée de toi pour mon bien pour que tes anciens amis ne me fassent pas du mal, et je crois qu'il m'en aurait fait quand même. La preuve. Tu m'as caché ton passé et je l'ai appris brutalement. Je me fiche de ce que tu faisais avant ; ce qui m'importait, c'était celui que tu étais avec moi. J'aurais chéri ton dos même en connaissant la vérité. J'aurais aimé tes caresses même si tes mains avaient déjà meurtri un homme. J'aurais pleuré avec autant de sincérité ton père si j'avais connu le contexte de sa mort. Tu ne m'as pas fait confiance, je t'ai pourtant tout dit de mon passé, de mes peurs. J'ai tout partagé avec toi.

— Marlow…

— Je ne vais certainement pas te tomber dans les bras parce que tu me dis ça. Je ne peux pas. Ça n'efface pas tout ni mes sentiments.

— Marlow…

— Je suis désolée…

Il se pencha vers moi.

— Ne t'approche pas, ne me touche pas. J'ai entendu. J'ai compris. Je sais maintenant et, comme je te l'ai dit, ça n'efface rien.

— Je sais. Je sais, mais…

Sa voix était suppliante. Mon cœur battit plus fort. *Stupide cœur.* Il l'avait brisé, mais il vibrait à chacun de ses mots. Pas question, c'était trop facile.

— Va-t'en, Asher. Je ne t'en veux pas pour ce type, il serait venu, peu importe comment, mais je ne peux pas te pardonner pour tes mensonges. C'est au-dessus de mes forces pour l'instant.

Il hocha la tête, mais il y avait une détermination farouche dans les yeux.

— D'accord, mais ce n'est pas fini, Marlow…

Chapitre 26

Le temps paraissait plus long lorsqu'on était triste. J'avais fini par rentrer de l'hôpital et, au grand dam de mon père qui aurait voulu que je me repose davantage, j'avais repris les cours. Je ne pouvais pas me permettre de manquer plus, j'allais perdre le rythme que j'avais instauré pour obtenir de très bons résultats. Et au moins le temps passait un peu plus vite de cette manière. Cependant, je n'étais revenue chez moi avec mon père que pour prendre mes affaires et je m'étais installée chez lui. Je craignais trop de me retrouver seule dans mon appartement. J'avais envie de changer de lieu de vie, celui-là me donnait la chair de poule.

— Tu as reçu un colis, chérie, m'informa mon père.

Je me débarrassai de mes affaires et le rejoignis à la cuisine.

— Bonjour, mon ange ! lança Lauren en m'enlaçant.

Un boulet de canon me rentra dans les jambes.

— Tata ! T'es rentrée de l'école.

Je souris et j'attrapai à bras-le-corps le petit mec le plus craquant de San Francisco. Kyle s'attacha à mon cou.

— Qu'est-ce que tu fais là, toi ? demandai-je.

— Papa et Dylan, ils sont au restaurant en amoureux.

— Alors, tu vas dormir avec moi ?

Il ouvrit grand les yeux et hocha vivement la tête.

— Cool !

Je le gardai dans mes bras. Lauren était revenue depuis la veille et il était indéniable qu'elle rendait mon père heureux et qu'ils étaient bien ensemble. J'étais vraiment heureuse pour lui. Tenant Kyle d'un bras, j'ouvris mon colis dans la cuisine. Mon cœur s'emballa lorsque je sortis du carton un Tupperware rempli de fraises à la crème et deux cuillères. Il y avait un petit mot avec :

Toi, des fraises et…

S'il te plaît, pardonne-moi, Marlow.

Tu n'as pas idée de combien tu me manques !

Je fermai les yeux en soupirant, j'eus envie de vider les fraises dans la poubelle, mais je n'y parvins pas.

— Trop bon, des fraises ! C'est pour le dessert ?

— Si tu veux, bonhomme.

Que pouvais-je répondre de toute manière ? Lauren me lança un grand sourire. Je rougis.

— C'est de la part de qui ? demanda mon père.

— Asher…

∞

Le jour suivant, j'allais voir Gale à l'hôpital. C'était son dernier jour. Le lendemain il rentrerait chez lui pour commencer enfin une nouvelle vie en dehors de cet endroit qui l'avait retenu prisonnier tout ce temps. Bien sûr, il n'en avait pas fini, il restait encore du chemin à parcourir, mais le plus dur était derrière lui.

Lorsque je rentrai à la maison, je trouvai un autre colis sur mon lit. Je soupirai, incertaine. Je me demandai ce qu'il contenait. Je l'ouvris. Il contenait des paires de chaussettes hautes. Plus d'une dizaine. Certaines étaient unies, d'autres avec des dessins. Et mon cœur fondit. Cette fois encore il y avait un mot :

Toi, des putains de chaussettes hautes et…
Marlow, je t'en prie, pardonne-moi ! Je t'aime trop, c'est irréversible.

Je caressai le mot avec mon pouce pour m'en imprégner. Je le détestais. Enfin, si seulement… mais j'étais toujours en colère. Bien que peut-être un peu moins qu'avant.

∞

Le jour suivant, le colis contenait une peluche licorne et un mot un peu plus long que les autres :

Toi, ta lubie pour les licornes et…
Je continuerai encore et encore jusqu'à ce que tu me donnes une autre chance. Je ne veux et ne peux pas renoncer à toi. C'est impossible. Je n'arrive pas à m'y résoudre, comme tu n'as jamais pu m'empêcher de tomber toujours plus amoureux de toi…

Cette fois-ci, je lâchai les vannes en serrant la peluche contre moi. Pourquoi étais-je si vide ? Pourquoi n'étais-je plus si en colère ? Ça s'était estompé… J'avais le sentiment qu'il me manquait quelque chose. Et ce n'était pas une impression, c'était une réalité. Il me manquait depuis tellement de jours et, malgré toute ma rancœur, j'étais beaucoup moins en colère que je le voulais.

— Tu vas bien, mon ange ?

Je sursautai, j'avais laissé la porte ouverte et Lauren était appuyée contre l'entrebâillement.

— Oui, très bien.

— Tu n'as pas trop mal ?

— Ça va, juste la cicatrice de temps en temps.

Elle sourit tendrement.

— Et ici ? demanda-t-elle en tapotant sa poitrine.

— Ça va…

— On dirait pourtant qu'il y a quelques larmes.

Je frottai ma joue.

— Il y avait quoi dans le colis cette fois ?

Je lui montrai la licorne.

— Très jolie.

Je souris en hochant la tête.

— Tu es encore en colère ?

— Je ne sais pas. Oui et non, quand je pense que je le suis, je ne le suis pas autant en réalité et inversement.

— Il ne s'arrêtera pas en tout cas.

Je soupirai.

— Je sais, dis-je.

— Un homme qui ne renonce pas, c'est séduisant, et ce jeune homme est plus que séduisant. Il a des fossettes absolument délicieuses.

J'arquai un sourcil.

— Tu n'aimes pas ? s'étonna-t-elle en s'asseyant à côté de moi. Moi, j'ai toujours adoré ça.

— Moi aussi, avouai-je timidement. C'est trop sexy.

Elle rigola et je soupirai.

— Et, vu tes larmes, Jolies Fossettes touche juste.

— Malheureusement.

— Les hommes sont stupides, au moins autant que nous parfois. N'oublie pas qu'il n'y a pas de courrier le dimanche.

Sur ces mots, elle m'embrassa et quitta ma chambre.

∞

Le dimanche, je constatai que je pouvais compter en semaines le temps qui s'était écoulé depuis qu'Asher et moi avions rompu. Et chaque jour il me manquait un peu plus, chaque jour ses mots me revenaient en mémoire et chaque jour ma colère diminuait. Je n'étais plus irritée contre lui aujourd'hui, le manque de lui était devenu plus fort.

Tout le monde me disait de lui pardonner. Même mon père. Les filles disaient que son acte était romantique et que le mien l'était aussi, qu'on s'aimait et qu'on était faits l'un pour l'autre. Je savais tout ça, je ne serais plus heureuse avec un autre homme que lui. Cependant, je ne considérais aucun de nos actes comme romantique. Nous avions juste eu un choix à faire et nous avions pris une décision. Tous deux par amour, mais je considérais ça un peu plus comme de la rage et de l'inconscience, car sur le coup c'était la meilleure chose que nous avions trouvé à faire pour protéger l'autre du danger. Avec le recul, je comprenais son geste, parce que j'avais fait la même chose.

Je portais une robe pull et une des paires de chaussettes qui se trouvait dans son colis quand je m'arrêtai devant chez lui. J'en avais la boule au ventre. Je frappai à la porte,

Asher m'ouvrit quelques secondes après et il tomba des nues en me découvrant. Il s'avança et, bien qu'il me semblât fatigué, triste, abattu, il restait lui. Ce même homme que j'avais appris à fuir, celui dont j'étais tombée amoureuse, celui qui m'avait fait mal et qui m'avait avoué son passé, celui qui m'avait aimé quand je le repoussais… Celui dont j'avais éperdument envie et besoin. Son visage n'était plus marqué, il restait juste quelques traces d'hématomes, mais rien de grave. Je le laissai m'inspecter lui aussi, je sentais qu'il en avait autant besoin que moi.

— Marlow…

Il avait l'air mal à l'aise et passa sa main dans ses cheveux en bataille. Il portait un sweat-shirt noir et un bas de jogging. Rien d'extraordinaire et pourtant… il était plus beau que jamais.

— Bonjour, dis-je simplement.

— Disons qu'il commence mille fois mieux que les précédents. Bonjour. Est-ce que tu vas bien ? Je…

— Pas tellement, non, le coupai-je. Ça me fait mal de me retrouver ici. Le dernier souvenir que j'ai de cet endroit n'est pas des plus heureux…

Je nous revoyais quelques semaines plus tôt nous déchirer, je ressentais cette même oppression dans la poitrine et cette douleur et j'avais hâte qu'elle laisse place à des sentiments plus heureux. J'avais hâte de mettre fin à tout ça.

— Je suis désolé, *mi angel*. Tellement. Je pourrais rendre celui-ci plus heureux si tu veux. Est-ce que tu veux entrer ?

Je secouai la tête.

— Je ne sais pas. Repose-moi la question plus tard.

Il soupira, l'air dépité. Me retrouver là me faisait mal, mais je comptais bien changer la donne. Le temps était passé et je refusais de nous infliger ça plus longtemps. Je l'avais assez puni et moi aussi par la même occasion.

— Qu'est-ce que tu m'aurais envoyé aujourd'hui ? demandai-je.

Asher écarquilla les yeux et répondit :

— Une enveloppe.

— Une enveloppe ? Et qu'est-ce qu'elle aurait contenu ?

— Une photo et un mot.

— Une photo de quoi ?

Il releva la manche de son sweat et me dévoila son avant-bras. Je remarquai en baissant les yeux que son poignet était marqué, tatoué.

Oh, Seigneur…

— Tu as un nouveau tatouage ?

— Il semblerait, oui…

Je le dessinai du bout des doigts, doucement, d'un air émerveillé. Je savais que ses yeux étaient braqués sur moi et je savais aussi le pouvoir qu'ils avaient, la manière dont ils me regardaient, et comment ils pouvaient être troublants. Je savais que, si je relevais la tête, j'allais m'y perdre pour ne plus jamais retrouver mon chemin.

— C'est bien réel, alors, dit-il en sentant le contact de mes doigts.

Et la chair de poule couvrit son avant-bras sous ma caresse. Je m'étonnais toujours d'être capable d'une telle chose, surtout sur un homme tel que lui, mais ça devait être ça l'amour. Combien de fois je m'étais retrouvée à sa merci sous le pouvoir de ses doigts ou de ses yeux ?

— Bien sûr, pourquoi ? Tu rêves de moi ?

— Depuis tellement longtemps, et, ces derniers temps, c'est tout ce que j'ai.

Je soupirai et me concentrai sur son tatouage. C'était un cœur grossièrement esquissé qui se terminait par une spirale en son centre. Il ne se fermait pas, ainsi il restait infini. Il avait fait ça pendant son absence et ses conneries. J'en étais simplement bouleversée, émue, conquise. Je me mordis la lèvre. Je savais que c'était pour moi, mais ça ne m'empêchait pas d'être étonnée. Comment décrire ce sentiment qui me ravageait le ventre tout à coup ?

— Il est beau et… hypnotique, murmurai-je.

— Il est comme toi, comme l'amour que je ressens pour toi. Je l'ai fait parce que je t'aime. Parce que j'ai compris que c'était un symbole fort et que je voulais être fier de le porter et de le montrer. Le phénix dans mon dos était un symbole, c'était toi depuis le début, je devais juste t'attendre… Tu es ce tatouage. Je t'ai dans la peau depuis tellement de temps. Mon père voulait que j'aille de l'avant, que je me répare. C'est ce que j'ai fait, je me suis reconstruit en t'aimant.

Mon cœur fragile ne supporta pas le poids de cet aveu. Lui que j'avais toujours entendu dire qu'il ne voulait aucun autre tatouage que celui de son père avait tatoué son amour pour moi sur son poignet. Je retirai mon doigt et je parvins à lâcher le tatouage des yeux pour affronter son regard. Je tentai de garder une certaine contenance, mais j'avais déjà baissé les armes en venant ici parce que je ne perdais pas en réalité, j'avais tout à y gagner.

— Et le mot, qu'aurait-il dit ? demandai-je dans un souffle.

Il sourit tendrement et me caressa le visage. Bien que j'y songe pendant un quart de seconde, je ne me dérobai pas et le monde se réduisit alors au pouvoir de ses doigts et à ses mots.

— Je t'aurais expliqué pourquoi je ne pouvais pas renoncer à toi. Pourquoi, même s'il me fallait une vie entière, je ne renoncerais jamais à nous.

Je déglutis. Mon cœur battait à tout rompre. Moi non plus je ne pouvais renoncer à lui ni à nous. C'était impossible. Jamais je ne pourrais. Il était tout ce que la vie m'avait apporté de plus beau et merveilleux depuis la fusillade. Et ses mots étaient purement magnifiques.

— D'abord, parce que je n'ai pas rendu notre amour éternel et ça je compte m'y atteler corps et âme jusqu'à la mort. Je ne t'ai pas encore vu devenir médecin, je ne t'ai pas encore emmenée en Espagne, j'en ai pas fini de t'entendre rire ou de subir ton sale caractère, et je sais qu'il y a encore mille et une chaussettes hautes que je n'ai pas vues sur tes jambes parfaites. Je ne t'ai pas encore tatouée, je n'ai pas encore assez aimé ton piercing. Et je veux être là quand tu brûleras le contenu de ton tiroir des horreurs et m'extasier quand enfin tu porteras de nouveau du turquoise. Marlow, je veux t'aimer, t'épouser, te voir porter notre enfant, vivre avec toi une vie merveilleuse. Je n'ai rien fait de tout ça alors je ne renonce pas. Et sache que je n'aurai jamais assez de temps pour me rassasier de toi, mais que je prends volontiers celui qu'il nous reste.

Mon cœur était sur le point d'exploser, je plongeai mon regard dans le sien, incandescent.

— Tu aurais écrit tout ça ? soufflai-je.

— À peu près. En plus beau sans doute, puisque j'aurais recommencé cent fois.

Quand il me prit le menton, je détournai la tête. Je ne pleurais pas encore, mais j'étais à deux doigts. Ses mots venaient de me liquéfier. Lorsque je le regardai de nouveau, je considérai alors cet homme et combien il était beau avec ses boucles en bataille, ses yeux qui me couvaient de ce regard amoureux dont il avait le secret et sa barbe qui assombrissait son visage. Comme je l'aimais…

— Je suis désolé, *querida*. Je suis tellement désolé. Je sais que ça n'efface en rien ce que j'ai fait, mais je vais me racheter. Je sais que je t'ai déçu, mais je t'aime. J'ai fait des erreurs quand j'étais gamin, mais ce n'est plus moi depuis longtemps. Je vais me faire pardonner, je te promets que si tu me laisses cette chance je te rendrai heureuse. Tout ce qu'on avait, exposé aux yeux de tous, sans la moindre concession. Toi, moi, tes chaussettes, mes fossettes, et tout ce que tu voudras.

Mes yeux se remplirent de larmes. Il referma ses bras autour de moi, me pressant contre lui plus fort que jamais. Je gémis et lovai mon visage contre sa poitrine. Il s'ajusta à moi et enfouit son visage dans mon cou. Son odeur, sa peau douce… je me perdis dans la sensation grisante de l'avoir enfin retrouvé, de le sentir me serrer dans ses bras. Mes yeux me faisaient mal, ma poitrine aussi, mais je n'avais jamais été aussi bien que maintenant.

— Marlow, ça fait trop longtemps… Tu… Putain, c'est tellement bon de t'avoir dans mes bras. Je te préviens, je n'aurai pas la force de te laisser partir, je…

— Non.

Je le coupai en plein élan et son corps tout entier se crispa.

— Tu as oublié certaines choses. Pas moi.

Je m'écartai de lui et il m'étudia. Il avait l'air perdu.

— Tu devras me faire des fraises dès que j'en aurai envie, dis-je avec un sourire. Tu as oublié ça dans ta liste. Des fraises à la Asher, c'est mon dessert préféré.

Je me mis à rire. Ce son sembla le galvaniser, ses yeux se mirent à briller.

— Marlow...

Il me regardait amoureusement, il avait compris que tout irait bien désormais.

— Et tu devras continuer d'être fétichiste, peu importe de quoi tant que ça a un rapport avec moi.

Un sourire se dessina dans la parenthèse de ses fossettes et il m'attira de nouveau dans ses bras. Je les dessinai alors du bout des doigts avec amour, les joues un peu rouges. Et il me laissa faire.

Décrire combien il m'avait manqué était impossible, c'était une douleur et un sentiment que je ne voulais plus jamais ressentir. Décrire l'émotion qui me submergeait tout à coup l'était tout autant, c'était une tornade d'amour qui me transcendait tout entière. Le manque était comblé, mon cœur était réparé, ma poitrine était légère...

— Je peux faire ça, et même plus, *querida*. Tout ce que tu veux tant que tu me gardes près de toi.

— C'est dans ton intérêt.

Je me redressai sur la pointe des pieds et je déposai un doux baiser sur ses lèvres. Il frissonna violemment et grogna un mot d'amour qui se perdit dans notre baiser. J'entrouvris les lèvres et il m'embrassa profondément, glissant sa langue sur la mienne.

Tout de lui m'avait manqué. Je ne m'étais jamais sentie aussi seule que lorsqu'il m'avait abandonnée. Mon cœur, mon âme, j'avais eu le sentiment d'être une carcasse vide qui errait sans but et sans vie. Je retrouvais peu à peu ces sensations de bonheur à chaque seconde que je partageais avec lui.

Il m'embrassait comme un dingue, comme la première fois. Il m'embrassait comme si c'était la dernière. Mais surtout il m'embrassait à la hauteur de l'amour qu'il me portait et c'était probablement le baiser le plus merveilleux au monde. Ses doigts s'enfoncèrent dans mes cheveux, son torse se plaqua contre ma poitrine comme s'il voulait se fondre en moi, comme si nous n'étions pas assez proches pour lui.

— Tu peux reposer la question de tout à l'heure si tu veux, murmurai-je.

— Tu veux entrer ? demanda-t-il.

— Oui.

— On n'en sortira pas de la journée.

— Journée seulement ? Moi qui pensais que tu essayais de te racheter.

Pour toute réponse il m'embrassa puis glissa sur mes lèvres :

— Tu l'auras voulu. Tu ne pars plus.

— Et comment !

Une fois que nous fûmes dans le salon, il s'arrêta. Il prit mon visage en coupe et me couvrit de baisers. Mon cou, mes joues, mon nez, mes lèvres… Je me lovai contre lui, le touchant moi aussi, le redécouvrant aussi impatiemment que laborieusement. Et ce fut plus fort que moi, alors que ses baisers réparaient ma peau meurtrie par Luis, les larmes inondèrent mes joues.

— Non, ne pleure plus, *querida*.

— C'est toi… Tu…

— Désolé, tu m'as manqué. Je n'en reviens pas que tu sois là, j'ai besoin de m'en rendre compte. J'ai besoin de ça. J'ai eu tellement peur. Merde, je ne mérite même pas d'être heureux ! Je devrais avoir honte, et pourtant tu es là. Tu es dans mes bras alors que tu as été blessée par ma faute et je suis l'homme le plus heureux du monde. Je n'ai besoin que de toi dans ma vie. J'ai emmagasiné un tel manque de toi, je vais avoir besoin de temps pour me sevrer.

Il fit une pause. Son visage, son corps, tout était plus intense que jamais. J'étais soumise à son intensité. Il se pencha et recommença, il sema des baisers sur mes joues, le long de ma mâchoire et je me réparais à chaque marque d'amour qui effaçait la rudesse de ces dernières semaines. Mon cœur était au bord de l'implosion. Mon ventre, lui, était bercé par des spasmes constants qu'il était agréable de retrouver.

— Je ne crois pas que ce soit bon d'aimer comme je t'aime, c'est de la folie, soupira-t-il après quelques secondes. Je suis fétichiste, comment veux-tu que je me soigne ?

Je soupirai et me retins à lui.

— Je n'ai pas envie que tu te soignes. Et si tu vas trop mal je m'occuperai de toi, ça tombe bien, je compte devenir médecin.

— J'aimerais bien voir ça. J'aurais droit à la blouse ? demanda-t-il en bâillant. Merde, désolé, je…

Je souris et ce fut viral. Je bâillai à mon tour sous son regard moqueur.

— Je ne sais pas toi, mais je ne dors plus depuis des jours et des jours, soupirai-je.

Il sourit avec tendresse.

— Je crois qu'on pourrait retrouver le sommeil tous les deux, ajoutai-je.

— Entre autres.

— J'aime beaucoup le « entre autres ».

— Et moi, je t'aime toi, murmura-t-il sur mes lèvres avant de m'entraîner dans sa chambre.

Le matelas grinça sous notre poids et nous reprîmes nos retrouvailles dans une position plus intime et une nouvelle intensité. Il me serra contre lui sans ménagement et j'en demandai plus, n'ayant plus aucun contrôle sur mon désir. Lorsque je bougeai les hanches, je gémis à cause de ma plaie et il s'arrêta immédiatement.

— Attention, tu vas te faire mal.

— Mais tu me fais du bien, dis-je.

Il sourit et ralentit la cadence de ses baisers.

— Et si tu me laissais faire ? proposa-t-il.

J'embrassai sa joue puis descendis dans son cou, le rendant esclave de mes caresses. Il se recoucha quand j'achevais ma course contre son oreille.

— Comment ? soufflai-je.

— Bon sang, tu me rends fou… (Il me caressa les cheveux.) Je pensais te caresser partout avec ma bouche et ma langue, puis te faire l'amour jusqu'à ce qu'on en perde la tête, jusqu'à ce qu'on soit complètement ivre et qu'on trouve l'entrée du pays des licornes.

— J'avoue qu'il me manque ce pays, soupirai-je amoureusement.

— Tu m'as manqué. Tellement. J'ai tellement envie de toi. C'était l'enfer sans toi. Si tu n'étais pas venu aujourd'hui, je me serais pointé à l'université et je t'aurais chanté la sérénade, je ne sais pas…

J'étais au comble du bonheur.

— Dur d'être fétichiste, hein ! dis-je en souriant.

— Mais tellement bon aussi. Tu ne te rends pas compte du temps qui s'est écoulé quand tu m'as mis au supplice en me résistant. Tu as vengé chacune de mes conneries. T'avoir, te connaître, te posséder… c'était devenu une véritable obsession. Tu m'as littéralement mis à genoux la première fois que je t'ai vue. Ton sourire, ton allure, ta façon de me répondre, ton insolence. Putain, j'ai pensé à toi toute la soirée. Je n'avais qu'une hâte : retourner au club et te revoir. Quand tu m'as laissé t'approcher pour de bon, j'étais le mec le plus heureux du monde.

— Tu étais le premier depuis des années à me faire de l'effet. J'ai tout de suite su que je devais te fuir, tout faire pour ne pas que tu m'approches. Je ne sais pas pourquoi tu m'attirais autant. Mais ça me terrifiait à cause de Gale. Je culpabilisais.

— J'ai su dès notre première rencontre qu'un jour on ferait des étincelles tous les deux. Quand l'alchimie et le désir crépitent ainsi entre deux personnes et que ça les galvanise, tu sais que tu as trouvé celle qu'il te faut.

— Depuis quand sais-tu parler aussi bien ? soupirai-je.

— Depuis que tu m'inspires les plus beaux sentiments. Je suis heureux du chemin qu'on a pris, du temps qu'on a mis, car, en plus d'avoir trouvé la femme de ma vie, je suis aussi tombé amoureux de ma meilleure amie. Je t'aime, Chamarlow.

Oh…

Ce surnom… Cette fois-ci, il était dit avec amour. Peut-être même qu'il l'avait toujours été… Je pleurai de nouveau, de joie et d'amour cette fois-ci. Je pleurai de bonheur. C'était libérateur, salvateur.

— Comme je t'aime, mon latino à fossettes.

Il me caressa les joues, chassa les gouttes salées qui s'y promenaient et il m'embrassa amoureusement. La promesse d'un bonheur partagé était là, je fermai les yeux pour laisser ce sentiment me combler. J'avais tenu bon jusqu'à trouver l'espoir qui rendrait mes jours moins sombres, ma solitude moins difficile à supporter. Mes souvenirs seraient encore là, bien présents, mais ils ne seraient plus au centre de mes pensées.

D'ailleurs mon présent se pencha et me déshabilla entièrement, il ne laissa rien sur ma peau, pas même ces chaussettes hautes qui le rendaient toujours fou.

— Je te veux nue, sans rien d'autre que mes mains sur ta peau. Juste moi.

Je ne répondis rien, alors il se déshabilla lui aussi et épousa mon corps avec le sien. Je frissonnai de le retrouver enfin, de le sentir contre moi. Tendrement, il m'embrassa d'abord la bouche, avant de descendre dans mon cou et toujours plus bas. Il fit disparaître la pointe de mes seins entre ses lèvres en un grognement sensuel et s'arrêta là de longues secondes, me torturant jusqu'à me rendre folle. Puis il reprit sa route jusqu'au pansement qui cachait ma plaie.

— Ça te fait mal ? demanda-t-il.

— Pas tellement, pas là en tout cas.

— Marlow, je…

— N'en parle pas, le coupai-je. Ce n'est pas important, c'est passé. C'est nous le plus important maintenant.

Alors sa bouche continua de semer des baisers humides sur ma peau, jusqu'à s'arrêter au creux de mon intimité.

Ses premières caresses m'arrachèrent un sursaut qui le fit sourire, puis mon corps nerveux s'accommoda à son rythme et je soulevai les hanches pour l'accompagner. Il me découvrit en entier et glissa sa langue en moi avant de combler la partie la plus sensible de mon corps, et le désir ne tarda pas à me plaquer au matelas en une extase qu'il accompagna jusqu'au bout.

Il remonta ensuite en empruntant le même chemin, couvrant toujours ma peau de douceur et de lui. Je fermai les yeux quand il arriva à mon cou et mon corps se souleva pour réclamer le sien. Il soupira.

— Doucement, tu vas te faire mal.

— Ça va, le rassurai-je.

— Dans cette position, tu es certaine ?

J'embrassai son menton.

— C'est comme ça que je te veux.

Il abdiqua et enfila un préservatif avant de se placer au-dessus de moi. Il pressa son sexe à l'entrée du mien et je l'invitai à me pénétrer, ce qu'il fit d'une poussée en grognant. Je soupirai en le sentant s'enfoncer profondément. Mon Dieu ! c'était la sensation la plus grisante au monde. Je pris conscience de combien nous étions dépendants de ça, de combien cet acte était beau, de combien tout serait purement merveilleux si nous nous donnions la peine que ça le soit.

Aucun mot ne serait plus beau que le bruit de nos halètements, de nos gémissements et de nos corps en manque qui se retrouvaient enfin. Je sentais le plaisir monter en moi, de plus en plus proche de la jouissance, et mon cri muet permit à Asher de m'embrasser profondément. Je répondis à son baiser avec autant d'ardeur que lui et, malgré ma blessure, j'ondulai des hanches pour aller à sa rencontre.

Ses lèvres, ses mains, il était partout sur moi, avec moi, et il ne m'en fallut pas plus pour amorcer le début de mon extase. Je nouai les bras autour de son cou, accueillant amoureusement son plaisir, attisant le mien. Le plaisir était si beau, si intense que c'en était presque douloureux. J'avais l'impression que mon corps était en feu. Je gémis à plusieurs reprises et son baiser se fit plus violent tandis que son sexe semblait devenir plus grand et plus dur et, bientôt, nous explosâmes dans la plus belle des mélodies.

Il se passa de longues minutes avant qu'il n'aille se débarrasser du préservatif et ne vienne s'allonger à côté de moi. Je me laissai aller dans ses bras et je fermai les yeux, mes paupières me semblaient tellement lourdes. C'était donc ça le vrai bonheur. Je voulais le ressentir à jamais.

— Je t'aime, murmura-t-il d'une voix rauque.

Je lui répondis, je crois. Je ne savais plus, j'étais trop épuisée. Je savais en revanche que la dernière pensée qui m'accompagna avant de sombrer était pour lui. Une pensée que j'avais déjà eue par le passé :

Asher, un beau prénom pour incarner l'espoir.

Chapitre 27

Deux mois plus tard…

Assise sur le canapé, blottie au creux de ses bras, lui compliquant sans doute la tâche, je regardais l'homme de ma vie dessiner dans un carnet. J'adorais le regarder dessiner. J'adorais l'embêter quand il dessinait, lui mordiller les oreilles, lui lécher le cou… Ça finissait toujours de la même manière.

Je n'avais jamais regretté d'être venue chez lui ce dimanche-là. Nous avions passé la journée au lit et pas uniquement pour dormir. Nous avions eu besoin de nous retrouver et je crois que deux mois après nous nous retrouvions encore chaque jour. Pour la première fois depuis la fusillade, j'allais de l'avant sans regarder en arrière et je me sentais libérée et heureuse.

Asher tenait ses promesses et plus les jours passaient et plus j'avais une image bien précise de notre avenir. Et il s'annonçait radieux. Parfois, je me prenais à imaginer notre futur et je voyais notre famille. J'imaginais une petite tête brune dessiner comme papa et il ne m'en fallait pas davantage pour aimer la vie, pour la croquer à pleines dents, pour vivre à fond et pour aimer cet homme qui m'avait aimée et voulue même quand je le repoussais. Il était mon plus beau choix et il m'avait montré que les imprévus n'étaient pas toujours terribles. Ou que si ils pouvaient être terribles, mais d'une belle façon.

D'ailleurs, le futur continuait de se construire et aujourd'hui était un grand jour. Aujourd'hui, je me libérais de l'oppression si étouffante de mon passé. Même si tout ça était loin et que ça me hantait beaucoup moins, j'avais besoin de faire certaines choses pour m'en libérer complètement. Et, aujourd'hui, je me sentais prête à le faire. C'était l'heure et le moment, je le sentais.

Je me redressai, regrettant de quitter ses bras, et je l'embrassai sur la joue.

— Tout va bien ? demanda Asher.

— Ils ne vont pas tarder, je vais me préparer. Je dois me laver.

— Besoin d'aide ?

— Ça ne ferait que me retarder, mais j'adore l'imprévu. À bon entendeur !

Ni une ni deux, il lâcha son carnet et son crayon. Et en deux enjambées j'étais dans ses bras. Ses mains se perdirent dans mes cheveux et ses lèvres fondirent sur les miennes.

— Tu nous mets déjà en retard. L'imprévu doit être efficace.

Il rit en nous entraînant vers la salle de bains. Une fois que nous y fûmes, il m'embrassa encore.

— Merci pour cette escorte, mais je pense me débrouiller toute seule pour la suite des opérations.

— Certaine ?

— Oui, je l'ai déjà fait, figure-toi ! Tu es déjà lavé en plus, alors fiche le camp.

Il abdiqua et m'embrassa avant de filer. Je me déshabillai, j'allais entrer dans la douche quand il débarqua de nouveau, cette fois-ci complètement barbouillé. Son tee-shirt, son visage… il avait du chocolat absolument partout.

— Mais qu'est-ce que… ?

— Je suis sale… J'ai besoin de prendre une douche.

Je me mordis la lèvre et j'éclatai de rire. Il sourit et cet acte si simple et si stupide me fit tomber amoureuse de lui de nouveau, je m'approchai. Il me scrutait avec une telle intensité que j'en tremblais presque. Les mois avaient beau défiler, il n'avait rien perdu de cette intensité, au contraire.

— Comment tu as fait ça ?

— J'ai voulu manger un yaourt et j'ai tout renversé, dit-il d'un ton penaud.

Je ris de plus belle.

— Tu en as mis partout, dis-je en posant mon doigt sur le chocolat qu'il avait sur le nez.

Je fis disparaître mon doigt dans ma bouche et il grogna.

— Je crois aussi.

— Il va falloir que je te lave…

Il me poussa dans la douche et entra avec moi, tout habillé, et bientôt son tee-shirt noir lui colla à la peau et le chocolat tomba à nos pieds en se mélangeant à l'eau.

— Mais tu es dingue !

— Tu t'en rends compte seulement maintenant ?

— Non, je constate simplement que ça ne s'arrange pas avec le temps…

— Et comme tu en es la cause ça ne risque pas non plus d'aller en s'améliorant.

— Je pense pouvoir gérer alors. Retire-moi ça !

Il obéit et bientôt ses abdos alléchants s'offrirent à moi. Il ne m'en fallut pas davantage pour me sentir excitée. Asher s'occupa de moi, me lava de ses mains en n'oubliant aucun recoin de mon être, insistant même sur certaines zones érogènes. Puis, pendant de longues minutes, sous le jet d'eau, nous ne devînmes qu'un, sans aucune considération pour la facture d'eau ou les écologistes.

Plus tard, on se sécha et je l'abandonnai dans la salle de bains pour aller me changer. J'enfilai un jean et un débardeur noir et je séchai mes cheveux rapidement, avant de les laisser pendre naturellement. J'étais en train de me maquiller légèrement quand il apparut à l'entrebâillement de la porte.

— Ils sont arrivés, je vais ouvrir.

Je souris. Il avait cette lueur taquine dans le regard, et, bien que le temps passe, je m'extasiais toujours de sa beauté. J'avais l'impression que je n'en finirais jamais de le trouver beau. Je terminai de me préparer et le rejoignis au salon.

— Comment va, mec ? demanda-t-il à Gale en lui serrant la main.

Je souris.

— Super ! Et toi ?

Ils s'entendaient très bien. À merveille même. Pour mon plus grand bonheur. J'avais fini par présenter Gale à tout le monde et surtout à la personne la plus importante de ma vie, et ça avait tout de suite collé entre eux. Je savais que parfois Asher se sentait jaloux ou qu'il se disait que Gale et moi aurions toujours un lien unique, il me l'avait avoué, mais je lui répétais que c'était lui qui avait mon cœur et qu'il l'aurait à jamais. Je partagerais toujours quelque chose avec Gale, mais j'avais autre chose avec Asher et c'était cette chose-là qui me nourrissait au quotidien, qui me rendait heureuse et qui s'appelait « futur ».

— Salut, vous deux ! dis-je en souriant.

Gale était accompagné de Sandra, je les serrai un à un dans mes bras.

— Vous êtes les premiers arrivés, lança Asher.

— J'ai pourtant cru qu'on serait en retard, lança Gale.

Et Sandra piqua un fard. Pas besoin de chercher plus loin les raisons. Lui et Sandra avaient commencé très vite à se fréquenter. Elle n'avait jamais cessé de prendre soin de lui et elle m'avait avoué qu'elle avait eu le béguin pour lui à la seconde où elle était entrée dans sa chambre pour le soigner. Elle ne l'expliquait pas, c'était le destin selon elle. Je trouvais ça tellement romanesque. J'étais heureuse pour elle et pour lui, pour eux, car ils semblaient heureux et épanouis ensemble.

— Nous aussi, t'en fais pas ! s'exclama fièrement Asher en lui frappant amicalement l'épaule.

— Vous êtes vraiment en train de vous féliciter ? dis-je en levant un sourcil.

— Bah, quoi ! Il se rattrape, c'est normal, j'en ferais autant à sa place. En plus, Sandra est infirmière.

— Et ?

— Le fantasme de l'infirmière, *querida*.

Gale éclata de rire et Asher se pencha à mon oreille pour murmurer :

— Et celui de l'étudiante en médecine, je t'en parle même pas… Mon préféré.

Je rougis à mon tour et je tentai de refouler le désir qu'il faisait naître en moi.

Les bras d'Asher s'arrimèrent à ma taille. Gale, quant à lui, était presque redevenu lui-même. Il avait repris du poids, il avait réappris à marcher et à contrôler ses muscles. Il continuait d'expérimenter la vie et de l'apprivoiser. Il se cherchait encore. Il ne savait pas ce qu'il aimait vraiment et il faisait des expériences. Il s'en sortait à merveille. À bien y regarder, si on ne connaissait pas son histoire, c'était un jeune homme tout à fait normal. Mais, moi, je savais que c'était un héros.

∞

— Tu te sens prête ?

Je levai les yeux vers Asher. Son regard était inquiet, mais pas que, il était aussi rempli d'espoir et d'amour. Un amour débordant, puissant. J'avais fini par comprendre quelque chose à propos de cet espoir dont j'avais parlé dans mon discours de remise des diplômes. Asher l'avait incarné depuis notre première rencontre, j'avais juste eu du mal à m'en rendre compte. Et, alors que je m'apprêtais à faire un pas de plus vers la libération, l'Espoir était toujours à mon côté. Il veillait sur moi.

— Oui, répondis-je.

Gale, Mason, tous mes amis étaient là, mon père et la mère de Dylan également. Toutes les personnes qui étaient importantes à mes yeux étaient présentes. Il en manquait, mais elles n'étaient pas vraiment absentes puisqu'elles vivaient dans mon cœur. C'était un bel endroit quand on y réfléchissait bien. Mon cœur était rempli d'amour.

Sous le regard bienveillant de ma famille recomposée, je n'avais plus peur. Aujourd'hui j'entamais les dernières étapes de mon parcours initiatique. J'avais retrouvé le bonheur, la peur n'était plus en premier plan. Il était temps que je profite de la vie.

Asher posa le carton au sol à côté du baril. Je l'ouvris et je jetai au fond de la poubelle de métal chacun des objets qui avaient rempli pendant longtemps mon tiroir des horreurs, me déliant d'eux un à un. Les coupures de journaux, les photos, ma robe de bal. Je gardai seulement mon album photo avec les mots de mes anciens camarades et leurs visages réjouis et heureux avant que la tragédie nous frappe.

— Tu as l'alcool à brûler ? demandai-je.

— Fais attention, lança mon père.

J'acquiesçai, Asher me tendit la bouteille. J'en mis un peu partout sur mes affaires dans le baril puis je fis craquer la tête de l'allumette contre son emballage. Elle s'alluma, et je la jetai dans le baril. Le feu prit tout de suite. Je regardai, ébahie, la flamme s'élever dans les airs. Mon passé, cette horreur, je m'en séparais enfin. Je rompais le lien avec ma tristesse. Les souvenirs de cette nuit-là seraient toujours en moi, mais Asher avait raison, sa présence estompait ma douleur. Elle ne serait plus au centre de ma vie, mais en arrière-plan. J'étais prête à vivre, à montrer à Ella combien j'allais profiter de la vie, combien elle serait belle pour prendre ma revanche. Elle pourrait être fière, contempler le monde et plus tard, bien plus tard, dans de nombreuses années quand je la retrouverais, je lui parlerais du monde et de toutes ces choses que j'aurais faites.

Tout le monde regardait mes affaires brûler en silence.

— Ça va ? demanda Gale.

Oui, ça allait. Ça allait de mieux en mieux, maintenant que je n'étais plus coincée entre le passé et le présent, maintenant qu'il était là, j'étais prête.

— Oui, répondis-je simplement en souriant. Oui, tout va très bien.

Je l'embrassai et je posai ma tête contre son épaule, il posa sa tête sur la mienne. Je sentis la main d'Asher dans la mienne et je la serrai tendrement. Je continuai de fixer le regard sur la flamme et je le sentis, ce changement en moi : je lâchais prise. Ma poitrine se libéra d'un poids et j'eus l'impression de respirer convenablement pour la première fois.

Ella et maman seraient si fières…

∞

Quelques heures plus tard…

Enveloppée dans un cocon de chaleur, lovée dans une bulle de sensualité, je me mordis la lèvre inférieure, empreinte d'un vertige merveilleux. Nos corps mouillés ondulaient l'un contre l'autre dans une danse des plus magnifiques. J'avais toujours besoin de lui. Moi au-dessus de lui, la sensation était incroyable.

— Tu vas finir par me perdre, dit-il en faisant disparaître la pointe de mon sein entre ses lèvres.

Je me cambrai sur lui, remuant les hanches contre son corps dur et impitoyable. Je souris et nous nous perdîmes tous les deux dans les affres du plaisir.

Alors que nous reprenions notre souffle, je pensai à ce qui nous amenait là à une heure si tardive. Je désirais faire une deuxième chose aujourd'hui. Quelque chose d'important, qui me tenait à cœur. Une chose à laquelle Asher n'avait pas pu résister, une demande qui l'avait touché profondément, un souhait que lui seul pouvait exaucer. Personne d'autre. Il était très tard, mais nous étions bien conscients de ce que nous voulions. J'avais brûlé le contenu de mon tiroir des horreurs et maintenant je voulais que le plus beau sentiment que je connaisse soit gravé sur ma peau.

— On n'est pas obligés, *querida*. On peut attendre, dit-il.

— Je crois que c'est toi qui ne veux pas.

— Oh, que si ! J'en ai terriblement envie.

— Et moi je veux le faire de suite.

Il le savait, il le voyait. Je souris et je glissai ma main sur sa cuisse pour le rassurer alors que c'était sans doute moi qui devais avoir besoin de l'être. Je repensai alors à toutes les fois où il avait dit vouloir me tatouer, toutes ces allusions…

— Dire que tu vas enfin me tatouer, c'est une victoire personnelle, hein ?

— La seule victoire, c'est ton cœur et le symbole du tatouage que je vais te dessiner sur la peau. La seule victoire c'est notre amour, mais, tu sais, j'ai toujours su qu'on en arriverait là.

Je l'embrassai.

— En revanche je n'aurais jamais imaginé me faire un tatouage ni que tu voudrais l'avoir sur ta peau.

— C'est pourtant évident. Et si j'y prends goût ? Il paraît qu'on y prend vite goût.

— Alors je m'en occuperai. Rien n'a changé, je suis et serai le seul à te toucher, te percer ou te tatouer.

— Est-ce que ça fait mal ? demandai-je.

— Un peu, oui… Ça picote légèrement, mais ça va aller, je suis là, je vais y aller doucement. Et si tu es sage je te ferai beaucoup de bien pour te faire oublier la douleur. Mais, crois-moi, quand tu l'auras sur ta peau, quand tu le verras se dessiner de plus en plus jusqu'à la forme finale, ta douleur s'estompera.

Son regard s'enflamma, il se pencha vers moi, je caressai ses fossettes puis je l'embrassai sensuellement. Lorsque je relevai la tête, j'étais prête.

— Alors, vas-y, tatoue-moi notre amour…

Épilogue

Asher

Seize mois plus tard…

L'eau tiède glissait sur mon corps nu, tandis que, le visage relevé vers le ciel, les yeux clos, je pensais à ce que je m'apprêtais à faire ce soir. J'y pensais depuis un moment et j'étais étonné d'avoir réussi à lui cacher mon stress.

Tout allait bien dans le meilleur des mondes, très bien même. Elle avait brillamment terminé sa troisième année de médecine et la quatrième s'était achevée tout aussi bien que les autres. À la rentrée, elle travaillerait en tant qu'interne en médecine. Elle était douée pour ça, elle avait un véritable don pour aider les gens, pour les inspirer. Elle m'inspirait d'ailleurs beaucoup, c'était ce qui m'avait amené à prendre cette décision capitale. Elle faisait partie de ce genre de femmes qu'on ne s'attendait pas à rencontrer un jour dans sa vie. On pensait être prêt et, en l'espace de quelques secondes, elle devient un tout. Marlow avait empoisonné mon esprit à la seconde où j'avais croisé son regard. La posséder, la connaître, la toucher, la guérir, l'avoir rien qu'à moi était alors devenu vital.

Difficile de contrôler ce genre d'ouragan quand on n'en a pas l'habitude.

Elle avait changé depuis la première fois, elle avait changé depuis la fois où nous avions cédé à notre désir insolent, elle n'avait pas cessé de changer, d'évoluer, de grandir depuis qu'elle m'avait pardonné mes conneries, et je n'avais cessé de tomber amoureux d'elle chaque jour encore et encore. Elle était forte et merveilleuse. Et, bon sang ! je n'arrivais même pas à la cheville de cette femme qui m'avait sauvé la vie, qui s'était pris une balle pour moi, qui malgré son cœur brisé s'était battue pour moi.

Je finis par ouvrir les yeux, je me lavai, me séchai rapidement, enfilai un pantalon et une chemise en lin que je laissai ouverte.

L'Espagne, le soleil, la mer. Elle et moi. Nos premières vacances, rien qu'à deux.

Nous étions là depuis deux jours, entre escapades, balades et sexe, je n'avais jamais pris autant de bon temps. Ses yeux qui s'ouvraient grand à chaque découverte, ses sourires constants, sa façon d'aimer ma langue natale.

Je sortis du bungalow pieds nus et je la repérai immédiatement sur notre petite plage privée.

Elle, mon phénix, mon symbole.

Mon insolence. Mon infinie insolence.

Elle fixait son regard sur le ciel qui au loin se mêlait à l'océan. Elle portait une robe d'été turquoise. Elle était magnifique. Je m'extasiais devant elle depuis tout ce temps où je la désirais et j'avais aussi appris à me perdre dans les sensations qu'elle m'inspirait et elles étaient nombreuses. Devenir fou, faible, se perdre… était des sentiments et des sensations que je souhaitais à tout homme. J'en étais devenu accro.

— Bonsoir…

Malgré la chaleur cuisante de cette fin de soirée, une pluie de frissons s'installa sur ses bras et couvrit sa peau. Je l'enlaçai par-derrière et je caressai son cou de mes lèvres. Elle se laissa faire, esclave de son désir, de son amour pour moi…

— Bonsoir, dit-elle dans un souffle.

— Ta peau a un goût de sel, je me demande si ça inclut des parties de toi un peu plus intimes…

— Dieu seul le sait !

— Laisse Dieu où il est, murmurai-je contre son cou. Je vais bien finir par le savoir de toute manière.

Peut-être même ici, d'ailleurs…

Elle rougit sans répondre, laissant juste s'échapper un souffle rauque. Son corps était déjà en train de s'effriter, je n'avais qu'à souffler et elle deviendrait braise. Elle deviendrait ce phénix sur mon dos. Mon phénix. Elle nous brûlerait tous les deux jusqu'à la dépendance, l'accoutumance et, tendrement, elle nous ferait renaître.

Je la serrai de plus belle, elle se laissa aller contre ma poitrine. Elle releva juste assez la tête pour plonger ses magnifiques yeux remplis de désir dans les miens. Un sourire en coin se dessina sur ma bouche, elle en esquissa un à son tour. Dieu qu'elle était belle !

— C'est tellement magnifique ici, souffla-t-elle.

— Magnifique, oui ! Plus que magnifique, ça rendrait fou un artiste… C'est bien pour ça que je t'ai attrapée.

— J'ai rêvé de ce moment une fois, dit-elle. Nous n'étions pas encore ensemble…

Il ne m'en fallut pas plus pour devenir dur, excité, pour me perdre dans son monde. Je soupirai contre elle. Je glissai mes doigts sur le tatouage que j'avais dessiné sur son poignet et son pouls s'emballa sous sa peau fragile. Je baissai les yeux. C'était devenu un tic, chaque fois que je la prenais dans mes bras, je ne pouvais m'empêcher de toucher notre symbole, comme si ça m'était indispensable. Je gardais un souvenir très clair de ce moment, de l'aiguille qui avait piqué sa peau et qui l'avait marquée à vie de mon empreinte, de notre amour.

— Et il se passait quoi dans ton rêve ? demandai-je.

— Eh bien, tu m'enlaçais par-derrière, comme à l'instant…

Je souris, pris au piège.

— Et ?

Elle rougit.

— Et tu glissais ta bouche dans mon cou, comme à l'instant…

— Et ?

Je soufflai contre sa peau. Elle n'avait pas fini de me rendre dingue.

— Et tu me tournais face à toi, en me disant que tu avais envie de moi, j'enlevais le haut de mon maillot de bain et je te disais que j'avais envie de me baigner avec toi, alors tu m'y emmenais en me parlant en espagnol. Je crois que j'ai toujours eu des rêves très imagés à cause de toi et des réveils très mouillés.

Je soupirai dans son cou, elle frissonna. Je posai un baiser contre sa nuque. Peut-être que je pourrais me servir de cette base. Je pris une profonde inspiration.

— Alors, dis-je d'une voix rauque en lâchant sa taille. Ça ne sera pas tout à fait comme dans ton rêve, du moins pas pour cette partie, mais j'espère qu'elle sera à la hauteur de tes espérances.

Elle se retourna sans comprendre. Quand je rivai mes yeux aux siens en m'agenouillant et en retirant la boîte de ma poche, elle en resta bouche bée. Mon cœur me lâcha quelques instants.

— Nate m'avait prévenu, il m'avait parlé de toi, mais il aurait pu le faire cent fois, mille fois, on ne peut pas se préparer à rencontrer une femme comme toi. C'est impossible ! Tu es ce genre de femmes devant lesquelles on tombe des nues, on reste hypnotisé et on tombe amoureux… Avec toi je suis perdu, je deviens fou et faible et ce sont les meilleures sensations de toute ma vie. Je veux les ressentir à l'infini. Mon cœur et mon âme t'appartiennent. Je n'ai que mon amour et mes fossettes à t'offrir et j'ose espérer que tu voudras d'un bon à rien comme moi.

Elle se mordit la lèvre.

— *¿Quieres casarte conmigo?*

J'ouvris la petite boîte noire dans laquelle se trouvait une bague.

— Marlow Scarlett, est-ce que tu veux m'épouser ?

— Oh, mon Dieu… c'est…

Elle plaqua une main devant sa bouche.

Je souris. Mon cœur battait tellement fort qu'il m'en faisait mal. Elle me regardait, un genou enfoncé dans le sable, face au coucher de soleil, la demander en mariage. Je gardais les yeux grands ouverts pour ne rien rater de ce moment merveilleux qui resterait à jamais gravé dans mon esprit.

— Oh, oui ! Oui, oui, je le veux !

Elle laissa éclater sa joie en un cri merveilleux, et, j'ignorais si c'était possible, mais je retombai amoureux d'elle à l'instant. Elle venait de dire « oui ». Elle venait de me dire « oui », d'accepter cette promesse de toujours. Je l'attirai à moi et je nous laissai tomber dans le sable, elle au-dessus de moi. Je levai les mains pour mettre sa longue masse de cheveux bruns derrière son épaule, mais ils retombèrent en cascade, alors elle sourit. Son sourire était tellement beau qu'il emporta une part de moi avec lui. Je savais que je n'oublierais jamais ce sourire merveilleux, que toute ma vie j'y repenserais. Elle était tellement belle comme ça, et elle acheva ma vision du bonheur en me laissant glisser la bague ornée d'un diamant bleu le long de son doigt. Des larmes roulèrent sur ses joues.

— Je t'aime jusqu'à l'infini, *querida*.

— Moi jusqu'à l'insolence, mon amour, souffla-t-elle.

Je souris et je me redressai un peu.

— Merci, murmurai-je alors en lui volant un baiser salé.

— Mais de quoi ? Tu vas gâcher ta vie, tu es jeune, beau, tu peux avoir tout ce que tu veux et, toi, tu veux une pauvre fille complètement givrée qui adore les licornes, qui est un peu fétichiste sur les bords et qui stresse à l'idée de commencer son internat…

Je gloussai.

— Et qui a des yeux de panda, aussi. N'oublie pas les yeux de panda, c'est important de le préciser…

Elle écarquilla les yeux. Je ris. Lorsqu'elle se redressa pour se les frotter, je tirai sur ses poignets et j'inversai en une seconde à peine nos positions. Elle gémit. Je remontai mes mains au-dessus de sa tête et mes hanches épousèrent les siennes.

— Ne touche à rien. C'est parfait comme ça… Laisse-moi le plaisir de cette magnifique vision. C'est ma demande.

Je cueillis ses larmes de plusieurs baisers. Elle se mordit la lèvre inférieure.

— Bon sang ! comment peux-tu être aussi insolente dans un moment pareil ?

— Je ne sais pas, c'est un don !

— Et je l'aime, ce don.

Elle me lança un regard à couper le souffle.

— Querida, je veux cette fille qui aime un peu trop les licornes, qui s'émerveille de me voir arriver avec des fraises, qui arrive je ne sais comment à être fétichiste de mes fossettes et qui s'émerveille de voir mes mains bronzées sur sa peau blanche.

Mon cœur s'emballa. Je lâchai ses mains, elle ne bougea pas, laissant les siennes au-dessus de sa tête. J'admirai alors son corps, ses courbes parfaites.

— Je veux cette fille qui aime se blottir contre moi quand je dessine et qui me répète toujours que je suis digne de mon père. Je veux cette fille qui m'a laissé l'apprivoiser, qui m'a donné du fil à retordre, des nuits blanches, qui m'a laissé l'approcher, la toucher, la guérir, l'aimer. Je veux cette fille qui porte le symbole de notre amour, cette fille qui pleure parce que je viens de la demander en mariage et qui a fait de moi le type le plus heureux du monde.

— Asher…

— Je veux cette fille aux yeux de panda parce que je l'aime depuis la première fois que je l'ai vue. Parce que je l'ai toujours désirée et que, même si aujourd'hui elle est à moi, j'ai l'impression que je ne serai jamais rassasié d'elle. Mais si vraiment tu insistes, tu as raison, je devrais peut-être revoir ma demande et trouver une autre fiancée. Une fiancée sans les yeux de panda ni tout le reste.

Elle s'offusqua et m'attira à elle. Je me laissai tomber et recouvris entièrement son corps. Elle enlaça mon cou de ses bras, glissant ses doigts pleins de sable dans mes cheveux mouillés.

— Jamais de la vie. Tu fais ça, je te fous KO et tu sais que j'en suis capable.

— Je me disais, aussi.

— Je t'aime, Asher Miles.

— Bon sang, comment j'ai fait pour rendre une femme comme toi amoureuse à ce point de moi ?

Je le lui demandais parfois pour me rassurer, pour l'entendre me dire qu'elle me trouvait parfait pour elle, pour l'entendre absoudre mes conneries qu'elle avait pourtant déjà pardonnées.

— Parce que tu n'as jamais cessé de me pousser à aller de l'avant et parce que tu m'as désirée même quand j'étais insolente, même quand j'avais peur, même quand te fuir était la seule arme que j'avais à ma disposition, dit-elle tendrement. L'espoir dont je parlais dans mon discours, c'était toi. Tu es mon espoir, aujourd'hui comme demain.

La façon dont elle murmura cette phrase contre mon oreille me bouleversa totalement et me transperça comme un électrochoc. Elle m'envoya directement au tapis. Un bonheur profond lapa ma peau et envahit mon corps jusqu'à mes entrailles. Alors, je me sentis submergé par mon bonheur, par cette femme merveilleuse qui ne cessait de me regarder et de m'encourager à l'aimer. Je me blottis contre elle, je caressai son visage avec amour et je souris à pleines dents en la serrant contre mon torse.

— Je t'aime, mon amour.

Je me sentais revivre, je me sentais un autre homme, je me sentais le plus chanceux du monde.

Nos hanches eurent une envie commune et nous nous frottâmes l'un contre l'autre. Elle rejeta la tête en arrière quand je frottai mon érection contre la partie la plus sensible de son corps. Je grognai de désir.

— Pas autant que moi. Maintenant, susurrai-je contre sa bouche, voyons voir si on peut atteindre le pays des licornes sur cette plage d'Espagne…

Remerciements

À Frédérique, Laëtitia, Gaëlle et Nanou, mes bêta, merci pour tout ce que je vous répète à l'infini et pour m'avoir poussée à écrire l'histoire d'Asher et Marlow, qui n'était absolument pas prévue. (Elle avait d'après elles beaucoup de potentiel…)

À Sophie pour ton soutien, ton écoute et ton attention. Merci pour cette amitié, ce lien instinctif et ces moments de partage.

Aux éditions Milady-Bragelonne pour la réédition poche de cette saga et à Anne-Laure pour absolument tout ce qui concerne cette histoire d'*Infinis*.

Aux lecteurs de Wattpad d'avoir permis à cette histoire insolente d'atteindre les 200 K de lectures. Jamais je n'aurais cru en postant le premier chapitre sur ce site en arriver là.

Et enfin, à Asher et Marlow pour tout ce qu'ils m'ont apporté durant ces mois passés ensemble et pour tout ce qu'ils représentent au même titre que leurs confrères. Non, je ne suis pas folle, c'est qu'à force ils prennent une place importante dans mon quotidien !

Allez, on y reviendra avec le prochain *Infini*…

Achevé d'imprimer en octobre 2018
Par CPI France
N° d'impression : 3030969
Dépôt légal : novembre 2018
Imprimé en France
81122565-1